Alex J. Nitrak

YO

Roman

Gegenstromschwimmer Verlag

Besuchen Sie uns im Internet:
www.gegenstromschwimmer-verlag.de

GEGENSTROMSCHWIMMER VERLAG

1. Auflage

Umschlaggestaltung: Alexander Kopainski
Bildmaterial: Unter Verwendung von Motiven von
Shutterstock.com

Druck: bookpress, 1-408 Olstzyn (Polen)

ISBN Print: 978-3-947865-10-9

Für M. N. M.

;

"Before I fall too fast
Kiss me quick, but make it last
So I can see how badly this will hurt me
when you say goodbye."

"Catch me" Demi Lovato

Prolog

Die Langeweile hatte sich auf dem Bolzplatz eingeschlichen. Mäßiger Wind fächerte mir, hoch oben in den Ästen des Kirschbaumes sitzend, wohltuende Luft zu.

Mein Zufluchtsort – hier konnte ich atmen.

Ich las ein Buch, an dessen Titel ich mich nicht mehr recht erinnere. Ich weiß noch, es ging darin um einen Jungen, der sich fragte, wohin die Enten aus dem Stadtpark wohl gingen, wenn im Winter der Teich zugefroren wäre.

Mit gerunzelter Stirn sah ich von der Lektüre auf, als die Mädchen lautstark zu lamentieren begannen. Sie hantierten aufgebracht mit einer weißen Schnur, ihrem Gummitwist. Anscheinend hatten sie damit spielen wollen und dabei bemerkt, dass jemand das Gummiband empfindlich gekürzt hatte und es nun zum Hüpfen unbrauchbar war.

Wütend nach dem Übeltäter suchend, zog ein achtköpfiger keifender Tross hinüber zu den ahnungslosen Jungs auf den Bolzplatz, die sich aus Stöcken den Grundriss einer Ritterburg gelegt hatten. Anstelle tobender Räuber hatten sie es jetzt mit einer erbosten Mädchenschar zu tun, die vor ihrer imaginären Zugbrücke wetterte.

Ein lautstarker Streit entbrannte.

Verstohlen schob ich meine Steinschleuder tiefer in die Gesäßtasche meiner abgeschnittenen Jeanshose.

Ein paar Tage zuvor hatte ich dafür ein vorzügliches Stück Holz im Kirschbaum gefunden und abgesägt. Auf der

Suche nach einem geeigneten Band für den Gummizug der Schleuder war ich über das Gummi der Mädchen gestolpert, welches seit Wochen unbeachtet im Sandkasten, halb mit Sand bedeckt, herumgelegen hatte.

Seitdem hatte ich in den Abendstunden zum Zeitvertreib leere Büchsen von unserem Lattenzaun geschossen und war – zu meinem eigenen Erstaunen – sehr geschickt damit gewesen.

Da! Einer der Jungen zeigte auf mich.

Er musste mich wohl bei meiner Abendbeschäftigung beobachtet haben.

So ein Mist! Ertappt.

Heulendes Kriegsgeschrei ausstoßend, fegte die fünfzehnköpfige Truppe über die Wiese herüber zum Kirschbaum. Wie kleine keifende Trolle umkreisten sie den Baum, rüttelten daran. Der massive Baum ließ sich davon kaum beeindrucken und so entschied sich der wütende Mob zu Phase Zwei überzugehen. Die Mädchen sammelten Steine und die Jungs warfen damit nach mir. Natürlich nicht, ohne mich zu beschimpfen.

„Yo, du dumme Nuss!"

Autsch! Ein Stein traf mich am Knie.

„Deshalb kann dich keiner leiden."

„Du wirst nie Eltern finden." Ein weiterer Stein prallte auf mein Handgelenk.

Die Steine schmerzten. Ihre Worte noch mehr.

Die Lippen zusammengepresst, begann ich zu weinen.

Einer rief: „Am besten wäre, du wärst fort!"

Alle jubelten zustimmend.

Wut stieg in mir brodelnd hoch. Brannte heiß bis in meinen Kopf.

In diesem Moment sah ich rot. Kirschrot.

Ohne weiter darüber nachzudenken, riss ich die dicken reifen Kirschen von ihren Zweigen. Der Saft spritzte mir in die Augen, auf meine Sachen. Ein rotes Rinnsal rann meinen Arm hinab in meine Achselhöhle.

Es kümmerte mich nicht.

Ich spannte die prallen Früchte in die Schleuder, zog mit aller Kraft und zielte. Auf ihre Köpfe.

Ich traf sie – alle.

Plötzlich krümmte sich der schwarzhaarige freche Peter – ihr Anführer – auf dem Boden. Er hielt die Hände vor sein Gesicht und schrie vor Schmerz. Ich hatte sein Auge erwischt. Es blutete stark aus seiner rechten Augenhöhle heraus.

Ihre Rufe verstummten.

In der Wut Maß zu halten, ist schwer. Wenn nicht gar unmöglich.

Kapitel 1

Es war ein trister, grauer Donnerstag im Spätherbst. Geradezu unspektakulär und leider genauso, wie ich meinen Geburtstag erwartet hatte. Unablässiger Nieselregen erfüllte heute die Luft, die sich tagsüber deutlich abkühlte. Langsam hielt der Winter Einzug.

„War es heute überhaupt hell geworden?", fragte ich mich, während ich vom PC auf und aus dem Fenster rechts neben mir sah. Von hier aus überblickte ich den mit sandfarbenen Klinkersteinen gepflasterten Hinterhof des Bestatters. Mein Arbeitsplatz.

In der Fensterscheibe musterte mich ein schmales, nachdenkliches Gesicht, auf den Schreibtisch gelehnt, den Kopf auf der linken Hand abgestützt. Meine glasgrünen Augen, umrahmt von dunklen Wimpern, stachen hervor. Nicht, weil sie besonders auffällig waren, sondern durch den Kontrast, den sie zu meinem blässlichen, eher kränklich wirkenden Teint bildeten.

Wann immer diese grünen Augen mich ansahen, schienen sie etwas zu fragen.

„Eigentlich kannst du die Harry Potter-Brille auch endlich mal wegwerfen", überlegte ich, beim kritischen Blick auf das graue, altmodische Gestell mit den runden Gläsern.

Null Dioptrien. Fensterglas.

Ich hatte mir im Studium angewöhnt damit herumzulaufen, in der Hoffnung, man würde mich ernst nehmen.

Wie auch in diesem Moment waren meine Schultern stets leicht nach vorn gebeugt, als würde ich vor der Welt den Kopf einziehen.

Ja, das bin ich. Yo – ein dürres, 168 cm großes Fragezeichen...

Ich strich mir eine aschblonde Strähne aus dem Gesicht, die sich über eines meiner Brillengläser verirrt hatte. Meine glatten Haare endeten knapp über der Schulter und ich trug sie fast ausschließlich offen, weil alle Haargummis – ihrer dünnen Struktur geschuldet – wieder herausrutschten.

Missmutig wanderte mein Blick zur tickenden Uhr an der Wand. Heute, an meinem Geburtstag, der sich so gar nicht von jedem anderen Tag unterschied, wusste ich selbst nicht, ob ich den Feierabend herbeisehnte oder doch fürchtete.

Hier, bei dem hiesigen Bestatter unserer Kleinstadt, war es meine Aufgabe die Trauerreden für die Beisetzungen zu verfassen. Die letzten Worte finden, den Angehörigen Trost spenden und vergangene Zeiten wohlklingend vorüberziehen lassen.

Nicht unbedingt abwechslungsreich, denn bei den meisten meiner Sterbefälle geschah nach ihrem Berufseinstand und der feierlichen Familiengründung nichts Gravierendes mehr. Sie schufteten bis zur Rente, um sich und ihren Lieben ein Leben bieten zu können, mit dem sie selbst nicht völlig zufrieden waren.

Glücklich, würde ich das nicht nennen. Glück müsste doch etwas anderes sein.

Ihre Leben waren eintönig, monoton. Austauschbar.

Ein Fakt, der meine Arbeit ungemein vereinfachte. Meistens änderte ich lediglich die Namen und Daten in meinen Ansprachen.

Besonders bitter jedoch waren jene kleinen Standard-Zehnzeiler, die ohne Redner – nur von mir – vorgetragen wurden, wenn die Bänke der Trauerhalle vollständig leer blieben. Kein Freund kam, niemand von der Familie ließ sich blicken.

„Wird mein letzter Tag genau wie dieser?", fragte ich mich dann, wenn ich vergeblich wartend neben dem Abbild des Verstorbenen stand, dessen trauriger Blick stets zu sagen schien: „Ich hab's ja gewusst."

Leere Bänke, leere Worte.

Leere.

Das machte mir Angst… Wie so vieles andere auch.

Auf dem Bildschirm meines Computers, auf dem bereits seit der Mittagsstunde nichts Produktives mehr passiert war, poppte meine virtuelle Geburtstagstorte auf. Ein von mir zu Arbeitsbeginn eingestelltes Gadget, das sich über den Tag verteilt automatisch auf dem Monitor zeigte und mich per Mausklick eine weitere Kerze ‚auspusten' ließ.

Nur noch eine Kerze brannte.

Vor animiert glitzerndem Hintergrund thronte eine schneeweiße Sahnetorte, auf der sich eine purpurne Zuckergusslinie kunstvoll in der Form einer ‚23' schlängelte. Ein kleines Papierfähnchen auf einem hölzernen Zahnstocher mit der Aufschrift ‚Happy Birthday' steckte genau in der Mitte, zwischen den beiden Zahlen. Wie bei einer echten Sahnetorte, neigte sich das Fähnchen mehr und mehr seitwärts, da der Untergrund verlässlich unter der Hitze der unechten Kerzen dahinschmolz.

Durch die rückständige Grafik meines Rechners flackerte die letzte von 23 babyblauen Kerzen zwar nur abgehackt, aber beständig, so als würde ein echter Windhauch sie bewegen. Geistesabwesend ihre Flamme beobachtend, vergaß ich für einen Moment die Illusion.

„Pfffhh."

Obwohl meine Maus mit einem Klick die Flamme der virtuellen Kerzen zuverlässig löschte, pustete ich vor dem Bildschirm leise mit. Durch meine gespitzten Lippen blies ich die Luft in ihre Richtung. Das machte es auf lächerliche Weise authentisch für mich.

Die 23. Kerze erlosch.

Ziellos. Hoffnungslos.

Das entfernte Läuten der Kirchturmuhr ertönte. Dumpf hallte der schwere Klang der alten Glocken in meinem Ohr nach, auch als der letzte Glockenschlag längst vorüber war.

Fünf Uhr.

Ernüchtert, mich der unaufhaltsamen Realität dieses noch verbleibenden ‚Ehrentages' stellend, erhob ich mich und schlurfte zur Garderobe. Mit einem geübten Schlag gegen den Kleiderbügel, versetzte ich diesen in Schwung und mein beiger Mantel fiel herab. Gekonnt fing ich ihn im Fall und streifte ihn mir über. Er war viel zu dünn für diese Jahreszeit. Das Innenfutter hatte sich im Laufe der letzten zehn Jahre mit jedem Waschgang weiter aufgelöst.

Mein Blick fiel auf den länglichen Spiegel an der Innenseite der Garderobe. Unter meiner zugeknöpften, grauen Wollstrickjacke blitzte ein kurzes, grau-schwarz-gestreiftes Stretch-Kleid hervor.

Ich liebte das Kleid!

Es war eines meiner schönsten Kleidungsstücke und ich hatte es heute extra zur Feier meines Tages aus dem Schrank gezogen.

Mit meiner schmalen Figur hätte ich problemlos alles tragen können.

Allein, mir fehlte der Mut dazu.

Und so hatte ich auch am heutigen Morgen Angst vor meiner eigenen Courage bekommen und das schicke, figurbetonte Kleid mit der groben, langen Strickjacke kaschiert.

Im Mittelpunkt stehen? Vielleicht sogar angestarrt werden?

Das behagte mir nicht.

Dabei war es meiner Kollegin gar nicht aufgefallen. Sie hatte nicht einmal hoch gesehen, als ich mich todesmutig ihrer Aufmerksamkeit stellte und an ihrem Schreibtisch vorbeiflanierte.

Schade… zu beschäftigt auf ihrer Suche nach Kürbisrezepten und Last-Minute-Reisen.

Meine Kollegen schienen generell desinteressiert und versuchten sich – so gut es eben ging – aus dem Weg zu gehen. Kontakte oder gar Beziehungen aufzubauen, bedeutete Arbeit. Zusätzlich zu der, die sie hier tagtäglich bewältigten – wohl zu viel der Mühe.

Ständig von Tod und Trauer umgeben zu sein, konnte einen zuweilen abstumpfen und erkalten lassen.

Fast so kalt wie die Menschen in unserem Kühlhaus.

Mit dem Zeigefinger nachdrückend, schob ich meine Zeitkarte in den Schlitz der Stechuhr, die sich im angrenzenden Büro meines Chefs befand.

Er war nicht da.

Wahrscheinlich hat er sich wieder mit dem Friedhofswärter bei einem Glas Hochprozentigem verquatscht.

Das kaum hörbare Klicken der Stechuhr beendete meinen Arbeitstag. Jetzt ganz offiziell.

Ich zog die Tür hinter mir zu und trottete antriebslos über die regennassen Klinkersteine zur Tordurchfahrt des alten Gutshauses mit den frisch gestrichenen, schwarzen Zierbalken. Quietschend betätigte ich die schmiedeeiserne Klinke mit dem Handgelenk.

Türklinken fasste ich nicht gern an. Das galt eigentlich für alles, was häufig von vielen Menschen berührt wurde. Der abgerundete, nach hinten breiter werdende Handlauf schnappte und öffnete geräuschvoll das hölzerne Tor.

Frostig schlug mir der Novemberwind entgegen.

„Sollte ich jetzt nicht eigentlich ganz woanders sein?“, fragte ich mich traurig, während ich meinen Mantel enger um mich zog.

Kichernd mit einer Handvoll Freundinnen durch die Boutiquen ziehen, – vielleicht sogar mit einem Glas Sekt in der Hand – vor einer Umkleidekabine sitzen und mir mit ihnen voller Vorfreude den heutigen Abend ausmalen, an dem wir anlässlich meines Geburtstags natürlich ausgehen würden.

Freundinnen gab es keine. Allerhöchstens Bekanntschaften. Von denen sich heute aber keine an meinen Geburtstag erinnert hatte.

Ich machte mich zu Fuß auf den Heimweg. Während ich durch die Kopfsteinpflastergasse der Altstadt mit den hübschen gutbürgerlichen Häusern schlenderte, malte ich mir aus, wie es wohl wäre: auszugehen.

Ich stellte mir vor, wie ich nervös von einem Bein aufs andere tretend, in der Warteschlange eines angesagten Clubs stehe:

Von innen höre ich den vibrierenden Bass der Musik dröhnen, zu der ich später, nach einigen unverschämt teuren Drinks, ausgelassen auf der Tanzfläche umherwirbele.

Bemüht unauffällig, schaue ich dabei immer wieder nach dem attraktiven Fremden mit den raspelkurzen, dunklen Haaren. Verschämt lächle ich, als ich bemerke, wie er mir aus seinen haselnussbraunen Augen einen verstohlenen Blick über den Rand seines Pilsners zuwirft.

Irgendwann, bei einem poppigen Taylor Swift-Song, käme er zu mir rüber und würde mich schüchtern nach meiner Telefonnummer fragen. Christian oder Stefan, ja so würde er wohl heißen.

Mein Herz würde lauter schlagen. Lauter als der Takt der Musik und ich wäre froh über die Dunkelheit, weil er sonst sähe, wie feuerrot meine Wangen vor Freude glühen.

Vielleicht würden wir uns dann sogar an der Bar unterhalten, zusammen lachen. Ich würde ihm von meinen Reisen erzählen, die ich plane, in Länder, die ich nicht mal aussprechen kann.

Deren Hauptstädte kaum einer kennt, weil sie nicht ‚Mainstream' sind und ich alle großen Metropolen ja bereits kenne.

Die Vorstellung verleitete mich zu einem schmallippigen Lächeln.

Zu schön, um wahr zu sein.

Meine weiteste ‚Reise' – ein Tagesausflug mit einem klapprigen Kleinbus. Angesagte Clubs – suchte man in unserer Kleinstadt und auch in weiterer Umgebung leider vergebens.

Ich hielt vor dem Schaufenster eines kleinen Kosmetiksalons, in dem ein Poster mit einer brünetten Schönheit für Wimpernverlängerungen warb. Im Hintergrund sah man zwei starke Männerarme, die sie umschlangen und in die sie sich überglücklich hineinschmiegte.

Wie sich das wohl anfühlt, wenn sich ein Mann für einen interessiert?

Ich war niemand, in den man sich gleich auf den ersten Blick verliebte. Vielleicht nach längerem Hinsehen, auf den fünften oder sechsten Blick. Da schauten die Männer, die ich bisher gemocht hatte, aber schon lange wieder in eine attraktivere Richtung.

Ich stellte mir vor, wie der gutaussehende Christian oder Stefan – wie auch immer er heißen mochte – aus meiner Clubphantasie, sich in der Morgendämmerung nach einer kurzweiligen Nacht von mir verabschieden würde.

Im Schein der Straßenlaternen würde er mit sich hadern und sich dann doch entscheiden, es zu wagen, mir einen Kuss auf die Wange zu hauchen. Ganz zaghaft, als wäre meine Haut aus Porzellan.

Für einen kurzen, glücklichen Augenblick würde meine Zeit still stehen.

Dann stammelt er einige Worte, unsicher, wie ich reagiere und entschwindet in den Morgen, noch bevor ich etwas sagen kann.

Trunken vor Freude, ja vielleicht sogar vom Alkohol, taumele ich nach Hause. Ich falle in mein Bett und tausende, durcheinander flatternde Insekten in meinem Bauch mit mir.

Während in den Straßen flackernd die Laternen der Morgensonne weichen, frage ich mich insgeheim, ob er wohl der Eine ist.

Hinter dem Plakat im Schaufenster tauchte das mürrische, stark überschminkte Gesicht einer Frau mittleren Alters auf, die mich begutachtete. Ihr abschätziger Kennerblick verriet ihr sofort, dass hier keine potenzielle Kundin auf sie wartete.

Sehnsuchtsvoll meiner Träumerei nachhängend, trabte ich weiter. Zu Hause würde nur Ollie, mein vierbeiniger Gefährte, auf mich warten.

Niemand sonst.

Keine Geburtstagsfeier oder gar ein realer Kuchen.

Ich kickte einen kleinen Stein auf dem Gehweg vor mir her. Sein heller Klang beim Aufprall auf dem gepflasterten Gehweg erinnerte mich an die Hickelkasten-Spiele von früher. Man wirft einen Stein in das richtige Kreidekästchen und springt.

„Himmel und Hölle" hatten die Kinder im Heim immer gespielt. Nur wenige Kästchen trennten beide.

„Wie nah sie doch beieinander lagen...", dachte ich, in Gedanken an meine Kindheit.

In dem Kinderheim, in dem ich aufgewachsen war, wurden Geburtstage auch nie aufwendig zelebriert. Ich war etwa drei Jahre alt, als mich das Jugendamt aus der Obhut meiner Eltern nahm. Sie lebten damals in einem kleinen Dorf, nahe der Stadt. Nachbarn hatten die Polizei gerufen, weil sie sahen, wie ich nur mit einem Unterhemd bekleidet vor unserem Haus saß und Schnee vom Boden aß.

Eine meiner lebendigsten Erinnerungen und gleichzeitig die einzige, an die Zeit vor dem Heim: Schon bei dem Gedanken daran, leckte ich mir instinktiv die Lippen. Genau wie damals, als ich am Fenster stand und freudig die weiße Pracht sah, nachdem es die ganze Nacht geschneit hatte. Nach Tagen ohne Essen konnte ich es kaum erwarten, etwas zu kauen.

Obwohl es furchtbar kalt war, rannte ich hinaus und schürfte gierig mit meinen kleinen Fingern den Schnee vom Boden unseres Gemüsebeets. Meine Fingerkuppen schmerzten, aber ich konnte nur an den erbeuteten Brocken Schnee denken, den ich mir jetzt hastig in den Mund steckte.

Zwischen meinen Zähnen knirschte geräuschvoll etwas Sand. Das eiskalte Wasser benetzte meine ausgedörrte Kehle – eine Wohltat!

Meine Zehen wiesen bereits leichte Erfrierungen auf, als das Polizeiauto vorfuhr. Ohne ein Wort des Widerstands ließ ich mich von den Beamten mitnehmen.

Ich vermute, meine Eltern waren erleichtert, dass ich fort war. Sie meldeten sich nie wieder. Weder im Heim noch beim ortsansässigen Jugendamt.

Meine Kindheit begann im Kinderheim ‚Haus Sommerland'. Eine um 1920 erbaute, in eierschalenweiß getünchte, Stadtvilla. Zwei Säulen säumten die große, helle Flügeltür, an denen sich dunkelgrüner Efeu seinen Weg nach oben bahnte. Gestützt von den Säulen, ruhte darauf ein kleiner Balkon, auf dem die Leiterin des Hauses, Frau Evelyn, zu sitzen pflegte; vorzugsweise mit einer Zigarette ihrer Lieblingsmarke Marlboro Gold.

Wie auch jetzt, während ich mir meinen Weg durch die Kälte bahnte, dachte ich oft daran zurück, wie die 50-jährige Frau Evelyn (die man gut und gern zehn Jahre älter schätzte) mit den auberginegefärbten kurzen Haaren auf dem Balkon saß. In ihrem Rattan-Schaukelstuhl, rauchige Zigarettenringe aus ihrem faltigen Mund in die Luft blasend.

Die vielen Nachhilfestunden, die sie mir dort oben gab, weil ich beim lauten Lesen nur abgehackt stotterte. Ich las ihr aus ihrem Lieblingsbuch *Effi Briest* vor.

Nur das erste und das finale Kapitel. Die mochte sie am liebsten.

Zurückgelehnt saß sie im Schaukelstuhl und genoss mit geschlossenen Augen jedes Wort, das sie bereits auswendig kannte und liebte.

An einer Stelle unterbrach sie mich.

Wenn einer der Protagonisten, der poltrige Vater Briest, seine Phrase „Es ist ein zu weites Feld ..." drosch, schüttelte sie energisch den Kopf und widersprach, ihre Augen weiterhin geschlossen haltend.

„Lass dir so etwas nie einreden, Yo, hörst du! Die Felder – sie sind nie zu weit." Ich nickte dann zustimmend, obwohl ich kein Wort verstand.

Heute ja, da wusste ich um deren Bedeutung; verstand aber immer noch nichts.

Das erste Lächeln dieses Tages huschte über mein Gesicht. *Ich sollte heute Abend mit Ollie ihr Grab besuchen.*

Frau Evelyn war vor fünf Jahren an ALS gestorben. Meine einzige Wurzel löste sich an jenem Tag im Sommer.

Weißer Oleander blühte zu ihrer Beisetzung dicht an ihrem marmornen Grabstein mit den abgerundeten Ecken. Dieser feine, liebliche Geruch der wunderschönen Blüten, der bedächtig wachend über der Szenerie ihrer Grabstätte und über unseren gesenkten Köpfen in der Luft hing!

Entzückend und grausam zugleich.

Seit diesem Tag im Juni ertrage ich den Geruch von weißem Oleander nicht mehr, ohne dabei schwermütig zu werden.

Haltlos wohnte ich seither meinem Leben als Zuschauerin bei. Beobachtete, wie es an mir vorbeistrich.

Kapitel 2

Ein scharfer Windstoß pfiff durch die kleine Gasse. Meine Knie schlotterten unter der dünnen, schwarzen Leggins, sodass ich mein Lauftempo anzog.

Ich hatte das Ende der Straße fast erreicht und sog bereits das würzige Aroma von Basilikumblättern und heißem Olivenöl ein, das verheißungsvoll aus ‚Roswithas Pizzeria' an der Ecke strömte.

Mein Magen begann schon aus Prinzip zu knurren.

Ich freute mich auf eine leckere Pizza, deren schmelzendlange Käsefäden gedanklich bereits in meinem Mund zergingen.

Zu besonderen Anlässen – also äußerst selten – bestellte ich mir hier gern meine Lieblingspizza. Vor dem grauen Gebäude mit den grünen Fensterläden machte ich Halt.

Als ich eintrat, lehnte hinter der Theke eine korpulente ältere Dame, die sich angeregt mit einem Kunden unterhielt, der an der Bar offensichtlich schon einige Bier verkonsumiert hatte.

Kurioserweise trug sie eine Tracht, ähnlich wie ein Dirndl. Kariert mit zweireihigen Zierknopfleisten und einem prallen Dekolletè. Für unsere Gegend war das eher unüblich.

Dem angetrunkenen Herrn schien es zu gefallen.

Ich wartete auf Augenkontakt, ein Zeichen der Beachtung, aber sie ließ sich nicht beirren und setzte ihr Gespräch demonstrativ fort.

Erst als die Tür erneut aufsprang und sich zwei weitere Kunden hinter mir anstellten, blickte sie genervt auf.

„Eine mittelgroße, vegetarische Pizza, bitte“, sagte ich leise.

„Zum Mitnehmen“, schob ich etwas bestimmter nach, als sie nicht reagierte. „Ich hatte telefonisch vorbestellt.“

„Name?“, tönte es missgelaunt hinter der Theke zurück. Ihr hoher Dutt aus strähnigen, gräulichen Haaren schwankte mit jeder Kopfbewegung, während sie mich unfreundlich musterte.

„Rothe.“

„Wirklich? DAS ist dein Name?“

Nervös begannen meine Augenlider zu flattern und ich schaute auf den schmierigen, mokkafarbenen Kachelboden.

Schweiß brach aus meinen Poren. Schamesröte zog über mein Gesicht, brannte gefühlt bis in meine Haarspitzen.

„Hältst mich wohl für blöd, hä? Denkst wohl, ich merke nicht, dass du hier jedes Mal unter anderem Namen bestellst?“

Sie wandte sich ab; ging in die Küche.

Am liebsten wollte ich rausrennen und nie wieder zurückkommen.

Ich traute mich nicht meinen Blick zu heben, denn gefühlt bohrten sich alle anwesenden Augen wie Pfeilspitzen durch meinen Mantel, bis in mein Innerstes.

„Fang bloß nicht an zu heulen!“, befahl ich mir.

Du bist jetzt 23, verdammt!

Ich hörte, wie sie aus der Küche wieder zum Tresenbereich schlurfte.

Unwirsch schob sie mir die Pizzaschachtel zu und grapschte mit hochgezogenen Augenbrauen nach meinem Geld, das ich ihr hastig auf den Tresen warf.

Schultern zuckend schaute sie an mir vorbei zum nächsten Kunden.

Ich drehte mich um, rannte grußlos aus dem Laden. Die Schachtel war heiß und klebrig, genauso wie ich.

Ich buchte oder reservierte NIE unter meinem Namen. Es machte mich nervös. Dasselbe galt für Unterschriften. Mein Miet-, ja sogar mein Arbeitsvertrag, waren mit unleserlichem Gekritzel versehen, das wohl niemand je identifizieren könnte.

Feine Regentropfen klebten auf meiner Brille, die ich mir frustriert von der Nase riss und in meine Tasche warf.

Ich fühlte mich bloßgestellt – und dumm.

Den Weg durch die Hauptstraße – Richtung Bahnhof – einschlagend, balancierte ich den heißen Pizzakarton auf meinen ausgestreckten Armen.

Es war schummerig und die Fußgänger verrichteten gereizt ihre abendlichen Besorgungen.

Vielleicht, ja vielleicht, war es auch meine eigene schlechte Laune, die ich in ihren Gesichtern sah.

Durchgefroren und nass erreichte ich endlich meine karge Einzimmerwohnung.

Mit Achtzehn war ich aus dem Kinderheim hier eingezogen.

Meine erste eigene Wohnung! Nun ja, die Bezeichnung ‚Absteige' war wohl passender.

Hier, in der heruntergekommenen Bahnhofsgegend, unterschieden sich die grauen vierstöckigen Häuserblocks äußerlich nur durch die unkreativen Schmierereien der renitenten Jugendgruppen, die vom Leben gelangweilt ihr Unwesen trieben.

Wer in diesen Blocks wohnte, schlug sich entweder mit Teilzeitjobs durchs Leben oder war langzeitarbeitslos. Damals, als angehende Studentin, lagen Wohnungen in besseren Stadtteilen weit außerhalb meines finanziellen Rahmens.

Täglich war ich mit dem Bummelzug, der in jedem Kaff hielt, mehrere Stunden in die Großstadt zum Studium gegondelt.

Die Großstadt! Unglaublich faszinierend, mit ihren bunten Lichtern und all den Möglichkeiten, die ich den Reflexionen dieser Lichter glaubte für mich zu sehen. Ich wurde nie müde, ihnen zuzuschauen. Egal, wie grell sie auch auf den Reklametafeln aufzuckten, sie blendeten mich nie.

Enthusiastisch hatte ich mich in mein Studium gestürzt. Sprachwissenschaften interessierten mich und ich glaubte, harte Arbeit und Fleiß würden mir später zu einem angemessenen Job verhelfen.

Es zu etwas bringen. Das war mein Traum!

Ich wollte eine Chance auf mehr. Viel mehr.

In der Realität angekommen, tat ich mich mit dem Lernen unglaublich schwer. Ich war weder dumm noch faul, doch brauchte ich für alle Lerninhalte mindestens die doppelte Zeit. Im Vergleich zu meinen Mitstudenten war ich einfach zu langsam.

Andere waren stets schneller, besser, eloquenter.

Ich mühte mich mit den Hausarbeiten ab, halste mir immer wieder zusätzliche Aufgaben auf, um meinen Notenspiegel zu verbessern. Aus dem unteren Mittelmaß verhalf es mir dennoch nicht.

Mit großer Anstrengung und einigen Prüfungswiederholungen schloss ich mein Studium ab und machte meine erste Erfahrung mit der schwierigen Suche nach Arbeit.

Keines der großen Sprachforschungsinstitute suchte nach mir. Auch kein Lektorat.

Monatelang hagelte es Absagen.

Enttäuschungen, die an mir nagten. Ablehnungen, die ich persönlich nahm.

Wo war die große Chance, von der ich geträumt hatte?

Resignierend gab ich mir und meinen dürftigen Leistungen die Schuld an der Stagnation. Am Ende war ich sogar dankbar für den schlecht bezahlten Job als Schreiberin von Grabreden.

Neben all meinen großen Erwartungen an das Leben fühlte ich mich viel zu klein, ihnen zu entsprechen.

So blieb ich in der alten Wohnung, in der kleinen Stadt, wo jeder einen jeden zu kennen meint.

Ollie honorierte mein Erscheinen, indem er huldvoll seinen runden Kopf erhob. Er lag ausgestreckt auf meiner zerschlissenen, hellbraunen Cord-Couch, die ich im letzten Sommer aus dem Sperrmüll gefischt hatte.

Mehr Wertschätzung durfte man von ihm nicht erwarten. Ein kniehoher, schwarzer Mischling mit struppigem Fell und dem majestätischen Ego eines Zuchthundes.

Kuscheln war weit unter seinem Niveau und er bestimmte selbst den Zeitpunkt seiner Spaziergänge. Auch an seinem Futter bediente sich seine lange schwarze Schnauze nach Eigenbedarf aus der offenen Tüte.

Voller Macken und Schrullen, so wie ich.

Dankbar sonnte ich mich in seiner Aufmerksamkeit.

Als er den Kopf mit einem Schnaufen wieder senkte, verfolgte er weiter mit den Augen jeden meiner Schritte.

Ich ließ mich neben ihm auf das Sofa fallen.

Mit einem muffigen Knurren nahm er es zur Kenntnis, rückte aber dennoch gnädig ein paar Zentimeter für mich zur Seite.

Aus dem aufgeweichten Pizzakarton drang der widerliche Geruch von Schinken. Beim Öffnen bestätigte sich mein Verdacht.

„Na, bravo!", dachte ich ärgerlich.

Es würde ewig dauern, die winzigen Schinkenstücke aus dem Käse zu fischen.

Ob Roswitha, der gemeine ‚Trachtendrache', das mit Absicht gemacht hatte?

Übellaunig wanderte mein Blick zu meiner winzigen ‚Kochnische'. Ein kleiner Ofen mit zwei Herdplatten, der in meiner Second Hand-Anbauwand verstaut war.

Ich kochte nie. *Heute hätte ich es mir vornehmen sollen...*

Ollies Schnarchen lauschend, starrte ich in die Tristesse.

Nur das blassweiße Licht der Straßenlaterne fiel durch einen Spalt der dicken Vorhänge ins Zimmer.

Scheinwerferlichter eines vorbeifahrenden Autos wanderten an der Wand entlang. Die ockerfarbene Raufasertapete löste sich bereits großflächig und an der weißen Decke. Darüber zeichnete sich ein bräunlicher Wasserfleck ab, der sich seit Wochen vergrößerte.

Ich hatte nur einen Wunsch: Alles sollte sich ändern.

Klack. Klack. Klack.

Ollie schreckte auf. Er knurrte.

Klack. Klack.

Ein helles Klopfen. *Was ist das?*

Mühsam öffnete ich meine Augen.

Bin ich etwa eingeschlafen?

Verwirrt versuchte ich, mich zu orientieren.

Klack. Klack.

Das Klopfen wurde lauter, hartnäckiger.

Ollie bellte, sprang vom Sofa auf. Ich knipste die kleine Lampe neben der Couch an.

Wie spät ist es? 23:09 Uhr zeigten die roten Zahlen meines Digitalweckers.

Klack. Klack. Klack.

Das unregelmäßige Hämmern, es kam vom Fenster.

Ich schlich hinüber.

In die erste Etage verirrten sich allerhöchstens bettelnde Spatzen.

Dieses Hämmern war jetzt laut – und fordernd. Mein Herzschlag übertönte es noch.

Mit zittrigen Händen hob ich den blickdichten Vorhang an. Ich hätte gern geschrien, doch mein Atem stockte vor Entsetzen.

Ein riesiger Greifvogel hieb mit seinem Schnabel unwirsch gegen die Fensterscheibe. Als er mich bemerkte, verharrte er; starrte mich durchdringend an.

Obwohl die Scheibe zwischen uns war, erschauderte ich. Abrupt ließ ich die Gardine fallen und fuhr zurück.

Angewurzelt stand ich da. Traute mich nicht einmal mehr Luft zu holen.

Tausend Gedanken schossen mir durch den Kopf.

Was soll ich tun? Eine Behörde anrufen? Um diese Zeit?

Ich war keine Ornithologin, aber dieser Vogel war abnormal groß.

Das Gefieder hellbraun und der gelbe Schnabel übersät mit dunklen Sprenkeln. Den hatte ich besonders deutlich gesehen, weil er ihn leicht geöffnet hatte, als würde er mich anfauchen.

Minutenlang lauschte ich in die Stille. Kein Geräusch mehr.

Ob er fort war? Vielleicht sollte ich noch mal nachsehen…

Meinen ganzen Mut zusammennehmend, schob ich den Vorhang einen Spalt zur Seite. Ich linste hindurch und blickte auf einen leeren Fenstersims.

Nichts.

Es hatte zu schneien begonnen und eine feine Schneedecke bedeckte die Straße. Auch auf dem Fensterbrett lag eine dünne, weiße Schicht.

Im Schnee befanden sich keine Spuren!

Hatte ich mir dieses riesige Ungetüm nur eingebildet? Ollie hatte ihn doch auch gehört.

Ich scannte die schmale Straße vor meinem Haus nach Bewegungen ab. Alles war ruhig, ja fast beschaulich.

Als ich eine Weile hinausgesehen hatte und keine Unregelmäßigkeiten feststellte, beruhigte sich mein Pulsschlag langsam.

Plötzlich – ein Schaben an der Haustür!

Ich fuhr heftig zusammen, musste mich an der Wand abstützen, um nicht zu fallen. Langsam tastete ich mich in Richtung Flur.

Unbekümmert mit dem Schwanz wedelnd trat mir Ollie aus dem Dunkel des Flures entgegen und kratzte nun wieder an der Tür. Er musste dringend raus.

Erleichtert atmete ich auf.

Dennoch nahm ich mit großem Unbehagen seine Leine vom Haken am Kühlschrank.

Es graute mir davor, jetzt mit ihm hinaus zu müssen.

Ich hatte keine Wahl.

Ollie hatte sein Bedürfnis und mir fehlte noch immer eine nachvollziehbare Erklärung für diese unwirkliche Begegnung.

Ich musste im Halbschlaf gewesen sein. Bestimmt!

Ollie hechtete die Treppen des Mietshauses hinunter, als ob nichts gewesen wäre, während ich mir hastig meinen roten Schal umschlang und den Mantel überwarf.

Ungeduldig wartete er an der Eingangstür.

Unter Anspannung öffnete ich die knarzende Pforte. Befürchtend jeden Augenblick aus der Luft von einem monströsen Greifvogel attackiert zu werden.

Niemand war draußen unterwegs. Es war ruhiger als sonst, gedämpft durch den Schnee.

Auf der gegenüberliegenden Seite, direkt an der Ecke flackerte die neonfarbene Leuchtreklame des Schrott- und Gebrauchtwagenhändlers.

Gespenstisch! Genauso fangen Horrorfilme üblicherweise an.

Wir schlugen unsere bekannte Route zur wilden Wiese ein, die sich direkt hinter dem Grundstück des Schrotthändlers anschloss. Tagsüber nutzten sie die Pendler als Parkplatz.

Jetzt war sie leer.

Ollie freute sich über den Müll, den die Parkenden achtlos weggeworfen hatten. Er erkundete den Inhalt einer weißen Plastiktüte, als ich, noch immer wachsam um mich schauend, die Wiese betrat.

In der nächtlichen Ruhe waren nur das Rascheln der Tüte und das Knirschen des Schnees unter meinen ausgelatschten, braunen Stiefeln zu hören.

Vor mir ausgebreitet lag die weiße Wiese, umhüllt von der schwarzen Nacht. Der Schnee reflektierte das helle, milchige Mondlicht und ich zitterte.

Vor Kälte oder Angst.

Spannung lag in der Abendluft.

Ein leises Pfeifen sirrte hoch über meinem Kopf.

Es kam näher!

Suchend schaute ich in den Nachthimmel und erstarrte. Über mir erschienen zwei gewaltige, schwarze Schwingen.

Der Greif!

Er befand sich im Sinkflug, nahm Kurs auf die Wiese.

Noch bevor ich überlegen konnte, was zu tun sei, ließ er sich geräuschlos, ungefähr fünfzig Meter vor mir nieder und blieb starr am Boden sitzen. Ich konnte klar seine dunklen Umrisse erkennen.

„Wenn ich jetzt losrenne, schaffe ich es, in zwei Minuten zu Hause und in Sicherheit zu sein“, wog ich meine Chancen ab.

Ich sah von hier aus sogar das Licht in meinem Wohnungsfenster.

Ollie hatte den Vogel jetzt auch bemerkt.

Er ließ von der Tüte ab und starrte reglos in seine Richtung. Seine glänzende Nase bebte witternd in der kalten Nachtluft und der warme Dampf seines Atems entströmte.

In der nächsten Sekunde rannte er unvermittelt los.

„Nein!“, rief ich ihm nach: „Ollie!“

Er reagierte nicht auf mich.

Nicht, dass er je gehört hätte, doch in diesem Moment verfluchte ich seinen Dickkopf.

Alle Bedenken von mir werfend, folgte ich ihm.

In meiner Hast übersah ich eine Wurzel und stolperte. Bevor ich mich abfangen konnte, fiel ich schon der Länge nach in den Schnee.

Als ich aufsah, hatte Ollie den Greifvogel gerade erreicht.

Dann – verschwanden Ollie und der riesige Vogel vor meinen Augen! Sie waren einfach fort.

Was passiert hier?

Ich rappelte mich auf und eilte zu der Stelle, an der ich Ollie und den Greifvogel zuletzt gesehen hatte. Ollies Spuren im frischen Schnee endeten hier.

Ratlos sah ich mich um.

Ich rief Ollies Namen. Nichts.

Der finstere Himmel über mir schwieg, ließ seine samtigen Flocken auf mich niederrieseln.

Verzweiflung überkam mich. Ich begann zu schluchzen.

Wo ist mein Ollie? Das kann doch nicht wahr sein!

Als hätte die Nacht ihn verschluckt.

Ich wischte mir eine Träne vom Gesicht, überlegte fieberhaft, wo ich ihn suchen könnte.

Da erhellte sich ganz allmählich die Nacht. Die Schneeflocken um mich herum, sie begannen zu leuchten!

An der Stelle, an der Ollies Spuren verebbt waren, blieben strahlende Flocken am Boden liegen. Sie bildeten einen leuchtenden Kreis, der immer heller wurde, umso mehr Flocken darauf fielen.

Was in aller Welt…?

Verblüfft betrachtete ich die leuchtende Fläche vor meinen Füßen. Sie hatte einen Durchmesser von etwa einem

Meter und sendete erst einen schwachen, dann immer stärker werdenden Lichtkegel nach oben.

Entweder lag ich noch immer auf der Couch und träumte oder ich war nicht mehr ganz bei Verstand. Nichts machte mehr einen Sinn, seitdem dieses Klopfen mich geweckt hatte.

Aber das gleißende Licht, das immer höher vor meinen Augen vom Boden in den Himmel stieg, war real und traumhaft zugleich. Leuchtend wie kleine Glühwürmchen tanzten die Schneeflocken darin.

Vorsichtig streckte ich meine Hand nach dem Lichtkegel aus. Das Licht war weder kalt noch warm und ein Prickeln durchzog meine Finger. Es fühlte sich fast genauso an wie das Kribbeln, wenn die Hände eingeschlafen sind, nur intensiver und dadurch unangenehm.

Um meine Hand bildete sich heller Nebel. Sie verblasste, schien darin zu verschwimmen.

Schnell, raus aus dem Licht!

Ich versuchte, meine Hand zurückzuziehen, doch es gelang nicht. Eine unsichtbare Kraft hielt sie im Lichtkegel fest. Mich nach hinten lehnend, stemmte ich mich dagegen, riss an meinem Arm.

Unmöglich. Meine Hand ließ sich nicht wieder aus dem Licht ziehen.

Was passiert mit mir?

Die Konturen meiner Finger waren nicht mehr auszumachen und das Kribbeln war in piekende Stiche übergegangen.

In diesem Moment vernahm ich hinter mir ein deutliches Knirschen im Schnee.

Ich bin hier draußen nicht allein!

Noch bevor ich mich umdrehen konnte, streifte etwas mein Haar. Als würde jemand darüber streicheln.

Ein sonderbares Schaudern durchzog mich. Beängstigend und vertraut zugleich.

Dann versetzte mir jemand einen Stoß.

Ich schrie, als ich in den Lichtkreis taumelte. Mein Schrei wurde jedoch schlagartig von dem ungeheuren Kraftfeld des Lichtes verschluckt.

Blinzelnd versuchte ich etwas zu erkennen. Schemenhaft machte ich eine große, dunkle Gestalt außerhalb der Lichtsäule aus. Sie bewegte sich nicht, beobachtete aber genau, was ich tat.

Unmöglich, das Licht zu verlassen.

So sehr ich auch versuchte, nach draußen zu gelangen, die enorme Energie des Lichtkegels ließ mich nicht entkommen.

Ich wollte um Hilfe rufen, doch kein Laut drang aus meinem Mund.

Alles stumm.

Weißer Nebel hüllte mich ein und das Kribbeln durchzog meinen Körper, wie tausend kleine Nadelstiche, die unablässig auf der Haut rumorten.

Ich begann mich aufzulösen.

Alles verblasste: die Konturen, meine Umgebung.

Das kleine Lichtmosaik meines Wohnzimmerfensters war das Letzte, was ich sah. Nur zwei Minuten entfernt, doch es hätte nicht unerreichbarer sein können.

Dann verschwand ich.

Ich spürte nichts mehr. Keinen Druck, keine Kälte, kein Kribbeln.

Keine Angst.

Kapitel 3

Schwerelos glitt ich, wie im Trance, durch einen zeitlosen Raum. Weder im Fall noch Aufstieg.

In fließender Gleichmäßigkeit, getragen von undurchsichtiger Materie.

Friedliche Ruhe.

Keine Sorgen oder Probleme, die mich beschwerten. Nur Leichtigkeit.

Nichts zu empfinden ist so viel einfacher.

Nach einer Weile, – ich weiß nicht mehr, wie lange es dauerte – begann sich der weiße Schleier, der alles überzog, zu lichten.

Als ich an mir herunterblickte, erkannte ich meinen beigen Mantel. Er umschloss mich wie ein schützender Kokon.

Meine Sinne kehrten zurück und die unscharfen Umrisse meines Körpers wurden allmählich klarer.

Ich vermisste die kuschelige Wolle meines roten Schals, der sich sonst um meinen Hals schmiegte.

Ich musste ihn wohl auf der Wiese verloren haben.

Die Wiese. Mein Zuhause!

Wo ist das alles?

WO BIN ICH HIER?

Ratlos überblickte ich die Weite, in der ich schwebte. Unendlich fern schien die Wiese und die Nacht, aus der ich durch die Lichtsäule entschwunden war.

Alles war so surreal, dass ich mir nicht sicher war, ob ich nicht doch mit einem angeschlagenen Kopf irgendwo im Schnee lag.

Angenehm frisch floss ein Lufthauch durch meine gespreizten Finger, die ich staunend vor meine Augen führte, als würde ich sie nach langer Zeit zum ersten Mal sehen.

Um mich herum, die weiße Stille.

Was ist das?

Durch meine Finger, entdeckte ich mitten im Nichts, eine weiße Wolke, die sich aufplusterte. Sie bäumte sich auf, quoll auseinander.

In ihrem Zentrum manifestierte sich die Silhouette einer schmalen Gestalt.

Ich starrte gebannt auf das Gebilde, als verfolgte ich einen Zaubertrick auf einer Bühne. Mich fragend, wer oder was dieser Wolke entsteigen würde.

Ist das ein Mensch?

Wir näherten uns an. Es war für mich schwer auszumachen, ob meine Umgebung sich dabei bewegte oder ich.

Ihre schemenhaften Konturen wurden nun immer klarer – es war eine Skulptur. Die steinerne Statue einer Frau.

Ihr regloser Blick war in die Ferne gerichtet. Dunkle Traurigkeit verankert in seinem Ausdruck.

Ein elfenhaftes, eng anliegendes Kleid mit einer Schleppe war detailliert auf ihren Körper gemeißelt.

Die Umrisse ihres welligen Haares, das bis zu ihren Kniekehlen hinabreichte, bis auf das kleinste Haar herausgearbeitet.

Auf der Stirn glänzte ein glatter, münzgroßer Edelstein, der alle Farben vereinte und gleichzeitig auch keine.

Der einzige Farbtupfer auf der sonst weißen Steingestalt!

Ihre Augen verloren sich hinter mir. Als warte sie sehnsüchtig auf etwas – oder jemanden.

Die Hände hingen, zu Fäusten geballt, seitlich herunter.

Ich wollte sie berühren, auch wenn ich es kaum wagte. Zaghaft strichen meine Finger über ihre ebene Wange.

Da!

Ihre Augen hatten sich bewegt und ihre Pupillen hefteten sich an mich.

Eine Welle der Traurigkeit überrollte mich mit ihrem Blick. All der Schmerz, der darin lag, schlug mir entgegen.

Etwas Furchtbares war geschehen und sie war ohnmächtig, es zu ändern.

Ihre spürbare Verzweiflung war übermächtig und vernebelte meinen Geist.

Alles, was ich fühlte, war ihre Traurigkeit.

Kristallklare Tränen rollten wie perlende Tautropfen ihre kalten Wangen hinab.

Unter der Last ihres Schmerzes wich ich zurück. Ich ertrug ihre Trauer nicht.

Als ich die Berührung löste, ging ein plötzlicher Ruck durch ihren harten Körper. Jäh endete die Qual.

Ihre Arme hoben sich auf Brusthöhe und sie hielt mir ihre Hände entgegen. Mechanisch gleichmäßig öffneten sich dabei ihre zierlichen Fäuste.

In der rechten Hand funkelte eine opulente Brosche. Sie hatte die Form einer fünfblättrigen Blume. Im Zentrum erstrahlte ein weißer Diamant.

Die äußeren Blumenblätter bestanden aus fünf verschiedenen farbigen Steinen, in Blau, Grün, Gelb, Lila, Rot.

Wie gern würde ich sie an mich nehmen!

In der anderen Hand lag eine Kette mit einem Anhänger, ein rundes Medaillon, überzogen mit Alterspatina. Die feinen Glieder waren teilweise verklebt.

Der gläserne Deckel des Medaillons war umrandet mit einer metallenen Fassung. Tief klaffte ein splitternder Riss im Glas und verhinderte einen genaueren Blick auf das, was dahinter lag.

Das Funkeln der Brosche weckte mein Verlangen, ihre schillernden Farben paralysierten mich.

Sie sollte mir gehören. Jetzt!

Ich hob meine Hand, um sie an mich zu nehmen.

Aus unerfindlichen Gründen gehorchte mein Körper mir nicht. Meine Finger folgten einem Instinkt, den ich nicht zu steuern vermochte.

Zu meiner eigenen Verwunderung griff ich nach der antiken Kette.

Ein Gefühl der Erleichterung überkam mich, doch nur für den Bruchteil einer Sekunde.

Die Statue verpuffte vor meinen Augen und hinterließ die quellende Wolke, aus der sie gekommen war.

Alles um mich herum wurde dunkel.

Nur das Leuchten des Steins, den sie auf ihrer Stirn getragen hatte, glaubte ich noch kurz aufblitzen zu sehen, bevor alles erlosch.

Gott sei Dank, alles nur ein Traum!

Sanft streichelte der Wind über mein Gesicht.

Keine Leichtigkeit mehr. Nur Schwere.

Meine Augenlider brannten und lasteten tonnenschwer auf meinen Augen.

Wie aus einem langen, tiefen Schlaf zurückkehrend, lag ich da. Meine Glieder waren steif und schmerzten.

Was ist das nur für ein eigenartiger Traum gewesen?

Ein Rascheln unterbrach meinen Gedanken. Ganz nah bei mir.

Da ist es wieder!

Diesmal auf der anderen Seite.

Wispern. Jemand flüsterte.

Stimmen!

„Ich muss meine Augen öffnen!", befahl ich mir.

Etwas Flauschiges berührte meine rechte Hand.

Ich blinzelte. Es war heller, lichter Tag.

Über mir ragten hohe Baumwipfel, die den Blick auf den Himmel nahezu vollständig verbargen. Nur an ihren Spitzen blitzte er durch.

Die Baumkronen wippten rhythmisch geruhsam im Wind. Ich sah genauer hin.

Ist das eine optische Täuschung?

Verwundert beäugte ich die schaukelnden Blätter. Sie waren nicht grün, sondern blau.

„Schau doch! Sie ist wach", piepste es neben mir.

Flink kletterte ein pelziges Etwas auf meinen Arm, hüpfte behände auf meine Brust und kam vor meinem Gesicht zum Stehen.

Es hatte die Größe eines Eichhörnchens und war schneeweiß. Neugierig beschnupperte es mein Kinn.

Ich versuchte mich aufzurichten, doch es gelang mir gerade so, meine Arme und Beine zu bewegen.

„Wer bist du?", fragte es.

Dieses Vieh kann sprechen!

Mein Kopf musste ernsthaften Schaden genommen haben.

Aufgeweckte, braune Augen sahen mich zwinkernd an und eine lange spitze Nase inspizierte schnüffelnd meinen Mantel.

„Ich bin Stuna", piepste es freundlich, ohne eine Antwort abzuwarten.

Ihr behaarter Schwanz rollte sich dabei reflexartig ein und aus, wie ein Jo-Jo. Kleine haarige Pfoten stampften auf meinem Plastik-Mantelknopf, unschlüssig, worum es sich hierbei wohl handeln mochte.

„Lass das! Sprich nicht mit ihr!", herrschte eine tiefe Stimme Stuna an.

Wer auch immer sprach, stand dicht über meinem Scheitel. Ich konnte ihn nicht sehen, so sehr ich meinen Kopf auch überstreckte.

„Wir wissen nicht, woher sie kommt und was sie hier will. Vielleicht ist sie gefährlich."

Stuna flatterte keck mit ihren weißen, durchschimmernden Mauseohren und kehrte mit ihrer Aufmerksamkeit zurück zu meinen Mantelknöpfen.

„Ich informiere die anderen. Bleib du hier und bewache sie!", sagte die tiefe Stimme.

Die anderen?

„Ja, ja, mache ich!", quiekte Stuna motiviert.

Dieses sprechende Tier kann doch nicht echt sein?

Ich hob meinen Arm, versuchte, es zu berühren.

„He du, was machst du da?", piepste sie und sprang von meiner Brust auf den Waldboden.

„Ich bin anscheinend ernsthaft verletzt", brabbelte ich mehr zu mir selbst als zu diesem seltsamen Tier.

Ich hievte mich langsam hoch.

Gebrochen war anscheinend nichts. Meinen Kopf abtastend, konnte ich keine offene Wunde finden.

„Du siehst ganz gesund aus, finde ich", antwortete sie, belustigt mein Gebaren beobachtend.

Überall dunkelbraune, dicke Baumstämme, deren Kronen ein blaues Dach bildeten. Auf dem Waldboden wuchsen dichte Farnstauden und der hügelige Boden war vollkommen mit einer Moosschicht bedeckt.

Einen Ort wie diesen hatte ich noch nie zuvor gesehen.

Das Moos, die Blätter, alle Pflanzen waren blau, nicht grün.

„Wo bin ich hier?“, fragte ich mich, während ich mich verwirrt umsah. Alles war fremd.

Beschaulich rieselte die eigenartige, blaue Blätterpracht von den Bäumen hinab.

Blauer Blätterregen.

Etwas Märchenhaftes, Magisches lag in der Luft.

„Im Wald der Blaulinge“, antwortete Stuna.

„Woher kommst du?“ Ich reagierte nicht, sah sie nur stumm verwundert an.

Blaulinge?

Ein königsblauer Schmetterling flatterte an mir vorbei und setzte sich auf meine Schulter.

Ich machte ein paar vorsichtige Schritte durch das weiche Moos. Aufgescheucht durch meine Bewegung flog er weiter und verschwand im Blau der Farne.

Stuna verfolgte mich.

„Du musst hier bleiben! Ich soll doch auf dich aufpassen.“

„Dann komm doch mit“, entgegnete ich.

Die Situation war absurd. Ich sprach mit einem Tier, dessen Gattung ich nicht mal annähernd zuordnen konnte.

Diese Stuna schien ungefährlich und war sogar ein bisschen niedlich. Den Besitzer der tieferen Stimme hingegen wollte ich nicht kennenlernen.

„Wie komme ich hier raus?“, fragte ich sie, einen hüfthohen Farn zur Seite biegend.

„Wohin willst du denn?“ Abrupt blieb ich stehen.

Gute Frage! Ich hatte keine Idee.

Ich wusste ja nicht einmal, wo ich überhaupt war. Nur, dass dieser Ort jeglicher Logik widersprach, dessen war ich mir sicher.

Ratlos betrachtete ich eines der herunterfallenden Blätter, das auf meinem ausgestreckten Handrücken landete.

Auf paradoxe Weise wirkte das hier real.

Klare pulsierende Luft, die ich durch meine Nasenflügel einsog, das gleichmäßige Rauschen der wogenden Baumkronen und die Farne, die an meinen Beinen kitzelten.

„Wer sind diese Blaulinge?"

„Wir!", zischte es vor mir.

Verschreckt machte ich einen Satz nach hinten, taumelte und landete unsanft auf meinem Po.

Ein dunkles Gesicht war mit dem Ausruf hinter einem Baumstamm hervorgeschnellt.

Während ich es fassungslos anstarrte, erhoben sich zeitgleich aus den umliegenden Farnen unzählige samtigschwarze Köpfe.

Dutzende Augenpaare umringten mich und starrten entgeistert zu mir herunter, während ich mich ganz langsam aufrichtete.

Nicht, dass ich diese Tiere (oder was auch immer sie sein mochten) erschreckte.

Perplex schaute ich zwischen ihnen umher. Sie glotzten mich nur aus großen, schwarzen Knopfaugen an.

„Toller Auftritt", murmelte ich ironisch, in Richtung des Blaulings, der im Baum saß und mich erschreckt hatte.

„Wahrscheinlich der Rudelführer", dachte ich.

Alle schienen nur darauf zu warten, was er als Nächstes tat.

Echsenartig krabbelte er den Stamm herunter und baute sich vor mir auf. Er reichte mir bis zur Nasenspitze.

„Wer bist du und was willst du in unserem Wald?" Wichtigtuerisch gestikulierte er dabei mit seinen samtigen Armen, die mich an Robben erinnerten, weil sie so schön glänzten.

Seine kleinen runden Ohrmuscheln wackelten, wenn er sprach. Sie standen ein wenig ab.

Der Mund ähnelte dem einer Katze und dicke, borstige, schwarze Barthaare sträubten sich vor Aufregung nach vorn, während er mit mir sprach.

Er sah ungewollt drollig aus, mit seiner glänzenden Stupsnase und den großen dunklen Augen.

„Was grinst du so? Ich will wissen, wer du bist", herrschte er mich ungehalten an.

Habe ich etwa gelacht?

Mein Grienen verbeißend, antwortete ich schnell, um ihn nicht noch weiter zu verärgern.

„Ich... äh, heiße Yo."

„Was?", unterbrach er mich ungehalten.

„Yo!", sagte ich ein wenig lauter.

Vielleicht versteht er mich ja nicht?

Die Blaulinge tauschten unsichere Blicke.

„Das kann nicht sein", hörte ich es wispern.

„Unmöglich", tönte es schon ein wenig lauter aus einem anderen Winkel. Hektisches Gemurmel brach unter den miteinander gestikulierenden dunklen Gestalten aus.

Wenn hier jemand etwas unglaublich oder gar unmöglich fand, dann war das doch wohl eher ich.

Die dunkelbraune – fast schwarze – Färbung unterschied sich nur um wenige Nuancen von den Baumstämmen. So waren sie auf dem Boden oder an den Bäumen fast nicht zu sehen.

Ihre Fortbewegungsart schien auf allen Vieren zu sein. Einige von ihnen verweilten aber auch auf ihren Hinterbeinen stehend.

So wie ihr Anführer, der noch immer vor mir stand und den aufkommenden Tumult mit verkniffenem Gesichtsausdruck verfolgte.

Vier Glieder zählte ich an ihren Füßen und Händen, die viel länger und graziler als meine waren.

Zart schimmerte ihre Haut, wann immer ein Lichtstrahl sich seinen Weg durch die Wipfel bahnte.

„Fast wie bei einem nassen Seehund, der aus dem Wasser steigt", dachte ich, verträumt den Kopf zur Seite legend.

„Nein, keine Tagträume!", befahl ich mir selbst streng. „Du bist hier Gott-wer-weiß-wo mit Gott-wer-weiß-wem."

Unbeeindruckt von dem Getöse kauerte Stuna auf einem niedrigen Ast neben mir.

„Bist du es wirklich, Yo?", fragte sie.

„Ja… also, das ist mein Name."

Irritiert zog ich die Schultern an.

„Aber was ist das Problem damit?"

Noch immer diskutierten die Blaulinge aufgeregt.

„Schluss jetzt!“, rief ihr Anführer. „Sie lügt! Das ist ja wohl offensichtlich.“

„Warum sollte ich?“ Ich legte die Stirn in Falten.

„Was machen wir mit ihr?“, fragte ein Weiterer, ohne meinem Einwand irgendeine Form der Beachtung zu schenken.

Gereizt umkreiste mich der Blauling-Anführer.

Das wird ja immer verrückter.

„Also“, setzte ich an, „ich war mit meinem Hund spazieren. Dann verschwand er plötzlich. Ich bin in einen Lichtkreis gefallen und hier aufgewacht.“

Jetzt, wo ich es erzählte, klang es wirklich blöd.

Ihre verständnislose Mimik verriet, was sie von mir und dem, was ich sagte, hielten.

Verübeln konnte ich ihnen das nicht. Ich hätte mir auch nicht geglaubt.

„Ich suche nur Ollie, meinen Hund.“ Ratlose leere Gesichter, gepaart mit einem Anflug von Misstrauen.

„Einen was? Was erzählst du uns denn da?“ Der Anführer schnappte erbost nach Luft.

Sein niedliches Aussehen stand im optischen Kontrast dazu und verhinderte, dass ich mir Sorgen um seine aufkommende Wut machte. Denn je mehr er sich erzürnte, desto drolliger war er anzusehen.

Ich musste mich dazu zwingen, meine Mundwinkel nicht amüsiert nach oben wandern zu lassen.

Diese Situation war doch einfach zu absurd, um sie ernst zu nehmen.

„Das führt zu nichts“, fügte er mit barschem Ton hinzu.

„Lasst sie uns zu Burburak bringen. Er wird uns sagen, was mit ihr geschehen soll. Wir brechen am besten sofort auf.“

Die Blaulinge nickten zustimmend und murmelten wieder.

Burburak?

Alternativlos ergab ich mich der Lage und beschloss, mit ihnen zu gehen.

Was blieb mir auch übrig? Ich würde mich ohne sie wohl kaum zurechtfinden.

Der Weg durch den Wald war beschwerlich. Unebener, mit rutschigem Moos bedeckter Boden ließ mich schlingern. Ich fiel.

Mich auf dem weichen Moos aufstützend, bemerkte ich, dass der Boden sich zwar trocken anfühlte, aber dennoch roch es feucht.

Fast tropisch, doch mit deutlich kühleren Temperaturen.

Etwas ungeschickt versuchte ich mich aufzurichten, erschrak aber, wegen eines Farns, der meinen Kopf streifte und ich fiel gleich wieder.

Meine Begleiter, der Anführer der Blaulinge und ein weiteres Exemplar seines Stammes, kommentierten es mit einem hohlen Glucksen.

Verbissen nahm ich es zur Kenntnis.

Blödmänner! Mir fehlte das Ego, es nicht persönlich zu nehmen.

Zu oft war ich in der Schulzeit verspottet worden.

Als Heimkind ist man schon grundsätzlich ein Sonderling. Wenn man dann auch nicht mit Leistung oder coolen Sachen punkten kann, bleibt man es halt auch.

Stuna hielt neben mir.

„Bleib in der Nähe der Farne. Das Moos ist dort fester."

Ich schenkte ihr ein dankbares Lächeln, während ich erneut aufstand.

Was ist sie nur für ein Wesen?

Auf meine Nachfrage hatte sie wiederholt geantwortet, sie sei eine ‚Stuna'.

Wer weiß, was es hier noch alles zu entdecken gab? In dieser neuen rätselhaften Umgebung.

So sonderbar dieser Wald und diese Wesen waren, ich begann mich an den Gedanken zu gewöhnen, hier zu sein.

Nur Ollie fehlte mir.

Die Blaulinge waren in ihrem Element. Blitzschnell bewegten sie sich fort.

Meistens liefen sie geduckt, sodass man sie zwischen den Farnen nicht ausmachen konnte.

In regelmäßigen Abständen stellten sie sich auf, um die Lage zu sondieren. Spöttisch begutachteten sie dabei meine Bemühungen, weiterhin den Widrigkeiten des nachgebenden Waldbodens zu trotzen.

Wohin sie mich brachten und warum sie es taten? Ich wusste es nicht.

„Woher", fragte ich mich, „wollte dieser Burburak wissen, ob ich die Wahrheit sage oder nicht?"

Wir liefen bereits eine gefühlte Ewigkeit. Ich schwitzte.

„Ist es denn noch weit?“, fragte ich und hielt an, um zu verschnaufen.

Die Blaulinge tauschten einen kurzen Blick.

„Wir werden bald ein Lager aufschlagen. Es wird Nacht“, antwortete mir der Anführer.

Verwundert sah ich nach oben. Keine Dämmerung.

Es war genauso hell wie in dem Moment, als wir gestartet waren.

Diese Blaulinge sind sehr merkwürdig.

Ihren Blicken entnahm ich, dass sie mindestens dasselbe, wenn nicht sogar schlimmeres, über mich dachten.

Ich inhalierte die feuchte Luft, während die blauen Blätter um mich herabrieselten.

Was für ein Abenteuer!

In mir rumorte Begeisterung, obwohl mein Verstand bislang nicht erfasste, was hier geschah.

Aber diese neuen, phantastischen Eindrücke weckten Neugier und – etwas ganz Neues für mich – Wagemut.

Nach einem weiteren halbstündigen Marsch erreichten wir eine Lichtung am Rande des Waldes. Meine Begleiter beschlossen, es sei wohl am klügsten, die Nacht hier zu verbringen.

„Die Stelle dort ist günstig.“

Stuna deutete mit ihrer Nase auf eine ebene Fläche, zwischen den Farnstauden. Einige Baumstämme lagen verstreut auf dem Boden.

Die Lichtung, eine satte, grüne Wiese, schloss sich direkt dahinter an.

Der Kontrast zum Blau des Waldes stach jetzt besonders markant hervor.

„Es ist doch noch hell", warf ich ein.

„Nicht mehr lange", knurrte der Anführer mürrisch, „aber danke für den Hinweis."

Innerlich rollte ich meine Augen bis zu den Baumspitzen.

Wir ließen uns nieder und ich betrachtete die nahe gelegene Lichtung eingehender. Eine merkwürdige dunkle Stelle im Gras erregte meine Aufmerksamkeit.

„Ist das Rauch?", fragte ich Stuna und zeigte auf schwarzen Dampf, der aus dem Boden aufzusteigen schien.

Wortlos starrte sie mich an.

Die Blaulinge, die unter den Farnen anscheinend nach Nahrung gruben, hielten ebenfalls inne.

Ein kurzer – sehr unangenehmer – Moment der Stille.

Habe ich etwas Falsches gesagt?

Ein Knacken am Waldrand unterbrach das Schweigen.

Nervös schielte Stuna in die Richtung, aus der das Geräusch gekommen war.

„Da kommt jemand!", zischte sie.

Augenblicklich ließen die Blaulinge ihre ausgegrabenen Wurzelknollen fallen und sprangen unter die Farnstauden.

Bevor ich ausmachen konnte, was Stuna gesehen hatte, riss der Blauling-Anführer mich hinunter auf den Boden.

„Kein Wort!", raunte er.

Bewegungslos lagen wir unter den Farnen. Eilige, schwere Schritte näherten sich.

Stuna verkroch sich zitternd in meinem Stiefel. Ich konnte das Zucken ihrer Fellspitzen durch meine Leggins spüren. Ihre winzigen Krallen bohrten sich scharf in meine rechte Wade.

Ich spürte die Anspannung des Blaulings, der mit seiner Nase angestrengt witternd die feuchte Luft einsog. Sein borstiger Bart stand gespreizt nach vorn und bebte.

Dreckige hellbraune Stiefel sackten in das nachgebende Moos etwa zwei Meter vor uns.

Eine menschliche Hand griff nach den Wurzeln der Blaulinge, die noch auf dem Boden verstreut herumlagen.

Schlagartig wurde es dunkel.

Als ob jemand plötzlich das Licht ausknipst.

Ich konnte überhaupt nichts sehen. Um mich herum Dunkelheit.

Niemand machte einen Mucks.

Bis auf Stunas Zittern, das ich wie kleine elektrische Impulse an meinem Bein spürte, fehlte mir jegliche Orientierung.

„Laros? Wo bist du?“, flüsterte es plötzlich aus der Dunkelheit.

Der Blauling-Anführer neben mir entspannte sich merklich, als er die Stimme vernahm. Er schien sie zu kennen.

„Ich weiß, dass ihr hier seid. Die Wurzeln sind frisch ausgegraben und nur ihr esst dieses widerliche Zeug.“

Die tiefe, männliche Stimme sprach nun etwas lauter. Dann folgte ein Laut, der sich wie das Krächzen eines Vogels anhörte.

Laros, der Blauling-Anführer, erhob sich: „Miran! Hast du uns erschreckt."

Bei diesen Worten krabbelte Stuna leichtfüßig aus ihrem Versteck als sei nichts gewesen.

Ein schwacher Lichtstrahl drang zu mir.

Ich lag noch immer bäuchlings auf der Erde, versuchte mich an den unerwarteten Einbruch der Nacht zu gewöhnen.

Der Fremde entfachte ein kleines Feuer in der Moosmulde.

„Was machst du hier, Miran?", wollte Laros wissen.

„Ich habe ein fremdes Wesen gefunden. Ich bringe es zu Burburak."

„Na, das ist ja ein Zufall. Hier scheint sich allerhand in unserem Wald zu verlaufen…", bemerkte Laros spöttisch.

„Wo ist es?"

Er holte ein schwarzes Tier unter seinem Mantel hervor. Im Feuerschein sah ich, wie er es auf dem Boden absetzte.

Diese tapsigen Schritte, mit denen das Tier den unbekannten Untergrund erforschte, kenne ich doch!

„Ollie!", rief ich freudig und sprang zwischen den Farnen hervor.

Er hüpfte mit einem Satz auf mich zu und in meine Arme.

Sofort war der Fremde aufgesprungen.

Alarmiert zog er sein Schwert, das mit einem bedrohlichen Zischen vor meinem Gesicht zum Stehen kam.

Bereit, zuzuschlagen.

Verdutzt zuckte ich zusammen und erstarrte.

„Wer ist das?“, rief er, ohne mich dabei aus den Augen zu lassen.

Seine feste Stimme hatte einen melodischen, tiefen Klang. Auf seiner Haut spiegelte sich flackernd das Licht des Feuers.

Hypnotisiert und völlig von seiner Erscheinung gebannt, starrte ich auf die tänzelnden Muster, die die Flammen auf seinen ebenen Wangen zeichneten.

Er verzog keine Miene, während seine kobaltblauen Augen auf mir ruhten. Ihnen schien nichts zu entgehen.

„Kühl und tief, wie das offene Meer in der Morgensonne“, schoss es mir durch den Kopf.

Unfähig zu antworten, schien mir dieser Moment, als wir uns gegenüber standen und ansahen, eine kleine Ewigkeit zu sein.

Eine wunderbare, kleine Ewigkeit, in der die Zeit stillstand.

Mein Atem ruhte, aus Angst, die Zeit würde weiter laufen, wenn ich einatmete.

Miran…

Mirans Präsenz wirkte entschlossen. Seine ganze Aura erfüllt von Stärke und Bestimmtheit.

Ollie begann auf meinem Arm unruhig zu werden.

Schade, der Moment, in dem es kurz nur uns beide gegeben hatte, ist vorüber.

Die glänzende Schwertspitze, noch immer nur wenige Zentimeter von meinem Kinn entfernt!

Ohne meinen Blick abzuwenden, ließ ich Ollie vorsichtig hinunter. Es geschah unter seinem forschen Blick.

Hätte Miran auf mich einschlagen wollen, wäre es wahrscheinlich längst geschehen. Ich richtete mich wieder auf, vorsichtig abwartend, in meiner Position bleibend.

Er war groß gewachsen, mindestens 1,80 m schätzte ich. Sein markantes Gesicht wies, trotz der männlichen Züge, weiche Konturen auf.

Es war umrahmt von kurzem, leicht lockigem Haar, das wirr abstand. Die Haarfarbe war wohl ein helles Braun, aber im Feuerschein nicht genau zu erkennen.

Seine dunkelbraune Kleidung wirkte altertümlich, ähnlich der eines Jägers.

Aber das wohl Auffälligste daran war sein langer Mantel. Er reichte bis zum Boden und war mit schimmernden Federn bedeckt.

Es mussten Abertausende sein!

Sie glänzten in allen Brauntönen, einige sogar golden.

„Sie sagt, sie sei Yo", unterbrach Laros das Schweigen.

Erstaunt hoben sich Mirans Augenbrauen und er ließ das Schwert sinken.

Argwohn mischte sich in seinen bis dahin neutralen Blick.

Ich blickte zu den Blaulingen und Stuna, versuchte alle Gesichter einzufangen. Sie alle misstrauten mir.

„Was ist Schlimmes daran?" Ich musste es wissen.

Niemand antwortete mir.

Das ganze Drama wegen meines Namens war mir unverständlich und begann mich zu ärgern.

Meine Stirn kräuselnd, fuhr ich fort: „Also gut, ich habe Ollie nun wieder.

Es gibt für mich daher keinen Grund, länger mit euch zu gehen. Sobald es Tag wird, suche ich meinen Weg nach Hause."

So, jetzt hatte ich mal eine Ansage gemacht!

Schweigen.

Die Blaulinge und Miran tauschten vielsagende Blicke untereinander.

Mein kurz zuvor erlangtes Selbstbewusstsein schmolz sofort dahin.

„Es wird doch wieder hell, oder?", fragte ich beklommen.

Miran entspannte sich bei dieser Frage merklich, er lächelte sogar und setzte sich auf einen der Baumstämme.

„Da du dich hier überhaupt nicht auszukennen scheinst, wäre es dumm, allein weiter zu gehen. Außerdem hat dein Ollie, wie du ihn nennst, einen langen Weg hinter sich. Er sollte sich ausruhen."

„Lasst uns jetzt etwas essen", sprach Miran weiter.

Wirklich, sehr bestimmend.

Aber auf eine angenehme Art. Wenn er etwas sagte, schienen sich alle zu fügen.

Ein geborener Anführer.

„Wenn du willst, teile ich mit dir. Deren Rüben sind wirklich ungenießbar."

Beiläufig grinste er in Richtung der Blaulinge, die an ihren Wurzeln knabberten. Die Lockerheit, mit der er nun sprach, war entwaffnend und hatte meiner ‚Ansage' jede Wirkung genommen.

Selbst der muffelige Laros war auf einmal gut gelaunt und obwohl ich mir nicht gern etwas sagen ließ, so musste ich einsehen, dass sein Vorschlag der einzig gangbare war.

„Du rede nur, mit deinem Vogelfutter", motzte Laros freundlich zurück.

Ollie, der Verräter, hatte sich längst zu Mirans Füßen platziert und bettelte um Essen. Noch etwas widerstrebend setzte ich mich dazu.

Stuna scharrte im Sand nach Käfern, die sie gierig fraß und ich analysierte kritisch, mit seitlich geneigtem Kopf, die Körner, die Miran mir in einem großen Blatt zuschob.

Er goss einen Schluck Wasser aus der Feldflasche darauf und sie quollen zu einem dicken Brei auf.

Es sah aus wie Haferschleim, nur ohne Brocken.

Sogar Ollie fraß es. Trotz Skepsis siegte mein Hunger.

Es schmeckte ein bisschen fad.

„Danke", murmelte ich verlegen. Er schaute mich an und lächelte.

Gut, dass es dunkel ist.

Röte durchzog mein Gesicht. Er hatte diese Gabe.

Als er mich über das Feuer hinweg ansah, hatte ich das Gefühl allein mit ihm zu sein, nur er und ich.

Schnell schaute ich weg.

Sein Lächeln hatte wieder kurz die Zeit stehen lassen und ich konnte das nervöse Flattern in meiner Bauchgegend kaum noch ignorieren.

Seine Art... er... fasziniert mich.

Anschließend bezogen wir unser Nachtlager.

Die beiden Blaulinge schliefen dicht beieinander. Verständnislos beobachtete ich ihr Ritual, bei dem sie sich systematisch mit ihren Rücken aneinander legten und anschließend ihre Arme und Beine ineinander verhakten.

Das sah nicht nur merkwürdig aus. Es konnte nie und nimmer bequem sein.

„Wenn einer von ihnen verschwindet, passiert es nicht, ohne dass es der Andere bemerkt", erklärte mir Miran, der sah, wie ich den befremdlichen Vorgang verfolgte.

„Wieso sollten sie denn verschwinden?"

„Ich weiß nicht, wo du herkommst", entgegnete er ruhig, „aber hier ist es sehr gefährlich. Vor allem in der Dunkelheit."

Aus dem Schlaflager der Blaulinge grunzte es: „Ich sage ja, sie ist nicht Yo. Sie hat von nichts eine Ahnung."

„Schlaf jetzt, wir haben morgen einen langen Weg vor uns." Mirans mahnender Ton ließ keine Widerworte zu.

Der Anführer.

Ich war furchtbar müde. Ollie schnarchte.

Glücklich, ihn wieder bei mir zu wissen, schmiegte ich mich an ihn.

Er nahm es zur Kenntnis.

Seine Müdigkeit verhinderte das Ausfechten unserer üblichen Platzkämpfe.

Stuna schlich um meine Haare und rollte sich dann darin ein.

„Nichts für ungut“, piepste sie, „sie sind so schön weich. Außerdem ist es ja zu deiner Sicherheit. Du kennst dich hier ja nicht aus; einer muss auf dich aufpassen.“

Ich schmunzelte, während ich die Augen schloss.

Was soll dieses kleine Tier ausrichten, wenn tatsächlich Gefahr drohte?

Wohligkeit legte sich mit dem Schlaf über mich, denn das erste Mal seit langem hatte ich das Gefühl, nicht allein zu sein.

Kapitel 4

Genauso schlagartig, wie es dunkel geworden war, brach der Tag heran. Mit einem Mal war es unangenehm hell.

Stirnrunzelnd bedeckte ich meine Augen, bis sie sich an das Tageslicht gewöhnten.

Gibt es hier weder Sonne noch Mond?

Der Wind rauschte durch die Baumwipfel und ließ einen Schwung blauer Blätter herabsegeln, die mich über Nacht vollständig zugedeckt hatten. Wohl auch deshalb war mir nicht kalt gewesen.

Ollie lag, alle Viere weit von sich gestreckt, neben mir.

Winzige Füße durchkämmten kitzelnd meine Haare. Stuna rappelte sich auch gerade auf.

Miran war bereits wach und die Blaulinge entwirrten – noch verschlafen – ihre ineinander verknoteten Extremitäten.

Verstohlen beobachtete ich Miran mit halboffenen Augen.

Unter der Kleidung zeichnete sich deutlich sein muskulöser Körperbau ab.

Sein Alter musste irgendwo zwischen Mitte und Ende zwanzig liegen. Ich konnte mich auch täuschen, denn durch seine bedachte, kontrollierte Art wirkte er reifer.

Zweifelsohne war er attraktiv.

Ich wandte schnell meinen Blick ab, als ich mich dabei ertappte, wie ich ihn so unverhohlen anstarrte.

Sein Umhang, dessen Federn im Tageslicht in sämtlichen mittel- bis dunkelbraunen Farbnuancen schillerten, gab ihm etwas Geheimnisvolles.

Die selbstsichere Art, die in all seinem Tun zutage trat, schüchterte mich ein. Er schien genau zu wissen, was er wollte.

„Ganz im Gegensatz zu mir“, dachte ich.

Möglicherweise zog er mich auch deshalb an.

„Los, steht auf ihr Faulpelze, wir müssen zeitig aufbrechen!“, trieb er uns freundlich an, während er die Spuren unseres Feuers beseitigte.

Ollie steckte sofort seinen Kopf aus der Blätterdecke, als er seine Stimme vernahm.

Flink sprang er auf, tänzelte in kleinen Pirouetten vor Mirans Beinen, schon fast peinlich um dessen Aufmerksamkeit buhlend.

Das ist derselbe Hund, den es morgens nicht im geringsten interessiert, wenn ich mit einem erwartungsvollen „Tschüssi!“ in seine Richtung die Wohnung verließ.

Meistens war das lediglich sein Signal, um sich auf die andere Seite zu drehen und weiterzuschlafen.

Geringschätzig die Mundwinkel nach unten verziehend und sein albernes Treiben zur Kenntnis nehmend, reckte ich meine Glieder.

Mit einem brummigen „Guten Morgen“ wanderte ich dann die wenigen Meter hinüber zur Lichtung. Meine neue Umgebung war geheimnisvoll und vertraut zugleich.

„Wo bin ich hier nur gelandet?", murmelte ich, während mein Blick über die grüne Wiese streifte.

„Pardalis", piepste es auf meiner Schulter. Stuna hatte sich in der Kapuze meines Mantels versteckt und saß direkt neben meinem Gesicht.

Sie hatte kaum Gewicht, so dass ich den blinden Passagier gar nicht bemerkt hatte.

„Ist das der Name dieses Ortes?", fragte ich weiter.

„Es ist der Name von allem hier."

„Aber wie komme ich nach Hause?", fragte ich.

„Du kannst nicht gehen. Wir brauchen dich hier! – Wir haben schon so lange auf deine Ankunft gehofft."

„Was meinst du damit?"

„Wir brechen auf", rief Laros uns zu.

Ich beachtete ihn gar nicht. Denn ich suchte nach dem schwarzen Dampf, den ich gestern gesehen hatte.

Unweit von mir, auf der Lichtung, entdeckte ich die auffällige Stelle vom Vortag wieder. Mit Stuna auf meiner Schulter schlenderte ich, gefolgt von Ollie, durch das Gras.

Ich stutzte, als ich sie erreichte.

Eigenartig!

Ein Stück der Wiese war ergraut. Ich bückte mich hinunter, um es zu berühren. Die Grashalme unter meinen Fingern fühlten sich normal an, frisch und lebendig, angenehm kühl von der Nacht. Aber die Halme hatten ihre Farbe gänzlich verloren. Auch die Erde darunter war zwar noch etwas feucht, aber grau wie Asche.

„Stuna, was hat es damit auf sich?"

„Du erinnerst dich an den schwarzen Nebel, den du hier gesehen hast?“ Ich nickte.

„Das ist es, was er hinterlässt“, erklärte mir Stuna.

„Und was bedeutet das?“

„Es ist eine Macht, die Pardalis und seine Bewohner langsam zerstört.“

Ihre Stimme klang ernst und traurig.

Als ich mich umsah, bemerkte ich, wie Miran und die Blaulinge uns beobachteten.

Ihre Gesichter waren angespannt und ich konnte trotz der Entfernung, deutlich die Sorge in ihren Minen ablesen.

Schweigsam liefen wir nebeneinander her.

Die Blaulinge waren noch immer müde und plauderten nur vereinzelt mit Miran. Mit mir wollten sie nichts zu tun haben. Sie misstrauten mir zu sehr.

In diesem Moment kümmerte es mich nicht; ich genoss es sogar.

Leute reden sowieso immer viel zu viel, ohne dabei auch viel zu sagen.

Pardalis war ein aufregendes Paradies.

Herrliche kleine, blaue Bäche quollen rechts und links entlang unserer Route. Mit etwa einem halben Meter Breite konnte man bequem darüber steigen, ohne nass zu werden. Sprudelnd stieg klares Wasser darin auf und die Blasen platzten blubbernd an der Oberfläche. Dabei entstanden kleine bunte Regenbogen, die allesamt nur für eine Sekunde auf dem Wasser tanzten, um sich dann wieder aufzulösen und Platz für die nächsten Miniaturregenbögen zu machen.

Ich konnte mich gar nicht satt daran sehen.

Gern hätte ich den ernsten Gesprächen von Miran und den Blaulingen gelauscht, aber ich wollte nichts von dieser Pracht, die Pardalis bot, verpassen.

Wundersame Tierherden, deren Arten mit nichts mir bekannten vergleichbar waren, weideten auf den ausgestreckten Wiesen, die durchzogen waren von ebenjenen kleinen Bächen mit den Regenbogenblasen.

Doch immer wieder stachen mir die vereinzelten ergrauten Stellen ins Auge. Einige mit nur kleinem Durchmesser wie jene, die ich am Morgen gesehen hatte.

Dann erreichten wir ein großes Areal.

Niemand sprach, während wir mehrere Minuten das ergraute Stück Land durchquerten.

Es war zwar gefühlt lebendig, so wie das Gras, das ich ertastet hatte. Doch kein Tier betrat es, was mir zeigte, dass es zwar äußerlich so aussehen mochte, aber ansonsten nicht viel Nahrhaftes mehr bot.

Auch hier entstiegen blubbernde Blasen dem trüben, grauen Wasser; Regenbögen suchte ich jedoch vergeblich.

Ich atmete innerlich erleichtert auf, als wir das tote Land endlich passiert hatten.

Wir erreichten eine kleine Senke mit hohen Gräsern und Miran entschied, es sei an der Zeit, eine Pause einzulegen.

„In eurem Wald gab es diese farblosen Stellen nicht", sagte ich unvermittelt in Laros Richtung, als wir saßen.

Ich musste unbedingt mehr darüber wissen.

„Sie waren noch nicht bei uns", erwiderte er.

Mit einem unterdrückten Beben in der Stimme fügte er hinzu: „Aber sie werden kommen."

„Wer sind sie?" *Endlich kommen wir der Sache näher.*

Während ich die Frage stellte, tauchte in der Ferne ein prachtvolles Tier zwischen den Gräsern auf, majestätisch seinen Kopf in die Höhe streckend.

Es sah aus wie ein riesenhafter Hirsch, mit rostrotem Fell und einem silbernen Geweih. Es war geformt wie die Schaufeln eines Elches, ähnelte in seinem Muster aber eher einer Stechpalme.

Miran folgte meinem Blick.

„Ein Gontar."

„So ein wunderschönes Tier!"

Beeindruckt bewunderte ich seine erhabene Eleganz, mit der es über die Wiese schritt. Die Gräser um uns waren gerade hoch genug, damit es nicht auf uns aufmerksam wurde.

Plötzlich wurde ich einer Bewegung gewahr.

In den Büschen, unweit von ihm, bewegten sich die Zweige. Etwas rüttelte an ihnen und bahnte sich seinen Weg hindurch.

Schwarzer Nebel stieg über ihnen auf.

Die vor Schrecken geweiteten Augen der Blaulinge verrieten mir, dass ich nun eine Antwort auf meine Frage bekommen würde.

Ob ich bereit dafür bin?

Geschmeidig entstieg dem Geäst eine Gestalt, umgeben von schwarzem Nebel. Unheilvoll dampfend strömte er aus dem sehnigen Körper.

Bewegte sich die Erscheinung, folgte ihm der Nebel, wie ein schwarzer verschwommener Schatten.

Miran legte den Finger auf seinen Mund und warf mir einen warnenden Blick zu. Ein Blick, der keine Widerworte zuließ, an die ich beim Anblick des schwarzen Nebelgebildes auch nicht zu denken gewagt hätte.

Ich hielt Ollies Halsband fest, um sicherzugehen, dass er nicht losrannte. Seine Instinkte waren ja bekanntlich in Hinblick auf Gefahr suboptimal eingestellt.

Das Tier ähnelte in der Gestalt einem Wolf und pirschte sich auf allen Vieren von hinten an den friedlich äsenden Gontar an.

Sein struppiges Fell kampfbereit aufgestellt, vom Hals bis zum zotteligen Schwanz, der ebenfalls bis zur letzten Fellspitze schwarzen Nebel versprühte.

Wie eine düstere Aura.

Nur noch wenige Meter und er hätte den Gontar erreicht.

„Wir müssen ihn warnen!“, flüsterte ich und machte Anstalten, mich zu erheben.

Mirans Arm schnellte blitzschnell auf meine Schulter. Unsanft drückte er mich zu Boden.

Seine Hand bedeckte meinen Mund.

Über mir sein Arm und der weiche Mantel.

Ich konnte seine Nähe spüren. Es fühlte sich ungewohnt, aber gut an.

Ich versuchte mit meinen Gedanken bei der drohenden Gefahr zu bleiben, konnte aber gegen dieses berauschende Gefühl, ausgelöst durch die Wärme seines Körpers, nicht ankommen.

Er war betörend, raubte mir alle Sinne, bis auf jenen, der seinen Körper spürte.

Mit Mühe riss ich mich von diesem Gedanken los und hob meinen Kopf unter dem Druck seines Armes ein Stück empor.

Mein warmer Atem rann durch seine Finger, die noch immer meinen Mund verschlossen. Er lockerte seinen Griff.

Der Gontar hatte aufgehört zu grasen und schnupperte mit erhobenem Kopf in Richtung Himmel.

Gefährlich nah war ihm das Ungetüm gekommen und duckte sich zwischen den Gräsern. Ich konnte nur noch den schwarzen Nebel sehen, der direkt hinter dem Gontar aufstieg.

Dann geschah es!

Mit einem Satz sprang es aus den Büschen. Zielgenau landete es auf dem Rücken des Gontars.

Dieser schrak zusammen und setzte zur Fluchtbewegung an, doch das schwarze Biest war schneller.

Es schlang seine langen Pranken um seinen Hals, holte aus und rammte seine zentimeterlangen Krallen mühelos hinein.

Er hielt sich damit auf ihm fest und während das arme Tier verzweifelt schrie und versuchte, seinen Widersacher vom Rücken abzuschütteln, verhakten sich die Krallen mit jeder Bewegung nur noch fester in seiner Haut.

Der Gontar buckelte, keilte aus.

Je wilder er um sich schlug, desto mehr folgten die Krallen seinen Bewegungen.

Sie durchtrennten mühelos seine Haut und auch das darunter liegende Fleisch, das jetzt offen lag.

Blut strömte aus seinen gerissenen Wunden und als er wieder ansetzte, sich auf seine Hinterbeine zu stellen, um den Angreifer abzuschütteln, knickten seine Hinterläufe weg und er brach auf der Wiese zusammen.

Das Ungetüm umkreiste ihn und stellte sich dann mit den Vorderläufen voran, auf den Rücken seines Opfers.

Eine dominante Geste.

Er blickte hinunter auf den Gontar und beugte sich nach vorn. Dann riss er schlagartig sein Maul auf und vergrub seine spitzen Zähne in dessen Gesicht.

Der Gontar überstreckte seinen Kopf und wollte ihn mit seinen Geweihschaufeln treffen. Doch es war zu spät.

Ein lauter Schrei durchschnitt das Feld und es war, als würden sich die Gräser unter seiner Wucht beugen.

Angst – *so viel Angst* – schwang in jedem Laut mit.

Es war schwer für mich gewesen, diesen kurzen Kampf mitanzusehen, doch jetzt schloss ich die Augen.

Denn das Monster hatte sich im Gesicht des Gontars verbissen und riss mit nur einem seitlichen Schwung seines Kopfes die rechte Gesichtshälfte unterhalb seines Auges weg.

Der Kiefer lag frei und Muskeln sowie Fleischfasern hingen in Fetzen herunter.

Es war aussichtslos.

Als ich die Augen wieder öffnete, konnte ich ihn kaum noch sehen, weil er zwischen den hohen Gräsern lag.

Furchtbar!

Dieses Tier hatte vergeblich gekämpft.

Ein dicker Kloß verschloss meinen Hals und obwohl die Gefahr noch nicht vorüber war, konnte ich ein Schluchzen, das aus der Tiefe meines Herzens nach oben drückte, kaum noch zurückhalten.

Ich presste mein Gesicht in das Gras.

Das jammernde Schreien des Gontars schmerzte in meinen Ohren. Schreie der Verzweiflung, der Aussichtslosigkeit.

Jetzt wurden sie schwächer.

Als die Schreie verebbten, wagte ich aufzusehen.

Der Angreifer stand ruhig abwartend neben ihm. Sein Opfer lag nur noch schwach atmend auf dem Boden.

Nur an dem schwachen Wippen seiner Geweihschaufeln konnte man sehen, dass er noch lebte und versuchte seinen Kopf zu heben.

Es gelang ihm nicht.

Wimmernd sah er seinen Widersacher an, als flehe er um Gnade.

Der schwarze Nebel, der seinen Angreifer umgab, wehte lodernd und ich konnte das kraftvolle Heben und Senken seines Bauches sehen.

Das rote Fell des Gontars – durchtränkt mit dunkelrotem Blut.

Angstvoll erwartete ich den finalen Schlag. Der Hieb, der sein Leben beenden würde.

Überraschend wendete sich der Widersacher ab und verschwand in schnellen Sätzen in die Büsche, aus denen er gekommen war.

Seine Nebelspur zeigte, dass er weiterzog.

Er hatte ihn einfach zurückgelassen. Verstümmelt verblutend.

Wenn er ihn nicht angegriffen hat, um ihn zu töten, warum dann?

Diese Grausamkeit war mir unbegreiflich.

Ich versuchte meine Fassung wiederzufinden, doch es gelang mir nicht.

Die Blaulinge waren wohl in einer Art Schockzustand, in dem sie sich augenscheinlich tot stellten. Stocksteif lagen sie auf dem Boden und keine Bewegung, kein Atmen war an ihren glänzenden Körpern zu sehen.

Miran richtete sich auf, als er sicher war, dass der Angreifer fort war.

Er sprach kein Wort.

Es gab auch nichts zu sagen. Auch ich war stumm vor Ergriffenheit.

Ohne sich umzusehen, schritt er auf das Tier zu, das zitternd und heiser schreiend am Boden lag.

Es brach mein Herz, auf eine Art, die ich bisher noch nie gefühlt hatte.

Ich sah Miran niederknien; er sprach mit dem Tier. Dann hielt er kurz inne, zog einen Dolch aus seinem Stiefel.

Ich drehte meinen Kopf zur Seite, als er zustieß.

Kein Schrei, kein Klagen, düstere Stille.

Schwarzer Nebel quoll auf, umhüllte Miran und diesen unglückseligen Ort, an dem das arme Tier seinen qualvollen Todeskampf gefochten hatte.

Miran stand auf, wie in Zeitlupe, drehte sich zu uns um.

Durch den schwarzen Dunst konnte ich ihn nur schemenhaft erkennen.

Ich sah nur, wie er ansetzte, einige schnelle Schritte auf uns zumachte und sich dann mit einem gigantischen Sprung vom Boden abfederte.

Sein Mantel entfaltete sich und formte sich vor meinen aufgerissenen Augen zu riesigen Schwingen.

Die Beine waren zu großen, spitzen Fängen geworden und sein Körper war ganz und gar mit braunen Federn bedeckt.

Er hatte sich in einen riesigen Raubvogel verwandelt!

Kraftvoll, mit langen Flügelschlägen, erhob er sich in die Lüfte und kreiste über jener Stelle, an welcher der Gontar sein Leben lassen musste.

Dabei stieß er markerschütternde, schrille Schreie aus, die den Luftraum über uns vibrieren ließen.

Ein Greifvogel!

Ungläubig verfolgte ich jede seiner Bewegungen.

Er ließ sich langsam zur Erde gleiten und landete unweit von uns in seiner menschlichen Gestalt.

Die Geschehnisse der letzten halben Stunde überrannten mich.

Der warme, salzige Geschmack seiner Finger hing immer noch an meinen Lippen. Ich konnte ihn schmecken.

Wie gern wäre ich, als er da mit seinem geradeaus gerichteten Blick auf uns zulief, ihm entgegen gerannt, hätte seine Hand genommen und wäre den Rest des Weges mit ihm zusammen gelaufen.

Es würde das tragische Ereignis nicht ungeschehen machen, aber es wäre alles, was er in diesem Moment bräuchte.

Wie gern wäre ich dieser Trost – für ihn. Für mich.

Wir hatten unseren Weg fortgesetzt und diesmal sprach wirklich niemand mehr. Nicht einmal ein Räuspern war zu hören.

Nach einer Weile fasste ich mir ein Herz, als Stuna und ich ein Stück hinter den anderen zurückgeblieben waren.

Gedämpft flüsterte ich ihr zu: „Stuna, was war das für ein finsteres Wesen?“

„Ein Wotok“, antwortete sie zurückhaltend.

„Sie sind ihre Diener und –“

Weiter kam sie nicht. Ein Blick von Laros ließ sie sofort verstummen.

Ich wagte keine weitere Nachfrage.

Wer ist sie? Und wieso tun ihre „Diener“ so etwas?

Schon bald würde ich auch diese Antworten bekommen.

Kapitel 5

Nach langen, schweigsamen Stunden durch Felder, die auf einmal nicht mehr so idyllisch und farbenfroh auf mich wirkten wie am Morgen, erreichten wir einen dunklen Wald.

Tief hingen die Äste von den Bäumen herab. Sie hatten keine Blätter, sondern viele kleine grüne Ausläufer wie Pflanzentriebe, nur viel länger.

Mehrere Meter maß ein einzelner Trieb, der wiederum eng verwoben war mit den umliegenden. Ein dichtes dunkelgrünes Netz.

Unmöglich es zu durchdringen.

„Das ist Burburaks Wald. Er lässt nur denjenigen ein, der Gutes will", erklärte Laros, einen vielsagenden Blick auf mich werfend.

Die Äste mit ihren Trieben sahen aus wie Hände, deren endlos langen dünnen Finger sich fest ineinander verschlossen hatten.

„Tritt vor!", forderte Miran mich auf.

Sie wollen mich testen.

Nachdem, was ich mitangesehen hatte, konnte ich sogar verstehen, dass sie Neuem gegenüber nicht sehr aufgeschlossen waren.

Nervös stellte ich mich dem Dickicht aus Zweigen.

Einige unruhige Sekunden lang geschah nichts.

Dann – ein Knacken und Knistern – es raunte im Geäst.

Mit Bedacht entwirrten sich die Triebe. Sie verkürzten sich, als würden die Äste sie in sich zurückziehen.

Ein schmaler, langer Gang tat sich vor uns auf.

Geduckt betraten wir den engen Tunnel.

Hinter uns peitschten die Triebe wieder zurück und verschlossen die Gasse.

Ein kleines Licht am Ende, immer heller werdend, gab den Blick auf einen Höhleneingang frei.

Der daran anschließende Gang aus poliertem, grauen Gestein war für Miran gerade hoch genug, um aufrecht zu gehen.

An den Wänden befanden sich brennende Fackeln und auf dem Boden knirschten kugelrunde Kieselsteine unter meinen Füßen. Es war unangenehm darauf zu laufen, weil sie wegrutschten.

Hoffentlich falle ich nicht wieder!

Die Blaulinge hielten mich schon für ungeschickt. Miran sollte das nicht auch noch denken.

Wir erreichten einen großen Hohlraum mit einer hohen Decke und den schönsten Blumenarten an den Wänden.

Nur Blüten, keine Blätter.

Sie rankten bunt und leuchtend bis zur Decke empor.

Die florale Vielfalt erfüllte den Innenraum mit einem betörendem Aroma, das überraschenderweise nicht aufdringlich war.

Der Raum wurde von fünf Säulen getragen, die mit allerlei wunderlichen Zeichnungen übersät waren.

Schriftzeichen, Linien, Formen, bunt gemischt, dennoch in vollendeter Perfektion, ein stimmiges Muster ergebend.

Mein Interesse war geweckt. Den Kopf in den Nacken gelegt, verfolgte ich gebannt die Schrift, versuchte das System dahinter zu entschlüsseln.

„Eine alte Schrift. Nicht viele von uns können sie mehr lesen.“

Ein dunkelhäutiger, kahlköpfiger Mann trat hinter einer der Säule hervor.

Er trug ein langes, weißes Gewand und hatte helle Tücher um seine Füße gewickelt, die durch ein Band gehalten wurden.

Seine helle Kleidung bildete einen klaren optischen Gegensatz zu seiner dunkelbraunen Hautfarbe.

Er hätte auch ein Mönch sein können, mit seinem kahlen Kopf und der weißen Kutte. Ich konnte nirgends ein Haar erkennen, auch keine Falte. Trotzdem umgab ihn eine weise Aura.

Er machte den Anschein, als hätten seine gütigen, braunen Augen mich und alle Facetten meiner Persönlichkeit innerhalb von wenigen Sekunden erfasst, einfach, indem er mich ansah.

„Was steht dort?“, fragte ich.

„Es ist die Geschichte von Pardalis – unsere Geschichte.“

„Hast du sie geschrieben?“, wollte ich wissen.

„Nein, diese Säulen schreiben ihre Geschichte selbst“, winkte er ab.

„Wo ist das Ende?“

„Heute und hier", sagte er knapp.

Es klang vielsagend, als wolle er die Unterhaltung beenden – aber nur vorerst.

Mit einer einladenden Geste bedeutete er mir, ihm in eine Nische zu folgen. Er sah zu den anderen hinüber, die noch unschlüssig im Raum standen.

„Kommt, ihr habt Hunger."

Wir setzten uns auf den Boden. In einer dort eingelassenen Mulde brannte ein Feuer, das zusammen mit den Fackeln an den Wänden den ganzen Raum erhellte.

Über dem Feuer köchelte eine hellgelbe, sämige Suppe, versehen mit allerhand grünen Kräutern, die sich zwischen den platzenden heißen Blasen wanden. Für jeden von uns stand bereits eine dampfende Schüssel bereit, aus der es würzig nach einer starken Ingwer-Knoblauch-Note roch.

Er hatte uns bereits erwartet.

Beim Essen ergriff Laros dann das Wort: „Du weißt, warum wir hier sind. Wir haben sie im Wald gefunden und Miran hat dieses schwarze Tier eingefangen. Ollie nennt sie es."

Er deutete auf Ollie, der sich – zufrieden mit seinem Hundeleben – auf dem Rücken wälzte und dabei hechelnd seine Zunge heraushängen ließ.

„Sie sagt –", wollte Laros weiter ausführen, doch Burburak machte eine abschwächende Handbewegung nach unten, die ihn zum Schweigen brachte.

„Ich weiß, was ihr wollt." Er fuhr sich mit der Hand über seine dunkle Glatze.

„Ich kann euch nicht helfen."

Er wandte sich zu mir.

„Allein du kannst uns sagen, warum du hergekommen bist."

Was?

„Ich kann mich an einen seltsamen, braunen Greifvogel und eine Säule aus Licht erinnern. Sie haben mich hierher gebracht."

Mein Blick wanderte über die Flammen zu Miran, der mich ratlos ansah.

Burburak lächelte.

„Burburak! Wie soll sie uns denn eine Hilfe sein?", wollte Miran ungeduldig wissen und zeigte dabei direkt auf mich. Dann folgte eine abwinkende Geste in meine Richtung.

Ich fühlte mich abgewertet, enttäuscht.

Burburak spürte meine Unsicherheit.

Ich strahlte mit jeder Faser, jeder Geste aus, dass ich keine Ahnung hatte, wer ich sein wollte und wo mein Platz war.

Wenn ich ehrlich war, wusste ich, dass ich Pardalis nicht helfen konnte. Wie auch?

Die offensichtlichen Zweifel von Miran und den Blaulingen bestätigten mich nur darin.

Burburak ignorierte seine Frage und zeigte auf die Säulen.

„Unsere Geschichte. Ich will sie dir erzählen."

Sein Blick verklärte sich, als würde er sich jedes Detail genau in Erinnerung rufen:

„Pardalis war einst die Königin dieses wunderbaren Landes. Sie war wunderschön und man sagt, sie hatte magische Kräfte. Zusammen mit ihrem Mann, König Gereon, regierte sie hier gütig und gerecht.

Alle liebten sie, denn niemand musste Not leiden.

Sie hatten einen Sohn. Prinz Yo war ein ungestümer junger Mann, der mit seinen Freunden oft Unsinn trieb.

Einmal, es war bei einem Ausritt in den Wald, überschritten sie die Grenze mit ihren Späßen.

Er stahl den Talisman eines sehr alten Stammes. Kurz darauf verlor er ihn in den Wäldern.

Als der Stammesälteste den Diebstahl bemerkte, verfiel er in Raserei. Unerbittlich forderten sie ihren Besitz zurück.

Kriege mit benachbarten Völkern entbrannten, da man die Schuldigen für den Verlust des Talismans dort suchte.

Der Prinz konnte seinen Fehler nicht mehr rückgängig machen, denn der Talisman – er blieb verschwunden.

Wut und Hass machten sich innerhalb des Stammes breit, weil ein jeder auch hier den anderen beschuldigte, der Dieb zu sein.

Einer nach dem anderen starb an einer mysteriösen Seuche, die rasant um sich griff.

Manche sagen, die negative Energie habe das Volk ausgelöscht, andere meinten, der Verlust des Talismans, der das Volk beschützen sollte, sei die Ursache gewesen.

Prinz Yo hatte mit der indirekten Vernichtung des Stammes Schuld auf sich geladen, die nicht auszugleichen war.

Königin Pardalis wusste, es würde des Prinzen Ende sein, damit leben zu müssen und lud mit ihren magischen Kräften die Schuld auf sich.

Daraufhin wurde sie sehr krank und verstarb.

Noch vor ihrem Tod gab sie ihrem geliebten Mann, König Gereon, einen letzten magischen Wunsch, der ihre Familie beschützen sollte, falls sie in Not geriete.

Mit ihrem Dahinscheiden verlor das Land seine positive Kraft und König Gereon, der den Verlust nicht ertrug, jede Menschlichkeit.

Die Zeit heilte seine Wunden nicht, sondern ließ sie tiefer und schmerzhafter werden.

Er wurde ungerecht und rachsüchtig.

Als Prinz Yo in seiner Angst vor seiner Unberechenbarkeit zu fliehen versuchte, kam es zu einem furchtbaren Streit zwischen Vater und Sohn, in dem König Gereon seinen Sohn erschlug.

Aus tiefem Kummer über seine Tat versuchte der König, seinen im Sterben liegenden Sohn mit Hilfe des magischen Wunsches zu retten.

Doch die Zauberkraft reichte nicht aus, um Prinz Yo vor dem Tod zu bewahren.

Er verstarb in den Armen seines unglücklichen Vaters – der nun vollends zerbrach. König Gereon starb in tiefer Trauer und Hass auf sich selbst kurze Zeit später.

In unserem Land, in dem zuvor so viel Gutes war, hielt nun eine dunkle Macht Einzug.

Wir nannten sie: die schwarze Omieda.

Sie nährte sich über lange Zeit von unseren Ängsten und wuchs im Verborgenen stetig heran. Nun ist sie stark und mächtig und will Pardalis mit all seinen Bewohnern auslöschen."

Burburak machte eine Pause, seine verklärten Augen kehrten zurück in die Höhle.

Ich hatte seiner Geschichte gelauscht wie ein Kind einem Erzähler.

Doch noch etwas war geschehen. Die Erzählung bewegte etwas in mir. Burburak war fähig gewesen, sie für mich lebendig und spürbar zu machen.

Ich fühlte König Gereons Trauer und Prinz Yo`s entsetzliche Angst. Am stärksten aber empfand ich Königin Pardalis` Liebe für ihre Familie und ihr Land.

Er war ein Zauberer.

Er ließ mich das fühlen, was sie fühlten.

Will Burburak nur, dass ich verstehe? Oder manipuliert er mich?

Er zeigte auf die Säulen:

„Die Legende dieser Säulen sagt, dass der magische Wunsch von König Gereon, Yo zwar nicht am Leben erhalten konnte, aber sein Wesen und seine besonderen Fähigkeiten durch die Magie bewahrt wurden.

Seine Gaben seien geschützt in fünf farbigen Samenkörnern und sein menschliches Wesen sei ein weißer glänzender Tautropfen.

Wenn der Tautropfen und die Samenkörner vereint würden, wird Pardalis erneut erstrahlen und wir sind gerettet."

Alle Blicke ruhten auf mir, als er hinzufügte: „Eines Tages, wenn die Zeit gekommen ist und Omieda kurz vor der Machtübernahme steht, kommt ein Retter in Gestalt von Prinz Yo und wird fähig sein, die Samen und den Tautropfen zusammenzufügen."

Nun wurde alles klarer.

Die Bewohner von Pardalis warteten auf die Rettung, ihren Prinzen, der zufällig den gleichen Namen trug wie ich.

Nun war ausgerechnet ich – nach all der Zeit des Leidens und Wartens – hier gestrandet.

Wie enttäuscht müssen sie sein.

„Wieso enttäuscht?", fragte Burburak, seine Lippen zu einem versonnenen Lächeln verzogen.

„Alles ist richtig, so wie es ist."

„Warum? Was soll ich denn ausrichten?", fragte ich unglücklich.

Jetzt habe ich dieselbe Frage wie Miran gestellt, die mich vorhin noch verletzt hat.

„Du wirst es herausfinden", erwiderte Burburak.

Das muss ein Missverständnis sein!

Die anderen konnten meine Gedanken nicht lesen, nur er reagierte mit einem entschiedenen Kopfschütteln darauf.

Sieht er in mir tatsächlich die Retterin für dieses Reich? In mir, Yo, dem Fragezeichen, das weder sich noch ihre Umwelt versteht?

Ich erhob mich, weil ich nicht wollte, dass er all diese Gedanken hörte…

Lange wandelte ich zwischen den Säulen umher, die geheimnisvollen Schriftzeichen ergründend. Meine Leidenschaft für Sprache und Schriften war trotz aller Misserfolge nie erloschen.

Burburak und Miran redeten gedämpft miteinander. Ich verstand zwar nicht, was sie sagten. Doch an der Art, wie sie sprachen, bemerkte ich die Vertrautheit, die zwischen ihnen herrschte.

Als mich die Müdigkeit bleiern übermannte, verkroch ich mich in eine Schlafnische und schmiegte mich in meinen Mantel.

Ein langer Tag fand sein Ende.

Vor allem die dramatische Begegnung mit dem Wotok, Omiedas Diener, beschäftigte mich noch immer.

Ich dachte an jene dunkle Macht, die das Land schwer zerrüttete. Immer wieder sah ich das Monstrum vor mir, wie er den Gontar in Stücke riss. Jedes Mal stach es erneut in der Herzgegend, wenn ich seine Todesschreie in meinem Kopf widerhallen hörte.

Die Angst war wieder da.

Ohnmacht – es mit ansehen zu müssen, trieb Tränen in meine Augen, die ich schnell mit meinem Mantel wegwischte.

Auch der Ekel, den ich beim Anblick der zerrissenen Muskelstränge empfand, kam wieder hoch und ich stieß Magensäure auf.

Erleichtert bemerkte ich, dass der Würgereiz unterbrochen war, als heiß die saure Flüssigkeit auf meine Zunge lief. Sie hinterließ ein taubes Gefühl.

Mein Hang, solche negativen Erlebnisse zu rekapitulieren, wiederholt zu durchleben, war beinahe zwanghaft.

So ein Ereignis mochte Jahre her sein und doch konnte ich es sofort abrufen und erspüren, wie in dem Moment des eigentlichen Erlebens.

Meine Vorstellungskraft ließ die Ereignisse erneut real werden. Von nun an würde ich meine Gefühle dazu jederzeit erleben können, sogar müssen, wenn die Bilder durch irgendeinen Trigger wieder hoch kämen. Sie waren in mir verankert.

Genau wie die zahlreichen Unfallopfer, die ich bei meiner Arbeit gesehen hatte und die mir schlaflose Nächte bescherten. Es war grausam, derartige Ereignisse wiederholt zu durchleben.

Dennoch existierte der Zwang es zu tun.

Warum ich mir das immer wieder antat? Ich wusste es nicht.

Stuna schnupperte verstohlen an meinem Gesicht und sagte leise: „Gute Nacht".

Sie ahnte nicht, aus welch düsteren Gefilden mich ihre feuchte, kitzelnde Nase geholt hatte.

Gefilde, in denen ich nicht hätte sein sollen.

Erschöpft schlief ich ein.

In meinem Traum begegnete er mir – Prinz Yo: ein blond gelockter, schlanker Jüngling, voller Esprit und Begeisterung, vergnügt und gänzlich unbekümmert.

Mit seinem weißen Pferd streifte er durch die Wälder. Sein aufgewecktes Lachen klang hell durch die Bergwipfel von Pardalis.

Dann sah ich ihn mit einigen jungen Männern um eine steinerne Hütte schleichen. Auf ihrem Streifzug fanden sie darin eine schwere metallene Truhe. Neugierig öffneten sie diese und fanden viele kleine Kostbarkeiten darin.

Sie stahlen nichts.

Nur einer – der Prinz – nahm, von den anderen unbemerkt, einen kleinen Gegenstand heraus und ließ ihn in seine Tasche gleiten.

Als er davon ritt, folgten ihm schwarze Schatten. Die Hüter des Talismans!

Sie jagten ihm nach, trennten ihn dabei von seinen Freunden und trieben ihn immer tiefer in den Wald. Sein Herz schlug im Galopp und er lenkte sein Pferd immer schneller durch die herabhängenden Zweige der Bäume.

Dann versperrte ihnen ein querliegender Baumstamm den Weg. Der weiße Hengst scheute, bäumte sich auf.

Yo sah hinter sich; die Schatten kamen gefährlich nah.

Sein Pferd wagte den Sprung und sie erreichten beide vollkommen erschöpft den Waldesrand – das Ende für die Schattenwesen, deren Macht sich nur auf den dunklen Wald erstreckte.

Der junge Prinz griff in seine Tasche – der Talisman, er war nicht mehr da …

Ich hatte gesehen, wie beim Aufbäumen des weißen Hengstes vor dem Hindernis etwas Glitzerndes aus Yo`s Tasche rutschte.

Es war eine Kette mit einem Medaillon. Ganz nah sah ich sie vor mir.

Sie steckte – weder für das menschliche Auge noch für die Schattenwesen erkennbar – hinter einem Stück abgeplatzter Baumrinde.

Seltsame Symbole waren darin eingraviert.

Der gläserne Deckel hatte beim Aufprall auf den Baumstamm einen großen Sprung bekommen, der sich wie ein langer Riss darüber zog.

Ich schreckte auf und war hellwach. Hastig atmete ich ein und aus.

Der Talisman!

Das Medaillon. Ich hatte es wiedererkannt.

Mein Herz schlug wild und ich fühlte den pochenden Pulsschlag an meiner Schläfe.

Es ist nur ein Traum.

Ich legte meine Hand auf meine Brust. Heftig sprang mein Herz von innen dagegen.

Und noch etwas ertastete ich dabei unter meinem Kleid. Einen ungewohnten Gegenstand – etwas Hartes.

Ahnungsvoll glitten meine Finger zu meinem Hals.

Es war eine Kette!

Habe ich sie etwa die ganze Zeit unbemerkt um meinen Hals getragen?

Ich hob sie langsam aus dem Ausschnitt des Kleides.

Ungläubig drehte ich das mit Patina bedeckte Metall zwischen meinen Fingern.

Dieser Talisman galt seit langer Zeit als verloren. Nun trug ich ihn.

Wie bei einer Taschenuhr befand sich in der Öse, durch die sich die Kette zog, ein kleiner Knopf. Ich versuchte, ihn zu betätigen.

Doch er klemmte. Das Medaillon ließ sich nicht öffnen.

Unter dem gläsernen Riss erahnte ich verschwommen die goldenen Schriftzeichen aus meinem Traum. In der Mitte war ein runder Punkt zu erkennen und den äußeren Rand bildeten die kreisförmig angeordneten Symbole.

Überwältigt ließ ich den Anhänger unter meiner Kleidung verschwinden und sank zurück auf den Boden.

Ich bin im Besitz des verlorenen Talismans!

Die Statue auf dem Weg hierher – vermutlich Königin Pardalis – hatte sie mir überreicht. Und nicht nur das: Sie hatte mir den Tautropfen und die Samenkörner bereits in Form der Brosche gezeigt.

Burburak ruhte in einer Nische, mir gegenüber.

Seine Augen geschlossen, lächelte er.

Er wusste schon längst, was ich erst jetzt verstand: Es war meine Aufgabe, die Samen und den Tautropfen zu vereinen.

Kapitel 6

Ich erwachte als Erste nach einer unruhigen Nacht.

Ollie trottete behäbig zu meinem Lager herüber. Er hatte bei Miran geschlafen, den Kopf auf seinem Schoß ruhend.

Zu viele Dinge hatte ich zu überdenken. Zu viel, um noch eifersüchtig zu sein, wenngleich ich doch verwundert registrierte, wie schnell Ollie ihn angenommen hatte.

Die Bewohner von Pardalis brauchen Hilfe. Jemand muss es mit Omieda aufnehmen, ihr Einhalt gebieten. Wenn der Ausgang der Sage stimmt, könnten sie von ihr befreit werden. Zumindest hoffen sie das...

Bis auf unsere Namen gibt es zwischen mir und Prinz Yo keinerlei Parallelen. Er ist mutig, stark und –.

„Grüble nicht zu viel“, unterbrach Burburak meine rege Gedankenwelt, „das Medaillon, es hat dich erwählt.“

Beschwichtigend hob er die Hände; er hatte mein gedankliches Zusammenzucken beim Klang seiner Stimme erspürt.

„Ich wollte dich nicht erschrecken. Deine Gedanken waren nur so laut. Sie haben mich geweckt.“

Seine Hand ruhte auf meiner Schulter.

„Ich habe meine Kräfte genutzt und eine Verbindung zum Talisman gefunden. Er galt zwar als verloren, seine Wirkung hingegen nicht.

Der Letzte, der ihn berührt hatte, war Prinz Yo. Seine Energie war nach all dieser Zeit noch ein Teil vom ihm.

Sie hat uns zu dir geführt.“

Warum nur? Da muss ein Fehler passiert sein.

„Hör auf daran zu zweifeln", unterbrach Burburak.

„Du bist es, die die Samen und den Tautropfen finden und zusammenführen wird. Ich habe gestern in deinen Gedanken gesehen, dass du es auch weisst."

Ich hob die Augenbrauen. *Sehen kann er meine Gedanken also auch?*

Schlagartig errötete ich. *Er hat bestimmt auch gesehen, was ich über Miran denke.*

„Noch besser als Gedanken sehen", schmunzelte er mit einem Zwinkern in den braunen Augen, „kann ich allerdings Geheimnisse bewahren."

„Burburak, wie soll ich das schaffen? Ich kenne euer Land nicht, weiß nicht einmal, wo ich anfangen sollte zu suchen."

Ich holte das Medaillon hervor, wollte die Kette abstreifen.

„Nein", wehrte er schnell ab, „du sollst sie tragen.

Nimm sie niemals ab! Sie wird dir bei deiner Aufgabe helfen."

Die Blaulinge verabschiedeten sich bald darauf. Morgens waren sie furchtbar übellaunig. In seinem Naturell ohnehin kein Ausbund der Freundlichkeit, brummelte Laros zum Abschied ein Versprechen. Er versicherte, er und sein Volk würden zur Stelle sein, wenn ich die Hilfe der Blaulinge bräuchte.

Die Art, wie er das sagte, machte deutlich, wie abwegig er das alles fand. Dass ich, gerade die Fremde, der er sowieso nicht traute, diejenige sein sollte, die Pardalis von Omieda befreien könnte.

Doch trotz seiner Bissigkeit sah ich die Hoffnung in seinen großen Augen. Unterschwellig glimmte sie wie ein kleiner, glitzernder Funke auf, in seinen sonst schwarzen Pupillen. Gern würde er den Funken mit einem Blinzeln fortwischen, da sein Verstand nicht an mich glaubte – aber er existierte. Er würde den Funken Hoffnung in sein Volk tragen und dort würde er wachsen.

Ob ich genauso wachsen und den Erwartungen gerecht werden kann?

Burburak übertrug Miran die Aufgabe, mich mit zu seinem Stamm zu nehmen. Dort sollten mir die wichtigsten Dinge gezeigt werden, die ich zum Überleben in Pardalis benötigte.

Stuna saß in meiner Kapuze, bereit mit mir zu gehen. Es schien für sie gar keine Frage zu sein. Deshalb stellte sie sie auch nicht.

Zum Abschied überreichte mir Burburak einen glänzenden Dolch in einer hellbraunen, flachen Lederumhängetasche, die wie neu roch.

„Einst gehörte er Prinz Yo. Du wirst ihn brauchen."

Ehrfürchtig drückte ich sie an mich.

„Wir werden uns wiedersehen. Das weiß ich."

Zu Miran gewandt sprach er: „Du hast Pardalis einen großen Dienst erwiesen. Mein Dank gilt dir und deinem Stamm für eure Hilfe. Eins noch: Die Aufgabe muss Yo allein lösen!"

Wir traten unseren Weg aus der Höhle an und hörten noch, wie er uns durch den grünen Korridor aus Zweigen nachrief: „Ihr habt nicht viel Zeit! Omieda hat ihre Ankunft bemerkt."

Miran betrachtete mich prüfend von der Seite.

Gedanklich noch mit dem Dolch in meiner Tasche hadernd, wurde mir dennoch heiß. Sogar dieser ernste, nachdenkliche Blick hatte eine Wirkung auf mich, die ich nicht leugnen konnte. Ich stand in Flammen, wann immer er mich ansah.

Sein männliches, selbstbewusstes Charisma, gepaart mit Zurückhaltung, wirkte unbeschreiblich verlockend auf mich.

Innerlich gab ich mir eine Backpfeife, weil ich ihn wie ein Schulmädchen anhimmelte.

Er war einer der Gründe, warum ich mich nicht lauthals gegen eine Aufgabe auflehnte, die mir ungefragt zuteilwurde. Wenn nicht sogar, der Entscheidende! Ich wollte vor ihm keinen Rückzieher machen.

Auch das Leid des zu Unrecht getöteten Gontar hatte mich tief bewegt. Mir war klar, dass es nur eine Episode von vielen war, die sich hier seit Omiedas Herrschaft abspielten.

Trotz allem hätte die Wahl des Erretters von Pardalis jemand Geeigneteren treffen sollen. Eine richtige Kämpferin.

Als sich das Dickicht hinter uns verschloss, warteten am Ausgang bereits zwei Gontar auf uns, die uns zum nächsten Ziel bringen sollten.

Miran gab Ollie den Befehl auf seinen Arm zu springen, damit sie gemeinsam aufsitzen konnten.

„Keine Chance“, meinte ich abwinkend, „ich versuche seit Ewigkeiten, ihm Kommandos beizubringen. Er macht niemals –“

Ich hatte nicht einmal zu Ende gesprochen, da hüpfte Ollie schon leichtfüßig wie eine Gazelle in Mirans ausgestreckte Arme.

Ich konnte mir ein empörtes Lippenkräuseln nicht verkneifen. Was hatte ich nicht alles probiert, diesem verrückten Hund Befehle beizubringen. Er war resistent gegen alles.

Obwohl ich Mirans Gesicht nicht sah, war ich mir sicher, dass er grinste.

Er packte den Gontar im Nacken, holte mit dem rechten Fuß aus und schwang sich elegant auf seinen Rücken.

Meine Unsicherheit überspielend, tat ich es ihm gleich und fasste beherzt in das seidenweiche, rostrote Nackenfell meines Gontars.

Das Tier verharrte und beäugte mich mit einem kritischen Blick nach hinten.

Ich holte Schwung mit meinem rechten Bein, wie ich es bei Miran gesehen hatte, sprang ab und versuchte krampfhaft mich auf seinen Rücken zu ziehen.

Ohne jegliche Anmut, dafür umso lauter schnaufend, hing ich an dem verunsicherten Tier, bis meine Arme schließlich nachgaben.

Der Gontar machte einen betretenen Schritt zur Seite als ich rückwärts auf meinen Hintern plumpste. Miran lachte schallend.

Ich fühlte mich wie ein Trottel.

Mitleidig kniete mein Gontar nun nieder auf seine Vorderläufe und ließ mich aufsteigen. Dankbar tätschelte ich seinen Hals.

Miran lachte noch immer, bemerkte allerdings zugleich, wie ich mit zusammengepressten Lippen meinen Kopf hingen ließ und hielt inne.

„Blamiere dich täglich“, sagte er mit milder Stimme, „dann kannst du auch irgendwann über dich selbst lachen.“

Die Gontar setzten einen lockeren Laufschritt an. Ich gab mir die größte Mühe Balance zu halten, denn meine tägliche Blamage hatte heute bereits stattgefunden.

Natürlich hatte Miran recht. Aber von seinem Blickwinkel aus ließ sich das auch leicht sagen. Er war nicht nur gut aussehend, sondern auch athletisch.

Attribute, mit denen man auf dem Nachhauseweg von der Schule nicht von den vermeintlich beliebteren Kindern mit Steinen beworfen wird.

Den Steinen konnte ich ausweichen, ihren Worten nicht. Einmal gesprochen, niemals vergessen.

Pardalis war eine neue Etappe, die ich als Chance für mich sah. Eine Möglichkeit, Unliebsames, Festgefahrenes loszulassen und noch mal neu anzufangen.

Elegant glitten die Gontar mit federnden Schritten durch die Gräser. Die herabhängenden Zweige der Bäume schienen vor ihren metallisch glänzenden Geweihschaufeln förmlich zurückzuweichen.

Unser Weg führte stromaufwärts, dem Verlauf eines Flusses folgend.

Kniehohe, aromatisch duftende Pilze schossen aus dem feuchten Uferboden. In ihren karminroten, ausladenden Kappen tummelten sich allerlei Insekten.

Dicke, orangefarbene Raupen steckten neugierig ihre großen Köpfe aus den Pilzkappen, während sich lindgrüne Tausendfüßler um die weißen Stiele wanden. Sie waren etwa um das zehnfache größer als Insekten, die ich von zu Hause kannte.

Zwischen den Pilzen ragten circa zwei Meter hohe rosèfarbene Blumen empor, die mich stark an Löwenmäulchen erinnerten.

Das Eigentümliche an ihnen war, dass sich ihre Köpfe nach uns zu drehen schienen. Entzückt von soviel Eigenart beugte ich mich zu ihnen vor und die Blumenköpfe taten es mir gleich.

„Pass auf!“, warnte mich Stuna sogleich. „Komm ihnen besser nicht zu nahe. Sie sind zwar nicht gefährlich, schnappen aber trotzdem gern zu.“

„Sie beißen?“

„Ja und sie wieder loszuwerden ist gar nicht so einfach.“

Ich konnte gar nicht genug von dieser phantastischen Umgebung, Pardalis, bekommen und inhalierte begeistert jeden frischen, noch so kuriosen Eindruck.

Wir erreichten eine breite Stelle des Flussbetts am Hang einer Bergkette und rasteten.

Das warme Wasser leuchtete Azur und lud zum Baden ein. Miran schickte sich an, sein Hemd auszuziehen, um sich zu waschen. Während er sich entkleidete, bemerkte ich, dass sein Umhang fest mit seinem Körper verbunden war. Angewachsen unterhalb seines Nackens.

Als er meinen Blick auf sich ruhen sah, fühlte ich mich ertappt.

Unvermittelt wandte ich mich ab und flüchtete ein Stück flussaufwärts.

Wer weiß, wie viel er noch auszog? Dafür war ich jetzt wirklich nicht bereit.

Mit hochgekrempelten Leggins watete ich durch das sprudelnde Quellwasser, das energetisch über meine Füße rann.

Zum Baden fand ich es zu kalt. Wasser musste doch wenigstens lauwarm sein, um mich zum Schwimmen zu animieren.

Erst als Miran wieder angekleidet war und seine Federn zum Trocknen ausgebreitet hatte, gesellte ich mich zu ihm.

„Wieso kannst du dich verwandeln?" Die Frage brannte mir seit seinem Flug unter den Nägeln.

„Ich bin ein Pakmari", antwortete er, „jeder von uns hat ebenso die Gestalt eines Vogels. Wir werden mit einer Verbindung zu einem bestimmten Vogel geboren. ‚Cusoko' nennen wir es. In diesen Vogel können wir uns verwandeln, wann immer wir es wollen."

„Alle können das?", wiederholte ich staunend.

„Ja, auch die Kinder. Sie müssen erst lernen, ihr Cusoko wahrzunehmen. Dann werden auch sie zu Vögeln."

Mit einer Geste zur Tasche mit dem Dolch fügte er hinzu: „Wir sind gute Kämpfer und durch unseren Blick von oben, geborene Strategen. Wir werden dich lehren, was du wissen musst."

Ungläubig verzog ich mein Gesicht.

„Kämpfen? Du hast doch gesehen, wie ich auf einen Gontar steige."

Er lachte leise. Ich tat es ihm gleich.

Das erste Mal, dass ich über mich selbst lachte.

Schnell wurde er wieder ernst.

„Omieda ist eine starke Gegnerin, die jede Bedrohung ihrer Herrschaft verhindern wird. Wenn sie dich aufspürt, hast du sowieso keine andere Wahl als zu kämpfen."

„Wie sieht sie denn aus?" Ich wollte mehr über meine Gegnerin wissen.

„Das weiß keiner so genau. Eine Begegnung mit ihr hat bislang niemand überlebt."

Ein unguter Schauer jagte durch meine Magenregion. Mir schwante, wie aussichtslos mein neuer Posten war.

Schon im Fall eines Zusammentreffens mit einem Wotok hätte ich es mit einem skrupellosen Jäger zu tun. Einem, dem der Kampf möglicherweise mehr bedeutete als das Töten selbst.

Miran schien die Angst in meiner angespannten Miene zu lesen.

„Du bist hier nicht dir selbst überlassen. Wir können dich beschützen."

„Omieda wird mich nicht einfach durch Pardalis ziehen und irgendwelche Samen sammeln lassen", erwiderte ich.

„Mag sein", warf er ein, „aber was ist, wenn du es doch schaffst – und gegen sie bestehst?"

Glaubt er etwa an mich?

Es ruhten Hoffnungen auf mir, die ich in ihrer Gänze glücklicherweise noch nicht erfasste.

Vielleicht stimmt, was er sagte. Wer weiß schon, ob ich die Aufgabe erfüllen kann? Wenigstens den Mut dazu sollte ich zeigen.

Ollie erholte sich von dem holprigen Ritt; er stakste durch das flache Wasser und legte sich am Ufer, mit dem Bauch im Nass ruhend, nieder.

„Er ist schon sehr alt …", sagte Miran mit sorgenvollem Blick in seine Richtung.

„Er wird mich nie verlassen. Er weiß, dass ich ihn brauche."

Ja, es war egoistisch und auch ein bisschen naiv, aber die Wahrheit. Ich brauchte ihn.

Miran setzte an, um etwas zu erwidern, verkniff es sich aber im letzten Moment. Mit einem krächzenden Vogellaut gab er den Gontar das Signal zum Aufbruch.

Ich pfiff kurz durch die Zähne und Stuna kroch aus einem Erdloch hervor. An ihrem Schwanz hing ein winziges, drolliges Männchen.

„He, du! Du hast meine Höhle zerstört", wetterte es.

Stuna ließ ihren Jojo-Schwanz ein- und ausrollen und schüttelte ihn damit ab. Flink kroch sie an mir hinauf und versteckte sich in meiner Manteltasche vor dem Winzling.

„Es tut ihr leid", beschwichtigte ich den Wüterich.

Der ballte seine kleine Faust und streckte sie in meine Richtung. Dann verschwand er wieder unter der Erde.

Miran winkte kopfschüttelnd ab und schwang sich in seiner sportiven Eleganz auf den Gontar.

Ich nutzte einen großen Stein als Steighilfe und entging auf diese Weise meiner zweiten täglichen Blamage.

Von nun an führte uns der Weg bergauf. Die ersten Ausläufer des Gebirges, das sich vor uns erstreckte, waren noch niedrig.

Die Gontar liefen langsamer auf den schmalen Wegen und setzten mit Bedacht einen Lauf vor den anderen. Die steigenden Höhenmeter ließen mich zusehends nervöser werden.

Natürlich hatte ich zu all meinen Unsicherheiten auch noch Höhenangst.

Manchmal ging ich mir selbst damit auf die Nerven. *Wie einfach es doch wäre, normal zu sein…*

Zur Ablenkung summte ich vor mich hin und Stuna bemühte sich, die Melodien nachzuahmen.

Der Berg, den wir erklommen und auch die darum liegenden, war mit grünen, dicken Ranken bewuchert. Sie hingen wie Seile herab, deren blättrige Ausläufer tief in die Felsritzen hineinwuchsen und die Stauden fest im Geröll verankerten.

Je höher wir kamen, desto steiniger und enger wurde der ohnehin schon schmale Weg. Neben uns ging es steil hinunter und meine Höhenangst gebot mir, nicht in den Abgrund zu schauen.

Klappernd fielen Steine vom Weg herab, deren hohlen Aufschlag man anfangs noch vernahm. Jetzt hörte ich ihren Aufprall gar nicht mehr, was meine Anspannung nur steigerte.

Meine Finger, die sich verkrampft im Fell des Gontars verhakten, schmerzten.

Nachdem wir ein gutes Stück zurückgelegt hatten, gab Miran den Tieren den Befehl zu stoppen. Für sie würde der Pfad nun zu gefährlich, erklärte er. Schon bald könnten sie nicht mehr wenden und umkehren.

Wir mussten zu Fuß weiter.

Respektvoll neigten sie zum Abschied ihre Häupter vor uns. Beklommen sah ich ihnen nach.

Ein atemberaubendes Panorama eröffnete sich, während neben uns ein Wasserfall vom benachbarten Berg in die Tiefe donnerte.

„Die Wotoks töten unter Omiedas Befehl alles Schöne, Lebendige. Alles, was Zuversicht gibt", rief Miran mir zu, um den Wasserfall zu übertönen.

„Du bist hier in einem Teil von Pardalis, der bislang noch nicht oft attackiert wurde. Dort hinten", er deutete in die Ferne, „ist bereits alles trostlos und grau."

In straffem Tempo absolvierten wir den Rest der Strecke. Ich hielt mich an den Stauden fest, die hier, mit steigender

Höhe, nur noch vereinzelt an der Felswand wuchsen. Sie gaben mir Halt bis wir endlich an unser Etappenziel, eine kleine Höhle in der Felswand, gelangten.

Tief atmete ich die dünne, merklich abgekühlte Höhenluft ein und überblickte die Landschaft.

Auf der rechten Seite glitzerte ein See, hinter dem ich sogar glaubte, den Wald der Blaulinge zu erkennen. Begeistert fuhr mein Blick über die glitzernden Lichtreflexe der glatten Wasseroberfläche, bis er abrupt an einer grauen Stellen im Wasser haften blieb.

Von dort aus führte eine graue Spur ans Ufer, dessen Streifen sogar gänzlich farblos war. Mitten darin – eine Kolonie mit Lehmhütten. Still und einsam. Sie wirkte verloren.

„Wer wohnt dort?“ Ich schätzte, anhand der Häuserzahl, dass sie etwa zweihundert Bewohner beherbergte.

„Du meinst, wohnte“, Miran presste die Lippen aufeinander, „Jetzt niemand mehr. Omieda selbst ist dort gewesen.“

Jetzt sah ich es auch. Das ganze Dorf – menschenleer.

„Aber warum denn nur?“, entfuhr es mir.

Mir wurde übel vor Beklemmung, denn es fühlte sich an, als wenn ich zwar Luft holte, aber nicht atmen würde.

„Hoffnung. Wahrscheinlich gab es dort Hoffnung. Daraus erwächst Kraft und möglicher Widerstand. Dinge, die Omieda unbedingt zerstören muss.“

Er sah mich eindringlich an.

„Du sprichst am besten mit niemandem über deine Aufgabe hier. Andernfalls bringst du dich und deine Mitwisser in Gefahr.“

In seinen Augen las ich Sorge. Noch etwas anderes flackerte darin auf. Ich konnte es nicht genau definieren.

Noch nicht.

Die Dunkelheit schlug in diesem Moment zu und verhüllte uns mit der Schwärze der Nacht.

Ein Licht konnten wir nicht anzünden. Zu leicht hätte man uns entdeckt. So aßen wir im Dunkeln, während wir unser Essen ertasteten.

Dabei streiften meine Fingerspitzen für einen Augenblick seinen Handrücken. Ich war elektrisiert von der Wärme seiner Haut.

Sofort zog er seine Hand weg.

Nervöses Flattern rumorte in meiner Herzgegend. Es gab keinen schlechteren Zeitpunkt als diesen, um sich in eine Schwärmerei zu verrennen. Das rasche Wegziehen seiner Hand verunsicherte mich noch zusätzlich.

Miran wird sich nie für jemanden wie mich interessieren. Warum auch?

Ollie und ich drängten uns gegenseitig beiseite bei der Bestimmung des bequemsten Schlafplatzes. Stuna nahm, nachdem Ollie in seiner herrischen Art den Platzkampf für sich entschieden hatte, ihre Schlafpose in meinen Haaren ein.

Ich gewöhnte mich schnell schnell an sie und begann sie gern zu haben. Leise piepste sie die Popmelodien, die sie von mir beim Aufstieg gelernt hatte.

Ihre hohen Töne begleiteten mich in einen wirren Traum: Ich irrte umher zwischen den leeren, grauen Hütten der toten Kolonie, die ich gesehen hatte.

Dunst stand zwischen den Häusern und verdichtete sich zusehends. Immer weniger konnte ich erkennen – nur die Umrisse der Häuser, starr wie Grabsteine.

Als plötzlich meterhohe Flammen zwischen den Hütten hochschlugen, begriff ich, dass es kein Nebel, sondern schwelender Rauch gewesen war.

Meinen Arm schützend vor das Gesicht haltend, beugte ich mich dem Ruß und der Hitze entgegen. Heiß schlugen sie gegen meine Stirn, während ich mir einen Weg zu ihrem Ursprung zu bahnen versuchte.

Als ich meine Hand vor den Augen hob, sah ich die züngelnden Flammen wie Arme um sich greifen.

In ihrem Inneren bewegte sich etwas.

Ein Gewimmel aus Armen und Beinen, Köpfen und Schreien. Diese Schreie!

Schrill kreischend drangen sie sengend mit der Hitze in meine Ohren.

Es waren die Bewohner der leer gefegten Hütten!

Eingeschlossen inmitten der Flammenwand, riefen sie mir etwas zu, was ich nicht verstand.

Ich suchte nach einem Weg zu ihnen, doch die Feuerwand war unbezwingbar. Über mir türmten sich die Rußwolken auf und verbanden sich mit den dunklen Wolken am Himmel.

Der Himmel war pechschwarz geworden.

Das Unheil war da!

Nun verstand ich abgehackt einen der verzweifelten Rufe. „Omieda, Omieda!“

Sie riefen es immer wieder. Laut und lauter.

Doch es war kein Angstschrei. Es war eine Ankündigung!

Kapitel 7

Der Pfad stieg steil an und die ungewohnte körperliche Betätigung ließ mich schon nach kurzer Zeit ermüden. Schwer atmend mühte ich mich Schritt zu halten, sog die dünne Luft eilig durch die Nasenflügel ein, um sie gleich darauf wieder röchelnd auszuhusten.

Deshalb treibe ich nie Sport! Weil es keinen Spaß macht.

Die meiste Energie verbrauchte allerdings mein Kopf, der auf aussichtslosen Posten gegen meine Höhenangst ankämpfte.

Die Angst war ein Sog, der mir beständig suggerierte, den engen Weg, der nun nicht mehr breiter als einen halben Meter war, hinabgezogen zu werden. Hinter der Kante – ein Abgrund, in den ich schon lange nicht mehr hinabzusehen wagte.

Ich konzentrierte mich auf Mirans wehenden Federmantel direkt vor meinen Füßen, um einen Fixpunkt zu haben. Mit der linken Hand dabei stets Halt an der Felswand suchend.

Feste Pflanzenschlingen gab es nur noch vereinzelt; der Felsen war größtenteils nackt. Nur einige kleine, weiße Blumen streckten ihre Köpfe aus den Rissen des kargen Felsens.

Hier oben klang der Ruf der Vögel um ein Vielfaches lauter. Die Schwärme umkreisten die Bergspitzen und so manches Mal flogen sie besonders nah an der Felswand entlang, wobei sie uns fast zu berühren schienen.

In meiner Anspannung empfand ich ihren Gesang als Gekreische und ihre Flugmanöver als Anschlag auf mein Leben. Ich presste mich dann fest an das kalte Felsgestein und redete mir innerlich ununterbrochen gut zu.

Besonders waghalsigse Schwärme tadelte Miran mit den kreischenden Lauten eines kämpferischen Raubvogels, der ebenfalls in seinem Inneren wohnte.

Im Ernstfall wäre mit seinem Vogel-Ich nicht zu spaßen, dessen war ich mir sicher.

Miran stoppte abrupt. Ich bemerkte es zu spät, lief auf ihn auf und verhedderte mich in seinem Federmantel.

Aus den Wirren befreit, bemerkte ich, dass wir uns auf einem kleinen Bergabsatz mit einer steinernen Plattform befanden.

Als sein Mantel den Ausblick freigab, wich ich den Rücken an den Felsen gedrückt zurück, da bereits der bloße Anblick kalte Schweißausbrüche hervorrief.

Vor uns schaukelte eine zweihundert Meter lange Brücke, geknüpft aus Seilen und Trittbrettern. Zwischen den hölzernen Latten klaffte jeweils eine Lücke. Man müsste beim Überqueren genau darauf achten, nicht in den Zwischenraum zu treten.

Unmöglich, dabei nicht hinabzusehen.

Unter der schwingenden Brücke sperrte die gähnende Tiefe ihr Maul auf.

Der Gedanke sie zu betreten, schnürte mir die ohnehin schon dünne Luft ab. Gelähmt krallten sich meine Fingernägel in die steinerne Wand. Kribbelnde Schweißperlen sammelten sich an meinen Haarwurzeln.

Keinen einzigen Schritt werde ich machen.

Miran bemühte sich mir die Tragfähigkeit der Brücke zu versichern.

Sachliche Argumentation war in diesem Fall zwecklos.

Er würde mich nicht überzeugen können dieses wackelnde, löchrige Höllending zu betreten. Es war schon verrückt von mir, überhaupt bis hier nach oben zu klettern.

Weit unterhalb der Brücke erstreckten sich gigantische Wälder, deren kolossale Baumwipfel sich im morgendlichen Nebel verfingen.

Mit einem schelmischen Blick merkte er an, wir sollten die Brücke besser jetzt überqueren. Wenn der Nebel sich verzöge, würde ich den Abgrund in seiner Gesamtheit sehen.

Mir war nicht zum Scherzen zumute.

Der Druck hinüber zu müssen, saß mir im Nacken und vergrößerte die Panik noch um ein Vielfaches.

Ich konnte vor Angst keinen klaren Gedanken mehr fassen, fühlte nur noch die Schmerzen beim Zusammenziehen meines Magen-Darm-Traktes.

„Yo, du musst hinüber", wirkte Miran auf mich ein, „auf der anderen Seite wartet mein Stamm. Dann haben wir es geschafft!"

Er zeigte auf Ollie. „Ich werde mit ihm vorangehen und du folgst mir."

„Ich gehe da nicht rüber!“, maulte ich nur stur und mein Gesicht verkrampfte sich vor Verzweiflung.

„Der Weg bis hierher war viel schwieriger. Du bist die ganze Zeit neben dem Abgrund gelaufen.“

Er versuchte es mit Logik. Genauso effektiv wie die sachlichen Argumente.

„Ich kann das einfach nicht!“, presste ich halb schreiend, halb hysterisch heraus.

„Ja, weil es nur hier existiert.“ Er tippte gegen meine Schläfe.

Verbissen presste ich die Lippen aufeinander.

Mit Ollie im Arm drehte er sich weg und setzte seinen Fuß auf die Brücke.

„Komm schon! Lass uns gemeinsam gehen!“, rief er.

Absolut unmöglich!

Er lief weiter.

„Was soll das?“, rief ich ihm zornig nach. „Willst du mich hier einfach stehen lassen?“ Wut schäumte in mir hoch.

Stuna war in Aufruhr.

„Versuch es doch wenigstens“, appellierte sie sanft.

„Nein, ich kann das nicht“, flennte ich aufgebracht.

Sein Verhalten motivierte mich nicht. Es bremste mich aus. Mehr sogar als meine Angst.

Auf Druck reagierte ich nie positiv. Er ließ mich erstarren, wissend, dass es mir dadurch nur noch weniger gelingen würde.

Tief holte ich Luft.

Vor mir der Abgrund, der mir eine Höllenangst einjagte.

Ein Wunder hat mich an diesen Ort gebracht. Zu dieser Brücke.

Meine Ängste setzten die Grenzen. Sie waren mein Gefängnis, das ich mir selbst jahrelang errichtet hatte. Dazu kam noch das Gefühl gezwungen zu werden, welches ich zutiefst verabscheute.

Ich war erbost, weil er dieses Spiel auf diese Weise spielte. Mich in die Enge trieb.

Verkniffen schaute ihm nach. Er hatte schon die Mitte passiert, sich weder nach mir umgedreht, noch gewartet.

In einem Anflug von kindlichem Trotz zog ich in Betracht, die Sache auszusitzen.

Die Vernunft wusste längst, ich hatte keine Wahl.

Schließlich trägt er Ollie bei sich. Allein deswegen muss ich es tun.

Ich hörte ein leises Knacken.

Es hatte unter meiner Kleidung, auf meiner Haut, geklickt.

Zu meiner Überraschung bemerkte ich, dass sich das Medaillon geöffnet hatte. Einfach so.

Ich zog es hervor und rätselhafte Symbole schimmerten darin, die ich jetzt deutlich vor mir sah. Filigran gefertigt, umrahmten sie die in Gold glänzende Fläche.

Es waren dieselben Schriftzeichen wie auf Burburaks Säulen.

Im Zentrum ein Kreis, um den scheinbar zufällig kleine Punkte verteilt waren.

Ob das ein Zeichen ist?

Miran hatte die Brücke fast überquert.

Entschlossen klappte ich das Medaillon zu. Später würde ich es mir genauer ansehen.

Meine Wut auf Miran, immer noch ungebrochen – im Gegenteil, sie war sogar noch stärker geworden – überflügelte in diesem Moment meine Angst. Diesen Energieschub ausnutzend, betrat ich todesmutig die Brücke.

Schwindel. Ich taumelte.

Das Gefühl von der Tiefe aufgesaugt zu werden, erdrückte mich.

Stramm umklammerte ich die Führungsseile und überwand mich, mechanisch einen Fuß vor den anderen zu setzen, im Augenwinkel das nächstliegende Brett avisierend.

Die Anspannung war überwältigend.

Schweiß rann kalt meinen Hals und den Rücken hinunter, während mein Körper unter Strom, sich nur auf den nächsten Schritt konzentrierte.

Stuna machte keinen Mucks. Sie ahnte, welche Herausforderung diese Brücke für mich darstellte.

Mit zitternden Händen die Führungsseile haltend, erreichte ich, nach einer gefühlten Ewigkeit über der bedrohlichen Tiefe, die andere Seite.

Miran streckte mir seine Hand entgegen.

Meinem Jähzorn folgend, nahm ich sie nicht an und bedachte ihn mit einem bösen Blick.

Meine Reaktion verwirrte ihn sichtlich.

Im gleichen Moment ärgerte ich mich über mein albernes Verhalten.

Auch für mich war es schwer, in meiner Haut zu stecken. Aus ihr herauszukommen, noch viel mehr.

Dazu hatten meine Emotionen bei allem, was ich tat, zu sehr die Oberhand.

Miran hatte das getan, um mir zu helfen. Mein Stolz ließ keine Einsicht zu. Jedenfalls nicht jetzt.

Unweit von uns wartete ein älterer, dunkelhaariger Mann. Er hatte diese eigentümliche Szene zwischen uns beobachtet; jetzt, wo ich ihn bemerkte, war mir mein Verhalten sogar noch unangenehmer.

Er war zwar etwas kleiner als Miran, doch sie verband eine unverkennbare Ähnlichkeit. Den Rand seines dunklen Mantels säumten weiße Flaumfedern, weich wie dicke Schneeflocken.

„Ich bin Wanitura, Häuptling der Pakmari. Sei mir willkommen!“, begrüßte er mich herzlich mit einer väterlichen Umarmung.

„Miran hat mir berichtet, was dich zu uns führt. Wir werden dir selbstverständlich helfen“, versicherte er und klopfte mir wie zur Bestätigung brüderlich auf die Schulter.

Sein rundliches Gesicht mit dem lustigen Schnurrbart, der schon grau wurde, verriet Güte. Ansonsten glich seine Haarfarbe der seines schwarzen Federkleides.

Seine Körperfülle verriet, dass er gerne aß. Der Bauchansatz war deutlich über dem geflochtenen, ledernen Riemen erkennbar, den er wie einen Gürtel über dem Hemd trug.

Trotz aller Gastfreundschaft schwang auch Sorge in seiner Stimme mit. Meine Anwesenheit bedeutete für ihn und sein

Volk ein nicht abschätzbares Risiko. Er war sich dessen bewusst und nahm es wohl Burburak zuliebe in Kauf.

Die Landschaft hatte sich hier, auf der anderen Seite der Brücke, deutlich verändert. Hohe Schlingpflanzen und Büsche mit großen, ovalen Blättern zeichneten hier eher das Bild eines Dschungelidylls.

In den Büschen hausten Grillen, die man zwar nicht sehen, aber dafür umso lauter hören konnte. Zirpen war ein stark untertriebener Ausdruck, um die Geräuschkulisse zu beschreiben. Es glich eher einem dauerhaften, knarzenden Geräusch, das den Ohren anhaftete, wohin man sich auch wendete.

Wahrscheinlich hört man diesen Krach nach einer Weile gar nicht mehr, reine Gewohnheitssache.

Wanitura führte uns auf einem schmalen Pfad, der steil bergab verlief, umrahmt von einem dichten Korridor aus wild wachsendem Gestrüpp.

Hohe Bäume, die aussahen wie Bananengewächse, bildeten ein schattiges Dach, von dem Lianen herunterhingen.

Einzig die Luft war nicht warm und feucht wie in einem Dschungel, sondern lau. Sie roch nach Pflanzen, Erde und – Freiheit.

Je tiefer wir in das Buschwerk gelangten, desto exotischer wurden die Pflanzen. Fluoreszierende, gezackte Blütenköpfe tauchten als leuchtende Kronen im Buschwerk auf und schmiegten sich an die Stämme der Bäume, wie Lichterketten.

Wunderschön. Hier könnte ich bleiben.

Noch bevor ich die Lichtung mit den kleinen Hütten erblickte, umspielte der Geruch ihres frischen, hellen Holzes meine Nase und vermischte sich mit dem von trockenem Gras.

In einem friedvollen Tal, umgeben von diesem märchenhaften Wald, lagen die Hütten, verstreut, als hätte jemand gewürfelt und sie darüber fallen lassen.

Der Morgentau ruhte noch immer wie ein feiner Perlenteppich über der Wiese und die Tropfen blitzten im Licht auf.

Ein wenig abseits, auf einem kleinen Hügel, standen mehrere Tische und Bänke, rund um einen Festplatz angeordnet. Ich konnte mir lebhaft vorstellen, wie die Pakmari dort zusammen ausgelassene Feste feierten.

Metallisches Hämmern unterbrach die morgendliche Ruhe. Ein Schmied bearbeitete gerade seine Eisen. Dem Geräusch folgend erspähte ich seine Hütte, deren Flügeltüren weit offen standen.

Heiße Glut mischte sich nun in den lauen Luftzug. Die orangen, kleinen Funken strömten durch die Tür ins Freie und erloschen, noch bevor sie den Boden berührten.

Als wir die urige Siedlung betraten, kamen uns schon einige Männer und Frauen freudig entgegen. Schnell wurde die gesellige Traube um uns größer.

Jeder schien sich dafür zu interessieren, wer ich war und woher ich kam. Sie umarmten mich, nannten mir ihre Namen, die ich mir in der Eile nicht behalten konnte.

Wanitura stellte mich ihnen als ‚eine Freundin von Miran' vor, die nur für kurze Zeit verweilen würde. Das schien allen vorerst als Erklärung zu genügen.

Die Harmonie der Pakmari sprang unweigerlich auf mich über. Sie waren eine Einheit und das war allgegenwärtig spürbar.

Am meisten beeindruckten mich die Federmäntel der Pakmari. Die Männer trugen fast ausschließlich gedeckte Farbmusterungen, während die der Frauen bunter, abwechslungsreicher strahlten.

In der Tierwelt war es ja eigentlich umgekehrt.

Als was sie sich wohl sehen, Tiere oder Menschen? Vielleicht geht ja beides…

Etwas weiter saßen mehrere Frauen schwatzend an einem Wassertrog und wuschen Leinenlaken.

Eine gütig blickende, blonde Frau mittleren Alters stand eilig auf, als sie uns sah und umarmte Miran heftig.

„Mama, du erdrückst mich noch." Liebevoll wehrte er sie ab, in dem er zum Spaß die Arme schützend vor sich hielt.

Sie ließ sich nicht beirren.

„Du warst dieses Mal so lange fort. Ich habe mir Sorgen gemacht."

Freundlich sah sie zu mir herüber. „Wen hast du denn da mitgebracht?"

Sein Vater kam ihm zuvor.

„Vika, lasse den Jungen doch mal atmen. Sie ist eine Freundin und wird für einige Tage unser Gast sein. Wir werden unser Wissen und unsere Art zu kämpfen, mit ihr teilen."

Sie hob die Augenbrauen. „Wieso denn kämpfen?"

Dann nahm sie meine Hände. „Lasst sie hier bei uns, damit wir uns besser kennenlernen. Wie oft bringt Miran schon ein Mädchen mit?"

Er wurde verlegen.

Wanitura winkte ab. „Lass es gut sein, Vika. Burburak hat uns darum gebeten. Mehr weiß ich auch nicht. Aber wir werden seinem Wunsch nachkommen."

Sie ließ von mir ab, strich mir freundlich über die Wange und meinte. „Na gut, wir haben später bestimmt noch etwas Zeit für uns."

Ihre Herzlichkeit rührte mich, wenngleich ich sie auch als befremdlich empfand.

Ein kleines, ebenso blondes Mädchen rannte flugs herbei und umklammerte Mirans Beine. Ich schätzte ihr Alter auf sechs Jahre.

Er hob sie hoch, warf sie freudig in die Luft und alberte mit ihr herum. Sie jauchzte vor Freude.

„Ist das deine Freundin?", lachte sie glucksend mit ihrem Finger auf mich zeigend.

„Das geht dich gar nichts an", knuffte er sie zwinkernd.

„Ich heiße Malika", sagte sie mit einem strahlenden Lächeln und umarmte nun ebenfalls meine Beine.

Ich war überfordert. Diese Art familiärer Nähe war ungewohnt und es fiel mir schwer, darauf angemessen einzugehen.

Verlegen die Lippen zusammenkneifend lächelte ich sie an und hoffte, dass sie mich ganz schnell wieder loslassen würde.

„Und du? Wie heißt du?“ Sie ließ sich von meiner Zurückhaltung nicht beirren.

„Yo“, sagte ich.

„Oh, wie der Prinz aus der Geschichte?“ Ihre Augen leuchteten vor Aufregung.

„Nein“, fuhr Miran dazwischen. „Sie heißt Yosephinè!“

Woher weiß er das? Burburak?

Sein warnender Blick unterbrach meine Gedanken.

Malika verstummte überrascht und verfolgte das Thema glücklicherweise nicht weiter.

Ein paar andere Kinder waren dazu gekommen und sie prahlte lieber mit der Heimkehr ihres Bruders, dem großen Abenteurer, der jetzt sogar eine Freundin hatte.

Wanitura führte mich zur Kampfarena, einem Feld, auf dem die Jungen und Männer trainierten.

Sie kämpften hier mit Stöcken und Schwertern oder warfen Speere auf selbst gefertigte Zielscheiben. Einige übten ihre Treffsicherheit im Bogenschießen.

Rhythmisch schlugen die Schwerter gegeneinander.

Die Kinder, die auf den umliegenden Zaunfeldern wie eine Armee Spatzen hockten, jubelten laut, sofern die Zielscheibe getroffen wurde und raunten beeindruckt, wenn ein besonders unterhaltsamer Schlagabtausch stattfand.

Als wir das Areal betraten, ließen die Kämpfer ihre Waffen sinken; musterten mich irritiert.

Kann es noch unangenehmer werden?

Zögerlich zog ich meinen Mantel aus und legte ihn über eine Zaunplanke. Mit meiner schwarzen Leggins und dem Stretch-Kleid war ich hier geradezu deplatziert.

Nachdem Warnitura ein passendes Schwert für mich herausgesucht hatte, umfasste ich mit schweißigen Händen zaghaft den kalten Griff.

Er begann, mir die Grundbewegungen zu erklären, mit denen ich Angriffe effektiv abwehren könnte.

Die umliegenden Blicke lasteten schwer auf mir und ich bemühte mich, das Gezeigte geschickt umzusetzen.

Warum können sie nicht einfach aufhören mich anzustarren?

Meine hölzernen Bewegungen sahen nicht annähernd aus wie seine.

Wanitura ließ das Schwert sinken und schüttelte den Kopf: „Schalt deinen Kopf jetzt mal aus. Nur funktionieren. Das hier um uns herum, spielt gar keine Rolle. Im Kampf geht es darum zu siegen, nichts anderes. Richtig?"

Entschlossen nickte ich.

Ich hatte mich heute schon einmal überwunden und würde es jetzt wieder tun.

Den Fokus auf das Schwert in meiner Hand gerichtet, parierte ich erfolgreich mehrere einfache Schläge.

Im Heim hatten die Jungs mit selbst gebastelten Holzschwertern Ritter gespielt und bei Turnieren ihre Kräfte gemessen. Anfangs war ich bei den Schwertkämpfen noch involviert, doch die Jungs, vor allem die Jüngeren, fanden mich zu rabiat.

Ging es darum zu gewinnen, hatte ich oft das Maß verloren und härter zugeschlagen als angebracht. Da ich mich auch nie für die verursachten Schrammen oder Tränen entschuldigte *(warum auch, es tat mir ja nicht leid),* war ich von den Kämpfen ausgeschlossen worden.

Mein alter Siegeswille erwachte und packte mich.

„Gut so“, nickte Wanitura anerkennend.

Beflügelt durch sein Lob, wagte ich den ersten Angriff, den er mühelos abwehrte.

„Warte auf den richtigen Moment. Wenn der Gegner seine Deckung verliert, dann schlag zu!“

Wanitura nahm sich geduldig Zeit für mich, registrierte wohlwollend jeden Fortschritt, bestärkte mich.

Allmählich bezwang ich meinen Kopf.

Das anfängliche Kichern der Zuschauer, das mich so verunsichert hatte, verstummte im Laufe des Nachmittags.

Oder ich hörte es nicht mehr.

Anfangs übte ich mit den kleineren Jungen die Abwehrtechniken, bis die Bewegungsabläufe fließender wurden. Dabei kamen Schwerter und Stöcke zum Einsatz.

Dann folgten die ersten, mehr oder weniger erfolgreichen Angriffsmethoden mit den stärkeren Jugendlichen.

Wanituras stetige Anerkennung gab mir Selbstvertrauen. Kleine Niederlagen beirrten mich nicht mehr.

Gegen frühen Abend brachen die Kämpfer zum Essen auf. Ich blieb allein auf dem Platz zurück und übte weiter.

Die Pakmari saßen auf dem Hügel zusammen und beobachteten mich aus der Entfernung.

Der Geruch von Essen wehte zu mir herüber, doch ich konnte nur daran denken, besser werden zu wollen.

Miran erhob sich und schlenderte zu mir herüber. In seiner gewohnten Eleganz schwang er sich über den Zaun.

Er warf mir ein kleineres Schwert zu und nahm sich das, mit dem ich geübt hatte. Unbeholfen fing ich es und wartete auf seinen Angriff.

Nichts.

Ich zögerte. Wanitura sagte, ich müsste abwarten können.

Miran machte eine schnelle Bewegung und sein Schwert schoss auf mich zu. Gezielt hatte er mich entwaffnet.

Ärger stieg in mir auf.

Ich wollte nicht verlieren. Schon gar nicht gegen Miran.

Ich hob das Schwert vom Boden und wich dem nachfolgenden Angriff aus, in dem ich mich duckte.

Dabei bekam ich einen Stock zu fassen, der am Zaun lehnte. Ich drehte mich nach rechts und griff mit dem Schwert an.

Sofort blockte er mich mit Leichtigkeit ab, öffnete dabei aber kurz seine Deckung. Er sah bereits den Stock in meiner anderen Hand, den ich mit einer schnellen Drehung der linken Hand von unten gegen seinen rechten Arm schwang.

Er nutzte ihn vorrangig zur Koordination. Die Stärke seiner Schläge kam aus der linken Seite.

Sein Druck auf mich gab nach und ich hatte kurz die Oberhand. Meine Chance ausnutzend, griff ich an.

Ich hob das Schwert und stockte plötzlich.

Es hat tatsächlich funktioniert!

Er nutzte den Moment meiner eigenen Überraschung und entwaffnete mich kurzerhand.

„Warum hast du aufgehört? Die Runde wäre an dich gegangen."

Ich gab keine Antwort, trauerte aber nur kurz der verpassten Chance hinterher.

„Das war nicht schlecht, aber du bist zu impulsiv. Geh noch taktischer vor. Der nächste Schlag ist genauso entscheidend, wie der, den du ausführst. Du kannst rechts und links zuschlagen. Das ist ein großer Vorteil."

Ich lächelte beschämt.

Die ehrliche Achtung und Anerkennung ließ mich wachsen. Weiter, als ich es selbst für möglich gehalten hätte.

„Willst du es mal mit Pfeil und Bogen versuchen?"

Er drückte mir den Bogen in die Hand, zeigte mir die Armhaltung und wie ich das Ziel avisierte.

Dabei war er mir so nah.

Ein nervöses Prickeln huschte durch meinen Körper.

Es war unmöglich, mich auf ein Ziel zu fokussieren. Ich war eingenommen von seiner Nähe, seiner Stimme, seinem Atem.

Er roch nach Kiefernnadeln und dem Abendwind über einem Wasserfall. Ich konnte seinen Geruch förmlich auf meiner Zunge schmecken.

„Pfffhh." Mein Pfeil zischte nicht mal, sondern pfiff nur lahm durch die Luft und landete irgendwo außerhalb des Platzes.

Während ich nach dem Pfeil suchte, entdeckte ich ein braunes, glattes Stück Holz im Gras, das sich nach oben aufzweigte.

Eine Zwille! Als Kind hatte ich eine Ähnliche besessen.

Meine Finger umschlangen das kantige Holz und das vertraute Gefühl war wieder da.

Ja, das ist etwas, was ich kann!

Ich suchte einen passenden Stein und kehrte zu Miran zurück.

„Wo ist dein Pfeil?“, rief er von weitem. „Sieh her, ich zeige dir, wie es geht.“

Gönnerhaft spannte er den Bogen und setzte an.

Ich stand etwa dreißig Meter neben seiner Schusslinie; peilte seinen Pfeil an.

Miran zielte, ich schoss.

Er ließ den Pfeil los und gerade, als er den Lauf verließ, traf ich ihn.

Im Flug! Ich habe ihn tatsächlich im Flug getroffen!

Miran schaute mit einer Mischung aus Überraschung und Ungläubigkeit auf meine Zwille.

Das Klappern der Teller und das Brummeln der Essensgemeinschaft war verstummt.

„Sieh her, ich zeige dir, wie man das macht.“ äffte ich ihn grinsend nach und wir lachten beide herzlich darüber.

Die Kinder stürmten im Nu heran und es folgte ein munteres Zielschießen auf alles, was sie in die Finger bekamen und mir zuwarfen. Kein einziges Ziel verfehlte ich.

„Komm essen. Du brauchst auch eine Pause", unterbrach uns Vika irgendwann.

Es war spät geworden und ich bemerkte jetzt, wie groß mein Hunger war. Ich schlang in mich hinein, was sie mir auf den Tisch stellte. Es schmeckte vorzüglich.

„Du bist unser Gast." Vika zeigte auf eine der größeren Hütten. „Deine Sachen habe ich auf dein Bett gelegt", sagte sie fürsorglich. Und deine kleine Begleiterin wühlt sich bereits seit Stunden durch unseren Misthaufen", fügte sie lachend hinzu.

Stunas Fell hatte einen leichten Grauschleier angenommen. Sie saß auf der Fensterbank und putzte sich ausgiebig.

„Miran, er mag dich", sprach Vika unvermittelt.

Unsicher, wie ich reagieren sollte, sah ich nur flüchtig zu ihr auf und senkte dann schnell den Blick.

Ich mochte ihn auch. *Sogar mehr als das…*

Die geborgene familiäre Atmosphäre des Dorfes ließ mich das erste Mal hier in Pardalis endlich durchatmen.

Obwohl das Training mich gefordert hatte und ich jeden Muskel schmerzlich spürte, war ich unbeschwert, wie lange nicht. Mein Geschick mit der Zwille hatte mir Stärke verliehen.

Erschöpft und sehr zufrieden fiel ich in mein Bett.

Ollie, dem die lange Reise zugesetzt hatte, schnarchte am Fußende.

Heute war ich glücklich gewesen.

Schon bald würde ich auf meine erste Probe gestellt. Eine düstere Gestalt umgeben von Rauch lauerte bereits draußen in der Finsternis.

Kapitel 8

Ein greller Schrei durchschnitt die Nacht und ließ mich hochschrecken.

Was ist das?

Starr vor Furcht, saß ich stocksteif im Bett, lauschte. Es hatte nicht menschlich geklungen.

Die Tür sprang auf und Miran stürmte in meine Kammer.

„Ein Wotok“, zischte er und drückte mir eine Fackel in die Hand.

Ich sprang aus dem Bett und folgte ihm hinaus. In der Tür stehend, deutete er zu einer kleinen Anhöhe, nicht weit entfernt vom Dorf.

„Lauf dort hinauf und bring dich in Sicherheit. Schnell –!“

Ich schnappte mir Ollie und den Dolch. Rannte kopflos in die Nacht.

Ich wagte nicht mich umzudrehen, aus Furcht vor dem, was hinter mir sein könnte. Eine Angst wie diese hatte ich nie gekannt.

Eine, die dich schneller rennen lässt, als du es je für möglich gehalten hättest. Eine, die glaubt, du könntest sterben. *Jetzt und hier!*

Keuchend auf dem Hügel angekommen, trat ich eilig das Feuer aus und kniete mich zitternd an einen Baumstamm.

Stuna krabbelte aus meiner Kapuze und wir starrten hinunter in die Siedlung.

In hysterischem Aufruhr irrten zahlreiche Fackellichter zwischen den Häusern umher.

Jemand musste eine Fackel fallen gelassen haben. Sie rollte an die Hauswand des Schmiedes, wo sie liegen blieb.

Das Holz knackte, als es Feuer fing und sich gierig durch die Latten fraß. Schon nach wenigen Sekunden schlugen die Flammen bereits hoch in den schwarzen Nachthimmel um sich.

Gespenstischer Feuerschein hüllte das Dorf ein, das von ängstlichem Geschrei erfüllt war.

Wie aus dem Nichts sprang der Wotok zwischen den Häusern hervor. Er verfolgte die brennenden Fackeln, die in alle Richtungen auseinander stieben und versuchten sich in Sicherheit zu bringen.

Mühelos stürzte der Wotok sich auf einen nach dem anderen und bezwang sie in Sekundenschnelle. Fielen die Fackeln zu Boden, wusste ich, er hatte den Träger übermannt.

Furchtbar, hier zu sitzen und dabei zuzusehen.

Ich wagte es kaum hinter dem Baumstamm hervorzuschauen, aus Angst vor dem, was ich zu sehen bekäme.

Im Schein des brennenden Hauses erkannte ich, wie er einen Pakmari mit einem Hieb zu Boden riss, der sich schützend vor seine Tochter stellte.

Schreiend eilte die Mutter herbei, riss das Kind an sich und rannte mit ihm davon.

Der schwer verletzte Vater bäumte sich auf, um ihn davon abzuhalten, ihr zu folgen. Der Wotok riss ihm mit einem Zuschnappen seines Kiefers kaltblütig den Kopf ab.

Ich biss mir auf die Faust, weil ein Aufschrei des Entsetzens in meiner Kehle festsaß, der nicht heraus durfte.

Dieser Schrei entfuhr der Mutter, als der Kopf ihres Mannes an ihr vorbeirollte. Das Ungetüm hatte ihn ihr nach gespien.

Ich legte meine heiße Stirn gegen den Baumstamm, versuchte für einen Moment die Augen zu schließen, um dieses Bild zu vertreiben. *Unmöglich.*

Als ich sie wieder öffnete, hatte der Wotok die Frau erreicht.

Ein Hieb seiner Pranke genügte.

Längs zog sich ein Riss durch ihr Federkleid. Im darunter frei liegenden Rücken klaffte eine stark blutende, längliche Wunde, die den Rücken aufspaltete.

Sie war ihm ausgeliefert, flehte um Gnade.

Wimmernd saß ihre kleine Tochter daneben. Sie hielt ihre Augen bedeckt.

Ich drehte mich weg, kauerte schwer atmend am Baumstamm.

Benommen konnte ich kaum begreifen, dass das alles wirklich geschah. Krampfhaft umklammerte ich mit kalten Fingern den Dolch.

Ihre Rufe hallten in meinem Kopf wider, während sie um ihr Leben rannten.

Kalter Schock lähmte mich.

Als ich mich wieder wagte nach unten zu sehen, sah ich die Mutter am Boden liegen. Sie bewegte sich noch. Von dem kleinen Mädchen – keine Spur.

Der Wotok betrat nun die Häuser – beschnüffelte sie. Eines nach dem anderen.

Es sah aus, als würde er nach etwas suchen.

Oder jemanden!

Die Erkenntnis traf mich wie ein Stromschlag – und holte mich aus meiner Lähmung.

Ich muss fliehen. Sofort!

Pfeile sausten aus den Bäumen durch die Luft.

Da! Endlich traf ihn ein Geschoss vom Dach eines Hauses. Direkt in den Hinterkopf. Der Wotok jaulte auf und verschwand mit einem Satz im Dickicht.

Es ist derselbe Wotok, der den Gontar auf der Lichtung attackiert hat!

Ich war mir sicher.

Ob er uns gefolgt ist?

Ein Bild der Verzweiflung bot sich mir. Tote und Verletzte lagen überall – verstreut. Etwas Vergleichbares hatte ich noch nie zuvor gesehen.

Zwei Pakmari versuchten eine Frau zu retten, deren Federn Feuer gefangen hatten und lichterloh brannten. Die Schreie der Verletzten rissen an meiner Besinnung.

Hinter mir knackte es im Unterholz.

Oh nein!

Als ich mich umwandte, zog bereits schwarzer dichter Nebel in mein Gesicht.

Der Wotok! Er stand direkt über mir.

Sein Nebel zog in meinen vor Schrecken geöffnetem Mund.

Schnell! Ich muss reagieren!

Doch er war viel zu stark.

Mit messerscharfen, gefletschten Zähnen stand er mit seinen Hinterbeinen auf meinen Füßen. Seine Vorderläufe stellte er auf meinen Oberkörper. Sie drückten mich hinunter.

Das Wurzelgeäst des Baumes bohrte sich in meinen Rücken.

Panisch holte ich mit dem Dolch in der Hand aus. Zögerte.

Wie soll ich das anstellen? Einfach zustechen?

Dieser Augenblick der Verunsicherung, des Überlegens... Ein Fehler, den ich bezahlen würde.

Sein riesiges, geöffnetes Maul klappte ruckartig nach vorne, auf mich zu.

Gleich ist es vorbei...

Ollies Bellen drang an mein Ohr. Im letzten Augenblick sprang er zwischen uns, verbiss sich in der Kehle des Wotoks.

Seine Zähne vergruben sich tief darin.

Der Wotok wich irritiert zurück, versuchte ihn abzuschütteln. Ollie ließ nicht locker.

Auf seiner Schnauze bildeten sich tiefe Falten, weil er so hart zubiss.

Der Wotok bäumte sich auf, holte Schwung und schleuderte seinen Kopf mit aller Kraft nach links.

Dafür reichten Ollies Kräfte nicht.

Sein Körper flog unaufhaltsam durch die Luft und prallte gegen einen Baumstamm. Beim Aufprall vernahm ich deutlich das Knirschen seiner berstenden Knochen.

Ein Geräusch, so kurz, aber doch lauter in meinem Ohr als all die Schreie der Pakmari zusammen.

Reglos blieb er am Boden liegen.

Der Wotok war sofort bei ihm und stellte sich auf seinen kleinen Körper, zerquetschte ihn erbarmungslos mit seiner Pranke.

Ich schrie die Qualen heraus, die mir dieser Anblick bereitete.

Blind vor Wut, ohne darüber nachzudenken, sprang ich von hinten auf das Monster und rammte ihm den Dolch tief in seinen Rücken.

Mein Schmerz war in diesem Moment grenzenlos und meine Kräfte auch.

Der Wotok taumelte zur Seite, versuchte blindwütig nach mir zu schnappen. Ich zog den Dolch aus seinem Rücken und er jaulte.

Dann hielt ich mich an dem Pfeil in seinem Kopf fest, wobei er reflexartig sein Maul offen stehen ließ, weil ihn der Schmerz kurzzeitig lähmte.

Ich stieß den Dolch in sein geöffnetes Maul. Es war mir egal, was ich traf.

Das Messer blieb in seinem Oberkiefer stecken. Ich hatte so fest zugestoßen, dass ich die Dolchspitze aus dem schwarzen Fell seiner Nase wieder austreten sah.

Rubinrotes Blut lief warm über meine Hände.

Er starb unter mir und ich fühlte nichts dabei.

Ich saß auf dem Wotok und um mich entwich der schwarze Nebel aus seinem Kadaver. Er verdunstete, als würde die Luft ihn absorbieren.

Ollie lag verdreht über den Wurzelsträngen des Baumes, von dessen Stamm er so hart abgeprallt war.

Kraftlos kroch ich zu ihm hinüber und hockte neben seinem schweigenden Körper; versuchte fieberhaft, seinen Herzschlag zu fühlen. *Zwecklos.*

Seine zertrümmerte Brust hob und senkte sich nicht mehr. Sein treues Herz war verstummt. Gestorben, um mich zu beschützen.

Weil ich unfähig gewesen war, mich zu verteidigen. Bittere Traurigkeit überkam mich.

Dann durchschüttelte mich ein Weinkrampf, ohne dass ich es beeinflussen konnte.

Nie hätte ich mir vorstellen können, dass es eine Zeit ohne ihn geben könnte. Tränen kullerten über meine Wangen und fielen auf ihn hinab.

Sein einst schwarzes, glänzendes Fell war mit einem Mal stumpf geworden.

Unendlicher Schmerz betäubte mich und ließ die Realität weit hinter sich.

Ich erinnerte mich an unsere erste Begegnung, als er eines Tages einfach am Zaun des Kinderheims saß. Wie er mich von da an, jeden Tag von der Schule abgeholt hatte und wir gemeinsam die erste große Freiheit, unsere Wohnung, bezogen.

Alles Wichtige hatte er mit mir erlebt.

Sogar hierher, nach Pardalis, hatte es uns gemeinsam verschlagen. Diesen Weg hatte er mit mir begonnen.

Unaufhörlich streichelte ich seinen Kopf. Loslassen konnte ich ihn nicht.

Ohne ihn weiterzumachen, schien mir in diesem Moment undenkbar. Er war doch meine Familie und mein bester Freund in einem.

Ich konnte, nein, wollte nicht akzeptieren, dass er für immer fort sein sollte.

Dann hob ich ihn auf meinen Schoß, schloss seine und meine Augen. Ewig wollte ich ihn festhalten.

Wenn dieser Augenblick verronnen war, müsste ich meinen treuesten Freund gehen lassen.

Jemand, der mich nicht bewertet, sondern einfach nur geliebt hatte.

Ein Lied kam mir in den Sinn. Jedes Jahr, wenn die Sternsinger der Kirche den Bestatter besuchten und um Spenden baten, hatten sie es gesungen.

Sein trauriger Klang hatte mich stets ergriffen. Jetzt sang ich es mit heiserer Stimme für Ollie:

„All unsere Wege führen zusammen
denn unsere Herzen klar und rein;
lassen sanften Regen fallen
umgeben vom hellen Sonnenschein.

Unter dem bunten Regenbogen,
halte ich dich fest an deiner Hand;
auf diesen Tag werde ich warten,
den, an dem ich dich wiederfand."

Ich lehnte mich an den Baumstamm, Ollie auf meinen Knien ruhend und starrte in den dunklen, kalten Himmel.

Stuna schlich sich heran und verharrte zu meinen Füßen, ohne einen Mucks. Ich hörte nichts, außer meiner eigenen krächzenden Stimme.

Miran landete lautlos auf dem Hügel und setzte sich neben mich. Ich legte meinen Kopf an seine Schulter.

Immer wieder sang ich das Lied, bis meine Stimme verebbte und keine Träne mehr in mir war.

Alles still.

Manchmal, da muss nichts mehr gesagt werden und Worte sind bedeutungslos. Es war der Moment, der etwas bedeutete.

Als der Morgen anbrach, hob ich ein kleines Loch auf der Anhöhe aus. Von hier aus hatte man das ganze Pakmari-Tal vor sich.

„Ein schöner letzter Ruheplatz", dachte ich traurig bei mir, während schwer die kalte Erde auf Ollies starren Körper fiel.

Noch lange weilte ich an seinem Grab, nicht sicher, ob ich mich irgendwann nicht mehr so schuldig fühlen würde.

Miran berührte meine Schulter, versuchte mich sanft in Richtung Dorf zu dirigieren.

Dazu war ich nicht bereit.

All den Menschen zu begegnen, die enorme Verluste erlitten und unglaubliches Leid hatten ertragen müssen, das schaffte nicht.

Sie anzusehen und dabei zu glauben, nein zu wissen, dass dieses abscheuliche Monster meinetwegen hier gewesen war.

Miran beugte sich zu mir hinunter. Sein Atem streifte meine Haare.

Er war so nah. Kam näher.

Seine Lippen küssten meine Stirn. Aufglimmende Wärme durchströmte mich und ich wünschte, ich hätte etwas erwidern können.

Es war die schönste Geste, die ich je erfahren hatte, doch ich konnte sie nur abgedämpft fühlen. Innerlich betäubt von Schuld und Schmerz.

Er wandte sich ab und machte sich daran, den Kadaver des Wotoks hinter sich ins Dorf zu schleifen.

Ihm nachsehend verschleierte sich mein Blick.

Dann legte ich meinen Kopf in den Nacken, schloss für einen Moment meine Augen und die Welt um mich herum aus.

Als ich sie aufschlug, nahm ich eine Gestalt am Himmel wahr. Hoch über mir flatterte ein gigantischer purpurner Schmetterling mit lila schimmernden Flügeln. Voller Sehnsucht streckte ich meine Hände in seine Richtung.

„Nimm mich mit. Denn ich kann hier nicht bleiben."

Er ließ sich vom Wind schaukelnd hinab tragen. Auf der Anhöhe, neben Ollies Grab, setzte er zur Landung an.

Pfeifend umspielte die Luft seine eleganten Flügel, dünn durchscheinend wie Pergamentpapier. Flach breitete er sie vor mir aus und schaute mich fragend an.

Ich streckte meine Hand nach Stuna aus, die am Boden saß.

„Kommst du mit mir? Falls nicht, verstehe ich das. Ich habe nun verstanden, wie gefährlich meine Gesellschaft ist."

Ohne zu zögern, sprang sie auf meinen Arm und hangelte sich auf meine Schulter.

Ich stieg am Hals des Schmetterlings auf und setzte mich an seinen Kopf, direkt hinter die überdimensionalen Fühler. Sein Hals war breit genug, sodass ich den Boden nur sehen würde, wenn ich es wollte.

„Bring mich schnell fort von hier", bat ich ihn.

Keine Sekunde länger wollte ich mehr hier sein.

Das Dorf war verwüstet. Ein großer Teil der Pakmari ermordet.

Ich konnte mir das nicht verzeihen. Nicht schuldig, aber dennoch die Ursache gewesen zu sein. Bitter nagte das an mir.

Eine leise letzte Träne lief über mein Gesicht, während ich zurückblickte. Dann verschwanden wir zwischen den Wolken.

Die schwere Last meiner Trauer und Ollie lagen jetzt dort unten.

Kapitel 9

Tief saugte ich die Freiheit des Fluges in mir auf.

Wir glitten dahin und meine Gedanken blieben hinter mir in den Wolken hängen.

Die Größe des Schmetterlings gab mir trotz der Höhe ein sicheres Gefühl.

Ich zog Yo`s Medaillon hervor, wollte es öffnen. Es war auch mit größter Anstrengung nicht möglich.

Ratlos betrachtete ich den kleinen runden Knopf in der Öse. War es vor der Brücke von allein aufgesprungen?

Ich musste herausfinden, was es mit dem Talisman auf sich hatte.

Ein Flattern in der Magengegend zeigte mir an, dass wir uns im Sinkflug befanden. Schon tauchten wir in die weiße Wolkenpracht ein, die sich angenehm kühl auf der Haut anfühlte.

Wieder zurück aus der freien Unbeschwertheit in das Abenteuer, die Angst!

Beklommen beobachtete ich, wie unsere Last die Wolken in Fetzen zerriss.

Türkisblaues Meer tat sich darunter auf, mit Wasser so klar, dass man metertief unter die Oberfläche sehen konnte.

Inmitten der wogenden Wellen zeichnete sich ein rundes Gebilde auf dem Wasser ab. Eine Insel!

Wir steuerten in ihre Richtung und je näher wir kamen, desto mehr erkannte ich die Form einer riesigen Blüte.

Eine Seerose!

Majestätisch über dem Meeresspiegel ragend, erstrahlte ihr Inneres in einem satten Gelb und außen reihten sich längliche rosèfarbene Blütenblätter flach auf dem Wasser auf.

Dutzende Schmetterlinge hatten sich darauf niedergelassen. Ihre bunten Flügel, eine prachtvolle Farbexplosion!

Fast zu viel, um es mit bloßem Blick verarbeiten zu können. Wie ein Kaleidoskop funkelten die unterschiedlichsten Kolorierungen vor mir und ihre Fülle blendete mich.

„Die Königin soll diesen Ort geliebt haben", bemerkte Stuna.

„Es ist die Insel der vergessenen Träume. Immer wenn man einen schönen Traum hat, an den man sich danach nicht mehr erinnern kann, dann ist er hierher entwichen, heißt es. Die Insel verwahrt ihn, bis zu dem Tag, an dem er einem wieder in den Sinn kommt und ein Lächeln auf dein Gesicht zaubert."

„Die Insel der vergessenen Träume", wiederholte ich beeindruckt.

Eine gigantische Blüte, die mit erhabener Leichtigkeit auf dem glitzernden türkisfarbenen Meer schwebte.

Sacht ließ sich der Schmetterling inmitten seiner Artgenossen nieder.

Ich blinzelte während ich mich vom Körper des Purpurschmetterlings rutschen ließ und mich bei ihm bedankte. Meine Augen hatten noch Schwierigkeiten, sich an die Intensität der Farben zu gewöhnen.

„Tagsüber öffnen sich die Blütenblätter und legen sich auf das Wasser. So wie jetzt. Wenn es Nacht wird, schließen sie sich. Sie schützen die Insel", erklärte mir Stuna.

„Wer lebt hier?", fragte ich, während ich andächtig die Ansammlung der Schmetterlinge durchschritt, die sich nicht von uns stören ließen.

„Hier oben? Eigentlich nur einige Insekten. Unter der Wasseroberfläche, da wohnen die Melusin."

„Die Melusin?"

„Ja, sie sind eigentlich ein friedliches Volk. Seit die Wotoks aufgetaucht sind, jedoch misstrauisch gegenüber Fremden."

Das kreisrunde Blüteninnere der Insel mochte einen Durchmesser von einem halben Kilometer haben.

Wie schwimmende Pontons lagen die rosèfarbenen Blütenblätter sanft schaukelnd auf der Wasseroberfläche. Auf ihnen balancierend, machten wir uns auf den Weg, das Blumeninnere zu erkunden.

Die Umkehrung der normativen Relation war gewöhnungsbedürftig. Klein und unbeholfen fühlte ich mich, inmitten der überlegen anmutenden Umgebung.

Alles verändert sich, wenn man auch nur die Kulisse ändert. Das, was im Vordergrund steht, wird vor einem neuen Hintergrund neu bewertet.

Ob besser oder schlechter hängt wohl vom Protagonisten ab.

Kaum hörbar seufzte ich bei dem Gedanken.

Wir hatten die Schar der Schmetterlinge durchquert und das Blüteninnere erreicht.

Hohe Filamente reckten sich vor uns goldgelb in den Himmel. An ihren Spitzen hingen saftige Staubbeutel bedeckt mit Pollen, die sich harmonisch im Wind wiegten.

Als wir uns unseren Weg hindurch bahnten, bemerkte ich feine gesponnene Fäden, die zwischen den Filamenten herunterhingen. Sie hielten den nicht unwesentlichen Windbewegungen der Stängel stand.

Vielleicht stammen sie ja von einer Raupe oder –?

Ich hatte den Gedanken noch nicht zu Ende gebracht, da hörte ich hinter mir Stuna:

„Vorsicht, die Krasolla!"

Ein zitronengelbes, riesenhaftes Insekt stakste lauernd auf sechs dürren, endlos langen Beinen zwischen dem Gewirr aus Filamenten in unsere Richtung.

Der Körper – gelb durchschimmernd wie ein Bernstein – glich einer Ameise, aber die langen, dünnen Beine erinnerten an eine Schnake.

Dieses Exemplar hatte zwei große, schwarze Punkte als Augen, die uns jetzt anvisierten.

Stuna wetzte in Richtung der Blütenmitte und ich folgte ihr. Die Krasolla hangelte sich an den Filamenten nach oben und nutzte ihre eigenen Verbindungswege, ihre Netze.

Hoch oben, über unseren Köpfen, krabbelte das Tier, während wir im Schatten seines Körpers ein chancenloses Rennen bestritten. Schon durch ihre Größe war die Krasolla uns deutlich überlegen.

Als wir eine große Mulde erreichten, strauchelte ich.

Darin, im Zentrum der Blüte, schoss die Blütennarbe, wie

ein riesiger Turm in die Höhe. Bis dahin waren es bestimmt noch zweihundert Meter.

Über uns lag ein riesiges Netzgeflecht, welches die gesamte Mulde von Blütennarbe bis zu den Filamenten reichend, überspannte.

Die langen, glatten Beine der Krasolla schossen neben mir nieder.

Sie seilte sich immer wieder an einem neuen Faden ab, der aus ihrem Rücken, aus einer Öffnung zwischen Brust und Hinterleib, zu wachsen schien.

Daran pendelnd versuchte sie, mich mit ihren dünnen Beinen zu treffen. Gelang es nicht, schnellte sie wieder zurück. Nur, um es erneut zu probieren.

Aus den gelben Insektenbeinen, die ebenfalls transparent waren, brachen kleine spitze Widerhaken heraus, an denen ihr Opfer bei der kleinsten Berührung haften blieb.

Ich hastete über den pudrig weichen Untergrund und schlug Haken, in der Hoffnung, sie könne meinen Lauf schlechter vorhersehen. Bei jedem Schritt stieg gelber Blütenstaub vom Boden auf und mir reizend in die Nase.

Ein Lichtstrahl traf mich unvermittelt.

Meine Augen brannten. Für kurze Zeit blind fiel ich auf den weichen Untergrund. Als ich mich hochhievte, baumelte das Medaillon vor meinen Augen.

Es stand offen und hatte das Licht reflektiert, das mich so geblendet hatte.

Wann hat es sich geöffnet?

Ich konnte noch immer nicht richtig sehen, flimmernde schwarze Punkte flogen auf mich zu; da kam mir eine Idee.

Neben mir verfehlte mich ein Einschlag ihres Beines nur um Haaresbreite. Ich rollte mich mit einem gezielten Seitenfall schnell zur Seite, um Zeit zu gewinnen.

Der Kopf der Krasolla war jetzt über mir.

Ich nahm das Medaillon in meine zitternden Hände und lenkte den Lichtstrahl auf sie.

Die Krasolla war irritiert, saß abwartend über mir in ihrem Netz. Ihre nach vorn gebogenen kurzen Fühler wippten vom Pendeln.

Ich steuerte den Lichtpunkt auf die zwei ovalen schwarzen Punkte in ihrem Gesicht. Sie bewegte sich nicht, war sichtlich verwirrt.

Diesen Moment nutze ich, um mich aufzurichten, ohne dabei den Lichtpunkt von ihrem Kopf zu lassen.

Ich zog die Zwille aus meiner Tasche. Schnell riss ich einen Knopf vom Mantel und zielte auf ihr Maul, das sich jetzt öffnete.

Zwei fühlerähnliche Tastorgane befanden sich darin, die jetzt kreiselnd nach außen fuhren. Ich schoss den Knopf mitten hinein.

Verdutzt schreckte sie zurück, trat vorerst den Rückzug an. Zwischen den vermeintlich sicheren Filamenten blieb sie sitzen und beäugte mich kritisch.

Im Licht konnte ich ihre Organe in einer gallertartigen Flüssigkeit schwimmen sehen. Ihr pulsierendes Herz schlug schnell, dehnte sich bei jedem neuen Schlag bis aufs Äußerste.

Ich erklomm die kleine Anhöhe, auf der sich das Zentrum, der Blütengriffel befand. Stuna erwartete mich bereits, als ich endlich durchgeschwitzt die Narbe erreichte.

Wir standen vor einer dicken, orangegelben Knolle, die sich nach oben hin verschlankte. An ihrer Spitze ragte ein mit Pollen belegter Stempel.

Wir umrundeten die Knolle unter den wachsamen Augen der Krasolla, die sich jedoch nicht mehr näherte.

Das Licht schimmerte durch die Knollenwand hindurch. Der Innenraum schien hohl zu sein, etwas Genaues war nicht zu erkennen.

Irgendetwas muss es mit dem Hohlraum auf sich haben.

Nachdem wir die Narbe genauestens untersucht hatten, ohne ein Anzeichen für einen Weg hinein zu erkennen, ließ ich mich entmutigt auf den weichen Untergrund herabsinken.

Nachdenklich fiel mein Blick auf das geöffnete Medaillon.

Direkt in der Mitte der goldenen glatten Fläche war ein leerer Kreis eingraviert. Um diesen Kreis eine Vielzahl von Punkten, fein wie Nadelstiche und willkürlich verstreut.

„Kannst du das lesen, Stuna?" Ich deutete auf die Schriftzeichen, die den äußeren Kreis bildeten.

Sie schüttelte den Kopf.

Die Kette ist ein Schlüssel. Nur welche Tür würde sie öffnen?

Die Krasolla verließ vorsichtig ihr Versteck, bewegte sich behutsam auf uns zu.

Ich überlegte zu flüchten, doch ihre zögerlichen Schritte wirkten nicht, als würde sie uns angreifen wollen.

„Stuna, was tut sie da?"

„Ich weiß es nicht. Burburak hat mir mal erzählt, dass sie die Insel bewacht. Kennengelernt habe ich sie heute auch zum ersten Mal."

Sie krabbelte auf uns zu. Diesmal nutzte sie nicht den Weg über unseren Köpfen, sondern den durch die Blütenmulde.

„Es sieht aus, als würde sie das Medaillon interessieren", meinte Stuna verwundert, als sie näher kam.

Und richtig, ihre dunklen Augen in denen sich Millionen von kleinen Waben befanden, die paradoxerweise alle einen anderen schwarzen Farbton aufwiesen, blieben zielgerichtet auf der Kette haften.

Etwa zehn Meter vor uns kam sie zum Stehen. Ich hob das Medaillon, um es ihr zu zeigen.

Die Waben begannen zu blinken, wie viele kleine sechseckige Bildschirme. Als würde sie zwinkern.

Ein Faden schoss aus ihrem Rücken nach oben, der sich im Netzgewirr über uns verfing. Elegant hangelte sie sich daran nach oben und wanderte über uns zur Spitze der Blütennabe, dem obersten Punkt, der Insel.

Als sie den Staubbeutel erreichte, steckte sie eines ihrer langen Beine in die Spitze. Es schien genau hineinzupassen.

Stuna und ich wichen zurück, denn ein Beben ging durch den Stängel. Die Blütenknolle, sie bewegte sich.

Die Krasolla – sie hatte die Knolle für uns geöffnet.

Kapitel 10

Wie von Zauberhand löste sich ein breiter Streifen des Fruchtknotens vom Boden. Er begann sich nach außen aufzurollen, wurde nach oben hin immer schmaler.

An einem winzigen Fitzelchen hing nun eine gut drei Meter lange Rolle.

Neugierig beäugte ich das Innere der Knolle.

Warme, feuchte Saunaluft schlug mir entgegen. Der Innenraum – eine kreisrunde Arena, die aus einer gelben pulsierenden Masse bestand. Sie erzeugte die schmatzenden Geräusche eines Schwammes, der mit Wasser vollgesogen ist.

In der Mitte gluckerte ein ebenfalls rundes, etwa drei Meter breites Wasserloch. Kleine Wellen schlugen über den Rand, ausgelöst durch die fließenden Bewegungen des Untergrundes. Im Zentrum der Wasserfläche ragte der Blütenstängel empor bis zur Spitze der Pflanzennarbe.

Durch die Membran der Wand fiel Licht und tauchte alles in ein warmes Orange.

„Lass uns hineingehen!" Als ich Stuna hochheben wollte, wich sie zurück.

„Ich warte hier."

Ihre lange Nase tastete nervös den feuchten Boden ab.

„Wasser mag ich überhaupt nicht!"

„Na gut, ich sehe mich kurz um."

Mein Fuß versank beim Betreten knöcheltief in der weichen Masse.

Wahrscheinlich wirklich nicht das Richtige für Stuna.

Wasser lief sprudelnd über den Rand meines Stiefel.

Als ich das Gefühl hatte, einen sicheren Stand zu haben, zog ich auch das zweite Bein nach.

Ich hatte es gerade in der Arena abgesetzt, da schnellte das Rollo hinter mir herab. Sofort verwuchs es mit der Membran und niemand hätte die Öffnung mehr erahnen können.

Ich war gefangen.

Meine Versuche, mich gegen die stabile Membran zu stemmen, blieben wirkungslos. Schwer zog das Wasser an mir, welches sich unaufhaltsam in den Stoff meiner Kleidung saugte.

Dann überlegte ich.

Die Krasolla hatte mich aus einem bestimmten Grund hier eingelassen. Stuna würde auf mich warten, während ich herausfand, was es hier zu entdecken gab.

Die schwüle Wärme im Inneren der Knolle erinnerte an ein Schwimmbad, nur ohne Chlorgeruch.

Jeder Schritt, den ich machte, verursachte ein klitschiges Geräusch und neues Wasser schwappte aus dem Wasserloch. Meine triefenden Stiefel rutschten bereits von den Füßen.

Der ganze Untergrund schwankte.

Ein Hauch frischer Luft erreichte mich durch die winzige Öffnung an der Spitze. Meine Augen wanderten den gut dreißig Meter hohen Stängel entlang.

Die Hitze drückte und machte jede Bewegung mit den nassen, schweren Sachen zu einer Kraftprobe. Ich beschloss sie auszuziehen.

Während ich langsam meine Kleidung abstreifte, beobachte ich unschlüssig das etwa drei Meter breite Wasserbecken.

Es gab nur zwei Wege.

Einer führte nach oben am Stängel entlang hinaus. Der Andere hinein ins Wasser.

Der miefige Geruch des Wotokblutes klebte an mir, übertüncht von gelbem Blütenstaub, mit dem ich am ganzen Körper überzogen war.

Der Anblick des blutverschmierten Mantels rief die noch so deutliche Erinnerung an die vergangene Nacht hervor.

Fetzen und Bilder blitzten in mir auf. Ollies Tod verfolgte mich.

Ich würde nicht davor fliehen können. Vor meinen Schuldgefühlen noch weniger.

Hätte ich doch nur schneller reagiert!

Wütend warf ich die Sachen ins Wasser und begann sie mit gleichmäßigen Bewegungen zu waschen.

Diese Flecken sollten verschwinden.

Für immer!

Mir war eine Aufgabe zuteil geworden, die ich nie gewollt hatte. *Aber dagegen gewehrt hatte ich mich auch nicht.*

Bis zur letzten Nacht war das hier abenteuerlich und spannend gewesen.

Vielleicht war ich zu naiv an die Sache herangegangen, hatte mich von den märchenhaften Dingen in diesem Land dazu hinreißen lassen, nicht zu bedenken, dass Kampf nicht gleich Sieg bedeutete.

Wie hässlich ein richtiges Duell ohne Spielzeugschwerter war, hatte ich nun erlebt.

Kein Platz für Unsicherheiten. Kein Spiel.

Mutmaßlich kannte ich noch nicht mal einen Bruchteil dessen, was ich hier leisten sollte. Die Größe meiner Entbehrungen dafür, noch weniger. Denn das Wertvollste hatte ich bereits verloren: Meinen besten, einzigen Freund.

Kein Tropfen Blut war nun mehr zu sehen. Meine Fingerknochen schmerzten vom Reiben des Stoffes.

Jetzt fühlte ich mich leer. Und auch ein wenig befreit.

Das türkisfarbene Wasser sah einladend aus. Ich tauchte meine Füße hinein und genoss die angenehm laue Frische.

Während ich mich vorsichtig hineinsinken ließ, glitt gelber Blütenstaub von meiner Haut. Er bildete einen feinen Teppich auf der Oberfläche, der von den Wellenbewegungen jäh wieder zerrissen wurde.

In zwei Zügen erreichte ich den Blütenstängel in der Mitte. Eine extrem klebrige, durchsichtige Masse bedeckte seine Oberfläche.

Das Wasserloch führte wahrscheinlich bis zur Wurzel.

Ich tauchte unter, konnte aber nichts erkennen, als ich hinabsah.

Als ich meinen Kopf aus dem Wasser streckte, spürte ich endlich wieder neue Energie durch mich fließen. Das Wasser hatte nicht nur den Blütenstaub, sondern auch die Trauer weg gespült. Zumindest für diesen Moment.

Das kleine Loch in der Blütenspitze genießend, durch das eine sanfte frische Brise und ein bisschen Blau des Himmels hereingetragen wurde, ließ ich mich auf der Wasseroberfläche treiben.

Miran.

Seine Nähe war aufregend und beruhigend zugleich. Er hatte mich mit seiner reifen, männlichen Ausstrahlung vollkommen eingenommen.

Ich spürte noch seinen Kuss auf meiner Stirn. Bei dem Gedanken daran, stieg nervöse Unruhe in mir auf.

Er mochte mich.

Schon die kleinste Hoffnung auf ihn, auf mehr, erfüllte mich mit Glück.

Platsch!

Erschrocken sah ich auf.

Direkt an meinen Füßen war etwas Gräulich-Silbernes aus dem Wasser geschnellt und danach sofort wieder verschwunden.

Mit einem Ausruf des Ekels schoss ich auf den Blütenschwamm zu und hievte mich hektisch hinaus.

Nur schwer gelang es mir, denn mein Körper gehorchte mir auf einmal nicht mehr. Von der Hüfte abwärts spürte ich überhaupt nichts!

Panisch robbte ich weg vom Wasserloch.

Verschreckt wälzte ich mich auf den Rücken, versuchte mich aufzusetzen. Ich erschrak.

Sibergraue Schuppen bedeckten meinen ganzen Körper.

Wo vorher meine Knie waren, setzte seitlich ein breiter, durchsichtiger Flossenkamm an. Starr aufgerichtet säumte er einen langen, glitschigen Fischschwanz.

Eine breite Flosse, in Form eines Fächers, zuckte an dessen Ende und klatschte unkontrolliert auf den weichen Untergrund.

Der Flossensaum setzte sich auf der anderen Seite fort und endete wieder auf Höhe der Knie.

Fein lagen die winzigen Schuppen wie eine zweite Oberfläche auf meiner Haut, die sich jetzt deutlich kälter anfühlte.

Wann ist das mit mir passiert?

Das Auf- und Abschlagen des Fischschwanzes machte mich nervös.

Ich muss das doch kontrollieren können.

Kälte durchfuhr mich auf eine angenehme Weise und das Hin- und Herschlagen der Flosse ließ endlich nach.

Das Wasserloch.

Das war also mein Weg.

Ich ließ meine Sachen zurück, denn in Anbetracht meiner neuen Aufmachung würde ich sie wohl nicht brauchen. Nur den Beutel mit dem Dolch und der Zwille nahm ich an mich, band ihn mir fest um mein Handgelenk.

Auf die Unterarme gestützt, kroch ich zurück zum Wasser und ließ mich unelegant hineinfallen.

Ich bin wohl eher eine Flunder, als eine Meerjungfrau.

Als ich beim Abtauchen die Augen öffnete, war alles um mich herum klar und deutlich zu sehen. Es kostete mich einige Überwindung, das Wasser einzuatmen.

Meine Atemwege füllten sich mit kalter Flüssigkeit. Es fühlte sich unwirklich an.

Ich strich mit meinen Händen über meinen kalten, silbrigen Körper, der nun vollkommen eben und elastisch anmutete. Selbst meine Haare hatten einen silbernen Schleier angenommen.

Es war Zeit, den Weg nach unten anzutreten.

Langsam tastete ich mich am Stängel in den Abgrund. Umgeben von der Hülle des Stiels fühlte ich mich sicher.

Mit zunehmender Wassertiefe wurde es dunkler. Trotzdem konnte ich erstaunlich scharf sehen.

Winzige kleine Organismen mit einem leuchtenden Zellkern schwebten an mir vorüber, während ich ihnen staunend nachschaute.

Nach einer Weile streckten sich mir die ersten Verwurzelungen entgegen, die ihren Weg noch nicht in den Boden gefunden hatten.

Ich packte eine der stabilen Verästlungen und knotete meine Tasche daran fest. Der Dolch war hier gut verstaut und sicher.

So könnte ich erst die Umgebung erkunden.

Ich hatte Stunas Worte über die Melusin im Hinterkopf.

Sie waren nicht gefährlich. Ihr jüngst erwachtes Misstrauen würde sie nur bestätigen, sollte ich bewaffnet erscheinen.

Abwechselnd atmete ich durch Mund und Nase. Ich hatte noch kein System gefunden. Zu ungewohnt war das Gefühl von fortwährend ein- und ausströmendem Wasser in der Brust.

Mein Körper war beweglicher und gehorchte mir fast besser als sonst. Der Auftrieb des Wassers machte mich leichter, geschmeidiger.

Den Fischschwanz bewegte ich nur noch mit minimalen Impulsen aus dem Hüftbereich. Nachdem ich das Prinzip verstanden hatte, war es ganz leicht. Es ähnelte den wellenartigen Bewegungen eines Aals. Nur wurden die Schwanzschläge nicht seitlich, sondern von oben nach unten ausgeführt.

Meine Arme halfen, die Richtung zu wählen. Schwerelos glitt ich so hinab in die Tiefe, an der das Wurzelwerk immer dichter wurde.

Der Wurzelstrang am Ende der Pflanze war fest im Boden verankert, schwang aber dennoch mit der Bewegung des Wassers. Ich verließ den Stiel und eine völlig neue Welt erwartete mich.

Purpurne, leuchtende Blasen strebten aus vulkanartigen Öffnungen im Boden nach oben gen Wasseroberfläche, die von hier unten nur noch zu erahnen war.

Die Strömungen des Wassers wirbelten Sand vom Meeresboden auf und hielten ihn in steter Bewegung. Dadurch sah man ihn nur bedingt.

Das machte die Kulisse nur noch geheimnisvoller.

Bunte Fischschwärme zogen an mir vorüber oder auch durch mich hindurch, ohne von mir Notiz zu nehmen.

Ich bewunderte ihre stille Schönheit.

Ein etwa zwei Meter großer, moosgrüner Krebs schwamm in gemächlicher Ruhe an mir vorüber und leuchtend weiße Quallen trieben ziellos harmonisch durch die Tiefen des Gewässers.

Mein Blick wanderte in die Ferne, nach einem Anhaltspunkt, einem Ziel suchend.

In einiger Entfernung zeichnete sich diffuser Lichtschein ab. Mit einigen Schwanzschlägen beschleunigte ich mein Tempo und ließ mich dorthin gleiten. Jeder Flossenschlag schob mich ruckartig mehrere Meter voran.

Beflügelt von dieser Kraft verstärkte ich die Impulse. Ich wurde immer schneller, ohne dass es mich große Anstrengung kostete. In berauschender Geschwindigkeit schoss ich durch die Tiefe des Meeres und näherte mich dem Licht.

Die Bewegungen, die ich vorhin lediglich erahnt hatte, wurden nun deutlicher. Verursacht von weißen Seeanemonen, die in einer geraden Linie, wallartig nebeneinander aufgereiht standen.

Es handelte sich, allem Anschein nach, um eine Art Zaun oder Abgrenzung.

Da ich bis auf den Lichtschein dahinter nichts sehen konnte, verlangsamte ich meine Bewegungen.

Doch ich unterschätzte die Schwungkraft meines Tempos und glitt mit ungebremster Geschwindigkeit unaufhaltsam auf den Wall der Seeanemonen zu.

Sie waren bestimmt drei Meter hoch und ihre schwingenden Tentakel erinnerten an wehende Arme auf der Suche nach etwas Greifbarem. Angestrahlt vom Streulicht, hatte das Ganze schon etwas Gespenstisches.

Ich musste an Höhe gewinnen, um nicht mitten hineinzuschwimmen.

Im Aufstieg passierte ich gerade so die Blumentiere und war erleichtert, die wabernden Arme gleich hinter mir lassen zu können.

Als ich darüber hinweg gleiten wollte, streckten sie, nach mir tastend, ihre Tentakel aus.

Eine berührte mich am Bauch. Ich erschrak und vollführte dabei einen ungünstigen Schlag mit meiner Flosse.

Die Anemonen bekamen sie zu fassen. Ihre Röhren wanden sich um meinen Schwanz und zogen ihren Wickelgriff fest darum.

Ich bewegte mich hin und her. Krampfhaft versuchte ich mit meinen Händen, die glitschigen, weißen Schläuche zu lösen. Als ich meine Finger darunter bekommen hatte, schnürten sie sie ab wie ein Gummiband.

Es pikste in meinen Fingern und ging dann in Kribbeln über. Kurz bevor ich gar nichts mehr fühlte, gelang es mir, sie wieder herauszuziehen.

Je stärker ich mich wehrte, desto fester wickelten sie sich um meine Oberarme und den Bauch.

Ich gab den Widerstand auf. Keine Möglichkeit zu entkommen.

Langsam setzten die Kolosse sich in Bewegung. Drei der riesigen Wächter verließen ihre Reihe und hinterließen ein Loch in ihrem Wall.

Wir schwebten über den Meeresboden und setzten dabei immer wieder auf. Sie sprangen, aber wie bei einem Astronauten, waren die Sprünge lang und weich, abgefedert von Boden und Wasser.

Mein Magen begann zu hüpfen, als würde ich mit dem Auto einen Hügel bergab fahren.

Ich täuschte mich nicht.

Durch die flirrenden weißen Tentakel sah ich eine Anhöhe, die stetig abfiel. Am Ende des flachen Abhangs bot sich mir ein einzigartiger Anblick: Die Festung der Melusin.

Alle Behausungen schimmerten in einem matten Perlmuttglanz und waren in ihrer Form Muscheln oder Schnecken nachempfunden.

Die ganze Festung lag tiefer als der Meeresboden, von außen gesäumt mit den Seeanemonen. In der Mitte dieses wundersamen Ortes stand ein kegelförmiger Turm in Form eines Spindelschneckengehäuses. Schraubenförmig schlang er sich Etage für Etage in die Höhe.

Ein Großteil der Häuser war kegelförmig, nach oben zusammenlaufend, versehen mit einer flachen, runden Spitze. Ihre Eingänge waren alle zu dem großen Turm in der Mitte hin ausgerichtet.

Es gab noch zahlreiche große Gebäude, die sich der außergewöhnlichsten Muschelformen bedienten. Auch sie siedelten rund um den Spindelschneckenturm. Einige flach wie Muscheln und andere aufwendig pompös, wie das Gehäuse von Stachelschnecken.

Überall herrschte ein emsiges Treiben. Die Melusin. Sie sahen genauso aus wie ich.

Oder besser gesagt, ich sah aus wie sie!

Die Anemone stoppte vor zwei Wachen, die mit Speeren bewaffnet, ihre Runden um die Festung machten. Die Umklammerung löste sich und die Wachen umkreisten mich. Misstrauen las ich in ihren Gesichtern.

„Was willst du hier?“, herrschte mich einer von ihnen an. Ich antwortete nicht.

Kann ich eigentlich sprechen?

„Wie heißt du?“, fragte der andere.

„Ähhh, Stuna“, blubberte es aus mir heraus.

Intuitiv hatte ich mich entschieden, meinen Namen hier besser nicht zu nennen.

Das Sprechen unter Wasser war ungewohnt und meine Stimme klang verzerrt. Bei jedem Wort formten sich Blasen auf meiner Zunge, was das Sprechen noch zusätzlich erschwerte.

„Woher kommst du?“ Ich schwieg. Was sollte ich sagen?

„Antworte!“

Als ich keine Anstalten machte, etwas zu entgegnen, packten sie mich an den Armen und zerrten mich zwischen den Behausungen hindurch, in Richtung des Turms.

Hier, in der Festung, waren die Öffnungen der Minivulkane mit den aufsteigenden, leuchtenden Blasen künstlich vergrößert worden. Das steigerte die Anzahl der Blasen und überall stiegen Lichtsäulen aus Kugeln auf, die alles erleuchteten.

Wir erreichten den prächtigen Spindelschneckenturm und passierten den offenen Eingangsbereich, ohne dass uns jemand aufhielt.

Der Windung des Schneckengehäuses folgend, gelangten wir zur ersten Plattform. Ein großer Saal mit einer hohen Decke, die unter der Reflexion des Lichtes funkelte, breitete sich vor mir aus. Magisch zauberten die Wellen bewegte Bilder an die Wände.

In der Mitte befand sich ein großes, künstlich angelegtes Korallenriff mit den prachtvollsten Pflanzen, die dieses Reich wohl zu bieten hatte. Darauf eine massive Steinplatte, um die herum Felsen angeordnet waren.

In einem von ihnen lehnte majestätisch ein grauhaariger Melusin. Seine kräftige Statur übertraf alle Anwesenden deutlich und er wirkte nicht nur körperlich überlegen. Eindeutig die Ausstrahlung eines Herrschers.

Er trug auf seinem Haupt ein Gebilde, das aus einer goldenen, versteinerten Koralle bestand, aufwendig ineinander verzweigt und sehr prunkvoll.

Die Melusin saßen augenscheinlich über einer 3D-Miniaturansicht ihrer Unterwasserwelt, denn ich konnte die überdimensionale Blüte, die senkrecht im Zentrum über allem stand, ausmachen.

Unweit von ihr, auf dem Boden des Modells ragte der Spindelschneckenturm, deutlich höher als alle anderen Gebilde, auf der Steinplatte.

Die beiden älteren, ebenfalls ergrauten Männer, die auf den Herrscher mit der Korallenkrone einredeten, schienen ihm Wichtiges zu berichten, denn er hörte ihnen gebannt zu und bemerkte mich und die Wachen gar nicht.

Mir fiel auf, dass er keinen Bart hatte, nicht mal einen Ansatz. Keiner der hier anwesenden Männer trug einen. Ihre Gesichter waren glatt und eben.

Auf zwei Felsen neben ihm saßen ein junger Mann und eine Frau.

Beide könnten in meinem Alter sein.

Gelangweilt in sich zusammengesunken, kauerte die Melusin-Frau daneben und starrte mit abwesendem Blick auf das Modell.

Sie war ein auffälliger Typ, dunkelhaarig, von schlanker, fast knabenhafter Statur. Durch das Licht sahen ihre schulterlangen Haare fast blauschwarz aus und ihre Schuppenhaut war eindeutig heller als die der anderen Melusin.

Sie hatte etwas von Porzellan und glänzte silbrig-weiß. Interessiert blinzelte sie aus ihren dunklen, kleinen Augen, als wir uns näherten.

Der junge Mann blickte schelmisch grinsend zu mir auf. Er sah gut aus mit seinen dunkelbraunen Haaren und auffallend männlichen Gesichtszügen.

Hübsch, doch ein unsympathisch arroganter Zug um seine Mundwinkel herum, der wohl ein spöttisches Lächeln andeutete, blieb mir nicht verborgen.

Einer der Wächter räusperte sich verlegen.

„Ähm, verehrter Herrscher, verzeiht die Unterbrechung."

Der grauhaarige Große schaute zu uns auf und sah mich direkt an. Seine erhabene Aura und seine durchdringenden

Augen, die schon viel gesehen zu haben schienen, schüchterten mich ein.

„Sie wurde von einem unserer Grenzposten abgefangen und konnte oder wollte uns nicht sagen, warum sie sich hier herumtreibt."

„Lasst sie los", befahl der gekrönte Melusin mit ruhiger brummiger Stimme, „sie scheint nicht feindlich gesonnen zu sein."

Er musterte mich genauer.

„Aus welcher der Siedlungen kommst du und warum?"

Siedlung?

Hilfesuchend wanderte mein Blick zu dem Modell vor ihm.

Dort, um die Miniaturfestung verteilt, in der wir uns befanden, lagen wenigstens neunzig Muschelansammlungen, die mindestens aus fünf und maximal dreißig Häusern bestanden.

Die Siedlungen!

Unsicher deutete ich mit dem Zeigefinger auf eine, von der Festung weit entfernte Siedlung, die aus zehn kleinen Muschelhäusern bestand und fast am Rande des Gewässers lag.

„Aha, Sarasto. Ja, dort gab es bisher nur weibliche Nachkommen. Ich war schon lange nicht mehr dort."

Gott sei Dank, er glaubte es.

Die Last, die von meinen Schultern wich, hätte man in diesem Moment zu Meeresboden sinken hören können.

Erleichtert atmete ich auf. Blasen entwichen dabei aus meinem Mund.

„Warum bist du hier?“, fragte er gütig.

Seine freundliche Art nahm mir die Angst.

„Ich bin Stuna“, stammelte ich leise.

„Ich war nur neugierig und – wollte auch nur am Rand auf die Festung hinunterschauen.“ Meine Stimme klang verzerrt.

„Dann habe ich mich aber verfangen“, erklärte ich dem nickenden Herrscher.

Seine buschigen, weißen Augenbrauen waren interessiert nach oben gezogen.

„Ja, unsere Grenzposten sind sehr eifrig. Sie haben allein unser Bestes im Sinn. Für deine Neugier hast du aber einen weiten Weg hinter dich gebracht. Aus dieser Gegend hat sich schon ewig niemand hierher verirrt.“

Es war ihm anzusehen, dass mein angeblich weiter Weg Skepsis verursachte. Sein rechter Mundwinkel wanderte etwas nach oben, als würde er überlegen.

Das Mädchen, das mich die ganze Zeit fasziniert beobachtete, wagte einen Einwurf: „Aber Vater, du sagst doch immer, du hättest viel zu wenig Zeit, alle Untertanen in den Siedlungen zu besuchen. Nun kommt endlich mal eine von ihnen her zu uns.“

Der junge Mann unterbrach sie. „Verständlich, da draußen ist es sterbenslangweilig. Jeder will da weg.“

Er sprach mit viel Überzeugung, gepaart mit einem herablassenden Unterton. Sein entwaffnendes Lächeln dazu sollte wohl einen Scherz seinerseits signalisieren.

Genervt knuffte sie ihm in die Seite.

Ihn kümmerte auch mein kritischer Blick in seine Richtung nicht das Geringste.

Sie wollte gerade etwas dazu entgegnen, da hob der Herrscher beschwichtigend seine Hände in Richtung der beiden Diskutierenden.

„Du hast vollkommen recht, Manjita", sprach er sanft.

„Ich würde alle meine Untertanen gern öfter sehen. In diesen schwierigen Zeiten habe ich kaum Gelegenheit dazu." Er kam näher.

„Sei willkommen, ich bin Medorag, Herrscher der Melusin. Das hier sind meine Kinder, Manjita und Minon." Das Brummen seiner Stimme sendete warme Vibrationen aus, die man stärker wahrnahm, je näher er kam.

„Wie heißt du noch mal?"

„Stuna", antwortete ich schon sicherer.

„Ein ungewöhnlicher Name, aber wir sind ja auch ungewöhnliche Wesen", fügte er weise hinzu.

„Was trägst du da für eine Kette?", fragte er unvermittelt, als sein Blick darauf fiel.

„Äh, ich habe sie gefunden, doch sie ist schon kaputt", winkte ich schnell ab, um sein Interesse dafür nicht noch mehr entfachen.

Er war dennoch interessiert, aber Manjita überrumpelte ihn.

Sie schwamm in einem Zug zu mir, griff meine Hand und rief: „Komm, du bist unser Gast. Ich zeige dir alles."

Sie zog mich mit sich davon, noch ehe jemand der Anwesenden etwas entgegnen konnte.

Beim Verlassen des prunkvollen Saals wisperte sie: „Gut, dass du gekommen bist. Die Verteidigungstheorie ist immer so trocken. Aber Vater will uns dabei haben."

Sie zog eine gelangweilte Grimasse. Ich lächelte zurückhaltend.

Noch immer hielt sie meine Hand und lachte.

„Außerdem habe ich schon ewig keine Freundin mehr gehabt."

Freundin?

Verlegen senkte ich den Blick.

Freundin.

Kapitel 11

Manjita wich nicht von meiner Seite, dirigierte mich an der Hand euphorisch durch jeden Winkel der Festung. In ihrem aufgekratzten Gemütszustand sprudelten die Worte nur so aus ihr heraus und mit ihnen Wasserblasen. Kleine, wenn sie schnell sprach, so wie jetzt und große, wenn sie sich kurz bedachte.

Ich folgte ihr, so gut es ging.

Sie redete nicht nur wie ein Wasserfall, sondern schwamm dazu auch noch viel besser.

Meine Flossentechnik war nicht ausgereift wie ihre, aber sie war so damit beschäftigt, mir alles haarklein zu erläutern, dass ihr gar nicht auffiel, wie sehr ich mich bemühen musste mitzuhalten.

Immer, wenn ich glaubte, sie würde es nicht bemerken, beobachtete ich sie eingehender: Ihre Art, sich zu bewegen, wie sie sich die Haare aus dem Gesicht strich, obwohl sie sie gar nicht störten und wie sie, wenn sie lachte, automatisch ihre kleinen Augen schloss.

Ihre schlanke Erscheinung ließ sie zerbrechlich wirken. Dazu die zarte, helle Stimme, die diesen Eindruck noch verstärkte. Auf und neben ihrer Nase sammelten sich kleine Sprenkel, ähnlich wie Sommersprossen. Wegen ihrer Porzellanhaut fielen sie besonders auf, machten ihre Erscheinung im Vergleich zu den anderen Melusin aber noch einzigartiger.

Wir passierten das auffällige Stachelschneckenhaus oder treffender gesagt: Auditorium.

Bereits von außen ein wahrer Prachtbau, toppte das Interieur alles, was wir bisher besichtigt hatten. Opulent designt mit einem inliegenden Stadion, umringt von fünf Felsrängen.

„Hier hatten sicherlich eintausend Melusin Platz", schätzte ich, mit Blick auf die Zuschauerränge.

Bunte Korallen verzierten die jeweiligen Ränge in unterschiedlichen Farben.

Hier, so erklärte sie mir, wurden öffentliche Bekanntmachungen oder Reden abgehalten. Auch gesellschaftliche Anlässe, wie Konzerte oder Theateraufführungen, würden gern und regelmäßig veranstaltet. In großer Zahl strömten dann die Melusin, auch aus den umliegenden Siedlungen herbei.

In letzter Zeit allerdings, fügte sie etwas betrübt hinzu, sei das weniger geworden.

Jedes Gebäude bestand aus echten Muscheln. Sie wurden dafür zuerst gemahlen und dann mit einer speziellen Algenart vermischt. Dadurch erreichten sie einen besonders soliden Aggregatzustand.

Sehr beeindruckend.

Es musste Monate dauern, ein derartig aufwendiges Gehäuse umzusetzen.

Unter den Melusin gab es Spezialisten, die nur für die Anfertigung der Bausubstanz verantwortlich waren.

So, wie das Mahlen und auch das Algen sammeln, ebenfalls dafür zugewiesenen Arbeitsgruppen zufiel.

Alles war genauestens strukturiert.

Wir passierten die Fertigungsstätten, die einfach nur durch Zäune – straff gespannte Seegrasseile – voneinander abgetrennt waren.

Ich verkniff es mir tunlichst, staunend zu verweilen oder gar Fragen zu stellen, da Manjita natürlich davon ausgehen musste, ich würde die Fertigungsschritte kennen.

In spitzen Kreiselschneckengebäuden, unterhalb des Walls aus Seeanemonen, wohnte die Verteidigung der Melusin.

Alle männlichen Nachkommen des gesamten Gewässers zogen bereits im Kindesalter zur Aus- und Charakterbildung in die Festung ein und verließen sie erst als Jugendliche wieder, bereit, ihre Siedlungen im Ernstfall verteidigen zu können.

Vieles davon musste ich mir aus Manjitas beiläufigen Bemerkungen erschließen, da sie selbstverständlich auch die Kenntnis über diese „Wehrpflicht" der Jungen als Grundwissen voraussetzte.

Es erklärte mir, warum es innerhalb der Festung von jungen, männlichen Melusin nur so wimmelte.

Mädchen oder junge Frauen traf man nur selten an.

Dadurch war Manjita zuweilen recht einsam, wie sie immer wieder – fast beiläufig – mit klagendem Ton in ihre Erzählungen einfließen ließ.

Sie genoss mein Staunen und die Bewunderung, die ich für die Schönheit der Gebäude und deren filigraner Architektur zeigte.

Am Ende der ausführlichen Besichtigung zogen wir zurück in den Herrscherturm zum gemeinsamen Abendessen.

Ich war schon sehr müde von all dem Gesehenen und der Menge an Informationen.

Insgeheim sehnte ich mich nach ein wenig Ruhe, als wir den großen Saal mit der 3D-Ansicht passierten und über den spiralförmigen Aufgang zur nächsten Plattform schwammen.

Hier befanden sich die privaten Gemächer der Familie.

Einer Lounge nachempfunden, ragten von der Decke spitze Ornamente aus glänzend weißem Perlmutt wie hängende Eiszapfen in den Raum.

Wir ließen uns vor einer Platte, in der Form eines Seesterns nieder, auf der allerhand abenteuerliche Gerichte zu finden waren: Algenpasten und bunte Salate, sogar essbare Blumen.

Fisch gab es zu meiner Überraschung nicht, denn die Philosophie, die hier gelebt wurde, beruhte auf einem gewaltfreien Miteinander. König Medorag, der sich zu uns gesellte, beschrieb mir ausschweifend seine Vorstellung des Reiches als Vision einer friedlichen Koexistenz aller Unterwasserbewohner.

Aus welchem Grund nun trotzdem Soldaten ausgebildet und Verteidigungsstrategien ersonnen wurden, erahnte ich. Es war derselbe, der mich hierher geführt hatte.

Trotz meiner Müdigkeit hing ich an seinen Lippen, denn der tiefe durchdringende Bass in seiner Stimme ließ jedes noch so unbedeutende Detail interessant klingen. Man hörte ihm gern zu.

Bis auf wenige Ausnahmen, erklärte er mir, sei das mit dem friedlichen Zusammenleben auch gelungen, bis die schwarze Omieda ‚Da oben' – er deutete symbolhaft nach oben zur Wasseroberfläche – ‚in Erscheinung getreten war'.

Erst habe er es nicht wahrhaben wollen und versucht, die Vorgänge außerhalb seines Reiches auszublenden, auch in der Hoffnung, sie würden ihn nicht erreichen.

„Ich war vielleicht auch naiv", gab er beiläufig seufzend zu, trotzdem habe er an seiner Lebens- und Regierungsweise weiterhin festhalten wollen. Stets getragen von dem Glauben, sein friedlicher Weg sei die eine Lösung.

Doch dann, eines Tages, sei eine Melusin zu nah an die Wasseroberfläche geschwommen. Ein Wotok war hinabgestürzt und hatte sie davon getragen.

Sie war nie wieder gesehen worden.

Er starrte geistesabwesend auf ein in die Perlmuttwand geschnitztes Gemälde, während er mit brüchiger Stimme davon erzählte.

Das Abbild einer wunderschönen Melusin mit welligen Haaren war darauf zu sehen. Ihr warmer Blick ruhte auf unserer Tischrunde und man musste unwillkürlich lächeln, wenn man sie ansah. Reine Güte strahlte aus ihr.

„Tabresa! Mutters Name war Tabresa. Sag ihn doch einfach!", unterbrach Manjita ihn unwirsch.

Erst entgegnete er nichts. Dann holte er tief seufzend aus und sagte: „Ja, du hast sicher davon gehört. Minon und Manjita haben ihre Mutter viel zu früh verloren."

Der stolze König wirkte auf einmal gebrochen.

„Seit ihrem Tod rede ich nicht mehr oft von ihr. Ich kann ihren Namen nicht aussprechen. Es ist mir einfach nicht möglich."

Kurz hing er mit verklärtem Blick seinen Gedanken nach, doch dann ordnete er sich wieder, räusperte sich und strich über seine Krone.

„Wir haben Angst. Sogar große Angst, dass Omieda und ihre Wotoks irgendwann unter die Oberfläche des Wassers gelangen könnten. Bisher ist das noch nicht vorgekommen, aber was wissen wir hier in Pardalis schon über den Feind?"

Es war eine offene Frage, die niemand von uns beantworten konnte und sollte.

Er fuhr fort: „Die Vergangenheit hat durchaus schon gezeigt, dass Omieda und auch ihre schwarzen Bastarde anpassungsfähig und wandelbar sind.

Unser Feind ist dynamisch. Wir alle ahnen, glaube ich, noch nicht wie sehr", schloss er mit gedankenvollen Furchen auf seiner Stirn.

Es wurde, trotz des ernsten Themas, ein vergnügter Abend. Ich genoss die spürbare Harmonie zwischen Medorag und seinen Kindern und das familiäre Beisammensein.

Früher war ich gelegentlich mal mit Bekannten ins Kino gegangen, aber nie hatte ich jemanden zu Hause besucht, geschweige denn, dessen Familie kennengelernt.

Manjita las mir jeden Wunsch von den Augen ab, versuchte betont mir alles recht zu machen. Dankbar nahm ich jede Geste an, wenngleich es doch sehr ungewohnt für mich war.

Zu später Stunde, Manjita und ich hatten noch lange die Köpfe zusammengesteckt, lag ich in einem weichen Bett aus Seegras.

In den Strömungen tanzend, versprühte es sein eigentümliches Aroma, dass mich ein bisschen an den des grünen Teppichs erinnerte, der sich im Hochsommer auf den Gewässern bildete.

Auf meiner Haut hätte ich die glitschigen Halme bestimmt nicht als angenehm empfunden, doch jetzt entspannte mich die stete, massierende Bewegung der Halme an meinem Schuppenkleid.

Erstaunlich, wie schnell ich mich daran gewöhnte.

Ich fühlte mich nicht einmal nackt, was anfangs meine größte Sorge gewesen war. Auch das mit der Toilette klärte sich schnell auf. Die Flüssigkeit, die sich über kleine Öffnungen nahe der Schwanzflosse absonderte, war geruchsneutral und farblos.

Überaus praktisch.

Trotz des hypnotischen Wiegens der Seegrashalme und meiner Müdigkeit kam ich nur schwer zur Ruhe.

Ich muss die Samenkörner und den Tautropfen finden.

Nachdem mir die Krasolla den Weg hierher gewiesen hatte, war ich mir sicher, in Medorags Reich fündig zu werden.

Doch wo soll ich anfangen zu suchen?

Die Königsfamilie war so freundlich zu mir. Ich hatte sie angelogen und fühlte mich nicht gut damit. Über einen längeren Zeitraum würde mir diese Täuschung nicht gelingen.

Ich wollte Medorag und seine Kinder nicht unnötig in Gefahr bringen. Je weniger sie über mich wussten, desto besser, hatte Miran gesagt.

Ich schmiegte mich ins Seegras und mit einem letzten, tröstlichen Gedanken an Mirans Kuss schlief ich endlich ein.

In den nächsten Tagen erkundete ich mit Manjita die Umgebung und sie beeindruckte mich mit allerhand Anekdoten, die es über das Leben in der Festung zu erzählen gab. Minon beäugte uns oft argwöhnisch, wenn wir kichernd und schwatzend durch die Gemächer des Herrscherturms zogen.

Ich glaube, Manjita war genauso ausgehungert nach Nähe wie ich. In ihrer aufopferungsvollen Gastfreundschaft mir gegenüber lag viel Sehnsucht.

Am Tage machten wir Ausflüge zu den Algenfeldern und Plantagen, auf denen die Nahrung für die Festung wuchsen. Dort halfen wir bei der Ernte oder Bewirtschaftung.

Abends fuhren wir mit den Seepferden die Tagesernte ein. Sie wurde in dichte Netze gelegt, die an einem Strick befestigt waren und dann hinterhergezogen wurden. Unsere Aufgabe war es, darauf zu achten, dass sie sich nicht untereinander verhedderten.

Es war normal, dass die Kinder des Königs einen Beitrag zum Gemeinwohl leisteten. Pflichten, die dennoch sehr frei ausgelegt wurden. Jeder der beiden entschied selbst, was er wann tat.

Minon war hauptsächlich in die Ausbildung junger Melusin involviert und brachte ihnen Verteidigungstheorien und -strategien bei.

Er nahm das sehr ernst. *Stellenweise vielleicht zu ernst.*

Einmal beobachtete ich ihn bei der Inspektion in der Waffenfertigung. Speerspitzen wurden dort gefeilt, alte Waffen wieder aufgerüstet.

Mit der Ausarbeitung eines Speeres war er nicht einverstanden. Er bestand auf mehrmaliges Korrekturschleifen durch den Vorarbeiter. Erst nach dem vierten Mal zeigte er sich, wenn auch mäßig, zufrieden mit dem Ergebnis.

Im Anschluss ‚gestand' eben jener Vorarbeiter Manjita mit einem Augenzwinkern, dass er bereits nach der zweiten Korrektur nicht die geringste Änderung mehr vorgenommen hatte.

Allgemein bemerkte ich, dass die Bürger aufgeschlossener gegenüber der Königstochter waren. Schon bei der Ernte war mir aufgefallen, wie sehr sich die Bauern über ihren Besuch freuten.

Ihr freundliches Wesen war beliebt. Durch ihre Offenheit vertrauten sie ihr Probleme an oder machten Verbesserungsvorschläge für die Ernteabläufe.

Mir fiel aber auch auf, dass sie ihnen zwar zuhörte, doch gar nicht zu bemerken schien, aus welchem Grund man diese Informationen mit ihr teilte.

Abends, als Medorag sie gezielt nach der Feldarbeit fragte, erzählte sie lediglich vom Nachwuchs der Seepferde, der zwar zweifelsohne berichtenswert war – weil sie ungemein putzig anzusehen waren – doch von allen Informationen war jene die irrelevanteste.

Diese kindliche Naivität überraschte mich in unserer gemeinsamen Zeit des Öfteren. Sie war *(leider)* der wohl größte Unterschied zwischen uns.

Auch wenn ich hier mit ihr unbekümmerter war, so war mir doch immer bewusst, weswegen ich eigentlich hier war.

In einem flachen Tellerschneckengebäude wohnten wir gerade einer Unterrichtsstunde der Heerführer bei.

Manjita war meiner Bitte danach mit einem Augenrollen nachgekommen und ihre gelangweilte Haltung, mit der sie neben mir auf dem letzten Rang der Sitzreihen lümmelte, ärgerte mich ein wenig.

Heute referierte ein junger Soldat über das Aussehen der Wotoks und deren Angriffsweisen. Gebannt lauschte ich seinen Erklärungen:

„Die für uns gefährlichste Art schnappt blitzschnell aus der Luft zu. Seht her!"

Eine Skulptur des Wotok-Exemplars wurde zur Präsentation hereingeschoben.

„Dieser Wotok bewegt sich wie ein Vogel fort –", er zeigte auf die fledermausartigen Flügel, „und hat scharfe Krallen. Mit ihnen fängt er das Opfer im Flug."

Er ahmte unter Zuhilfenahme der Skulptur nach, wie der Wotok sich aus der Luft nähert und dann mit den Krallen nach seinem Opfer greift, welches sich meist über oder knapp unter der Wasseroberfläche befindet.

„Deshalb ist es strengstens untersagt, sich in der Nähe der Wasseroberfläche aufzuhalten“, sagte er mit Nachdruck und sah dabei eindringlich die Gesichter in den Reihen an, als wolle er jeden einzelnen mit seinem warnenden Blick bedenken.

„Besonders riskant ist es nachts, denn man sieht ihre Schatten nicht kommen. Ihr wisst –“, er drehte sich beim Sprechen, um in den kreisförmigen Reihen auch jeden zu erreichen, „wir können oberhalb der Wasserfläche nicht lange überleben.“

Ein anderer Soldat, spezialisiert auf biologische Vorgänge, erklärte nun dazu die körperlichen Funktionen. Er führte den Tod durch Ersticken an der Luft in allen erdenklichen Details aus, der bereits nach wenigen Minuten außerhalb des Wassers auftritt. Er tat dies sehr anschaulich und es beeindruckte sogar mich, obwohl es mich gar nicht betraf.

„Aber keine Sorge“, unterbrach der erste Referent seine sehr grafischen Ausführungen mit einem ironischen Tonfall, „im Falle einer Wotokattacke kommt es dazu gar nicht mehr.“

Dann beschrieb er uns ganz genau, wie die scharfen Krallen die Organe und Knochen der Opfer zertrennten und dass diese folgerichtig bereits vor dem Ersticken tot seien.

Und ich habe bisher gedacht, meine Arbeit beim Bestatter wäre morbide.

Wie die teils angeekelten, teils ängstlichen Gesichtsausdrücke der jungen Männer zeigten, verfehlten die Ausführungen ihre Wirkung nicht.

„Bisher sind nur noch Teile von verschwundenen Melusin gefunden worden. Hier seht ihr –“, ein abgetrennter Arm in einer Art Vase wurde hereingebracht, „ein glatter Schnitt, zugefügt unter großem Druck.“

Ein weiteres Gefäß mit einer Schwanzflosse wurde jetzt herumgereicht. Viele wandten sich würgend ab.

Nur Manjita schien unbeeindruckt.

Sie sah mich von der Seite an.

„Bist du verliebt?“, unterbrach Manjitas Frage jäh meine Gedanken, die sich um abgetrennte Körperteile drehten.

Irritiert sah ich in ihr erwartungsvolles Gesicht.

„Wie kommst du denn jetzt darauf?“, flüsterte ich verlegen.

„Du bist manchmal so abwesend. Ich dachte, es hätte etwas damit zu tun.“

Ich, abwesend? SIE hat doch anscheinend gar nicht mitbekommen, wie hier Bruchteile ihrer Gefährten in Gläsern verteilt wurden.

Sie lächelte unsicher.

„Außerdem“, fügte sie hinzu „wäre es wundervoll, wenn du dich hier verlieben würdest. Dann könntest du irgendwann ganz hier bleiben und müsstest nicht mehr zurück.“

Aha. Darum geht es also.

„Hach, verliebt zu sein ist doch das schönste Gefühl überhaupt. Ich wäre es am liebsten ständig“, schwärmte sie verträumt, ihr Kinn auf ihre Hände auflegend.

Wie unterschiedlich wir doch sind!

Wo sie Schmetterlinge sah, sah ich Staub.

Liebe war doch auch immer irgendwie mit Schmerz verbunden. Und wenn es nur darum ging, den Geliebten zu vermissen.

„Irgendwann werde ich wieder gehen müssen", sagte ich.

„Sarasto ist weit weg", entgegnete sie traurig.

„Noch bist du ja hier", ihre Miene erhellte sich wieder.

Ich nickte und deutete mahnend auf den referiendenden Soldaten.

Mit einem übertriebenen Seufzen ließ sie sich tiefer auf der Bank sinken und begann zu dösen.

Vielleicht kennt sie diese Lektion schon, aber der Anblick des Fischschwanzes hatte sogar die größten Schlafmützen hier geweckt.

Nach dem Unterricht schwammen wir mit einigen anderen Schülern zu einer Quelle, aus der warmes Wasser floss.

Viele, vor allem junge Melusin, nutzen sie als Erholungsort oder Treffpunkt. Ausgestreckt lagen sie auf flachen Steinen, knabberten Kekse, die fischig schmeckten und genossen den warmen Sog, der die Fischschuppen umspülte.

Ich beobachtete sie bei einem Spiel, bei dem Steine in am Meeresboden markierte Areale geschnipst wurden. Hartnäckig wollte man uns zum Mitmachen überreden.

Fadenscheinig redete ich mich heraus.

Auch nach längerem Zuschauen hatte ich die Regeln nicht begriffen und traute mich auch nicht danach zu fragen.

Ein solcher Fehler könnte mich verraten.

Irgendwann, als es ruhiger wurde, stützte Manjita ihren Kopf auf ihren Unterarm und sah mich an: „Du hast mir vorhin nicht geantwortet. Bist du verliebt?"

Ich räusperte mich, wollte Zeit gewinnen.

„Kann schon sein", murmelte ich verlegen.

Neugierig weiteten sich ihre Augen.

„Ist es Minon?", wollte sie aufgeregt kichernd wissen.

Ich verdrehte mit gespielter Entrüstung die Augen. „Ist das dein Ernst?"

Gleichzeitig begannen wir, schallend zu lachen.

„Du wirst es mir schon noch erzählen. Freundinnen erzählen sich doch alles, nicht wahr?" Sie sah mir in die Augen.

Ich wurde wieder ernst.

„Ja", sagte ich und fühlte mich entsetzlich dabei.

Ich überlegte, wie ich ihr die Wahrheit sagen konnte, ohne dabei meine Identität zu verraten.

Mirans Stamm hatte mich beherbergt und dafür mit mehreren Leben bezahlen müssen. Ihr in die Augen zu sehen und die erste und bisher einzige Freundin anzulügen, die ich je hatte und die so voller Zuneigung für mich war, fühlte sich nicht richtig an.

Der Abend hatte sich eingeschlichen und nur noch wir und eine Gruppe junger Männer befanden uns an der Quelle.

Nicht mehr lange und es wäre Nacht.

Ein Johlen durchfuhr die Gruppe der Jungen.

„Smere! Smere! Smere!", feuerten sie sich lachend an, während sie sich nach oben gleiten ließen. Sie schaukelten sich gegenseitig immer höher.

„Seid ihr verrückt", rief Manjita ihnen ängstlich nach. „Bleibt doch hier!"

„Was bedeutet das?", wollte ich wissen.

„Das ist unter den Jungs hier so etwas wie eine Mutprobe.“ Ihr Gesicht bebte vor Angst.

So hatte ich Manjita noch nie gesehen. Ich war sofort alarmiert.

Einer von den Halbwüchsigen drehte sich um und grinste. „Hab dich doch nicht so. Wir machen das ständig. Da passiert nichts. Kommt doch mit!“

Mehrmals brach seine Stimme beim Sprechen. Sicherlich war er nicht älter als dreizehn. Während er eilig seinen Freunden folgte, rief er: „Wer als Erster nach unten taucht, ist ein Feigling.“

Nervöses Krampfen in meiner Bauchgegend.

„Manjita, was sollen wir tun?“

„Ich hole Hilfe“, entgegnete sie. „Bleib du hier.“

Schon war sie fort.

Was nun? Hier ausharren kann ich nicht.

Unter Einhaltung eines großen Abstands folgte ich der Gruppe.

Vielleicht kann ich sie ja zur Umkehr bewegen.

„Kommt zurück!“, hörte ich mich ihnen mit zittriger Stimme zurufen. Mein Herzschlag steigerte sich, je näher wir der Oberfläche kamen.

Die Jungs beachteten mich nicht. Ihre Stimmung steigerte sich weiter.

Jetzt hatten sie den Wasserspiegel fast erreicht und verringerten ihr Tempo. Etwa einen Meter darunter stoppten sie und lachten. Allerdings klang ihr Lachen gar nicht mehr so selbstsicher wie zu Beginn.

Ich war fast bei ihnen. Auch ich drosselte jetzt mein Tempo.

Des Tages letzter Lichtstrahl ruhte auf dem Wasser und verblasste unter dem Gekicher der Teenager.

Mein Magen zog sich zusammen und krampfte jetzt durchgehend. Zu gut wusste ich, wozu die Wotoks imstande waren. Diese Jungs kannten sie nur aus den Erzählungen.

„Ich befehle euch augenblicklich damit aufzuhören!" Unerwartet schnell schoss Minon aus der Tiefe heran.

Das Lachen der Jungs verstummte. Betreten sahen sie nach unten.

Minon hatte sie erreicht und verteilte wütend ein paar Ohrfeigen, während er sie für ihre Dummheit schalt.

Ihre Köpfe gesenkt, ließen sie sich schuldbewusst nach unten abfallen.

In einiger Entfernung erkannte ich Manjita, die zu uns aufstieg. Ich machte eine beruhigende Geste, um sie wissen zu lassen, dass die Situation unter Kontrolle sei.

Wusch!

Ein ohrenbetäubender Schlag durchbrach die Wasserfläche über mir scharf und tosend.

Ich sah hinauf.

Es war entsetzlich! Minon versuchte mit schreckensverzerrtem Gesicht verzweifelt nach unten zu flüchten. Doch er war zu nah an der Oberfläche.

Eine schwarze, metallisch glänzende Vogelkralle tauchte ein und packte seinen Körper. Sie umschlang ihn sekundenschnell mit erstaunlicher Präzision.

Ich hatte ihn erreicht, wollte ihn fassen. Unnachgiebig wurde er nach oben gezogen.

Er wehrte sich und schlug nach dem Bein, das oberhalb der Kralle ansetzte. Aber er war inmitten der drei Vorderzehen gefangen. Massiv quetschten diese seinen Körper, dass ich fürchtete, es würde knacken und ihn in der Mitte zerbrechen.

Der Wotok stieg wieder auf.

Am hinteren Ende des Fußes befand sich noch ein kleinerer Zehenfortsatz, ähnlich wie bei einem Huhn.

All meine Kraft zusammennehmend streckte ich meine Arme danach, während Minon vorn bereits aus dem Wasser auftauchte.

Dann umschlang ich den Zehenfortsatz und klammerte mich daran fest wie an einem Baumstamm, die Finger oberhalb ineinander verhakt, um nicht zu fallen.

Der Wotok riss mich mit sich.

„Nein!" Manjitas herzzerreißendes Schreien echote in meinem Ohr.

„Uhh!", entwich es mir durch den plötzlichen Kälteschock. Die Abendluft war frisch, kälter als ich sie in Erinnerung hatte.

Minon blutete stark. Sein Blut fiel an mir vorbei auf die Wasseroberfläche, an der ich noch Manjitas Kopf erahnte.

Sie rief etwas, aber wir waren schon zu hoch, als dass ich es hätte verstehen können.

Zwei klaffende Wunden überzogen Minons Oberkörper. Die Zehen, die ihn umklammerten, drückten weiter zu. Sie waren oben glatt und unten messerscharf und ob ihrer Stärke unbezwingbar.

Er japste und keuchte schwer, war kaum noch bei Besinnung. Trotzdem schlug er um sich. Immer in Richtung des Beines.

Umso mehr er sich wand, desto tiefer wurden die Schnitte.

Der hintere Zehenfortsatz, an dem ich hing, verfügte zu meinem Glück nicht über den Klammermechanismus. Dennoch war seine Unterseite genauso messerscharf wie die anderen Zehen. Wie bei einem Vogel diente er wohl der Stabilisierung des Körpers im Stand.

Etwa einen Meter über mir ragte das runzelige Bein des Wotoks.

Es war schon dämmerig und ich hörte die dunklen Schwingen über mir wild schlagen und ein eigentümliches Rasseln. Sein schauriger Atem!

All meine Reserven gebrauchend, zog ich mich an der Zehe hoch. Mir fehlte aber die Kraft, meinen Körper allein aus den Armen heraus hinaufzuziehen.

Jeder Kontakt mit der scharfen Unterseite der Zehe hinterließ feine Schnitte auf meiner Haut.

Meine Haut!

Sie kam wieder unter dem dicken Schuppenkleid zum Vorschein! Sie war an der Luft getrocknet.

Das kann nur bedeuten… Ja, meine Beine!

Ich fühlte sie. Meinen Körper konnte ich außerhalb des Wassers besser nutzen als die Flossen. Jetzt hatte ich eine Chance es zu schaffen!

Ich holte Schwung mit den Beinen und hievte mich schwer atmend hoch. Kraftlos erreichte ich die Zehe und setzte mich darauf.

Minon hing leblos zwischen den Vorderzehen des Wotoks eingeklemmt. Seine Augen geschlossen, der Brustkorb bebte. Seine Knochen hatten unter dem heftigen Druck nachgegeben und stachen jetzt unnatürlich unter seiner dünnen Haut hervor, kurz davor sie zu durchtrennen.

Diese war nicht mehr silbern, sondern hatte eine blasse, hellere Färbung angenommen.

Eigenartig…

Noch bevor ich den Gedanken zu Ende bringen konnte, flog der Wotok eine Kurve.

Beim Hinuntersehen wurde mir schwindlig. Ich klammerte mich ängstlich an sein Bein.

Unter meinen Händen fühlte sich die Haut des Wotoks elastisch an. Sie gab unter meinen Fingernägeln richtig nach.

Das Gewebe war viel dünner und empfindlicher, nicht vergleichbar mit den harten Zehen seiner Krallen.

Das muss der Grund sein, warum Minon versucht hatte, es zu treffen!

Mir kam eine Idee!

Ich sah nach oben. Der Wotok hatte mich jetzt auch bemerkt und sein Vogelkopf erstarrte. Er öffnete seinen schwarzen Schnabel und fauchte laut.

Heraus schnellte zu meiner Überraschung eine schmale, gelbliche Zunge, die wie eine Peitsche zu mir hinunterfederte.

Immer, wenn man denkt, es kann nicht noch schlimmer werden.

„Nicht nachdenken!“, herrschte ich mich an. *Jede Sekunde zählt.*

Und so handelte ich, ohne nachzudenken...

Ich öffnete meinen Mund so weit es ging und biss in sein Bein. Dunkle, dicke Flüssigkeit lief meine Mundwinkel herunter und ein Stück Haut mit einem großen Fleischfetzen daran fiel hinab.

Ein spitzer Schrei durchfuhr den nächtlichen Himmel.

Ich biss noch einmal zu und wühlte dabei mit meinen Händen in der offenen Wunde des Wotokbeins.

Reflexartig öffnete sich seine Kralle.

Sie ließ Minons Körper frei, der zerschunden und nun ganz und gar verändert aussah, während er leise durch die Nacht zu Boden sank.

Ich blieb geschockt zurück mit dem Mund voller schwarzem Blut und weichem Fleisch in meinen Händen.

Der Geschmack war widerwärtig und der faulige Geruch der offenen Fleischwunde ließ mich würgen.

Hart wie ein Lederriemen traf mich das Ende der Zunge klatschend im Gesicht. Mein Kopf schnellte ruckartig zurück.

Ich verlor das Gleichgewicht und fiel in die Tiefe.

Kapitel 12

Eisenhart prallte ich auf die Wasseroberfläche. Der Aufschlag erschütterte meinen ganzen Körper.

Meine Haut brannte, platzte an einigen Stellen unter der enormen Wucht auf.

Instinktiv suchte ich nach Halt, den ich nicht fand. Wasser rann zeitlos durch meine suchenden Hände.

Mein Gesicht blutete und färbte das Wasser vor meinen Augen zinnoberrot.

Benommen sank ich in die Tiefe. Ich merkte, wie meine Beine sich wieder miteinander verbanden und das schützende Schuppenkleid meine Haut versiegelte.

Verloren und orientierungslos landete ich im weichen Sand des Meeresbodens. Wotokblut rann mir die Kehle hinab. Reflexartig schluckte ich es.

Betäubt blieb ich liegen.

Leises, gleichmäßiges Rauschen des Meeres begleitete mich in die Ohnmacht.

Die Wachen, die mich einige Zeit später fanden, transportierten mich in einer Trage aus weichen Algen zurück in den Spindelschneckenturm.

Flüchtig kam ich zu mir, wusste eine Sekunde nicht, wo ich war. Schlug panisch um mich, fürchtete zu ertrinken.

Dann verließ mich die Kraft.

Manjita war die ganze Nacht auf, wachte leise flüsternd an Minons Krankenlager.

Auch meine Hand hatte sie gehalten.

In meinem Gesicht zeichnete sich mit einem tiefen Riss der Zungenschlag des Wotoks ab. Regelmäßig wechselte sie den Umschlag darauf, der eine spezielle Algentinktur enthielt.

Minons Oberkörper war stark gequetscht worden. Ich schauderte, wenn ich an das Geräusch des Krachens und Knirschens seiner Rippen zurückdachte.

Ich vernahm ein Wispern aus dem Kreiselgang des Turms. Mein Lager befand sich genau an der Wand und ich hörte, wie sich jemand dahinter gedämpft unterhielt.

König Medorags tiefe Stimme erkannte ich zuerst. Tiefe Sorge schwang in jedem seiner Worte mit.

„Wie geht es ihm?"

Eine andere, ebenfalls männliche Stimme antwortete: „Es sind glatte Brüche. Sie werden schnell heilen. Hauptsächlich hat es die Rippen erwischt. Das ist zwar schmerzhaft und erschwert das Atmen, aber er wird sich schnell wieder bewegen können. Nur –", er machte eine kurze Pause, „er war lange draußen. Für uns, die wir schon seit ewigen Zeiten nicht einmal mehr den Kopf aus dem Wasser stecken, ist das im wahrsten Sinne ein Schock. Den muss sein Organismus überwinden. Danach wird es wieder bergauf gehen. Sein Körper ist stark und gut trainiert."

Das musste der königliche Arzt sein, der auch mich mehrfach untersucht hatte. Eine kurze Pause entstand.

„Eines muss ich aber noch anmerken", fügte der Mediziner flüsternd hinzu:

„Fräulein Stuna war mindestens genauso lange außerhalb des Wassers und hat gar keine Beschwerden. Ich meine, sie treten bei ihr nicht einmal bedingt auf. Ich finde das schon äußerst merkwürdig. Meine Medizin ist zwar gut, aber derlei Wunder kann sie nicht vollbringen."

„In der Tat", erwiderte König Medorag nachdenklich.

„Doch sie hat Minon gerettet und damit das Schicksal meines Sohnes besiegelt." Er schien seine eigenen Bedenken wegwischen zu wollen.

Der Arzt ahnte vielleicht etwas. Er war misstrauisch und fragte sich zu Recht, wie ich fähig gewesen war, den Wotok abzuwehren.

Das Ausmaß meines Handelns ließ mich in Grübelei versinken. Bald würden sie Fragen stellen.

Mir blieb nicht mehr viel Zeit, um den Samen zu finden und dem Reich der Melusin den Rücken zu kehren.

Ich musste jetzt schnell handeln.

Im Laufe der nächsten Woche stabilisierte sich Minons Zustand zusehends. Bereits zehn Tage nach dem Angriff verließ er mit ersten vorsichtigen Bewegungen sein Lager. Stets unter Aufsicht des Hofarztes und versorgt mit einem Betäubungsmittel, das seine Nervenbahnen blockierte.

Ein Medikament, welches aus dem Laich einer Schwertfisches gewonnen wurde.

Ich hatte anfangs dasselbe bekommen und dabei wohl meine erste Drogenerfahrung gemacht. Unsagbar stark und gleichzeitig entspannt hatte ich mich gefühlt, sobald ich es trank.

Ich nutzte die Zeit, die Manjita damit verbrachte Minon bei seiner Therapie zu unterstützen und suchte in jeden denkbaren Winkel der gesamten Festung nach einem (*oder allen?*) Samen oder gar dem Tautropfen.

„Suche ich nach Edelsteinen, wie die Statue sie mir in Form der Brosche gezeigt hatte oder sind es richtige Samenkörner? Würde ich sie überhaupt erkennen?", waren die hilf- und ratlosen Fragen, die ich mir dabei stellte.

Mit jedem Tag sank meine Hoffnung, während meine Unruhe stieg.

Manjita entging mein fahriges Verhalten nicht.

Einige Male sprach sie mich darauf an und ließ sich dann glücklicherweise damit beruhigen, dass die Ereignisse mich aufgewühlt hätten.

Die Geschichte des Angriffs auf Prinz Minon und seine Rettung verbreitete sich wie ein Lauffeuer und machte mich innerhalb der Festung schlagartig bekannt. Ständig wurde ich zu meiner Begegnung mit dem Wotok ausgefragt.

Ich hatte mir eine halbwegs plausible Version zurechtgelegt, die ich wie eine Spieluhr ablaufen ließ, sobald mich wieder jemand begeistert danach fragte.

Stellten Schlauberger besonders hartnäckig Fragen, suchte ich Ausflüchte, begründete die unglaubliche Tat mit ungeahnten Kraftreserven, die ja bekanntlich in Extremsituationen zutage treten sollen.

Da es für die Melusin auch keine andere logische Erklärung gab, mussten sie es schlussendlich auch hinnehmen.

Allein Minons argwöhnischer Blick schien mir durch den gesamten Palast zu folgen. Ich bemühte mich, so gut es ging, ihm aus dem Weg zu gehen.

Am Ende eine langen Tages, der für mich wieder nur in einer erfolglosen Suche geendet hatte, verkündete König Medorag bei Abendessen große Neuigkeiten.

Erleichtert, dass Minon nun wieder langsam zu Kräften fand, hatte er beschlossen, ein Fest zu veranstalten – mit mir als Ehrengast.

Augenblicklich gefror meine Haltung, nicht wissend, wie ich auf diese Ankündigung reagieren sollte.

Mein betretenes Schweigen deutete er als Verlegenheit.

Manjita umarmte mich freudig: „Oh, das wird ein Spaß, du wirst sehen! Die Proben dafür sind bereits seit Tagen im vollen Gange. Wir wollten dich überraschen!"

Das ist ihnen allerdings gelungen.

Mir war der Appetit vergangen, die Anspannung der letzten Tage und meine bislang erfolglose Mission lagen tonnenschwer auf meinen Schultern. Genau, wie die Lügen.

„Minon wird morgen wahrscheinlich auch dabei sein!", rief sie euphorisch aus. „Der Arzt hat erlaubt, dass er zumindest der Festveranstaltung beiwohnen darf."

Ich wagte kaum, den Blick zu heben.

Morgen schon!

Meine Hoffnung schwand.

In sehr langsamen, kraftlosen Zügen betrat Minon die Grotte und gesellte sich zu uns. Er hatte sichtlich an Stärke eingebüßt und erschien in seinem ganzen Wesen geschwächt.

Bedächtig aß er und lauschte dabei genau den beschwingten Ausführungen Manjitas zum Festakt.

„Was ist mit den Wotoks?“, fragte er mit leiser, doch fester Stimme und blickte mich dabei von seinem Essen aufsehend an.

König Medorag wurde ernst.

„Nach dem Angriff waren sie vorerst verschwunden, kehrten dann aber wieder zurück. Erst war es nur ein Einzelner, nun kreisen mehrere von ihnen täglich über dem Wasser.“

„Als würden sie warten…“, schoss es mir durch den Kopf.

Mit kaltem Schweiß im Nacken erkannte ich an Minons abschätzenden Blick, der nicht von mir wich, dass er genau dasselbe dachte.

„Vielleicht suchen sie ja jemanden“, entgegnete er leicht herausfordernd, nun seinen Vater ansehend.

Medorag, der seine Äußerung völlig falsch einordnete, schüttelte den Kopf und strich ihm fürsorglich über den Rücken.

„Mach dir keine Sorgen, Minon. Du bist hier sicher.“

Dann sprach er zu mir und Manjita: „Kommt, ich zeige euch, was wir für den großen Tag morgen schon vorbereitet haben.“

Manjita folgte ihm eilig und ich erhob mich zögerlich.

Nun traf mich Minons herausfordernder Blick direkt: „Ich glaube nicht, dass ich mir Sorgen machen muss. Die Wotoks warten ja schließlich nicht auf mich. Ist es nicht so?“

König Medorag und Manjita hörten die Bemerkung glücklicherweise nicht mehr.

Ich wollte seinem Blick standhalten, begann aber nervös zu blinzeln und schwieg. Am besten wäre, ich folgte Manjita und ließ mich nicht darauf ein.

Ich schickte mich an, die Grotte zu verlassen und drehte ihm den Rücken zu.

Er sprach weiter: „Meine Erinnerungen sind noch blass. Ich konnte schon nach kurzer Zeit kaum noch klar denken –

Ich weiß nicht, wie du es geschafft hast, so lange draußen zu sein und dann noch den Wotok zu beißen. Entweder hast du ein Wunder vollbracht oder –“, er holte hörbar aus, „du bist nicht ehrlich zu uns!“

Ich sah über meine Schulter zu ihm und konnte das erste Mal Verwundbarkeit hinter seiner stolzen Fassade entdecken.

Kein Wort kam über meine Lippen.

Mit lauter werdender Stimme fuhr er fort: „Du hast mich gerettet. Dafür bin ich dir dankbar. Doch die Wotoks kreisen über uns und ich muss mein Volk beschützen.“

Es stimmte. Ich hatte Mirans Volk in Gefahr gebracht und nun schwebten die Melusin in derselbigen.

Ich nickte ihm über die Schulter zu. „Ich werde gehen.“

„Du ziehst es vor, feige zu verschwinden, anstatt mir die Wahrheit zu sagen? Wie erbärmlich du doch bist!“, platzte es aus ihm heraus.

Wut stieg in mir auf.

Minons Art, mich als ihm vermeintlich Unterlegene erniedrigen zu wollen, missfiel mir sehr.

Zu oft hatte ich diesen Charakterzug von ihm bereits im Umgang mit seiner Schwester gesehen.

Ich biss mir auf die Zunge.

Schnell weg hier! Bevor ich noch Dinge sagte, die ich nicht mehr zurücknehmen könnte.

Unwirsch fügte er hinzu: „Dann warte wenigstens noch deine Feier morgen ab. Alle geben sich große Mühe deswegen."

„Morgen Abend nach der Feier werde ich fort sein. Dann ist dein Volk außer Gefahr", versicherte ich und presste die Lippen aufeinander. Mit schnellen Flossenschlägen trat ich den Rückzug an.

„Ja, hier in der Festung vielleicht", schallte es mir nach. „Egal, wohin du willst, sie werden dir folgen. Ich kann nicht verstehen, wie du so töricht und egoistisch sein kannst!"

Das reichte!

Erbost machte ich kehrt und zischte ihn an: „Was willst du denn?"

„Die Wahrheit! Ich will von dir wissen, was die da oben von dir wollen?", schrie er.

„Du willst Antworten", rief ich erzürnt. „Es ist nicht meine Aufgabe, sie dir zu geben und –"

Halt an dich! Durchatmen!

Tief Luft holend setzte ich etwas ruhiger nach: „Zweifellos bist du begabt und wirst vielleicht einmal ein ebenso guter

Herrscher wie dein Vater, wenn –", ich zögerte eine Sekunde, ob ich den Satz zu Ende bringen sollte, „– wenn du bis dahin die Demut gelernt hast, die dir dazu fehlt", schloss ich mit viel Bedacht, damit er begriff, wie ernst es mir mit dieser Aussage war.

Grimmige Zornesröte stieg in sein Gesicht.

Er schwamm auf mich zu, stoppte knapp vor meinem Gesicht. Seine Nase berührte mich fast und seine Augen stachen in meine.

Diesmal hielt ich ihm stand, wich nicht zurück.

Obwohl ich mich ungemein fürchtete, vor dem, was jetzt kommen würde.

„Bis morgen Abend", zischte er drohend, „werde ich nichts sagen. Danach –"

Ich musste mich arg zusammennehmen, nichts zu erwidern. Mein aufbrausender Hitzkopf ging in solchen Situationen schnell – viel zu schnell – mit mir durch.

Das Beben meines Gesichtes ließ ihn das wissen und stand der Wut, die in seinem Gesicht pulsierte, in nichts nach.

Ich wusste, dass nach dem morgigen Abend seine Dankbarkeit mir gegenüber verflogen wäre.

Bis dahin gewährte er mir sein Schweigen als Frist.

Meine innere Erregung unterdrückend, erschien ich im Auditorium.

Die wunderbaren Melodien der Melusingesänge vertrieben alle düsteren Gedanken.

Optisch unterlegt mit Lichtspielen an den Wänden und der Decke, wirkte das Auditorium wie verzaubert. Wie im Rausch erlag ich den wundersamen Stimmen des Chores.

Sie sangen keine Worte, sondern Laute, die aneinandergereiht in verschiedenen Tonlagen, eine ergreifende Stimmung erzeugten. Es hatte ein bisschen was von Walgesang.

Die unvergleichliche Akustik des Auditoriums verstärkte die gesamte psychedelische Wirkung.

Ich genoss das Beisammensein mit Manjita während der Proben; es würde nicht mehr von Dauer sein.

Eine Freundin zu haben, die mich bedingungslos mochte und sich wirklich für alles interessierte, was ich sagte oder tat, hatte ich nie gekannt. Wundervolle Nähe, die ich nun, da ich sie gespürt hatte, ungern missen wollte.

Ich hatte sie belogen. Zum Schutz der Melusin. Wenn ich aber ehrlich war, dann auch aus Egoismus und Feigheit.

Ich wollte meine neu gewonnene Freundin nicht verlieren. Aber ich merkte bereits, wie sie mir entglitt.

Später in der Nacht lagen wir auf ihrem Nachtlager und redeten, so wie wir es jeden Abend getan hatten.

„Ich mag deine Kette." Gedankenverloren strich sie, während sie das sagte, über den kaputten Glasdeckel des Medaillons.

„Ich habe auch eine ganz Besondere – von meiner Mutter. Ich werde sie auf deinem Fest morgen Abend tragen."

Schon hatte sie sich aufgerichtet und glitt an der Perlmuttwand neben dem Schlaflager entlang, wählte einen der Muschelziersteine, den sie durch einfaches Antippen aufklappte.

Den Zierstein hatte ich in ihrem Schlafgemach schon oft gesehen, er glich optisch den anderen.

Nie wäre mir in den Sinn gekommen, dass sich dahinter ein Hohlraum befinden könnte, aus dem sie nun ein Schmuckkästchen herauszog. Behutsam klappten ihre weißen Finger den Deckel der Truhe auf. Das Funkeln kleiner Perlen strahlte ihr Gesicht an.

„Das ist sie", sprach sie beseelt. Sie wühlte in den Steinen und zog ein schlichtes Algensäckchen hervor.

„Diese Kette hat früher meiner Mutter gehört und bedeutet mir sehr viel – nein alles."

Mir wurde bang, als sie das sagte, denn sie musste das Säckchen gar nicht öffnen. Ich wusste, es würde das Samenkorn sein, nachdem ich die ganze Zeit gesucht hatte.

Andächtig entwirrte sie den Seegrasknoten, hob ein seidenweißes Band heraus, an dem ein hellblau glänzender Stein schwebte.

Sein Schein hüllte den Raum in ein geisterhaftes Licht, was das beklemmende Gefühl in meiner Brust noch verstärkte.

So nah war er mir die ganze Zeit.

Jede Nacht hatte er hinter dieser Wand gelegen – ich musste nur danach greifen.

„Ist sie nicht wunderbar?"

„Ja", stimmte ich ihr mit heiserer Stimme zu. „Das ist sie."

Sie verstaute die Kette wieder in dem Geheimfach, dessen Position ich mir einprägte und wir ließen uns zur Nacht nieder.

Ich bekam kein Auge zu. Hin- und hergerissen grübelte ich, was nun zu tun sei. Das, was ich so sehr wollte, war Manjitas wertvollstes Gut.

Ich konnte diesen Ort nicht ohne ihre Kette verlassen.

Wir lagen nebeneinander in der Dunkelheit und ich flüsterte: „Manjita?"

Keine Reaktion.

„Manjita, ich muss dir etwas sagen."

Sie seufzte nur schlaftrunken.

„Ich bin nicht die, für die du mich hältst." Sie drehte sich halb in meine Richtung und öffnete ihre Augen einen winzigen Spalt.

„Bist du meine Freundin?", fragte sie nuschelnd.

„Ja. Natürlich bin ich das!", erwiderte ich und strich dabei über ihre blauschwarzen Haare.

„Das ist es, was zählt." Ihre Augen schlossen sich und sie schlief sofort.

Morgen würde sie von dem Gespräch nichts mehr wissen, erkannte ich mutlos.

Am nächsten Tag fühlte ich mich noch schwerer, denn ich hatte eine unruhige Nacht verbracht. Mehrfach war mir der Gedanke gekommen, die Kette einfach zu stehlen und die Flucht zu ergreifen. Ich brachte es nicht übers Herz.

Manjita erwachte laut gähnend und strahlte mich voller Vorfreude an. Sie hatte tatsächlich keinerlei Erinnerung mehr an unser letztes Gespräch.

Alle Melusin waren seit den frühen Morgenstunden geschäftig unterwegs und bereiteten den festlichen Abend vor. Aufregung herrschte in jedem Winkel und schwappte auf mich über.

Ich hatte mir in der schlaflosen Nacht einen Plan zurecht gelegt.

„Darf ich deine Kette heute Abend tragen?“, fragte ich Manjita unvermittelt, während wir beim Frühstück beisammen saßen.

Überrascht ließ sie die Hand mit ihrem Essen sinken. Ihr Zögern war deutlich spürbar.

Zu meiner eigenen Überraschung erwiderte sie dann plötzlich: „Ja. Trag sie am besten, wenn du von Vater auf die Bühne gerufen wirst, damit alle sie sehen. Das ist schließlich dein Moment.“

Das hörte sich ja noch furchtbarer an, als ich befürchtet hatte. Alle Augen wären auf mich gerichtet.

„Gibst du mir dann auch deine?“, fragte sie.

Erschrocken starrte ich sie mit großen Augen an.

Das darf, nein, kann ich nicht tun! Burburak hat es mir untersagt.

„Ach, lass gut sein, es ist ja dein Abend.“ Mit einem gepressten Lächeln winkte sie ab.

Mein offensichtliches Widerstreben hatte sie gekränkt.

Ich bemühte mich den Rest des Tages sehr darum, ihr meine Zuneigung immer wieder zu bekunden.

Sie fand ihre Fröhlichkeit schnell wieder, aber ich merkte wohl, dass meine Reaktion sie getroffen hatte.

Minon ging mir aus dem Weg.

Wir waren heute beide nicht besonders erpicht darauf, aufeinanderzutreffen.

Medorag bemerkte die angespannte Stimmung zwischen uns, fragte aber nicht weiter danach. Er war zu beschäftigt mit der Organisation der finalen Abläufe.

Der Abend rückte näher und ich wurde ängstlicher.

Mein Plan mit Manjitas Kette zu flüchten, musste mir gelingen.

Ich wusste gar nicht, was mir mehr Angst machte, die Flucht oder der Gedanke daran, auf der Bühne zu sein.

Von allen Meeresrichtungen strömten Melusin herbei und tuschelten aufgeregt.

Mit vor Nervosität fast tauben Fingern schob ich den glibberigen Bühnenvorhang zur Seite und sah in die sich füllenden Ränge des Auditoriums. Weiß leuchtend bestand der Vorhang aus unzähligen Quallen, die sich mit ihren Tentakeln verbunden hatten und einen durchscheinenden Teppich bildeten. Die Intensität ihrer Strahlkraft regulierten die Medusen selbst, sodass Lichtreflexe und sogar Muster entstanden.

Minon hatte sich auf der Empore eingefunden. Unsere Blicke trafen sich ein letztes Mal.

Starr, ohne eine Emotion, sah er zu mir herunter. Die Neonlichteffekte, die über die Wand des Auditoriums und sein Gesicht glitten, ließen ihn ungewöhnlich hart wirken.

Wo habe ich mich da nur hinein manövriert?

Leise Musik setzte ein.

Manjita eilte herbei und nahm feierlich die Kette ihrer Mutter von ihrem Hals. Bedächtig legte sie mir das seidene Band um, während sie mich überglücklich anstrahlte.

„Danke, du hast Minon gerettet. Ich könnte mir keine bessere Freundin wünschen."

Der Stein fühlte sich mit einem Mal sehr schwer an. Ich nahm ihre Hand und lächelte traurig.

Farbige Wasserreflexionen spiegelten sich auf ihrem Gesicht. Der blassblaue Dunst der Perle tauchte uns in mystisches Licht.

Ich muss es ihr sagen. Jetzt. Das ist meine letzte Chance.

Unser Schweigen wurde unterbrochen. Der König begann mit der Festrede.

Mein lautes Herzklopfen ließ mich kaum verstehen, was er sagte. Manjita drückte fest meine Hand.

Kein Entkommen.

König Medorag wandte sich zu mir, lächelte und streckte mir seine Hand entgegen.

Ich musste nun raus auf die Bühne.

Nein, ich kann das nicht!

Manjita gab mir einen kleinen Stoß und wie in Trance schwebte ich in die riesige Halle.

Die Ränge gefüllt mit Hunderten Melusin, die alle frenetisch applaudierten.

„Du hast mir, meiner Familie und vor allem unserem Volk durch deinen mutigen Einsatz gezeigt, dass es noch immer Hoffnung gibt. Hoffnung, die wir dringend brauchen.

Er sah ins Publikum.

„Deine Familie in Sarasto wird mit Freuden davon hören, denn diese –".

Ein Wispern im Publikum. Es wurde gesprochen.

Erst leise, dann folgten lautere Kommentare.

Jetzt ist es soweit.

Ich spürte es deutlich. Das unbestimmte Rumoren, was den ganzen Tag in meinem Bauch herumgeflogen war, setzte sich jetzt fest. Ganz fest.

Dort, wo einmal mein Bauchnabel gewesen war.

Es bewirkte, dass ich mich keinen Zentimeter bewegen konnte.

Der König blickte irritiert suchend in die Menge, versuchte den Faden wieder aufzunehmen.

„Nein", war eine leise Stimme zu hören. „Sie ist keine von uns."

Ich wagte nicht einmal aufzusehen, weder zum Urheber der Aussage, noch zum König, Minon… *Manjita.*

Ein Knabe erhob sich im Publikum.

Lauter setzte er nach: „Sie kommt nicht aus Sarasto. Auf keinen Fall!"

Alle starrten mich fragend an. Mir war heiß und kalt zugleich.

Ich fühlte mich schwach, machtlos. Ausgeliefert.

König Medorag schaute hoch zu dem dürren Jungen, dessen fester Blick mein Innerstes schmolz.

„Wo kommst du her? Du kannst nicht aus Sarasto sein! Dort gibt es nur weibliche Nachkommen."

„Bis auf eine Ausnahme. Die bin ich. Wir sind nur drei Familien dort. Ich kenne jeden in Sarasto."

Mit dem Finger zeigte er auf mich. „Ich habe sie dort noch nie gesehen."

Ein Raunen ging durch die Menge. Ich schluckte schwer und taumelte zurück.

Der König wandte sich zu mir.

„Wer bist du?", ertönte seine Stimme. Sie war viel lauter und nicht mehr sanft, wie ich sie kannte.

Das Publikum begann durcheinander zu reden.

„Ich kann es euch nicht sagen", rief ich mit erstickender Stimme zum König, in die Menge.

Die Unruhe im Raum und die aufkommende Wut, die ich in Medorags Gesicht sah, überforderten mich.

Hilfesuchend schaute ich um mich.

Was soll ich tun?

„Hast du uns die ganze Zeit belogen?" Aufgebracht donnerte nun der Zorn eines Herrschers auf mich nieder.

„Ich – hatte keine Wahl. Ich –", versuchte ich den Ansatz einer Erklärung.

„Wie konntest du es wagen", unterbrach er mich, „unsere Gutmütigkeit auszunutzen. Wir haben unser Heim, unser Herz für dich geöffnet. Meine Familie, dieses Volk, wir alle haben dir vertraut."

Verzweifelt flehend sah ich ihn an.

„Bitte, ich wollte es euch sagen, aber ich konnte nicht. Es ist zu eurem –"

„Schweig, du Lügnerin!“, fuhr er mich gellend an. Das Tosen seines Schreis durchfuhr den gesamten Raum und es war Stille.

Erschrocken, betäubt stand ich vor ihm.

Wo war seine Güte? Wieso drang ich nicht zu ihm durch? Er würde sich keine meiner Erklärungen anhören.

Minon war hinter seinem Vater aufgetaucht, der sich in Rage redete. Schmerzvoll betrachtete ich ihn, dachte an seinen leblosen Körper zwischen den Wotokkrallen und wie ich fürchtete, er wäre verloren.

„Ich dulde keine Unehrlichkeit. Du hast mich und mein Volk betrogen.“

Alles, was Medorag mir vorwarf, stimmte.

Doch seine Unerbittlichkeit und die Kälte in seinen Augen ließen auch meinen Widerstand erwachen.

Medorags Bassstimme donnerte durch die Halle: „Die Wachen werden dich ins Verlies bringen und –“

„Schweig“, sprach ich leise zum Herrscher der Melusin.

Erbost ergriff Medorag meinen Arm und hielt ihn fest.

„Was hast du gesagt?“

Ich riss mich trotzig los.

„Schweig!“, wiederholte ich so laut, dass alle es hören konnten. Die Anspannung im Saal war immens.

Seine Augen weiteten sich und er holte tief Luft.

„Ja, ich war nicht ehrlich!“, rief ich in die Menge fragender Augen.

„Ich tat es zu eurem Schutz. Dasselbe machst du doch auch mit ihnen.“ Ich sah nun Medorag an und deutete mit meiner Hand in die vollen Ränge.

Sein Gesicht färbte sich dunkelrot.

„Wie kannst du es wagen!“ Er raste auf mich zu und Minon stemmte sich gegen ihn, um ihn aufzuhalten.

Medorag ließ sofort nach.

Nicht wegen mir, sondern aus Sorge um seinen noch stark angeschlagenen Sohn.

„Warum sagst du ihnen nicht, dass sie auch oberhalb des Wassers überleben können? Du hältst sie hier fest – mit DEINER Lüge.“

Ungläubige Blicke, erstaunte Laute drangen aus dem Publikum.

„Ihr alle könnt atmen; dort oben! Genau wie ich es kann. Ihr seid sogar fähig euch fortzubewegen. Ich habe es selbst gesehen!“ Ich zeigte auf Minon.

„Das stimmt nicht. Ich wäre beinahe erstickt!“, rief er entrüstet und überrascht zugleich.

„Ja, weil du fast zerquetscht wurdest. Ich habe dich atmen sehen, als du ohne Bewusstsein warst. Und du hast Beine, auch die habe ich gesehen! Wenn das Wasser trocknet, seid ihr alle fähig an Land zu gehen.“

Medorag sank einen Augenblick in sich zusammen und schloss die Augen.

Zu ihm gewandt sagte ich: „Ich kann nur erahnen, dass du es aus demselben Grund verschwiegen hast, aus dem ich gelogen habe. Um euch zu schützen!

Dort oben herrscht Omieda. Sie zerstört das Gute und hinterlässt das Böse. Nichts ist mehr gewiss. Hier unten gibt es noch so etwas wie Sicherheit und Frieden. Doch niemand weiß, wie lange das noch so ist.

Ja – Omieda ist auf der Suche nach mir. Denn ich soll sie aufhalten!"

Stille. Für eine Bruchsekunde.

Dann brach Getöse aus. Schreie waren zu hören. Ein Tumult unumgänglich.

Die Menge konnte das Gehörte kaum glauben.

Minon stand seinem Vater bei, der nun von seinem Volk bedrängt wurde. Manjita konnte ich nirgendwo sehen.

Ich nutzte diese Chance und verließ mit schwerem Herzen die Festung.

In schnellen Zügen flog ich nur so über die Seeanemonen hinweg und raste in Richtung der Blütenwurzel.

Meine Aufgabe hier war erfüllt.

Alles fühlte sich wie ein großer Fehler an, nicht wie ein Erfolg.

Ich hatte die Wurzel erreicht, konnte oben in die Verästelungen meinen Beutel hängen sehen. Unschlüssig blickte ich noch einmal hinter mich.

Da! Ein Schatten. Oder nicht?

War es mein Gewissen, das mir einen Streich spielte?

Ich seufzte tief und ließ mich in die Höhe zum Wurzelinneren treiben, unsicher, ob dieser Schritt der Richtige war.

„Wie konntest du nur?“, Manjitas tobender Schrei und ihr ganzes Gewicht prallten gegen mich, erschütterten meinen Körper, der nun hinabtaumelte.

Sie warf mich zu Boden und schlug wild mit ihren kleinen Fäusten auf mich ein.

Ich versuchte dem Druck ihres Körpers auszuweichen.

„Hör auf!“, rief ich verzweifelt. „Es tut mir doch leid!“

Sie ließ von mir ab.

„Es tut dir leid?“, fauchte sie. „Ich habe dir alles anvertraut, sogar das Wichtigste!“

Ihre Stimme wurde immer lauter und hysterischer, weil sie versuchte, ihre Tränen zu unterdrücken. Sie griff nach ihrer Kette um meinen Hals und ich wagte es nicht, sie davon abzuhalten.

„Verzeih mir, bitte!“, flehte ich.

„Nein“, sprach sie erfüllt von Bitterkeit, „ich verzeihe dir nicht!“

Das Seidenband um meinen Hals zerriss und unsere Freundschaft mit ihm.

„Niemals.“ Eine Träne rollte dabei über ihr Gesicht.

Sie war leuchtend blau und funkelte; wurde immer heller und überstrahlte alles.

Manjita kniff geblendet ihre Augen zusammen.

Ich hatte mich getäuscht!

Nicht die Perle ihrer Kette war das, wonach ich gesucht hatte. Ihre Träne war es!

Sie löste sich von Manjita und trieb im Wasser, unaufhaltsam zu mir strebend.

Als sie meine ausgestreckte Hand berührte, löste sie sich auf und umhüllte meinen Körper in hellblauem Licht.

Alles an mir leuchtete in wunderbarem, blauem Schein.

Eine ungeheure Kraft riss an mir, trieb mich sogartig nach oben, ohne dass ich ihr etwas entgegensetzen konnte.

Geradeso gelang es mir im Schwung des Auftriebs noch meinen Beutel zu greifen.

Silberne Schuppen lösten sich rieselnd von meinem Körper, ich spürte meine Zehen, meine Beine.

Mir blieb nicht viel Zeit.

Kapitel 13

Ich schoss, nach Luft ringend, aus dem Wasser.

Zurück im Zentrum des Blütenkelchs zog ich mich schwer atmend aus dem Wasserloch.

Es war Nacht. Kein Geräusch drang von außen herein.

Ich tastete nach meinen Sachen und streifte sie mit Bedacht über. Der Stoff auf meiner Haut fühlte sich inzwischen ungewohnt an, doch dafür machte mir die klamme Nässe nichts aus.

Vor Tagesbeginn wollte ich den Weg nach draußen nicht antreten. Ich legte mich auf den weichen Schwamm des Blüteninneren und starrte nachdenklich in die Dunkelheit.

Manchmal war ich von mir selbst überrascht, wie schnell ich Menschen verlassen konnte, die mich verletzt hatten. Sie konnten zuvor jahrelang in meinem Leben gewesen sein, doch wer mein Vertrauen ausgenutzt hatte, den verließ ich sofort.

Ich ging und sah nie wieder zurück.

Nicht, dass ich nicht noch manchmal darüber nachdachte. Schließlich hatten sie mir einmal etwas bedeutet. Trotzdem radierte ich sie kühl aus meinem Leben.

Nun, da Manjita dasselbe mit mir tat, ertrug ich es kaum.

Ein Teil von mir hoffte, sie wäre mir gefolgt, würde jeden Moment unter der Wasseroberfläche neben mir auftauchen. Der andere Teil von mir wusste, sie würde mir nicht verzeihen.

Nicht heute. Vielleicht nie.

Dafür hatte ich ihr zu sehr wehgetan.

Vielleicht würde sie irgendwann verstehen, warum ich all das getan hatte.

Doch was können Fakten verletzten Gefühlen schon entgegensetzen?

Nichts. Überhaupt nichts.

Hatte ich ihre Freundschaft zu selbstverständlich genommen? Unbewusst hatte mich ihre uneingeschränkte Treue vielleicht glauben lassen, ich könne so weit gehen, wie ich es tat. *Wie dumm von mir.*

Irgendwann streckte ich meine Hand ins Wasser, fuhr mit den Fingern über die Wasseroberfläche, als würde ich die letzte Verbindung zu Manjita streicheln.

Sie verloren zu haben, schmerzte. Daran selbst schuld zu sein, zerriss mich.

Am nächsten Morgen lag meine Hand noch immer im Wasser.

Winzig klein ragte über mir die Öffnung am Ende des Stängels. Licht fiel hinein und wärmte meine steifen Glieder.

Meine Augen wanderten den Stängel hinauf, der aus dem Wasser ragend in der Blütennarbe mündete.

In der Nacht hatte ich beschlossen, daran hochzuklettern. Die klebrige Lasur, die ihn einhüllte, würde mir den Aufstieg erleichtern. Ohne diese Steighilfe wäre ein solch sportliches Unterfangen definitiv weit außerhalb meiner Leistungsliga.

Morgendlich schwerfällig plumpste ich ins Wasser und schwamm nicht sonderlich elegant ins Zentrum zum Stängel.

Die klebrige Schicht roch süßlich nach Sirup und war von zäher Konsistenz. Sie zog lange Fäden zwischen meinen Fingern, wenn ich sie spreizte.

„Zu lange dürfte ich nicht in einer Position verharren", überlegte ich, „sonst würde ich zu viel Kraft darauf verwenden, mich von der klebrigen Masse zu lösen."

Und dabei wertvolle Reserven verschwenden, die ich für den Aufstieg brauchte.

Ich setzte an, zog mich langsam Meter für Meter nach oben. Schnell hatte ich die erste Hälfte zurückgelegt und befand mich etwa fünfzehn Meter über der Wasseroberfläche. Ohne Ermüdungserscheinungen.

Zusätzlich hielt sich meine Höhenangst in Grenzen, denn ich haftete fest am Stängel. „Außerdem", sagte ich mir, „wäre ein Fall ins Wasser zwar nicht schön, aber auch nicht weiter gefährlich."

Die dauerhafte Bewegung des Schwimmens hatte mich anscheinend erstarken lassen. Ich erreichte zu meiner eigenen Überraschung fast mühelos die Spitze.

Meine Kleidung, vollkommen bedeckt mit der Lasur.

Ein leichter Windhauch zog durch meine Haare, als ich meinen Kopf herausstreckte.

Ich befand mich auf dem obersten Punkt der Insel, dem Blütengriffel. Definitiv viel zu hoch, aber ich hatte nichts zu befürchten, denn ich haftete fest auf dem Untergrund.

Ich setzte mich und genoss den mystischen Anblick der sich öffnenden Blütenblätter, die sich majestätisch senkten und das Licht begrüßten.

Mit der Insel öffnete sich ein neuer Tag mit einer neuen sich bietenden Chance.

Eigenartig. Die Krasolla war nirgends zu entdecken.

Ich freute mich auf ein Wiedersehen mit Stuna und wagte den Abstieg. Mein Mantel, überzogen mit klebrigem Nektar, bot mir Halt.

Vorsichtig hangelte ich mich an der Außenseite hinab und fühlte mich wie eine pummelige, unbewegliche Raupe, denn der Mantel klebte sehr hartnäckig. Mal rutschte ich ein Stück in Zeitlupentempo, mal stoppte ich abrupt und musste mich lösen, als würden Saugnäpfe mich festhalten.

Endlich unten angekommen hielt ich Ausschau nach Stuna. Sie schien nicht in der Nähe zu sein.

Etwas stimmte nicht.

Ich spürte es, ohne es genau zu verstehen. Hoch oben hatte alles so friedlich ausgesehen, aber hier unten lag etwas Unheimliches in der Luft.

Diese Ruhe – ja, es ist zu ruhig.

Ein bedrohlich aufsteigendes Gefühl in meiner Herzgegend verstärkte mein Misstrauen.

Etwas geht hier vor sich.

Eiligen Schrittes machte ich mich auf den Weg zu den Filamenten. Meinen Dolch bereithaltend.

Auf der Freifläche befürchtete ich, ein leichtes Ziel zu sein.

Während ich Ausschau nach möglichen Angreifern hielt, fiel mir auf, dass in dem Netz der Krasolla, riesige Löcher klafften.

Die Wotoks waren in den letzten Tagen wohl nicht nur über dem Wasser gekreist. Anscheinend hatten sie der Insel ebenfalls einen Besuch abgestattet.

Aufmerksam beobachtete ich die sich den Himmel entgegenstreckenden gelben Gestänge. Heute wiegten sie sich nicht im Wind, sondern standen ausnahmslos kerzengerade. Still.

Plötzlich bemerkte ich einige graue Filamente, die wie erloschenes Feuer zwischen den anderen gelborangen Spitzen ragten.

Gräuliche Nebelschleier umringten sie, die knapp über dem Boden der Blüte waberten.

Mir wurde bange.

Der Nebel war nicht mehr schwarz, wie direkt nach einem Wotokangriff, sondern ergraut und fast verzogen. Was auch immer geschehen war, lag schon einige Zeit zurück.

In Sorge um Stuna bahnte ich mir hastig meinen Weg durch die Blütenfasern. Pollen flogen dabei durch die Erschütterung von ihren Spitzen herab, klebten auf mir, in meinen Haaren.

Ich erreichte den Ort des Grauens.

Mein Magen machte einen Satz, denn das Bild, das sich mir unbarmherzig darbot, war nur schwer zu ertragen.

Der Kadaver, der farblosen Krasolla, ruhte in sich zusammengesunken auf dem Boden.

Ihre langen Beine waren abgetrennt worden. Glatte, saubere Schnitte sowohl an den Stümpfen als auch der wohl Grausamste auf ihrer Rückseite, der offensichtlich ohne einmal abzusetzen ausgeführt worden war.

Ich spürte, wie bittere Magenflüssigkeit meine Speiseröhre hochstieg.

Die Spuren der Verwüstung zeigten deutlich, die Krasolla war nicht sofort gestorben. Sie hatte erbittert gekämpft.

Ihr Mund, zwei Klappen, deren gezackte Mitte im geschlossenen Zustand exakt ineinandergriff, stand weit offen und zwei längliche Tastorgane ragten starr daraus hervor.

Schauerlich – ich schwankte irgendwo zwischen Ekel und Mitleid.

Der akkurat ausgeführte Schnitt am Rücken hatte ihr Herz knapp verfehlt – es lag offen und farblose Flüssigkeit hing gallertartig an einem Strang aus ihrem Körper.

Ich würgte, wandte mich ab und beugte mich nach vorne. Dann stützte ich mich, einen tiefen Atemzug nehmend, auf meine Knie und hielt mit einer Hand den Mund zu, in der Hoffnung, es würde den Würgereiz unterbrechen.

Ihr schwarzes Blut am Boden klebte an meinen Schuhen, es war noch nicht ganz getrocknet.

Sauer stieg brennende Flüssigkeit in meinen Rachen und füllte heiß meinen Mund. Ich spie es aus, spuckte alles auf den Boden, wo der weiße Schaum sich mit dem schwarzen Blut vermischte.

Was blieb, war der bittere Geschmack und das raue Gefühl auf meinen Zähnen, wenn ich mit der Zunge darüberfuhr.

„Yo!“, piepste es leise hinter mir. „Hier bin ich.“

Stuna!

„Hier – im Netz.“

Am Rande des verwüsteten Areals, zwischen den durch den Kampf niedergedrückten Fasern, hingen Reste eines zerfetzten Spinnennetzes knapp über dem Boden.

In einem von ihm zappelte etwas Graues.

Stuna hatte sich in den Wirren der Netzstränge verfangen.

Ich kniete neben ihr nieder und schickte mich an die Fäden zu zerreißen. Sie waren jedoch stabiler als angenommen, schnitten hart wie Angelsehne in meine Finger und hinterließen dort eine sichtbare Spur.

Prinz Yo`s Dolch zu Hilfe nehmend, durchtrennte ich die Wirren.

Stuna war geschwächt, doch es ging ihr gut.

Ihr ehemals weißes Fell war einem matten Grau gewichen. Die einst rosige Stupsnase, jetzt ein dunkelgrauer Punkt, tastete meine Hände ab, als ich sie hochhob.

„Wann ist das passiert?“

„Vor zwei Tagen“, piepste sie traurig.

„Die Wotoks versammelten sich hier, wenn die Nächte kamen und verschwanden am Morgen. Jedes Mal, wenn sie abends zurückkehrten, kamen mehr. Die Krasolla fühlte sich bedroht und blieb an jenem Tag nicht, wie sonst in ihrem Netz hocken, sondern griff an. Da gingen zwei Wotoks gleichzeitig auf sie los – sie konnte sich kaum verteidigen.

Ich glaube, sie wusste, dass sie keine Chance hatte. Aber sie sah ihre Insel in Gefahr. Es war ihr Versuch, sie zu schützen."

Sie sah zum Kadaver der Krasolla.

„Ich habe ihr vorgesungen, bis sie für immer eingeschlafen ist. Das schöne Lied, das du für Ollie gesungen hast. Sie wurde ganz ruhig – dann hat ihr Herz aufgehört zu schlagen."

Ich schluckte den Kloß in meinem Hals hinunter. Stuna war voller Wehmut, aber auch Bewunderung für die Krasolla schwang in ihrer Erzählung mit.

Ich machte mich mit ihr auf den Weg zum Wasser, um sie trinken zu lassen.

„Hast du das Samenkorn?", fragte sie, als sie ihren Durst gestillt hatte.

„Ja", nickte ich, mit einem verkniffenem Gesichtsausdruck.

Sie kannte mich mittlerweile gut genug, um zu wissen, dass sie vorerst nicht weiter fragen sollte.

„Das ist gut", erwiderte sie. „Ich bin froh, dass du wieder zurück bist."

Ich lächelte.

„Ist die Krasolla eigentlich giftig?", fragte ich sie.

„Ja, ein Biss hätte tödlich sein können. Schade, dass sie nicht zumindest eins von den Ungeheuern erwischt hat."

„Wir sollten etwas von ihrem Gift mitnehmen", überlegte ich, „sicher werden wir es noch brauchen."

In meiner Manteltasche trug ich immer eine kleine Plastiktüte – für Ollies Hinterlassenschaften. Ich zog sie hervor und näherte mich wieder der Krasolla.

Der Anblick war hart. Anklagend ragten die Stümpfe, wo einst ihre langen dünnen Beine waren, unnatürlich steif aus ihrem Körper.

Ihre Giftzähne waren unschwer zu erkennen, sie ragten seitlich spitz aus ihrem Mundwerkzeug, das sie klappenartig nach außen aufzog, wenn sie ihren Mund öffnete.

Ich hatte Glück – es hing noch genügend Flüssigkeit daran, die ich, wenn es mich auch einige Überwindung kostete, in die Tüte abfüllte.

Nachdem ich sie fest verschlossen hatte, verabschiedete ich mich von ihr und gab ihr ein Versprechen.

Dieses arme Wesen, das nur seine Insel verteidigt hatte, sollte nicht umsonst gestorben sein.

Ich rief die Schmetterlinge. Wieder und wieder.

Sie kamen nicht – würden nie mehr hierher zurückkehren. Dieser Ort hatte mit seiner Wächterin auch seine Magie verloren.

Ratlos überblickte ich die Wasseroberfläche.

Doch dann – gerade als ich resignieren wollte – geschah etwas.

Unweit von uns erhob sich ein Sprudel aus dem Wasser. Eine große Muschel kam darunter zum Vorschein. Sie trieb auf uns zu und kam zum Stehen. Dann öffnete sie sich.

Ich hechtete ins Wasser, schwamm der Muschel entgegen und schob sie an den Blütenrand, damit Stuna einsteigen konnte, ohne in das ihr verhasste Wasser zu müssen.

„Du scheinst Verbündete gefunden zu haben“, piepste sie begeistert.

„Da bin ich mir nicht so sicher“, murmelte ich und hievte mich über den Rand hinein.

„Allerdings konnte nur Medorag sie entsendet haben“, überlegte ich.

Er verachtet mich also nicht.

Falls doch, hätte ich ihn verstehen können. Meine Unbeherrschtheit hatte ihn vor seinem Volk brüskiert.

Die Muschel setzte sich langsam und schaukelnd in Bewegung. Die aufgeklappte Deckelseite funktionierte dabei wie ein Segel.

Immer weiter verschwand die Insel hinter uns, deren grauer, klagender Fleck zwar nur klein, aber noch in weiter Ferne zu sehen war.

Stuna beäugte skeptisch das Wasser.

„Wie war es dort unten?“

Während wir dahin trieben und ich meine Sachen von den klebrigen Überresten der Insel befreite, berichtete ich von meinen Erlebnissen.

Gerade, als ich von Manjita erzählte, glaubte ich, neben der Muschel einen Fischschwanz zu sehen. Doch er verschwand genauso schnell wieder.

Ich verstummte.

„Wo ist das Samenkorn?“, fragte Stuna wissbegierig.

„In mir“, antwortete ich versonnen.

„Hast du es etwa gegessen?“, entfuhr es ihr entrüstet.

„Nein.“, ihr erschrockener Ausdruck ließ mich auflachen.

Das Ufer war in der Ferne zu erahnen.

„Woher wusstest du eigentlich, was Medorag den Melusin verheimlicht?“, forschte Stuna nun weiter.

„Minons Körper war menschlich, als er fiel. Ich konnte mir nicht vorstellen, dass niemand etwas über die Fähigkeit zur Umwandlung weiß.“

Ich berichtete von dem Gespräch zwischen dem Arzt und Medorag, das ich belauscht hatte.

„Minon hätte den Angriff normalerweise nicht überleben können. Medorag wusste das und hat es nicht hinterfragt. Das hat mich misstrauisch gemacht. Es passt nicht zu ihm.“

Ich stoppte kurz.

Dann fügte ich hinzu: „Alle anderen glaubten an ein Wunder. Er aber wusste, dass es keines war.“

Medorag hatte sein Volk behüten wollen. Gab ihm das aber die Befugnis, alleinig über derartiges Wissen zu verfügen?

Dürfen Anführer ihr Volk belügen? Müssen sie es vielleicht sogar?

Die Muschel wurde langsamer und senkte sich gluckernd unter die Wasseroberfläche.

Das Ufer breitete sich in ausgedehnten Dünen vor uns aus. Dahinter schloss sich eine öde, kaum bewachsene Fläche an. Geradezu, glaubte ich, ein paar Hügel mit vereinzelten Bäumen zu entdecken.

„Wir sollten versuchen, irgendwo in Deckungsnähe zu bleiben“, bemerkte Stuna und so schlugen wir die Richtung gen Hügeln ein.

„Sing mir noch mehr Lieder vor“, bat mich Stuna, sich salopp aus meiner Manteltasche lehnend. Ich trällerte alles, was mir gerade in den Sinn kam. Wenn ich mich an Rapsongs versuchte, kicherte sie albern vor sich hin.

Es wurde ein lustiger Marsch – trotz allem.

Trotz der Klamotten, die nur langsam trockneten, trotz Stunas Graufärbung, die leider permanent sein würde.

Nicht nur die Landschaft war für immer ergraut, wenn die dunkle Macht ihr Werk ausgeführt hatte. Wenn der schwarze Rauch verzog, dann ließ er seinen grauen, hoffnungslosen Schleier liegen.

Dennoch – wir hatten das erste Samenkorn und fühlten uns ein bisschen wie Gewinner.

Nach Stunden erreichten wir die kleinen Hügel, bewuchert von Büschen und üppigen Strauchpflanzen. Stuna zeigte mir, welche Beeren und Blätter hiervon essbar waren.

„Was würde ich nur ohne sie tun?“, schoss es mir dankbar durch den Kopf.

„Wir müssen uns bald ein Lager suchen. Die Nacht bricht an“, ordnete sie an.

„Woher wisst ihr, wann das ist?“, wollte ich verwundert wissen. „Das Licht verändert sich doch nie.“

„Es ist ein Gefühl – du wirst es auch merken, je länger du hier bist.“

„Hast du eine Ahnung, wo wir sind?“

„Nein, hier war ich noch nie“, entgegnete sie. „Ich habe hauptsächlich im Wald der Blaulinge gelebt.“

„Warum hast du deine Heimat für mich verlassen?“

„Ich glaube, ich mag Abenteuer. Außerdem“, schob sie zwinkernd nach „sollte man nie die Chance verpassen, einen Freund zu gewinnen.“

Wir fanden alsbald eine geeignete Bodensenke, die schützend von kleinen Büschen umsäumt war. Reste einer alten Feuerstelle ließen vermuten, dass hier schon jemand vor uns Rast gemacht hatte.

Ich ließ mich müde zu Boden fallen und Stuna scharrte in meinen Haaren, als würde sie sich ein Nest bauen.

„Jetzt“, sagte sie unvermittelt.

Augenblicklich war es Nacht.

„Nun, sing du etwas für mich“, bat ich Stuna.

Sie bemühte sich leise rhythmisch in mein Ohr zu piepsen mit eigens ausgedachten Texten, die sich reimen sollten, wie bei einem Rap.

Ich lachte Tränen.

Als ich fast eingeschlafen war, wisperte sie in mein Ohr: „Du siehst ihn bestimmt bald wieder.“

Immer wieder kreisten meine Gedanken um Miran.

Ich schwieg dazu.

Vielleicht sucht er nach mir.

Doch warum sollte er? Schließlich war ich gegangen.

Kapitel 14

Böiger Wind wirbelte durch meine Haare und blies sie kitzelnd in mein Gesicht.

Ich saß auf einem grünen Hügel. Der Ausblick war mir vertraut und auch das Gefühl, das er mit sich brachte.

Erwartungsvolles Kribbeln in meinem Bauch durchzog den friedlichen Moment.

Ich war nervös.

„Ich wollte dich finden“, flüsterte eine mir gut bekannte Stimme hinter mir.

Wie sehr hatte ich ihn vermisst!

Ruckartig drehte ich meinen Kopf herum, aber er war nicht zu sehen.

„Wo bist du?“

Die Sehnsucht erfasste mich wie eine Welle, sodass die Frage rufend aus mir herausbrach, während ich die Umgebung mit den Augen absuchte.

„Ich kann dich nicht sehen!“, rief ich, jetzt schon ein wenig verzweifelt.

Ich muss ihn sehen!

„Schließe deine Augen“, wies Miran mich ruhig an.

Seine Stimme war direkt neben mir.

Ich stützte meine Arme hinter mich auf das Gras und schlug meine Augenlider nieder.

Ein Rascheln war zu hören, als würde er sich neben mich setzen.

„Du musst sie geschlossen lassen!“, sprach er leise, als ich ihm den Kopf zuwandte.

„Warum?“ Ich verstand nicht, was vor sich ging.

„Du kannst mich hier nicht sehen, nur fühlen. Lass die Augen zu – es ist einfacher so.“

Meine Hände tasteten sich suchend in Richtung der Stimme.

Ich spürte weiche Federn unter meinen Fingerspitzen.

Sein Mantel.

Wie sehr ich seine Nähe wollte. Ihn so nah bei mir zu wissen, weckte dieses immense Verlangen, das ich seit meiner Flucht mit mir herumtrug.

Ein Ruck ging durch ihn und er beugte sich zu mir.

„Du hattest Erfolg. Das erste Samenkorn“, sagte er und ich konnte den Luftzug seines Atems neben meinem Ohr spüren.

Er ist so nah!

Jetzt war mir alles egal – ich sehnte mich so sehr nach ihm und tat, was ich schon früher hätte tun sollen.

Ich hatte mir so sehr gewünscht, dass ich im letzten Moment unseres Zusammenseins anders reagiert hätte. Diesen Moment würde ich nicht ungenutzt verstreichen lassen.

Meine Hände fuhren unter seinen Mantel, streiften für einen Moment das grobe Material seiner Hose – es fühlte sich kühl und griffig an.

Er hielt sich zurück, ließ mich aber gewähren.

Jetzt erreichten meine Finger sein Hemd aus derbem Leinen – ich konnte die Wärme seines Körpers darunter fühlen.

Meine Hand legte sich auf seine Brust und ich spürte das eilige Pochen seines schlagenden Herzens.

Es raubte mir den Verstand, der mich im Normalfall davon abgehalten hätte in die Offensive zu gehen.

Ohne eine Reaktion abzuwarten, packte ich sein Hemd und zog mich ruckartig zu ihm herüber. Ich setzte mich auf ihn, fühlte, wie sein Atem stockte.

Das war es, was ich wollte – ihn.

Er überlegte einen kurzen Augenblick, packte dann unerwartet fest meinen Kopf mit seinen Händen. Seine Finger gruben sich dabei tief in meine Haare, bis in meinen Nacken, sodass ich instinktiv mein Kinn anhob.

Ich sog dabei tief die Luft durch meine bebenden Nasenflügel, denn die Intensität seiner fordernden Berührung war von einer stürmischen Unbändigkeit, die sein sonst eher ruhiges Wesen nicht vermuten ließen.

Er hielt meinen Kopf im festen Griff und zog ihn langsam, aber unaufhaltsam zu sich heran.

Jetzt –!

„Hey, wacht auf!“ Das beißende Licht des angebrochenen Tages wurde durch einen langen Schatten verdeckt, der genau auf mich fiel.

Geblendet konnte ich nur schemenhaft eine Gestalt erkennen.

Werde ich mich je an diese plötzlichen Tage gewöhnen?

„Ihr belegt meinen Platz", zeterte eine weibliche Stimme. Noch benommen, rappelte ich mich auf und rieb mir verschlafen die Augen.

Vor mir stand eine kleine, untersetzte Gestalt.

Ihre Hautoberfläche ähnelte meiner, nur wies sie einen starken Grünstich auf. Sie blickte aus kugelrunden Augen zu mir herauf, deren Pupillen sich in kurzen Abständen im Uhrzeigersinn einmal um die Achse drehten, mich dann aber sofort wieder fokussierten.

Am auffälligsten war das Fehlen der Augenlider. Das Rollen der Augen musste ein dem Zwinkern ähnlicher Reflex sein.

Wie irritierend. Ich rieb mir erneut die Augen.

Ihre flache Nase hob sich kaum vom Gesicht ab. Es war eher eine halbmondförmige, nach unten geöffnete Klappe, die sich mit jedem Ein- und Ausatmen hob und senkte.

Darunter schloss sich ein breiter Mund mit zahllosen runden Zähnen an, die sich weiß wie Perlen nebeneinanderlegten.

Ihr Gesicht sah freundlich aus, in diesem Augenblick allerdings signalisierten mir ihre resolut in die Hüften gestemmten Arme, das Gegenteil.

Stuna wisperte mir zu: „Ich glaube, sie ist eine Pmor. Sie leben hier irgendwo im südlichen Teil von Pardalis."

„Ja, natürlich bin ich eine Pmor. Das ist ja wohl offensichtlich! Was macht ihr hier? Hier ist mein Rastplatz!", motzte sie energisch und die Nasenklappe öffnete sich dazu weit, als würde sie vor Wut schnauben.

„Ich, äh bin Yo...sephine und das hier ist Stuna. Wir kommen von der Insel der vergessenen Träume und mussten noch vor Einbruch der Dunkelheit einen sicheren Platz finden."

Ihr Gesicht hellte sich auf, bekam einen mütterlich fürsorglichen Ausdruck.

„Es tut uns leid, wenn wir dich damit verärgert haben", schob ich nach, erkennend, dass wir sie schon für uns gewonnen hatten.

Nun war sie besänftigt und lächelte, entblößte ihre Perlenzähne.

„Wohin wollt ihr denn?", fragte sie interessiert.

Ich hob unsicher die Schultern, verwirrt durch ihr unregelmäßiges Augenrollen.

„Bis zum Tal von Gorensk ist es sehr weit – zumindest zu Fuß", sprach sie weiter, ohne eine Antwort abzuwarten.

„Möchtet ihr dort etwa auch Früchte holen? Wie wollt ihr sie denn transportieren?"

Sie schaute sich dabei suchend nach unserem mutmaßlichen Transportgerät um und zeigte dabei gleichzeitig hinter sich.

Dabei fielen mir ihre Hände auf. Sie bestanden aus zwei dicken, fingerähnlichen Gebilden, mit denen sie wie mit einer Zange greifen konnte, versehen mit nur einem Gelenk; wie zwei übergroße Daumen.

„Rompa und ich kommen gerade von dort."

Ihrem Daumenzeig folgend, erblickte ich ein sehr eigentümliches Zuggefährt.

Hinter den Büschen, etwas versteckt, stand ein großer, hölzerner Wagen. Er bestand aus dünnen miteinander verschnürten Stämmen, die weder abgeschliffen, noch sonst anderweitig bearbeitet waren. Lediglich die Äste und Zweige fehlten. Die Ladefläche war mit einer Plane abgedeckt, um die Fracht zu schützen. Hohe Außenwände, ebenfalls aus Stämmen bestehend, ließen eine beachtliche Menge an Frachtgut zu.

Das eigentliche Kuriosum aber war das Zugtier.

„Rompa", wie sie es mit lauter Stimme ermahnte, ähnelte optisch einem Wildschwein, hatte aber die Größe eines ausgewachsenen Zuchtbullen.

Es wälzte sich schmatzend auf dem Boden und schlug mit seiner fransigen Schwanzspitze um sich. Seine Ohren waren rund und hingen fast über seine Augen, so groß waren sie. Sein borstiges Fell stand stur und anthrazitfarben ab.

„Du kommst aus dem Tal von Gorensk?", fragte ich vorsichtig.

„Ja, sagte ich doch. Ich hole dort regelmäßig Früchte für mich und die anderen. Immer wenn ich auf dem Weg Rast mache, dann hier."

Ihr stämmiger Körper war behangen mit rauen Stoffen aus Naturfasern, die mit einer merkwürdigen Wickeltechnik und vielen kleinen Knoten gebunden wurden. Sie trug ein gewundenes Tuch auf ihrem Kopf, unter dem krause, dunkle Haare seitlich hervorschauten.

An den Füßen, die aus einer länglichen Fläche bestanden, trug sie keine Schuhe. In ihrer Form waren sie meinen ähnlich; nur ohne Zehen.

Als ich nur unschlüssig von einem Bein aufs andere trat, weil ich nicht so recht wusste, was genau ich sagen dürfte, übernahm sie wieder resolut das Wort.

„Wollt ihr nicht mit mir kommen? Die anderen freuen sich bestimmt euch zu treffen. Wir haben so gerne Gäste bei uns.“

Sie lächelte zwar ein wenig unsicher, doch man merkte ihr an, dass sie sich auf Gesellschaft freute.

Dankbar nahmen wir das Angebot an.

„Zu Fuß kämen wir hier nur zu langsam voran – und wenn man kein Ziel hat, kann man ruhig eine Chance ergreifen, die sich bietet“, dachte ich bei mir.

Selga, so hieß die Pmor, plapperte ohne Unterlass. Sie hatte ein einfaches, gütiges Gemüt und ihr zuzuhören war ungemein unterhaltsam.

Sie machte gerne Witze. Doch ich verstand kaum einen ihrer Scherze, denn ihr eigenes schallendes Lachen übertönte jede Pointe. Es klang blechern, wie ein Krupphustenanfall und riss mich dennoch mit.

Rompa, das beleibte ‚Bullenschwein‘, hatte erstaunlicherweise ein sehr zügiges Schritttempo. Stunas Ohren flatterten im Wind, während sie sich in meinem Mantel festkrallte.

Ein Großteil der männlichen Pmor arbeite in der Landwirtschaft, im besagten Tal von Gorensk, erklärte mir Selga.

Ihr Mann, Fedju, gehöre zu den Landarbeitern, die dort Früchte anbauten.

Als Gegenleistung erhielten die Pmor einen Anteil der Ernte zur Versorgung ihrer Siedlungen. Da es in jenem Tal sehr feucht war, gediehen die Feldfrüchte dort unter optimalen Bedingungen.

Immer, wenn Selga auf ihrer Tour war, also die Früchtetransporte abwickelte, wähnte sie sich sehnsuchtsvoll in Fedjus Nähe, auch wenn sie ihn leider nie zu Gesicht bekam.

„Er arbeitet schließlich hart“, seufzte sie tapfer.

Ihre Enttäuschung war deutlich hörbar. Ihr letzter Kontakt zu ihm musste schon sehr lange her sein.

„Bald sind wir da“, bemerkte sie und deutete auf den Wald, der sich als dunkler Fleck an der Horizontlinie abzeichnete.

„Ist es sicher bei euch?“, wollte ich wissen.

Selgas lustige Art verschwand mit einem Mal.

„Bisher haben wir nur wenige von uns verloren. Vielleicht kann man das ‚Glück‘ nennen“, bemerkte sie bitter.

„Ich kenne andere Pmor-Dörfer, die es weitaus schlimmer getroffen hat.“

„Wie schützt ihr euch?“, forschte ich weiter.

„Bist du schon mal einem von ihnen begegnet?“, fragte sie zurück. Ich nickte zögerlich.

„Dann weißt du ja, wie schwer man sich gegen sie verteidigen kann. Unser Volk bleibt immer zusammen. Wir lassen einander nicht allein. Ich glaube, das ist der beste Schutz.“

Nachdenklich fuhr sie fort. „Weißt du, wir sind sehr friedliebende Wesen, essen nur Pflanzen, weil wir nicht töten. Daher auch unsere Farbe."

Das erste Mal seit Beginn unserer Fahrt schwieg sie, hing ihren Gedanken nach.

Unser Gefährt schoss in einen hügeligen Waldpfad, in ein Gebiet, das sie ‚Kulandanwälder' nannten.

Hier gab es eine Vielzahl von Tieren, vor allem gelbe Insekten, etwa handtellergroß, deren Flügel gezackt waren. Von weitem sahen sie aus wie fliegende Wurfsterne, die auf einen zurasten.

Rompas Stampfen ließ sie hektisch aufflattern und ich duckte mich jedes Mal, wenn ich wieder eins von ihnen auf uns zu rotieren sah.

An den Bäumen klammerten sich lustige Pelztiere in einem geringelten Grauton-Muster. Sie waren zwar nicht schreckhaft, hatten aber dennoch Respekt vor Rompas Masse.

Neugierig beäugten sie uns aus ihren hellgrau umrandeten Knopfaugen und nagten dabei genüsslich an der Baumrinde.

Der Weg war eng, doch Selga hatte bei ihren zahlreichen vorhergehenden Fahrten tiefe Furchen hinterlassen, in denen wir blieben.

Wir wurden trotzdem durchgeschüttelt, beim Passieren des sperrigen Wurzelwerks, welches sich kreuz und quer über den Pfad zog.

Die Bäume mussten schon uralt sein. Ihre dicken Äste hingen tief und ich musste ihnen manches Mal ausweichen, um nicht einen laubbehangenen Zweig ins Gesicht geschlagen zu bekommen.

Ruckartig kam Rompa zum Stehen.

Unter einen Ast hindurchlinsend sah ich, dass wir Selgas Heimat erreicht hatten.

Staunend stieg ich vom Wagen.

Ein riesiges Areal, umzäunt von senkrecht akkurat aufgestellten Stämmen, erhob sich aus dem Boden, monumental wie ein Fort. Dicht beieinanderstehend, gewährten sie keinerlei Einblick in das Innere. Kleinere Ritzen waren mit getrocknetem Harz verschlossen worden.

Ein Aussichtsturm, direkt am Eingang, erinnerte an ein überdimensionales Vogelhäuschen: Auf seiner hohen Holzsäule, mit einer schmalen Leiter aus dünnen Ästen, ruhte eine hölzerne, ebenfalls runde Hütte. Das Dach der Hütte bestand aus einem unnatürlich großen Blatt, das wie ein Hütchen geformt und einfach daraufgesetzt war.

Selga pfiff. Drei schrille Pfiffe kurz hintereinander.

Niemand reagierte. Sie wiederholte es noch einmal.

Eigentlich, so erklärte sie uns, müsse nun jemand in das Häuschen klettern und die Zugbrücke herunterlassen, die der einzige Zutritt in die Siedlung war.

Ihre Augen rollten jetzt nicht mehr im Takt. Sie begann unruhig zu werden.

Gemeinsam hämmerten wir mit den Fäusten gegen die Zugbrücke, riefen laut, um auf uns aufmerksam zu machen.

Selga rüttelte mit Entschlossenheit an der Brücke und Rompa stieß mit seinem Kopf dagegen.

Durch die Erschütterung öffnete sich die Zugbrücke seitlich einen kleinen Spalt. Schwarzer Nebel drang zu uns hinaus.

Sacht, aber unheilvoll.

Gänsehaut überzog meinen ganzen Körper als er mich berührte und ich fröstelte.

Selga erstarrte. Jede von uns wusste um die katastrophale Bedeutung des schwarzen Rauches.

Nach einem Moment der Starre fing sie sich, spannte flugs Rompa aus dem Wagengeschirr. Energisch wies sie ihn an, das Tor zu zerschlagen.

Ich stand wie angewurzelt, beobachtete das Geschehen, als wäre ich nur eine Zuschauerin.

Ich hatte Angst – furchtbare Angst, was hinter der Umzäunung auf uns wartete.

Rompa nahm wenige Meter Anlauf und stürzte sich mit Wucht gegen die Zugbrücke. Das Krachen der zerberstenden Holzpfähle holte mich zurück ins Geschehen.

Ein entsetzliches Bild bot sich uns – schlimmer hätte ich es mir nicht ausmalen können.

Ich betrat zögerlich die Festung und erschauerte bei jedem Detail, das ich erfasste. Der metallisch-süßliche Geruch von frischem Blut hing schwer in der Luft.

Drei große Häuser mit Wänden aus Baumstämmen standen zwar noch – aber zum Teil schief. Ihre Blätterdächer waren entweder durchlöchert oder ganz zerstört.

Ihre Fundamente waren abgesackt; das aufgelockerte Erdreich unter ihnen hatte nachgegeben.

Von den Wänden der ersten Behausung tropfte Blut.

Ein fürchterliches Massaker musste hier stattgefunden haben. Die Wotoks waren von unten in die Siedlung gelangt. Tiefe Löcher klafften im Boden.

Langsamen Schrittes umrundete ich die tiefen Krater, zu verängstigt, um hineinzusehen.

Ein Zittern erfasste mich, als ich unweit von den Häusern auf eine Erhöhung, ähnlich einem Rondell, zu ging. Etwa einen Meter hoch, wie eine Bühne.

Dort lagen sie – die Toten!

Meine Beine wurden mit jedem Schritt schwerer.

Ich fühlte mich wie in einer Blase – unfähig weiterzugehen, doch mechanisch darauf zusteuernd.

Selgas Schreie hörte ich nur gedämpft.

Den Boden, den meine Füße berührten, spürte ich nicht mehr. Was ich vor mir sah, war derartig schauerlich, dass mein Geist sich weigerte, es zu verstehen.

Die Pmor waren augenscheinlich im Schlaf überwältigt worden. Sie hatten zusammen auf dieser Plattform genächtigt.

Etwa fünfzig leblose Körper lagen schweigend nebeneinander. Sie waren teilweise sogar noch mit Blättern zugedeckt – als hätten sie sich gerade zur Nacht gebettet.

Stuna und ich standen fassungslos inmitten dieses fürchterlichen Schauplatzes der Gewalt – ich war versteinert.

Selga kroch schreiend auf der Plattform herum und suchte nach ihren Kindern.

„Wari! Emso!“, rief sie dabei pausenlos.

Sie stand unter Schock, rüttelte wahllos an den leblosen Körpern.

Einige wenige Männer, der Rest Frauen und Kinder. Ein furchteinflößender, beklemmender Anblick, der sich geradewegs einbrannte.

Immer lauter drangen Selgas Rufe zu mir durch – bis sie mich schließlich erreichten.

Ich riss mich aus meiner Erstarrung. Sie brauchte Hilfe.

Zitternd kletterte ich auf die knarrenden Bretter der Anhöhe. Da sie keine Augenlider hatten, starrten ihre Augen ins Leere.

Einige der Pmor waren abnormal verdreht. Es waren jene, die anscheinend während der Attacke aufgewacht waren und noch versucht hatten, zu flüchten.

Ihre Gesichter waren aufgedunsen und hatten teilweise einen bläulichen Schimmer.

„Ersticken", schoss es mir durch den Kopf. *Sie sind erstickt.*

Mit Erstickungstoten kannte ich mich aus. Bei meiner Arbeit beim Bestatter war Strangulation in Selbstmordfällen die häufigste Todesursache.

Aber wie?

Würgemale konnte ich nicht entdecken. Ich begann zaghaft, nach Lebenszeichen zu suchen.

Mit schweißigen Händen untersuchte ich einen nach dem anderen. Niemand, der hier lag, blutete oder wies äußere Verletzungen auf.

Irgendjemand muss doch überlebt haben!

Je öfter ich nur noch den Tod feststellen konnte, desto fahriger wurde ich. Ihre toten Augen starrten mich klagend an.

Meine Atmung ging schneller und Selgas Schreie ließen mich nervlich fast zusammenbrechen.

Nur die Hoffnung, hier jemanden zu finden, der überlebt hatte, hielt mich bei klarem Verstand.

„Selga!", rief ich hastig. „Hilf mir! Schnell!"

Unter dem Körper einer Pmor lag ein kleiner Arm, der zuckte. Hastig rannte sie herbei und wir schoben den Körper der weiblichen Pmor beiseite.

Sie war schwerer, als ich angenommen hatte.

Zwar waren die Pmor kleiner als ich, aber üppiger gebaut. Ihre Masse unterschätzte man leicht.

Mein Herz machte einen Satz.

Ein Junge lag darunter. Kaum noch atmend. Seine Nasenklappe zitterte schwach.

Selga trug ihn geschwind von der Plattform herunter und bettete ihn auf weichen Blättern und gab ihm Wasser zu trinken.

„Aahh", stieß ich einen Schreckensschrei aus. Ein alter grauhaariger Pmor hatte mich am Fuß berührt.

Trotz meines Schrecks erkannte ich ein angedeutetes Rollen seiner Augen. Ich wollte ihn anheben, aber auch er war zu schwer.

Selga war nun wieder bei sich, hastete auf mein Rufen hin herbei und hob ihn vorsichtig über ihre Schulter zum Blätterlager.

In all dieser Trostlosigkeit erfüllte mich jeder Körper, der noch Anzeichen von geringsten Vitalfunktionen zeigte, mit einer kleinen Prise Glück.

Die leblosen Körper der Kinder sind etwas, was ich wohl nie wieder vergessen werde.

Ihre offenen Augen, die ohne jede Hoffnung in eine Welt sahen, in der solche furchtbaren Taten überhaupt möglich sind, in der Kreaturen fähig sind, sich gegenseitig derartig weh zu tun.

Noch zwei weitere Frauen fanden wir lebend; leider zeigten sie aber kaum eine Reaktion.

Selgas Kinder, Wari und Emso, waren nicht dabei.

Betrübt und abgekämpft stieg ich von der Plattform, ging auf das Haus zu, von dem das Blut tropfte. Es hatte einen Grünstich, gehörte also mit Sicherheit zu den Pmor.

Doch niemand auf der Plattform hatte offene Wunden. Es musste noch weitere Opfer geben.

Selga war damit beschäftigt, sich um die Überlebenden zu kümmern, die in einer kritischen Verfassung waren.

Sie rief dabei weinend und ohne Unterlass nach Wari und Emso.

Ich winkte Stuna heran, deren Schnüffelnase mir bei der Bergung der Verletzten eine große Hilfe gewesen war.

„Kannst du mir sagen, von wie vielen Pmor dieses Blut hier stammt?“

Stuna schnüffelte sich tastend voran.

„Die hier am Haus sind von einem Einzelnen. Diese hier", sie zeigte dabei auf die Spuren am Boden, „beinhalten etwa fünf verschiedene Gerüche – schätze ich."

Sie führten von der Plattform weg.

Wir folgten ihnen und standen in der Nähe des Wachturmes, als sie endeten.

Behutsam kletterte ich Sprosse für Sprosse nach oben. Das erste Mal nicht im Geringsten an meine Höhenangst denkend.

Mein Körper wurde mit jeder Sprosse schwerer. Der Geruch von Blut biss in meinen Nasenwänden.

Als ich mit dem Kopf die Oberkante erreichte, sah ich blutgetränkte Leinenfetzen.

Vier Kinder!

Sie hatten sich hier oben versteckt.

Ein kleiner Junge lag am Boden – tot.

Ein weiterer kauerte in der Ecke, blutete stark aus verschiedenen Platzwunden – regte sich überhaupt nicht.

Nur sein Zittern verriet, dass er bei Bewusstsein sein musste. Er sah stur geradeaus auf den blutdurchtränkten dunklen Holzboden, blickte nicht zu mir auf.

Ihre Körper aneinandergedrängt, lagen ein Mädchen und ein weiterer Junge in der gegenüberliegenden Ecke des Häuschens.

Ihre Risswunden, die ihre kleinen Körper übersäten, klafften offen, bluteten ohne Unterlass.

Sie rollten ihre Augen nicht mehr, doch ich glaubte, ein Beben der Unterlippe des Mädchens zu sehen. Der bei ihr liegende Junge hatte versucht, seine Hand zum Ausgang zu strecken und zeigte mit seinen zwei Fingern nach unten. Ich folgte ihnen.

Sie waren direkt auf Selga gerichtet.

Er flüsterte kaum hörbar: „Mama."

Dann fiel sein Kopf zur Seite und sein Körper erschlaffte.

„Nein! Nein!", schrie ich mit aufgerissenen Augen, als ich zu ihm kroch.

Das Holz unter meinen Händen, kalt und nass vom Blut. Ich hob seinen Kopf und schrie.

„Wach doch auf! Bitte!"

Das Leben konnte noch nicht ganz aus ihm gewichen sein. Ich wollte es festhalten. So sehr.

Selga hatte meine Rufe gehört und stand bereits auf der Leiter. Im nächsten Augenblick griff sie schon herzzerreißend jaulend nach dem kleinen Mädchen. Es reagierte nicht.

Es brach mir das Herz.

Selga hielt ihre sterbenden Kinder – wiegte sie, jammerte wehklagend.

Es kann kein größeres Unrecht als dieses geben. Alles daran ist falsch.

Der ganze Wald erzitterte unter dem Schrei, den Selga ausstieß, als sie ihre Hände auf die Augen ihrer beiden Kinder legte und ihr Gesicht in ihren toten Gesichtern vergrub.

Das Miterleben zu müssen, ließ mich innerlich mitsterben.

Ich schloss meine Augen, konnte das Schluchzen nicht mehr zurückhalten. Eine Träne rollte meine Wange herab.

Da blendete mich urplötzlich ein Lichtschein und ich öffnete meine Augen.

Hellblau leuchtende, wässrige Perlen rannen meine Wangen hinunter. Leuchtende Tränen fielen auf Emsos leblosen Körper. Ein blaues Schimmern illuminierte ihn, wie eine sichtbare Aura.

Selga sah auf, ihr Klagen verstummte.

„Emso!“ Sie hob ihre Hand. Eines seiner Augen rollte. Seine Nasenklappe hob sich und saugte kraftvoll Luft ein.

Ohne nachzudenken, warf sie mir ihre Tochter in die Arme.

„Rette sie!“

Ich drückte Waris Stirn an mein tränenverschmiertes Gesicht und auch sie erstrahlte im blauen Licht.

Ihre Blutungen stoppten augenblicklich, die Wunden begannen einzutrocknen.

Sie atmete tief ein und erwachte. Das Strahlen verschwand in ihrem Körper.

Ich legte sie ihn Selgas Arme, die ihre beiden Kinder weinend festhielt, dankbar umarmte und küsste.

Mit einem Finger nahm ich eine Träne von meinem Gesicht und tippte sie dem in der Ecke kauernden Jungen auf die Nasenspitze. Seine Verletzungen heilten vor unseren Augen unter hellblauem Glanz.

Ich verteilte mehrere blaue Tränen auf dem kleinen Jungen am Boden.

Sie versiegten sofort – es war zu spät.

Traurig kletterte ich vom Turm und gab eine Träne auf den Kopf eines jeden Verletzten. Sie leuchteten kurz auf und erholten sich sofort zusehends.

„Stuna, wohin führt die letzte Blutspur?"

Stuna, die das Geschehen beobachtet hatte, deutete in Richtung Haus und schüttelte dabei heftig ihren Kopf.

„Ein Mann. Geh da nicht rein, du kannst nichts mehr für ihn tun", bemerkte sie traurig.

Kraftlos ließ ich mich zu Boden sinken, streckte mich der Länge auf dem Rücken aus. Sie kitzelte mein Ohr.

„Die blauen Tränen. Wie hast du das gemacht?"

„Ich weiß es nicht", antwortete ich ehrlich.

Ich war genauso überrascht und erleichtert, dass Selgas Kinder lebten. Aber unendlich traurig, wie viele Pmor gestorben waren.

So sinnlos.

Kapitel 15

Acht Überlebende. Eines Stammes, der zuvor 59 Einwohner zählte.

Reihenweise bahrten wir die Toten auf. Die vier verbliebenen ausgewachsenen Pmor und ich mühten uns redlich, denn jedes Opfer des Massakers sollte sein eigenes, würdevolles Abschiedszeremoniell erhalten.

Dazu stellte sich Selga jeweils an die Stirnseite der Verstorbenen, während wir sie umringten und sprach einige Worte, berichtete über das Leben eines jeden, Werte, Vorlieben, aber auch deren Ängste oder kleinen Macken. Worin sie gut gewesen waren, was sie gerne für Lieder sangen, die vielen kostbaren Kleinigkeiten.

Ihre Ansprachen waren besser als jede Rede, die ich je zu Papier gebracht habe.

Die Pmor weinten laut, wehklagten um ihre Lieben. Auch die vier Kinder beteiligten sich – auf ihre Art.

Sie fassten sich an den Händen und bildeten eine Kette. Dann liefen sie, sich an den Händen haltend, um die Verstorbenen herum und sprachen dabei mantraartig einen Reim, in einer mir nicht verständlichen Sprache. Sie wiederholten es gerade so oft, bis sie glaubten, es sei genug.

Für all ihre verstorbenen Spielkameraden hatten sie Kränze geflochten, die sie ihnen um den Hals legten.

Wunderschön und tieftraurig zugleich.

Zum Abschluss summten Selga und die Anderen düstere Melodien, in tiefen Klängen. Ihre melodischen Stimmen vibrierten tief unter meiner Haut, hinterließen ein Kribbeln, das mir Schauer durch den Körper trieb.

All das war so intensiv, emotional – weitaus mehr, als ich es jemals auf einer unserer Bestattungen erlebt hatte.

Nach dem Gesang endete die Zeremonie mit dem ‚Einpuppen' der Toten. In mehrere Blätterlagen eingewickelt – ähnlich wie bei Schmetterlingslarven – wurden die Blatthüllen fest verschlossen. Der Speichel der Pmor klebte die Blattnähte fest zusammen.

Bei der ersten Leichenverpuppung beobachtete ich noch entgeistert, wie sie mit ihren Mündern über die Blattränder fuhren und sie damit verleimten.

Es wirkte zwar absurd, aber in der Gesamtheit war ich tief bewegt von ihrem Umgang mit der Tragödie. Kinder mit auf den Friedhof zu nehmen war in meiner Welt nicht unbedingt normal, lautes Weinen – vor allem vor anderen – wurde meistens unterdrückt.

Menschen, die kaum noch etwas fühlen, aber sich dennoch danach sehnen.

Ich war weit entfernt von der alten – meiner – Welt und es befreite mich, das zu erkennen.

Als alle Leichen verpuppt waren, transportierten wir sie mit Rompas Hilfe zum höchsten Baum der Siedlung. Der Optik nach, eine knochige uralte Buche. Die ausladenden, starken Äste überragten einen Teil der Häuser und der Feuerstelle.

Mit einer flaschenzugartigen Vorrichtung zogen wir die Puppen an Stricken hinauf, bis sie senkrecht von den Ästen herabhingen.

„Sie zerfallen im Wind“, hörte ich Selga leise sagen, während ich den Anblick der schwebenden Leichenpuppen zu verdauen versuchte. Melancholie überkam mich, wie sie da so kerzengerade nach unten zeigend im Wind schaukelten.

Erschöpft ließen wir uns an der Feuerstelle auf Baumstümpfen als Sitzgelegenheiten nieder. Hier hatte die Gemeinschaft stets ihre Mahlzeiten eingenommen.

Die Pmor lebten fast ausschließlich unter freiem Himmel.

In den drei abgesackten Häusern lagerten lediglich ihre Vorräte. Manchmal wurden auch Versammlungen dort abgehalten und bei Unwettern dienten sie als Unterschlupf für die Pmor und Rompa, der noch eine Gefährtin hatte.

Radun, so hieß sie, war seit dem Angriff in eines der Häuser geflüchtet und saß noch immer mit zitternden Borsten darin.

Die Überlebenden berichteten uns von dem Überfall: Es waren zwei Wotoks, in der Gestalt von Würmern.

Wie viele unterschiedliche Wotok-Typen es wohl gibt?

Aus dem Boden seien sie gekrochen und hätten lautlos die Pmor im Schlaf erstickt.

Sie waren erst wach geworden, als die meisten von ihnen bereits tot waren.

Die Gruppe von Kindern, in der sich auch Wari und Emso befanden, hatte einen Fluchtversuch unternommen, es aber nur bis zum Tor geschafft.

Zadik, der Siedlungsführer, der ihnen zur Hilfe kommen wollte, bezahlte dieses Vorhaben mit seinem Leben. Es war sein Blut, das an der Hauswand klebte.

Wie genau sie die Pmor erstickt hatten, konnte mir keiner von ihnen sagen.

Die Kinder müssen es aus ihrem Versteck gesehen haben. Vielleicht konnten sie mir mehr erzählen.

Ich verwarf den Gedanken wieder, als ich ihre bleichen Gesichter zu Selgas Füßen kauern sah.

Der Tag war schon lange zu Ende und mir fielen die Augen zu. Flugs stellten die Pmor eine Decke aus Blättern für mich her. Ihr klebriger Speichel verschmolz sekundenschnell die Blätter miteinander, sobald sie diese damit benetzten.

‚Blattweben' nannten sie es.

Ich zog mein Blatt über den Kopf und fiel in einen tiefen Schlaf.

Als ich wieder erwachte, fand ich zu meiner Überraschung die Häuser wiederhergestellt vor. Die Pmor mussten die ganze Nacht gewerkelt haben.

Sie saßen an der Feuerstelle und schienen zu diskutieren. Stuna, die ebenfalls geruht hatte, lag neben mir, neugierig ihre Ohren in Richtung Sammelplatz spitzend.

Sie verfolgte mit ihrem guten Gehör die angeregte Unterhaltung.

„Worum geht es?", wollte ich neugierig wissen.

„Sie sind sich nicht sicher, ob sie hierbleiben oder fortgehen sollen."

„Außerdem", sie kniff zögerlich ihre Augen zusammen und wartete, als wollte sie nochmal sicher gehen, „reden sie über dich."

„Ja und, was sagen sie?", fragte ich ungeduldig.

„Sie fragen sich, wer du bist."

Verständlich, nach der Sache mit den blauen Tränen.

Ich setzte mich zu den Pmor und bekam sofort eine Schale mit köstlichen Früchten gereicht – aus dem Tal von Gorensk, wie Selga mir berichtete.

Genüsslich knabberte ich an einer Bohnenstaude (zumindest optisch war es eine Bohne, geschmacklich eher Paprika), während die Migrationsdebatte eifrig weiter im Gange war.

Der dunkle Nebel, der noch gestern die Plattform eingehüllt hatte, war im Laufe des Vormittags ergraut und fast verflogen. Die letzten gräulichen Schwaden waren gerade dabei sich aufzulösen.

Aber etwas war anders als sonst.

„Habt ihr das bemerkt?", unterbrach Stuna jäh die Diskussion. „Euer Schlafplatz hat seine Farbe nicht verloren? Der Nebel ist fort, doch alles ist wie vorher. Das habe ich bisher noch nie gesehen", sinnierte sie und eine Mischung aus Überraschung und Freude schwang in ihrer Stimme. Ihre kleinen Schnurrhaare wippten.

„Es stimmt." Selga nickte überrascht und bekam einen verklärten Blick. „Das ist bestimmt ein Zeichen."

Dann fuhr sie, mich ansprechend, fort: „Vielleicht liegt es an deinen blauen Tränen. Wer bist du, Yosephinè?"

Der alte Pmor, Soik war sein Name, kam mir zuvor. Er war bisher still gewesen.

„Sie wird es euch nicht sagen." Geistesabwesend sah er auf den Boden, als die Pmor ihn mit fragenden Blicken bestürmten.

„Das sollte sie auch nicht." Er sah zu mir auf.

Jetzt sprach er in die Runde: „Es ist besser so – für uns alle."

Sich erhebend, schloss er auch gleich die Debatte um die Umsiedlung mit knappen Worten: „Wir bleiben hier!"

Die anderen wiegten nachdenklich ihre Köpfe, stimmten aber zu. Als Stammesältester war Soik nun der Anführer und seinen Entscheidungen wurde sich nicht widersetzt.

Mich beschlich ein ungutes Gefühl. Omieda suchte Orte heim, an denen es noch Hoffnung gab.

Ob sie weiß, dass es hier Überlebende gibt?

Ich hoffte es nicht.

Bis zum Abend beseitigten wir alle Schäden im Dorf. Wir schippten die verbliebenen Löcher mit Erde zu und befestigten den Boden.

Selga machte sich daran, eine Gemüsesuppe zu kochen, die wir planmäßig noch vor Einbruch der Dunkelheit essen wollten. Sie winkte uns, die wir mit dem Herrichten der Schlafplattform fast fertig waren, zu.

„Kommt, das Essen ist fertig!"

Abgekämpft, aber zufrieden machte ich mich auf den Weg zu ihr.

Plötzlich – ein Rütteln unter unseren Füßen! Ein Beben erschütterte das Erdreich.

Die Wurm-Wotoks! Sie kommen zurück!

Die Frage war bloß – wo würden sie aus dem Boden herausbrechen?

Mit den Armen nach Balance suchend, verharrte ich und fixierte nervös den Boden.

Hinter Selga, die das Beben nicht bemerkt hatte und noch immer in der Suppe rührte, öffnete sich die Erde.

„Selga! Hinter dir!", riefen die Frauen, wild mit den Armen rudernd, in ihre Richtung.

Doch als sie erschrocken hinter sich blickte, war es schon zu spät.

Aus einem Loch reckte sich ein schwarzes, schlangenartiges Wesen, umgeben von Rauch empor.

Ein Wotok – in Gestalt eines übergroßen Wurms.

Der Umfang seines wabbeligen, Schleim überzogenen Körpers maß wenigstens das Doppelte von Selga.

Glänzend baute er sich hinter ihr auf, während sie starr vor Angst, mit der Kelle in der Hand, begriff, was gerade geschah.

Kampfbereit zog ich meinen Dolch aus der Tasche und rannte zur Feuerstelle.

Direkt neben dem Haus, in dem die Kinder sich versteckt hielten, grub sich ein zweiter Wotok aus der Tiefe ans Licht.

Ich schrie ihnen zu, sie sollten die Tür verriegeln.

Keine Schrecksekunde später fiel die massive Tür ins Schloss und wurde eiligst verschlossen.

Schnell! Mir musste etwas einfallen!

Ich stoppte, nahm einen Stein und schoss ihn mit der Zwille in seine Richtung.

Getroffen!

Der Stein versank in der wabbeligen Masse, bevor er schleimtriefend wieder herausgestoßen auf den Boden fiel.

Das Ablenkungsmanöver funktionierte.

Sein runder Kopf drehte sich suchend in meine Richtung. Er hatte keine Augen – oder irgendwelche erkennbaren Gesichtsmerkmale.

Der Riesenwurm kroch nun von dem Haus weg und folgte mir mit schlängelnden Bewegungen.

Fast hatte ich die Feuerstelle erreicht.

Selga war mit einem heftigen Stoß des Wurmkopfes zu Boden geworfen worden und lag nun gefährlich nah am Feuer.

Der Wotok hievte sich auf ihren Körper und drückte sie mit seiner Masse zu Boden. Sie rang hörbar nach Luft.

Sein glitschiger, runder Kopf wies eine winzige Einstülpung an der Spitze auf.

Noch während ich mich fragte, was es damit auf sich hatte, weitete sich die Mulde. Sie dehnte sich zu einem Trichter aus. Durchsichtiger Schleim tropfte heraus und zog Fäden, die auf Selgas Gesicht landeten.

Schon der Anblick war ekelerregend.

Selga warf ihren Kopf hin und her.

Ausweichen oder gar Entkommen war unmöglich, der Druck des Wotoks auf ihrer Brust ließ sie fast die Besinnung verlieren.

Der Trichter kam näher, sie riss die Augen auf und sah in ein schwarzes Loch.

Er setzte an, drückte wie ein Saugnapf den Trichter auf ihr Gesicht, dessen Ränder sich ihrem Kopf anpassten und ihr Gesicht fest umschlossen.

Sie drohte zu ersticken!

Ihre Füße zappelten wild unter dem etwa drei Meter langen Wurm.

Den schwarzen Rauch, der ihn umgab einatmend, holte ich aus. Ich stach den Dolch tief in seinen Körper. Nur der Griff glänzte an der weichen Hautoberfläche.

Er zuckte zusammen. Wand sich, versuchte das schmerzhafte Übel zu vertreiben.

Endlich! Der Trichter über Selgas Gesicht löste sich.

Als er sich von Selgas Körper herunterwuchtete, fuhren etwa zehn Zentimeter lange Zacken aus der Unterseite seines Körpers.

Im Gegensatz zum Rest des Wotoks waren sie scharf wie Dornen und konnten beliebig ein- und ausgefahren werden.

Blitzschnell wich ich ihnen aus, um wieder an den Dolch zu gelangen. Er rollte über den Griff und ein lautes Brüllen, ähnlich dem eines Bären, ertönte, als sich die Klinge tiefer in seinen Körper bohrte.

Nur noch wenige Zentimeter des Dolches waren zu sehen.

Ich wollte ihn packen, rutschte aber mit den Fingern ab.

Dann fasste ich mit beiden Händen zu. Ich schrie laut, um alle Kraftreserven zu mobilisieren und konnte ihn tatsächlich greifen.

Mit aller Kraft zog ich den Dolch längs an seinem Körper entlang und durchtrennte dabei seine glibberige Hülle, die wie Wackelpudding auseinandersprang.

Der mir bekannte Geruch stieg in mein Gesicht, während das schwarze Blut über meine Hände floss.

Selga lag benommen neben dem Feuer, ihr Gesicht bedeckt mit einer dicken Schleimschicht.

Sein Trichterkopf drehte sich zu mir herum.

Es gelang mir, den Griff zu halten und den Dolch weiterzuziehen, in Richtung des Schwanzes.

Meine Hände schmerzten.

Selga befreite ihr Gesicht und tat einen lauten Atemzug. Geistesgegenwärtig rollte sie von der Feuerstelle weg.

Der zweite Angreifer hatte uns erreicht, bäumte sich auf und stieß mich von hinten mit einer Kopfbewegung zu Boden.

Mein Dolch steckte im Körper von Selgas Angreifer.

Ich lag auf dem Bauch, versuchte keuchend wegzurobben.

Er stieg auf meinen Rücken. Unter der Last seines Körpers war Bewegen unmöglich.

Sein geöffneter Trichterkopf raste auf mich zu und ich spürte den Schleim daraus in meinen Nacken tropfen.

Ich schloss meine Augen.

Nichts geschah.

Es kam mir vor, als würde ich mich in Zeitlupe zu ihm umdrehen. Der Trichter war noch immer geöffnet und hatte nur wenige Zentimeter vor mir innegehalten.

Tief sog er die Luft ein. Einmal, zweimal.

Er zögerte.

Die Pmor-Frauen hatten sich währenddessen einen dicken angespitzten Baumstamm geschnappt. Eine vorne, die andere hinten tragend, kamen sie herbeigeeilt, so schnell es ihnen ob der Last möglich war.

Mit lautem Gebrüll rammten sie ihn in seinen Körper. Die Seiten des Trichters flatterten über mir, fielen in sich zusammen.

Der Wotok bäumte sich hoch auf und gab mich frei.

Selga stemmte sich gegen die glühend heiße Suppenschüssel, die im Feuer loderte. Ich konnte ihre verbrannte Haut riechen, ihre Hände qualmten.

Die Schüssel war massiv, ließ sich nur schwer bewegen, aber es klappte.

Sie spie den Schmerz gellend aus ihrer Kehle, als die Schüssel aus ihrem Podest aus Holzscheiten und alter Asche mit einem Poltern umfiel.

Der Wotok, dessen Leib vom Baumstamm durchbohrt war, konnte nicht entkommen.

Heiße Suppe rann über seinen zuckenden Körper und ein brennendes Holzscheit rutschte an seinen Unterseite, aus der reflexartig die Stacheln herausfuhren.

Er verlor die Kontrolle, was man daran sah, wie sich die Zacken im rasanten Wechsel aus- und gleich wieder einzogen.

Die Flammen züngelten um den weichen Körper, der Blasen warf, die blutig aufplatzten. Er wand sich unter Schmerzen, den Kopf zum Himmel gestreckt.

Dann endlich sank er nieder und bewegte sich nicht mehr. Der schwarze Nebel verschwand augenblicklich, von der Luft verschluckt.

Selgas Angreifer hatte sich noch ein Stück geschleppt und vergeblich versucht ein rettendes Loch zu graben. Er war verblutet.

Stumm hörten wir nur das Knistern des Feuers. Keiner von uns konnte und wollte in diesem Moment etwas sagen.

Wari, Emso und die anderen Kinder schlichen aus der Hütte. Sie hatten das Geschehene mit angesehen.

Noch saß der Schreck tief, doch mit der Erleichterung überkam uns ein Glücksgefühl. Wie ein dunkler Vorhang fiel das Gewicht von unseren Schultern.

Wir hatten nicht nur überlebt, sondern diese beiden monströsen Kreaturen zur Strecke gebracht.

Ein Lächeln huschte über unsere Gesichter. Erst nur zaghaft, dann lachten wir aus tiefstem Herzen.

Nur eine Frage trieb mich um: Warum hatte der Wotok mich nicht getötet?

Nachdenklich lief ich um seinen verkohlten Kadaver.

Wari näherte sich, nahm meine Hand. Das erste Mal überhaupt, dass sie Kontakt mit mir aufnahm.

„Yosephinè?", flüsterte sie und sah zu mir auf.

„Warum hat er an dir gerochen?"

Überrascht, die Stirn in Falten legend, kniete ich mich zu ihr hinunter. „Du meinst, das hat er getan?"

„Ja, ich bin ganz sicher!", ihre Augen rollten dabei schneller, wie immer, wenn die Pmor aufgeregt waren.

„Er hat an dir geschnüffelt", sagte sie etwas lauter und begann an mir zu riechen.

„Es stimmt. Er hat die Luft ganz intensiv eingezogen. Irgendetwas hat ihn abgehalten", warf Soik ein.

„Wir erkennen uns doch untereinander auch am Geruch", mischte Emso sich ein.

Wari verkniff das Gesicht. „Ja, du Besserwisser, aber wir sind die Pmor und erkennen unseresgleichen. Yosephinè ist doch aber kein Wotok!"

Grübelnd beugte ich mich über den Leichnam. Sein Blut stank furchtbar – da kam mir eine Idee.

„Nein, bin ich nicht, aber sie riechen einen Wotok an mir!"

In meinem Kopf spielte sie die Sequenz ab, wie Minon in die Tiefe fiel. Mein Mund war voller Fleisch und Blut des Wotoks.

Als ich kurz danach ebenfalls hinabstürzte, schluckte ich versehentlich einen Teil davon herunter.

Meine Miene hellte sich auf. Jetzt war es mir klar!

„Das ist es!", rief ich aufgeregt.

Ich nahm eine Schüssel, die eigentlich für unsere Gemüsesuppe bestimmt gewesen war.

„Tut mir leid für euch, aber heute Abend gibt es ausnahmsweise Fleisch."

Die Pmor taten sich schwer mit dieser Aufgabe. Doch Soik, der sich auf die Alchemie verstand, hatte mit dem Blut der Wotoks kurzerhand einige Tests durchgeführt. Seine Pülverchen, die er in Säckchen an der Kleidung trug, reagierten mit dem Blut unter der Hitze des Feuers und bestätigten zur Überraschung aller, dass es tatsächlich eine immunisierende Wirkung hatte. Der Verzehr von ihrem Fleisch verstärkte den Effekt sogar.

Wie lange diese Wirkung anhielt und wie oft man das wiederholen musste, vermochte er auch nicht zu sagen. Dennoch: Endlich schien es zwar keine Lösung, doch zumindest einen Weg zu geben.

Die gemeinsame Nacht auf der Schlafplattform war erfüllt von friedlicher Ruhe. Unser Etappensieg über die Wotoks gab uns das Gefühl von Stärke – nur für diese Nacht.

Während wir alle in die Dunkelheit schauten und den flackernden Lichtern der tanzenden Sterneninsekten zusahen – die Pmor nannten sie „Sternenflieger", weil sie nachts hellgelb leuchteten –, sagte Selga: „Wir müssen die Männer aus dem Tal von Gorensk holen. Sie sollten hier bei uns sein."

Als niemand einen Einwand erhob, beschloss sie: „Ich breche morgen auf."

Wari und Emso flehten ihre Mutter an, nicht zu gehen. Nach den Geschehnissen wollten sie nicht auf sie verzichten.

„Lass mich dorthin fahren", bat ich.

„Sie werden dich nicht einlassen", gab sie zu bedenken, „du bist keine Pmor. Eher siehst du aus wie die, denen das Tal gehört."

„Das Tal gehört jemandem?"

„Ja, sie nennen sich Serayan."

„Ich werde fahren und nehme sie mit", mischte Soik sich jetzt ein. „Ich verstecke sie auf dem Wagen. So schaffen wir es bis hinein."

„Wie du meinst", warf Selga ein, „aber sie lassen mich immer am Tor warten, während der Wagen beladen wird. Ich habe weder unsere Männer noch die anderen Pmor je zu Gesicht bekommen."

Am nächsten Morgen nahte der Abschied. Emso und Wari umklammerten meine Beine, wollten mich nicht gehen lassen.

„Wir sehen uns wieder", tröstete ich sie und versuchte sie liebevoll abzuschütteln.

Kein leichtes Unterfangen, denn trotz ihrer Größe waren sie fast genauso schwer wie ausgewachsene Pmor.

Stuna hatte sich bereits vor den beiden kleinen Betonklötzen in meiner Tasche in Sicherheit gebracht. Sie hatte derartig viel Streicheleinheiten bekommen, es verlangte sogar ihr nach einer Pause.

Soik, der ungeduldig auf dem Wagen saß und Selga, die den aufgeregten Rompa in Schach halten musste, der es kaum erwarten konnte endlich loszustürmen, mahnten zum Aufbruch.

„Halte dich lieber fest!“, hörte ich es noch, als ich endlich auf dem Kutschbock saß und zum Abschied winkte.

Denn für Rompa gab es kein Halten mehr. Seine Hufe warfen den Dreck nur so in die Höhe, als er ruckartig anzog und losgaloppierte.

Die gezackten Sternenflieger konnten gar nicht so schnell entkommen, wie der wilde Rompa sich seinen Weg durch den Wald bahnte.

„Von diesen Wäldern gibt es hier viele. In fast jedem von ihnen lebt eine Pmorgemeinschaft“, erzählte mir Soik.

„Wir siedeln schon lange hier. Mit Omiedas Ankunft veränderten sich die Kulandanwälder. Sie trugen weniger Früchte, verdorrten sogar stellenweise. Also mussten wir uns zusätzliche Nahrung beschaffen. Die Lösung des Problems lag im Tal von Gorensk. Um die Früchte zu bekommen, müssen wir für die Serayan arbeiten.“

Er seufzte.

„Lebst du schon immer hier in den Wäldern?“, wollte ich wissen.

„Ja, doch ich habe viele Orte in Pardalis kennengelernt. Als ich sah, wie du kämpfst, hätte ich fast meinen können, du wärst eine Pakmari.“

Ich lächelte.

„Sie sind vielseitig. Ihr Vorteil ist –“

„Der richtige Moment“, beendete ich seinen Satz und wir lachten beide. Er und Wanitura kannten sich gut, wie er mir berichtete.

Soik erzählte mir von seinen Abenteuern, die er als junger Pmor erlebt hatte und die Zeit flog an uns vorbei, wie die Wälder, an denen wir entlang sausten.

Nach etlichen Stunden Fahrt, die Rompa ohne Pause oder Ermüdung zurückgelegt hatte, eröffnete sich eine weitverzweigte grüne Hügellandschaft.

„Die Regenberge. Sie umgeben das Tal von Gorensk."

Das Medaillon öffnete sich bei seinen Worten mit einem hörbaren Schnappen.

Soik sah, wie ich es hervorholte und seine Augen lächelten.

Ein Lichtstrahl fiel auf den Kreis in der Mitte. Der Strahl brach und seine Reflexion endete an einem Punkt in den Hängen der Regenberge. Dann verschwand er wieder, so schnell wie er erschienen war.

Soik nickte zustimmend. „Burburak hat recht: Das ist der Eingang zum Tal."

„Burburak?", fragte ich überrascht.

„In unserer Überlieferung der Legende von Pardalis, heißt der verlorene Talisman Burburak. Er weist dir den Weg."

Es begann zu nieseln. Die Berghänge waren mit saftigem Grün bewuchert, denn an ihrer Spitze regnete es ununterbrochen.

Wir hielten vor einem großen, höhlenartigen Torbogen, der sich etwas versteckt am untersten Teil der immergrünen Berghänge befand.

So wie Soik und ich es besprochen hatten, versteckte ich mich unter einer Plane auf der Ladefläche.

Nervös lauschte ich dem Getrappel von Rompas Füßen, das von den Wänden des Ganges widerhallte.

Ich vernahm ein leichtes, unterschwelliges Rauschen. Das Plätschern von fließendem Wasser war allgegenwärtig, umgab uns scheinbar.

„Ich glaube, du wirst es hier nicht mögen“, wisperte ich meiner wasserscheuen Gefährtin zu, als plötzlich eine laute Stimme ertönte.

„Halt!“

Der Wagen kam zum Stehen. Ich hielt die Luft an.

„Ich will eine neue Lieferung für mein Volk holen“, hörte ich Soik mit ruhiger Stimme sagen.

„Absteigen, los!“, befahl ihm die Stimme. „Du wartest hier!“

Vorsichtig lugte ich unter der Plane hervor. Wir standen in einer großen Halle mit einer hohen, steinernen Höhlendecke. Schemenhaft konnte ich das Tal hinter einer Gardine aus Wasser erkennen. Es floss von der Bergwand herunter, wie ein Wasserfall.

Der Wagen setzte sich in Bewegung.

Platsch! Bei der Durchfahrt ergoss sich ein Schwall der Wassergardine klatschend auf der Plane.

Wir hielten.

„Eine Lieferung – aber wartet noch mit dem Beladen! Ich glaube, der Wagen war erst vor Kurzem hier. Ich prüfe, ob denen überhaupt wieder etwas zusteht." Eilig entfernten sich die Schritte.

Jemand sprang auf den Wagen.

Was soll ich tun? – Am besten stillhalten.

Die Plane lüftete sich. Ein junger Pmor starrte mich entgeistert an. Ich legte schnell die Finger auf meine Lippen; signalisierte ihm zu schweigen.

„Ich suche Fedju – Selga, seine Frau, schickt mich", flüsterte ich ihm zu.

Er packte mich am Arm. „Sagst du die Wahrheit? Oder ist das ein Trick?", fragte er halb unsicher, halb wütend.

„Was ist denn los?", tönte es von der Wagenseite.

Ein weiterer Pmor erschien auf dem Wagen. Der Schrecken stand ihm ins Gesicht geschrieben, als er mich sah.

„Sie sagt, sie will mit Fedju sprechen. Kennst du ihn?" Der andere nickte misstrauisch.

„Wer bist du?"

Ängstlich schaute ich über den Wagenrand.

„Bitte, wir haben dafür keine Zeit! Fedjus Dorf braucht Hilfe. Sie schicken mich, um ihn zu holen."

„Komm!" Schnell zogen sie mich vom Wagen herunter. „Er arbeitet gleich dort drüben. Und zieh dir das bloß schnell drüber. Wenn dich hier einer sieht, bekommen wir alle Probleme."

Sie warfen eine braune Kutte über mich, mit einer Kapuze, so wie sie eine trugen. Sie sollte wohl den Regen abhalten, war aber klamm und feucht.

Ein Feld mit brusthohen Sträuchern grenzte an. In den einzelnen Reihen standen jeweils zwei Pmor, die schwarze Beeren in Beutel pflückten, die sie um ihren Hals trugen.

Auf halbem Weg kam uns ein leicht ergrauter Pmor in derselben Kutte entgegen. Seine Augen rollten aufgeregt.

„Da hinten ist Rompa! Warum ist er schon wieder hier? Lasst mich zum Wagen! Manchmal hinterlässt Selga eine Nachricht für mich an seinem Geschirr."

„Das hier ist die Nachricht deiner Frau, Fedju." Sie traten beiseite.

Seine Augen überschlugen sich fast, als er mich erblickte.

„Dein Volk ist angegriffen worden", berichtete ich schnell.

Die grüne Farbe zog aus seinem erblassenden Gesicht.

„He, ihr!" Einer der Wachen stand nun am Wagen und rief nach uns.

„Geh langsam zu den Sträuchern und dreh dich nicht um", raunten sie. Unauffällig schubsten sie mich in Richtung des Beerenfeldes.

Die dort arbeitenden Pmor reagierten ängstlich, wagten jedoch nicht, etwas einzuwenden.

Die Stimme rief erneut, sprach jetzt energisch: „Die hier bekommen nichts; waren erst da. Die wollen uns betrügen. Sagt dem Fahrer, er soll sich hier nicht mehr blicken lassen."

Als der angesprochene Pmor nichts entgegnete, setzte er schreiend nach: „Mit den Serayan legt er sich besser nicht an. Sag ihm das!"

Der Wagen rollte davon. Geschockt blickte ich ihm nach, wie er durch die Wasserwand hinausrollte.

Ich saß fest – gefangen im Tal von Gorensk.

Kapitel 16

Von außen vollständig begrünt, ragten hier die Wände nur als nackte Felsen gen Himmel. Lediglich Moosablagerungen verliehen ihnen einen grünen Glanz.

An ihnen strömte unablässig Regenwasser hinunter. Endlos viele Wasserfälle plätscherten die Felswände entlang, mündend in einem Graben, der das gesamte Tal wie ein Ring umschloss.

Fast fünf Meter breit war dieser Graben, seine Tiefe ließ sich nicht erahnen, mir wurde beim bloßem Hinabsehen schwindlig. Seine Schwärze verriet, dass es dort tief hinunterging. Der Wasserspiegel selbst lag höchstens zwei Meter unter dem erdigen Ufer.

Die Funktion einer Drainage erfüllend, floss das überschüssige Regenwasser aus den Feldern über künstlich angelegte Furchen in den Feldern dorthin ab.

Nur eine einzige Brücke führte über den breiten Ringgraben. Ich hatte sie mit dem Wagen überquert. Dahinter schloss der Wasservorhang an, hinter dem man wiederum in die Felsenhalle, hinein in den Berg, gelangte. Nur über diesen Tunnel konnte das Tal verlassen werden.

Wann immer ich einen neuen Ort betrat, waren die möglichen Fluchtmöglichkeiten das Erste, wonach ich mich umsah.

Völlig normal für jemanden mit Ängsten; hier in Pardalis sogar hilfreich.

Ich konnte mich des aufsteigenden Unbehagens nicht erwehren. Wie immer, wenn ich irgendwo festsaß.

Das konnte ein Fahrstuhl sein, der für meinen Geschmack viel zu langsam fuhr oder wie hier, das Tal von Gorensk, aus dem es keinen unbewachten Ausweg gab.

Fahrig sah ich mich um.

An den steilen Wänden heraufklettern – unmöglich.

Dort fand sich nur glitschiges Gestein, an dessen Enden die Tiefe des Wassergrabens wartete.

Von dort aus ans rettende Ufer zu gelangen – undenkbar.

Mehrere Wachen sicherten die Brücke und kontrollierten jeden, der vor oder hinter den Wasservorhang trat.

Stirnrunzelnd beobachtete ich ihr grobes Verhalten gegenüber zweier Pmor, die einen fertig beladenen Wagen zurück zum Tunnel brachten.

Sind die Pmor wirklich aus freien Stücken hier?

Dicke graublaue Regenwolken umgaben die Gipfel, sodass man sie nur hinter einer diesigen Wolkenwand erahnte. Das ganze Tal hing unter dieser andauernden Nieselfront, was die Luftfeuchtigkeit auf einem gleichbleibend hohen Stand hielt.

Manchmal fiel durch ein Wolkenleck ein Regenbogen ins Tal, auf die unzähligen Felder mit ihren mannigfaltigen Früchten.

Überall wimmelte es von den kleinen, untersetzten Pmor in ihren hellbraunen Kutten, gefertigt aus Sackleinen. Sie stapften durch die Erde und hinterließen ihre kleinen Trampelpfade zwischen den Feldern.

Das Zentrum des Tales aber war eine imposante Festung, geschützt durch eine dicke rote Backsteinmauer. Ehrfürchtig betrachtete ich den majestätischen, roten Koloss inmitten des immergrünen Tals.

Unweit der Festung schloss sich ein Komplex aus kleinen Lehmhütten an, die schon fast das malerische Bild zerstörten.

Wahrscheinlich leben darin die Pmor.

Als die Wachen außer Sichtweite waren, kehrten Fedju und die anderen zu mir zurück.

„Was ist passiert?", fragte er ängstlich.

Ich berichtete von den Vorfällen. Immer wieder schüttelten die lauschenden Pmor dabei skeptisch ihre Köpfe.

„Wie kann das sein?", unterbrach mich einer der Zuhörer.

Ohne auf ihn einzugehen, sagte ich zu Fedju: „Du und die anderen aus eurem Stamm, ihr müsst zurück. Selga, Soik und deine Kinder sind ganz allein."

Eine kleine Traube hatte sich um uns gebildet; alle begannen nun durcheinander zu reden.

„Arbeiter! Warum seid ihr nicht auf dem Feld?", polterte es plötzlich. Einer der Wachen nahm Kurs auf uns.

„Mach dich kleiner!", zischte ein Pmor. „Du musst so groß sein wie wir!"

Ein anderer zerquetschte zwei faustgroße, blaue Früchte, die wie Pfirsiche aussahen.

Plopp! Mit einem hörbaren Knacken platzten sie auf.

Dicker, grüner Nektar quoll daraus über seine Hände.

Noch ehe ich mir die Frage stellen konnte, warum er das tat, schmierte er mir die grüne kalte Masse klatschend in mein Gesicht.

Ich blinzelte verdutzt. Meine Augen brannten höllisch.

„Ihr sollt arbeiten“, herrschte uns ein groß gewachsener, stämmiger Mann an.

Ich konnte nur seine Umrisse erkennen und einen dunklen Vollbart, meine Augen schmerzten zu sehr.

Seine wuchtige Statur und die tiefe Stimme waren angsteinflößend. Mit tief gesenktem Kopf sah ich wieder in Richtung Boden.

Der muss doch merken, dass ich keine Pmor bin.

„Ihr macht erst Pause, wenn wir es sagen! Macht weiter oder es gibt Ärger.“

Sein abschätziger Blick glitt über unsere Häupter hinweg.

Er nimmt keinerlei Kenntnis von mir.

Auch die Kutte und die Farbe in meinem Gesicht konnten absolut nicht darüber hinwegtäuschen, wie sehr sich mein Erscheinungsbild von dem der Pmor unterschied.

Fedju trat mutig vor.

Er reichte der massiven Gestalt gerade so bis zum Ellenbogen.

„Meine Männer und ich müssen zurück in unser Dorf“, sagte er.

Er glaubt mir also.

Selbst wenn nicht, so war er doch beunruhigt und wollte meiner Nachricht auf den Grund gehen.

Der Bärtige lachte blechern.

„Soll dein Stamm etwa verhungern?“, fragte er ihn mit einer bizarren Monotonie in seiner Stimme.

„Ihr habt unseren Wagen soeben fortgeschickt. Früchte bekommen wir ohnehin nicht mehr“, antwortete Fedju zwar betont gleichgültig, doch das Zittern in seinem Unterton verriet, wie sehr er sich fürchtete.

„Ihr wisst, dass eure Familien dann nicht mehr unter dem Schutz der Serayan stehen. Damit ist euer Stamm den Wotoks ausgeliefert“, wiederholte er wieder überraschend gleichförmig. Seine Stimme leierte sogar ein wenig, als trüge er eine Batterie, die fast leer war.

„Betrüger!“, tönte es aus der Pmor-Menge.

Der Wächter kniff die Augen zusammen: „Wer war das?“

Alle wichen ein wenig zurück und senkten ihre Köpfe. Ein zweiter Wächter war auf den Tumult aufmerksam geworden und eilte herbei: „Was ist hier los?“

Meine Augen sahen jetzt wieder scharf und ich stutzte beim Anblick des zweiten Wächters. Er glich dem anderen aufs Haar.

Vom zotteligen, schwarzen Vollbart bis zu den dunklen Augen und den verwaschenen, dunklen Sachen sahen sie exakt gleich aus. Sogar die eigentümliche leiernde Art zu sprechen, war ein- und dieselbe.

Sie sahen scharf auf uns herab.

Doch dann wandte der Erste sich zu seinem Kameraden: „Nichts weiter! Der hier“, er zeigte auf Fedju, „und seine Leute wollen gehen.“

Der andere verzog keine Miene.

„Der Hohe Rat der Serayan tagt vor Anbruch der Dunkelheit. Ihr könnt euer Anliegen dort vortragen.“

Mit einem verächtlichen Schnauben schob er nach: „Glaubt aber nicht, dass ihr Erfolg haben werdet.“

Sie entfernten sich im Gleichschritt.

Die Menge löste sich auf und ich folgte Fedju zu seinem Feld.

„Sie versprechen euch Schutz vor den Wotoks?“, fragte ich ungläubig.

„Ja, aber niemand von uns hat seine Familie seither gesehen. Sie halten uns von ihnen fern. Keiner darf das Tal verlassen.“

Dann ließ er schuldbewusst die Schultern sinken.

„Wir haben auf das vertraut, was uns versprochen wurde. Als die neue Bedrohung durch die Wotoks kam, sind wir diese Vereinbarung eingegangen, in dem Glauben, unsere Siedlungen in den Kulandanwäldern seien dadurch in Sicherheit. Doch nun –“, er brach ab und schlug die Hände vor sein Gesicht. „Das ganze Dorf...“, schluchzte er.

Ihm wurde klar, wie sehr sie doch betrogen worden waren. Sein Stamm hatte einen hohen Preis für diesen Betrug gezahlt.

Tröstend legte ich etwas hölzern meinen Arm um ihn und tätschelte unbeholfen seine Schulter.

In diesen Freundschaftsdingen bin ich doch sehr steif.

„Selga und deine Kinder sind wohlauf. Sie brauchen dich.“

Die Pmor, die in unserer unmittelbaren Nähe ernteten, belauschten jedes Wort – und gaben es jeweils an den Nächststehenden weiter. Die Neuigkeit von dem Wotokangriff auf Fedjus Stamm verbreitete sich dadurch in Windeseile auf den gesamten übrigen Feldern. Alles tuschelte mehr oder weniger unauffällig miteinander. Die Wachen beobachteten das Treiben misstrauisch aus der Entfernung.

„Was ist mit denen?“, fragte ich, den Kopf in ihre Richtung weisend.

„Sie sind Duplikate. Wie du sicher schon gemerkt hast, funktionieren sie auch nicht besonders gut. Sie scannen uns nur grob nach körperlichen Merkmalen.

Er lachte bitter. „Sie können uns nicht einmal unterscheiden und sagen, wir sähen alle gleich aus. So lange wir am Tage arbeiten und abends in unseren Hütten bleiben“, er deutete in die Richtung der Lehmbaracken, „haben wir keine Probleme mit ihnen. Sie sehen doch nur das Äußere – und das nicht einmal gut“, fügte er lapidar hinzu.

„Werden die Serayan euch gehen lassen?“

Meine Frage ließ ihn und die anderen um uns herum innehalten.

„Tja, ich weiß es nicht. Bisher wollte noch niemand fort aus dem Tal, weil wir einen guten Grund zum Bleiben hatten – unsere Familien.“

Er kratzte sich nachdenklich am Kopf, den Blick zur Brücke und der Wasserwand dahinter, gerichtet. „Es gibt diesen einen Weg nach draußen und der ist streng bewacht. Das macht uns wohl zu so etwas wie Gefangenen. Bisher habe ich das nie so gesehen. Wir sind schließlich alle aus freien Stücken hier. Doch nun, da wir wissen, wie es um unsere Familien steht, werden wir nur die ersten hier sein, die zurück in die Wälder wollen."

Einige Arbeiter um uns herum brummelten zustimmend.

Ich schaute zur Festung mit ihrer hohen Mauer. Zwei rote Türme ragten rechts und links in den Himmel, verbunden durch ein lang gezogenes Gebäude, dessen Dach mit einer stabilen Brüstung versehen war und einen Verbindungsgang zwischen den Türmen bildete.

„Wer sind die Serayan?"

Fedju schaute mich von der Seite aus an und antwortete: „Sie sehen im Grunde genommen aus wie du." Er stockte.

Und er scheint mir dennoch zu trauen.

„Ihnen gehört das Tal. Diese Früchte versorgen alle benachbarten Reiche. Dadurch haben sie Einfluss.

Wir glaubten, sie nutzen ihre Macht, um uns zu beschützen." Er seufzte. „Aber wir lagen da wohl falsch."

Die Wachen gaben ein Zeichen. Ein Brummen tönte die Felsen entlang.

„Was ist das?", fragte ich suchend um mich blickend.

„Wir sind fertig für heute. Das ist unser Signal." Er legte seine zwei Finger auf den Mund und blies hindurch.

Ein vibrierender Summton entstand. Alle anderen taten es ihm gleich. Wie ein Bienenschwarm – nur viel lauter.

Das Tal erzitterte für diesen kurzen Moment.

Etwa dreihundert Pmor waren hier, schätzte ich, als ich mit ihnen gemeinsam zu den Baracken schritt. Während wir liefen, versuchte mir ein jüngerer Pmor, den Summton beizubringen. Er feixte bei meinen ersten kläglichen Versuchen. Ich lachte mit ihm, aber seine brüchige, sich überschlagende Stimme machte mir bitter bewusst, wie jung er noch war.

Viel zu jung, um hier als Sklave zu schuften.

Stuna war schon bei unserer Ankunft in die Baracken geflüchtet.

Bei diesem Dauerregen, befürchtete ich, würde ich während unseres Aufenthaltes hier maximal die Spitze ihres Rollschwanzes von ihr sehen.

Wir sammelten uns auf einem kleinen Platz vor den Lehmhütten. Dicht gedrängt standen die Pmor in ihren braunen Kutten, nass vom Dauerregen.

Alle diskutierten aufgeregt miteinander.

Die Neuigkeiten der letzten Stunden verstörten sie.

Derkaz, der dienstälteste Pmor, trat auf eine kleine Anhöhe, machte eine beruhigende Geste und ergriff schließlich das Wort.

„Beruhigt euch!“, seine Stimme war weich, aber bestimmt. Sie verstummten zusehends. „Lasst uns anhören, was Fedju und das Mädchen zu sagen haben. Psst!“

Sein vielsagender Blick zur Festung ließ auch die letzten Murmler schweigen.

Fedju führte mich an der Hand nach vorn. Seine zwei Schnapper, wie sie ihre Finger gern nannten, waren rau und an manchen Stellen offen von der harten Arbeit.

Er atmete tief durch, blickte in die Menge: „Meine Brüder, Selga, meine Frau, hat Yosephinè hierher geschickt, um mich zu bitten, nach Hause zurückzukehren. Mich und alle Männer des Stammes, deren Familien größtenteils nicht mehr leben."

Seine Stimme bebte, versagte nach einigen Anläufen dann ganz. Hilflos sah ich zu, wie seine Augen wild rollend um Fassung rangen. Dann ergriff ich mutig das Wort.

„Die Wotoks haben barbarisch nahezu seinen gesamten Stamm ausgelöscht. Frauen, Kinder –"

Nun kam auch ich ins Stocken, denn ich sah das Massaker, die Leichen, wieder vor mir. Mit zittriger Stimme sprach ich weiter: „Der Ort, der einst eine liebevolle Heimat, ein harmonisches Dorf war, ist in nur einer Nacht zugrunde gerichtet worden! Wenn man euch gesagt hat, ihr würdet beschützt, dann haben die Serayan entweder ihre Aufgabe nicht gut gemacht oder –", ich machte eine kurze Pause, atmete tief ein, „oder, sie haben euch betrogen."

Verhaltenes Raunen. Misstrauische, fragende Blicke wurden untereinander ausgetauscht.

„Ich weiß, ihr kennt mich nicht. Doch ich kenne euch auch nicht. Trotzdem bin ich hierhergekommen, um euch davon zu berichten. Ihr habt hier lange treue Arbeit geleistet, doch ihr wurdet ausgenutzt. Von denen."

Ich zeigte auf die Festung.

„Nein, wir arbeiten freiwillig hier", hörte ich jemanden aus der Menge zögerlich sagen.

„Ist das so?" Ich hob die Augenbrauen und richtete meinen Zeigefinger auf den Tunnel.

„Ihr seid frei? Also könnt ihr diese Brücke passieren, wann immer ihr wollt?"

Das Rumoren wurde lauter.

„Einen Ausgang sehe ich. Doch warum wird er von innen bewacht? Dürft ihr hindurch?“

Unsicher schauten sie zu mir hoch, während sie miteinander sprachen.

Unbeirrt fuhr ich fort: „Warum müssen eure Stämme draußen warten, wenn sie Nahrung holen? Sollen sie vielleicht nicht mit euch sprechen? Wisst ihr denn, ob es ihnen gut geht – ob sie noch am Leben sind?“

Jetzt brach ein lautes Stimmengewirr aus.

Derkaz hob beschwichtigend die Hände mit einer mahnenden Kopfbewegung in Richtung der Festung.

Ein Glockenläuten ertönte. Der Hohe Rat. Er begann zu tagen.

Fedju wählte noch zwei seiner fünfzehn Männer aus.

Ihre Anspannung stand ihnen ins Gesicht geschrieben, als sie sich auf den Weg hinüber zum Gemäuer machten.

Wir alle warteten gespannt auf ihre Rückkehr. Während wir eine Brühe aus gammeligem Fallobst und wurmzerfressenem Gemüse aßen – *eine Schande, dass die Arbeiter nichts Besseres bekamen!* –, berichtete ich alles, was ich über die Wotoks wusste und was „draußen“ passierte.

Viele von ihnen, vor allem die Älteren, waren wie paralysiert bei dem, was sie hörten. Niemals hätten sie geahnt, welche Ausmaße die Taten der schwarzen Omieda bereits angenommen hatten.

Die Nacht brach herein.

Und noch immer warteten wir auf Fedju und seine Männer.

Hier im Tal war es nicht so finster, wie anderenorts. Das plätschernde Wasser schimmerte von den Wänden und tauchte die Festung und alles, was sie umgab, in einen geheimnisvollen Schein.

Dann endlich entdeckten wir drei Gestalten, die mit gesenkten Häuptern in das Lager schlichen. Fedju und die Männer wirkten blass, verunsichert.

„Sie lassen uns gehen. Morgen Abend, bei Anbruch der Nacht." Seine Gesichtszüge waren angespannt.

„Ja, das ist doch gut! Warum freust du dich nicht?", fragte jemand.

Er zögerte. „Ich traue ihnen nicht."

Wir alle wechselten teils nachdenkliche, teils verschwörerische Blicke. Noch lange saßen wir an einem kleinen Feuer und redeten.

Letztendlich waren sich alle einig. Lange konnte und wollte niemand mehr bleiben. Es blieb nur abzuwarten, wie der kommende Abend verlaufen würde.

Ich wollte versuchen, gemeinsam mit Fedju und seinen Männern das Tal zu verlassen.

Es war die einzige Chance hier herauszukommen.

Das hieß aber auch, mir blieb nur ein Zeitfenster von einem Tag, um das nächste Samenkorn zu finden.

Meine Kette hatte mir ein deutliches Zeichen gegeben. Es musste hier sein.

Ich glaubte auch zu wissen, wo ich danach suchen musste.

Niemand war in der beleuchteten Festung der Serayan zu sehen, bis auf ein paar Schatten, die hinter den Fenstern vorbeihuschten.

Ich war mir sicher, dass die Serayan uns beobachteten. Sie waren alarmiert.

Hektische Stimmung lag am Morgen über dem Lager, während wir uns für die Feldarbeit vorbereiteten. Wir alle fieberten dem Abend entgegen. Ungeduldig, ob der heutige Tag tatsächlich die Verabschiedung eines Stammes mit sich brächte.

Ich hatte eine grässliche Nacht in feuchten Kleidern verbracht. In den Baracken war es zwar trocken, aber der kalte, dreckige Steinboden und die alles durchziehende Nässe waren alles andere als behaglich.

Stuna hatte zusammengerollt in meiner Tasche genächtigt, die ich unter meinem Mantel trug. Jetzt scharrte sie sich einige Strohhalme zusammen, um den Tag halbwegs gemütlich darauf zu verbringen. Eine unwürdige Unterbringung für die Arbeiter.

Ungelenk verließ ich mit steifen Gliedern die Baracke und der morgendliche Nieselregen perlte kalt auf meine Stirn.

Das Tal war bisher nicht angegriffen worden. Keine Entfärbungen, nur grüne, saftige Felder, die durch die dauerhafte Bewässerung einen exorbitanten Ertrag aufwiesen.

Staunend bemerkte ich wie schon in dieser einen Nacht, dass die Mehrzahl der Obst- und Gemüsestauden sichtbar an Größe gewonnen hatten. Eine Ernte, die nie ein Ende fand, da sie nicht nur saisonal anfiel.

Ein gutes Geschäft, das die Serayan da am Laufen halten.

Die Pmor schufteten hier als Knechte, ohne dafür eine gleichwertige Gegenleistung zu bekommen. Lediglich einen Teil der Verpflegung für ihre Stämme. Bei der Ertragsmasse, die hier täglich abfiel, bedeutete das allerdings kein allzu großes Opfer für die Serayan. Sie verdienten an der Gutgläubigkeit ihrer Arbeiter, die naiv gedacht hatten, durch ihre Arbeit Sicherheit für ihre Familien zu erlangen.

„Nein", leuchtete es mir plötzlich ein, „keine Umgebung, die Omieda anlockt." Hier gab es nicht viel Gutes. Nur Sklaven und ihre Unterdrücker!

Ich ließ mich für den Felddienst nahe der Festung einteilen, verknüpft mit dem optimistischen Ziel, einen Fortschritt in Richtung Samenkorn zu machen.

Einige Serayan-Männer verweilten auf einem der Balkons des rechten Turmes und beobachteten uns, während sie sich lebhaft unterhielten. Ihre Gesichter konnte ich nicht genau erkennen, doch ihre ausladenden Gesten verrieten Unruhe.

Die rote Festung erinnerte mich an eine sagenumwobene, mittelalterliche Burg, deren viele kleinen Erker und Stuckdetails barocke Eleganz versprühte.

Sporadisch schallte hinter der etwa vier Meter hohen Mauer Kindergeschrei und Gelächter herüber.

Abgeschirmt von ihrer Umwelt lebten dort die Serayan-Familien.

Keine Möglichkeit zur Unterhaltung, nicht einmal Blickkontakt schien erwünscht. Ein schweres, eisernes Tor, das schon an einigen Stellen stark rostete, verhinderte den Zutritt.

Die Wachen hatten die Nacht außerhalb der Festung verbracht. Wie Roboter waren sie starr um die Festung herum postiert und hatten dort bewegungslos verharrt, bis der Morgen graute. Mit Arbeitsbeginn der Pmor hatten sie ihre gewohnten Positionen an den Feldern eingenommen. Auch hier blieben sie völlig regungslos stehen, solange sie keine Unregelmäßigkeiten im Ablauf registrierten.

Insgesamt stellten etwa fünfzig dieser Klone die Arbeit der Pmor sicher und verhinderten jeden direkten Kontakt zu den Serayan.

Ihr Anführer, augenscheinlich der Prototyp, dem sie nachempfunden waren, erschien am Morgen.

Als das schwere Tor mit einem ohrenbetäubenden Quietschen hochgezogen wurde, schritt er darunter hindurch zur morgendlichen Berichterstattung und Begutachtung der Felder.

Ich studierte ihn, verborgen hinter den Pflanzen, bemüht unauffällig. Sein Gang war nicht träge, wie bei den anderen. Er war vitaler, wacher.

Unvermittelt stoppte er, unweit des Falltores, sah sich um, als habe er bemerkt, dass ich ihn beobachtete. Flugs duckte ich mich.

Als ich glaubte, ich wäre sicher, spähte ich vorsichtig hinter dem Strauch hervor. Er war fort.

Verwundert erhob ich mich, suchte ihn mit den Augen. Wohin mochte er gegangen sein?

Auf einmal packte mich jemand von hinten mit hartem Griff an der Schulter, riss mich nieder.

Ich erschrak, versuchte mich aufzurappeln.

Er hob mich ohne weitere Anstrengung hoch, mein Gestrampel ignorierend und stülpte mir einen Sack über den Kopf, während er mich mit einem Arm umschlang.

Es war dunkel. Ich verlor die Orientierung und mein Gleichgewicht.

Forsch band er meine Arme mit einem derben Seil zusammen und hob mich über seine Schulter.

Ein metallenes Knirschen verriet mir, dass die Falltür zur Festung sich öffnete. Das laute Quietschen war aus der Nähe kaum zu ertragen, meine Nackenhaare stellten sich automatisch hoch.

Ich kämpfte gegen meine anwachsende Panik.

Mein Magen krampfte, ich begann zu schwitzen. In meinem Kopf begann sich alles zu drehen.

Ich verlor den Halt, meine geliebte Kontrolle.

Normalerweise hätte ich jetzt in meiner Handtasche gewühlt und mit zittrigen, kalten Fingern zwei oder drei Beruhigungstabletten eingeworfen. Ein Placebo, wie mir mein Arzt nach Jahren des Konsums verraten hatte.

Doch das Konstrukt in meinem Kopf, das Muster der wiederkehrenden Panikattacken, war viel stärker als die Realität.

Es waren einfach zu viele Dinge, die ich fürchtete.

Ich muss die Kontrolle wiederbekommen. Zumindest über mich.

Ich versuchte mich auf Geräusche zu konzentrieren, mich abzulenken. Am Hall seiner Schritte erkannte ich, dass wir das Gebäude bereits betreten hatten.

Eine schwere Tür wurde mit dem Fuß aufgestoßen.

Der Wachmann warf mich auf den Boden und zog mir ruckartig den Sack vom Kopf. Dabei erwischte er einige Haare, die er mit ausriss.

Schmerzerfüllt mein Gesicht verziehend, blinzelte ich dem Licht entgegen.

Wir befanden uns in einem prächtigen Saal mit einer langen Tafel, an der dreizehn Männer saßen. Ihre Blicke ruhten auf mir, während ich mit auf dem Rücken gefesselten Händen vor ihnen kniete.

Ich schätzte ihr Alter mindestens auf Mitte vierzig, bis hin zu einigen weißhaarigen Greisen, deren Furchen ein deutlich fortgeschrittenes Alter anzeigten.

Sie waren aufwändig in glänzende Stoffe gekleidet, vielleicht Brokat, der unangenehm raschelte, wenn sie sich bewegten. Ihre Hemden waren weiß mit einheitlichen goldenen Knöpfen versehen, auf denen ein Wappen abgebildet war.

Breite, schwarze Bänder waren mit einer speziellen Bindetechnik und einem kunstvollen Knoten um ihren Hals gewunden. Sie trugen weit geschnittene Hosen, die über den auf Hochglanz gewienerten Pantoffeln abschlossen. Auf beiden Füßen war jeweils das Wappen – ein verschnörkeltes ‚S‘, um das sich Obstbäume rankten – aufgestickt.

An den Wänden – opulente Malereien und ebenfalls das übergroße Wappen!

Also, entweder sind sie mächtig stolz darauf, oder hier hat jemand eine ausgewachsene Profilneurose...

Die dreizehn Fruchtsorten, die es im Tal gab, waren darauf deutlich herausgearbeitet.

Teure Stoffe hingen drapiert an den hohen, schmalen Fenstern, zusammengehalten durch goldene Quasten.

Noch mehr Pomp geht nicht.

Auf dem Tisch vor ihnen standen verschiedenste Bratenvariationen, deren herrlicher Duft den Raum erfüllte. Eine feine Weinnote schwang aus den goldenen Pokalen, die vor ihnen standen, zu mir herüber.

Ich erhob mich unter den abschätzigen Blicken der Herren. Wie vor einem Gericht stand ich nun vor ihnen. Mein Herz schlug schnell und ich fühlte mich klein.

„Wir, der Hohe Rat der Serayan, heißen dich bei uns willkommen! Was verschafft uns die Ehre deiner geheimen Unterwanderung?“

Ein kleiner, untersetzter Mann mit grauen Haaren und einem Monokel mit Goldrand ins rechte Auge geklemmt, hatte sich erhoben.

Sein sarkastischer Unterton war abgestimmt, auf das falsche Lächeln, das er trug.

Das Knistern seiner Hose lenkte mich ab.

Ich antwortete laut mit einem leicht trotzigen Unterton: „Ich bin gekommen, um meine Freunde, die Pmor, zu besuchen.“

Sie reagierten betont überrascht mit gespielter Belustigung. „Freunde? Unsere Pmor sind Arbeiter. Sie pflegen keine Freundschaften."

Sein Auge blickte starr durch das Monokel.

Einer lachte gekünstelt schrill auf, woraufhin sein Nachbar hörbar in seinen Weinkelch prustete.

Der Vorsitzende bat mahnend, eine kleine goldene Glocke läutend, um Senkung des Geräuschpegels und fuhr fort:

„Wir sind jetzt mitten beim Essen, wie du siehst. Heute Abend tagen wir wieder, um zu besprechen, was wir mit dir tun sollen. Bis dahin bist du unser Gast."

Er nahm sein Monokel heraus und putzte es übertrieben geschäftig mit einem kleinen weißen Tuch.

Sein überzogenes Verhalten widerte mich an.

„Danke, ich habe kein Interesse", rutschte es aus mir heraus.

Der Alte schnappte hörbar entrüstet nach Luft, als er gerade das Tüchlein wieder zum Einstecktuch für seine Tasche falten wollte.

„Undankbar", „unerhörtes Benehmen", hörte ich es raunen.

Der Vorsitzende hatte seine Fassung schon wieder gewonnen, rollte jetzt sichtlich genervt von mir die Augen, nachdem er das Monokel diesmal an seinem linken Auge platziert hatte.

Mich gänzlich ignorierend, sprach er zu den herbeieilenden Dienern: „Wascht ihr erst mal das Zeug aus dem Gesicht.

Das sieht ja aus, als wäre sie stolz darauf, auszusehen wie die – schämen sollte sie sich."

Diesmal lachten sie nicht nur verhalten, sondern schallend laut.

Sie lachten mich aus.

Zuviel für mich und meinen Hitzkopf. Ich hatte keine Angst mehr, war nur noch wütend.

„Ihr haltet euch also für unantastbar in eurer albernen Aufmachung. Überheblichkeit ist wahrlich kein Attribut, auf das man stolz sein kann. Ihr seid doch nur reich!"

Ihr Lachen verstummte.

„Und lächerlich seid nur ihr, wie ihr da sitzt. Nicht ich oder die, die ihr versklavt."

Ihre Gesichter blieben regungslos. Ein kräftiger, dicker Mann stellte hörbar sein Weinglas auf den Tisch.

„Nun, wenn das deine Ansicht ist, hast du unsere Gastfreundschaft auch nicht verdient. Bei Einbruch der Dunkelheit wirst du gemeinsam mit deinen sogenannten Freunden unser Tal verlassen."

Er blickte sich zu seinen Mitstreitern um. „Ich denke, ich spreche damit für alle."

Ein jeder nickte sofort eifrig und zustimmend.

Ein verächtlicher Laut kam mir über die Lippen.

„Ihr könnt die Pmor hier nicht ewig festhalten, ihr Betrüger!"

Der Vorsitzende reagierte prompt scharf: „Betrüger? Ich nehme an, du bist der Grund für die Unruhe unter den Arbeitern. Umso besser, wenn du mit den anderen Aufrührern gehst!"

Dann legte er einen gespielt bekümmerten Gesichtsausdruck auf. „Wir hatten mit dem Gedanken gespielt, dich bei uns aufzunehmen. Äußerlich bist du ohne Zweifel eine von uns. Doch deine Gesinnung vergiftet dieses fruchtbare Tal."

Er wandte sich an die Wache.

„Steckt sie bis heute Abend in den Turm. Ihr Unsinn soll sich nicht noch weiter da draußen verbreiten."

Er schob mich unter Gegenwehr davon.

„Was wollt ihr tun, wenn Omieda und die Wotoks kommen? Sie werdet ihr nicht so einfach los!", rief ich ihnen zu, als die Tür sich öffnete.

Tosendes Gelächter brach unter ihnen aus.

Der Dicke wischte sich eine Träne aus seinem roten Gesicht und wurde dann ernst: „Sieh' uns doch an. Was soll uns denn passieren?"

Sprachlos erkannte ich, es war sein voller Ernst.

Als der Wächter mich in das Turmverlies stieß, bemerkte ich ein dünnes, rotes Band um sein Handgelenk, ähnlich einem Bindfaden. Die Duplikate trugen das nicht.

Krachend fiel die Tür ins Schloss und wurde verriegelt.

Meinen Dolch unter meinem Mantel konnte ich nicht erreichen. Die Fesseln waren zu fest und schnitten in meine Handgelenke.

Es gab keine Fluchtmöglichkeit.

Ein Blick aus dem kleinen Fenster verriet mir, dass ich mich im unteren Teil einer der beiden Türme, vielleicht zehn Meter über dem Boden, befand.

Im Innenhof spielten Kleinkinder und einige Frauen beschäftigten sich mit Handarbeiten. Durchsichtige Foliendächer schützten sie vor dem Dauerregen.

Sie sahen tatsächlich aus wie ich.

Ihre einzige Prämisse, um mich bei sich aufzunehmen.

Schon beim Gedanken an den Hohen Rat schäumte ich innerlich vor Wut.

Mein Wunsch zu irgendwem oder -was dazuzugehören war schon immer genauso groß wie meine Ablehnung dagegen. Leider waren beide Gefühle nie im Gleichgewicht, sodass ich mich oftmals entweder unendlich frei oder ziemlich allein gefühlt hatte.

Überwog die Freiheit, war ich cool, unabhängig und unangepasst. Niemand war so wie ich und das gab mir Schwung. Im nächsten Moment allerdings fiel ich in ein Loch aus Einsamkeit, was an meinem Selbstwert nagte.

Keiner wollte oder konnte dauerhaft mit jemandem Wankelmütigem wie mir befreundet sein oder eine Beziehung eingehen.

Denn fand ich tatsächlich mal eine Freundin oder gar einen Partner, empfand ich sie oder ihn auch schnell als lästige Verpflichtung, die mich einengte und vergraulte sie erfolgreich. Meine oft so gegenläufigen Launen machten es mir selbst nicht leicht, mich zu ertragen.

Hier am Fenster, das Treiben im Tal beobachtend, wurde mir klar, ich hatte vor beidem Angst: Dem Allein- und dem Zusammensein.

Fröhliches Gelächter der Frauen drang nach oben. Auch sie waren ausgesprochen luxuriös gekleidet und schwatzten fröhlich miteinander.

Näherte sich einer der Männer, verstummten sie augenblicklich und senkten ihre Köpfe. Erst, wenn sie außer Hörweite waren, nahmen sie ihre Gespräche und Handarbeiten wieder auf.

Ihre Töchter saßen bei ihnen und erlernten den Umgang mit Nadel und Faden. Unter einem angrenzenden Baldachin wurden die Jungen aller Altersgruppen unterrichtet.

Sie lernten, die an das Tal angrenzenden Gebiete und deren Widrigkeiten, sowie Gepflogenheiten kennen. An einer Landkarte waren die Lieferrouten dargestellt und anhand von Formeln berechneten sie die Liefermengen, die prozentualen Anteile der Früchte jedes Exports und natürlich die Erträge.

Entweder tauschten sie die Früchte gegen andere Güter oder verkauften sie und erhielten eine bestimmte Menge Yari – die Währung von Pardalis, wie ich auf diesem Weg erfuhr.

Ein kleines Mädchen mit dunklen, fast pechschwarzen Haaren, verfolgte aufmerksam die kratzenden Bewegungen der Kreide auf der Tafel.

Als ihre Mutter das bemerkte, wies sie es mit einem leichten Klaps zurecht und dirigierte ihr Gesicht auf die Handarbeit.

Mit einem gelangweilten Seufzer wandte sie sich wieder ihrem Stickrahmen zu, in den ein Taschentuch eingespannt war. Halbherzig ausgeführt, hatten bereits einige rosafarbene Blütenblätter dort ihren Platz gefunden.

Das Samenkorn kann hier überall sein.

Ich hatte bisher nichts entdeckt, doch meine erste Erfahrung mit der blauen Träne hatte mich gelehrt, dass ich mich von festen Vorstellungen, wie das Korn aussehen könnte, lösen musste.

Ich würde bis zur Dunkelheit in dieser Zelle bleiben.

Meiner Sorge, mit meinem trotzigen Verhalten gegenüber den Serayan die Chance auf das Korn vertan zu haben, stand die Hoffnung entgegen, dass auch dieses Samenkorn seinen Weg zu mir finden würde.

Angespannt biss ich auf meine Unterlippe.

Das Summen der Pmor unterbrach meine Überlegungen und beendete den Arbeitstag. Bald würden Fedjus Stamm und ich das Tal verlassen.

Dem entgegen fiebernd beobachtete ich die Pmor bei in ihrer abendlichen Routine. Dann endlich löste sich eine Gruppe von sechzehn Pmor, sammelte sich vor dem Lager.

Es war soweit!

Schwungvoll flog meine Zellentür nach innen und schlug scheppernd gegen die Wand. Der Wächter mit dem roten Armband stand mit einem hämischen Grinsen im Türrahmen.

Unsanft stieß er mich vor sich her durch die langen Gänge, bis wir in den Innenhof gelangten. Hier gab es einen akkurat angelegten Steingarten, den ich von oben noch nicht gesehen hatte, mit einem rechteckigen Brunnen im Zentrum.

Aufwendig geformte Statuen, die den Hohen Rat darstellten, formierten sich darum. Ihr starrer kalter Blick war wohl das wahrheitsgetreueste an den übertrieben gloriosen Plastiken.

Das Falltor wurde rasselnd an schweren Ketten nach oben gezogen. Ein Wächter durchschnitt meine Fesseln und schubste mich hinaus zu Fedju und den anderen.

„Deinesgleichen warten schon auf dich.“

Stuna sprang mir aus Fedjus Hand entgegen. Sie war erleichtert, mich wieder zu sehen.

„Versteck dich gut im Innenfutter. Dir darf nichts passieren!“, wies ich sie an.

Wir wurden zur Brücke eskortiert.

Mir schlug das Herz bis zum Hals, als wir langsam vorangingen, geleitet von sieben hünenhaften Repliken.

Auf der großen Brüstung zwischen den Türmen hatte sich der Hohe Rat eingefunden. Ihre Gesichter spiegelten das geheimnisvolle Licht des umliegenden Wassers wider. Sie beobachteten jeden Schritt, den wir taten.

Ich warf Fedju einen warnenden Blick zu. Er erwiderte ihn.

Ich konnte seine wachsende Unruhe spüren. Unsere Angst pulsierte. Sie hing über unserer kleinen Gruppe wie ein Gewitter, das jeden Moment losbrechen könnte.

Wir wussten, etwas stimmte nicht. Ein unbehagliches Gefühl beschlich mich.

Vor der Brücke hielten wir auf Geheiß der Wächter.

Unablässig plätscherte der Wasservorhang dahinter herab. Wir mussten ihn nur durchqueren und wären in der Torhalle, hinter der der Tunnel zur Freiheit auf uns wartete.

Bis auf das Rauschen des Wassers war nichts mehr zu hören. Stille war unheilvoll in das Tal gezogen.

Als würden wir alle die Luft anhalten.

Ich schielte mit einer kaum sichtbaren Kopfdrehung über meine Schulter zur Festung. Einer der Männer, ich sah das Glas seines Monokels im Licht aufblitzen, war nun an das Geländer getreten.

Er gab ein Zeichen.

Seine rechte Hand streckte sich nach oben, dann ließ er sie schlagartig fallen.

Ein starrer Schock überfiel mich für diesen Bruchteil einer Sekunde. Sie ließen uns nicht gehen!

Kapitel 17

Zwei Finger auf meinen Lippen formten das Summen der Pmor. Fedju und seine Männer taten es mir gleich.

Noch ehe die Antwort aus dem Lager der Pmor hörbar war, stürzten die Wachen mit kriegerischem Gebrüll auf uns zu.

Gefährlich nah war der Rand des Grabens, dessen Grund niemand je gesehen hatte.

Wir waren bereit.

Jedenfalls dachten wir das. Keiner von uns hatte je in einer Schlacht gekämpft.

Ein jeder zog die vorab präparierten Gartengeräte hervor, die wir in der Nacht zuvor mühevoll im Lager zu Waffen umgebaut hatten.

Die Pmor hatten dabei großes Geschick bewiesen.

Fedjus Bedenken nach seiner Rückkehr aus der Festung hatten alle geteilt. Niemand hatte so recht glauben können, dass die Serayan Fedjus Stamm gehen ließen.

In Arbeitsgruppen eingeteilt, entwarfen sie Skizzen zum Umbau der verfügbaren Geräte mit entsprechenden Entwürfen dazu.

Die Spitzhacken zum Entfernen harter Wurzeln waren geschärft und sämtliche Griffe mit langen Nägeln versehen worden, die oben spitz herausragten.

Handwerklich versiert, wandelten sich scharfen Baumscheren zu Schwertern.

Eine dieser Anfertigungen warf Fedju mir noch zu, bevor ein Wächter sich auf ihn stürzte.

Stuna war beim Erklingen des Signals – entgegen meiner Anweisung – aus meinem Ärmel geschlüpft und sprang auf Fedjus Angreifer.

Fedju hob unbeholfen sein Schwert, verfehlte den ersten Schlag und erlag der Wucht des Aufpralls.

Er glitt über den nassen Boden und hing, als er sich endlich abbremsen konnte, bereits über dem Graben.

Auf dem schlammigen Untergrund gab es nichts, wonach er greifen konnte. Er rutschte noch tiefer, als er versuchte, sich aufzurichten.

Zur Hälfte seines Körpers hing er im Abgrund, die Ellenbogen aufgestützt in der feuchten Erde wühlend.

Jede Bewegung ließ ihn tiefer sinken.

Es gelang ihm, seine Spitzhacke in den Boden zu schlagen.

Sich nur noch verzweifelt an ihren Griff klammernd, rief er um Hilfe, während die Hacke sich langsam durch den aufgeweichten Boden gen Abgrund fraß.

Der Wächter streckte seine Arme nach der Hacke aus.

Fedju drohte jede Sekunde zu fallen.

Stuna sprang in das Gesicht seines Angreifers, der jetzt irritiert innehielt. Als sie ihm in die Nase biss, schrie er mehr vor Überraschung als vor Schmerz auf und schlug mit einer Hand nach ihr.

Sein anderer Arm griff bereits blind nach Fedjus Hacke, die unaufhörlich Richtung Ufer glitt.

Ich hob mein Schwert und hieb auf seinen Arm ein.

Ein markiger Schrei durchschnitt die Luft, als das Metall durch sein Fleisch glitt. Butterweich, wie Filet.

Schwungvoll landete der abgetrennte Arm an der Kante des Wassergrabens und rollte hinab. Mit einem plumpsenden Geräusch versank er.

Der Wächter schwankte bedrohlich, während ich nach Fedju griff, der sich nun nicht mehr länger halten konnte.

Stuna sprang gerade noch rechtzeitig ab, bevor der ins Schlingern geratene Widersacher endgültig den Halt verlor und ebenfalls taumelnd in den Graben stürzte.

Ein anderer Pmor eilte herbei und wir zogen Fedju ans rettende Ufer.

Der Wächter zuckte noch an der Wasseroberfläche, war aber zu tief, um uns gefährlich zu werden.

Die anderen Pmor – in Überzahl und bewaffnet – rangen noch immer mit den verbliebenen fünf Wachen.

Ich wollte keinen Pmor mehr sterben sehen.

Das Bild der stummen Leichen aus der Siedlung hatte sich in meinem Hinterkopf eingebrannt:

Wie sie mit ihren offenen Augen da lagen, über die sich eine weißliche, gallertartige Schicht gelegt hatte. Gefolgt von dem Anblick der verpuppten Körper, die sich mit dem Wind in den Ästen der Buche bewegten.

Ich würde diese furchtbaren Erinnerungen immer wieder sehen. Jetzt verliehen sie mir Stärke, die ich vielleicht sonst nicht hätte.

Mit einem energetischen Zug holte ich aus und zog mein Schwert über den Rücken eines Wächters, der auf einen von uns einschlug.

Er jaulte vor Schmerz auf und ließ prompt von seinem Opfer ab. Die Pmor hatten ihre Abscheu vor der körperlichen Konfrontation zumindest in dem Moment abgelegt.

Sie wussten, dass der Tod sie sonst erwartete.

Die Erkenntnis ließ das sonst so friedliche Volk über sich hinauswachsen. Sie verteidigten ihr selbstbestimmtes Leben, um das die Serayan sie heimtückisch gebracht hatten.

Mit Kampfgeschrei stürmten ihre Brüder aus dem Lager heran und stürzten sich wahllos auf die unbewaffneten Wachen.

Sie hatten nicht mit Gegenwehr gerechnet und gegen diese Übermacht keine Chance. Innerhalb von wenigen Sekunden metzelten dreihundert Pmor sie blutig nieder.

Aber auch deren Verstärkung nahte.

Es blieben noch etwa vierzig Wächter, plus das Original mit dem roten Armband, dessen Repliken sie waren.

Der Boden bebte unter ihren donnernden Schritten. Das Metall ihrer ausgestreckten Schwerter schimmerte im Schein des Wassers.

Wir formierten uns ein Stück entfernt von dem gefährlichen Graben und ließen sie kommen. Jeder mit seiner gezückten Waffe.

Ganz am Ende des galoppierenden Trosses erspähte ich einen einzelnen, der sich etwas abseits im Hintergrund hielt.

Das Original, ihr Anführer!

„Fedju! Der da hinten. Das ist unser Ziel!“

Er nickte. Ihn mussten wir zur Strecke bringen.

Wir scharrten noch zwei weitere Pmor um uns und lösten uns aus der Gruppe, die von Derkaz in die Schlacht geführt worden war.

Die wilde Schar der Wächter traf auf sie und trampelte die ersten Pmor einfach nieder. Einige Angreifer blieben an den zu unserem Schutz angespitzten Holzstäben hängen, die wir in den Boden gerammt hatten. Im Dunkeln waren sie nur schwer auszumachen.

Das dumpfe Aufploppen von Haut, die unter Holz zerplatzt, vermischt mit dem schmatzenden Geräusch der Stangen, die sich durch das Fleischgewebe des Gegners fraßen.

Eine blutige Schlacht zwischen zwei ungleichen Kontrahenten hatte begonnen, begleitet von zahlreichen Schreien. Wütende Schreie, Kriegsgebrüll und – die wohl lautesten von allen – Angstschreie…

Die Pmor waren in der Überzahl, aber unerfahrener.
Diejenigen unter ihnen, die jetzt noch zögerten, bezahlten diese Befangenheit mit ihrem Leben. Sie wurden mit einem Schwertschlag niedergestochen und starben an Ort und Stelle. Die Wucht der Schläge ließ keinen überleben.

Ein Kampf auf Leben und Tod.

Wir suchten in der Dunkelheit nach dem Anführer, während sich die verzweifelten Rufe der Kämpfenden wie Stacheln in meinen Rücken bohrten.

Als ich dem Impuls nicht widerstehen konnte mich zu ihnen umzudrehen, sah ich in einiger Entfernung vier Pmor, die einen Wächter überwältigt hatten.

Doch sie zögerten. Niemand wollte den tödlichen Schlag ausführen.

Der Niedergerungene nutzte die für ihn günstige Gelegenheit, zog zwei von ihnen hinab zu sich. Sie waren so überwältigt, dass sie sich nicht einmal wehrten. Ihre Augen hatten sie starr aufgerissen.

Die Hände des Wächters umschlossen ihre Hälse und zerquetschten sie ohne große Anstrengung.

Erst danach kam Leben in die erstarrten Umstehenden, die jetzt ihre mit Nägeln versehenen Holzstiele in seine Brust rammten. Sie stießen sogar tiefer als nötig.

„Wir verlieren!", schoss es mir panisch durch den Kopf.

Den Pmor mangelt es an der Kaltblütigkeit, der Kraft zu töten, zu verletzen. Keine schlechte Eigenschaft; für unsere Schlacht allerdings nutzlos.

Erschreckend, dass es mir mittlerweile leichter von der Hand ging.

Wir erreichten die Stelle, an der wir ihren Anführer zuletzt gesehen hatten. Ein Feld mit hohen Heckenreihen.

Er konnte hier praktisch überall sein.

„Du wirst bereuen, hier eingedrungen zu sein!", rief es plötzlich und aus dem Dunkel. Der Gesuchte trat aus dem Feld hervor.

Er lief auf uns zu und Fedju bemühte sich sogleich, ihn mit seiner Hacke abzuwehren.

Der Angegriffene lachte nur über den unbeholfenen Angriff und entwaffnete ihn und die anderen mit wenigen Schlägen, für die er augenscheinlich nicht einmal Kraft benötigte.

Er war genauso stark wie die Klone, aber er taktierte besser.

Bevor sie wussten, wie ihnen geschah, lagen die Pmor am Boden. Fedju war unverletzt, aber ihm ohne Waffe völlig ausgeliefert.

Jetzt lag es an mir!

Eine angetäuschte Attacke sollte ihn von Fedju ablenken. Er ging darauf ein und holte aus, durchschaute jedoch meinen Trick schnell. Geistesgegenwärtig änderte er die Richtung und sein Schwert rauschte nur einige Millimeter an meinem Kopf vorbei.

Das pulsierende Adrenalin in meinen Adern spürend, bemühte ich mich, Herrin über die Lage zu werden.

Nur wenn ich ruhig bleibe, kann ich seine nächsten Schritte erahnen.

Wieder zischte das Schwert an mir vorbei. Diesmal verfehlte es knapp meinen Bauch. Rückwärtig, halb rennend, halb stolpernd, wich ich ihm und seinen Schwüngen aus, lockte ihn so von den Pmor weg.

„Immer unter dem Schwert durchsehen", hallten Wanituras Worte hinsichtlich der Abwehr in meinem Kopf wider.

Zumindest meine Deckung stand. Aber lange würde ich sie nicht aufrechterhalten können.

Er trieb mich, noch immer rückwärts laufend in das Feld hinein, zwischen den hohen Heckengewächsen hindurch.

Die Hecken streiften mich. Spitze Dornen zerkratzen meine Haut, Zweige peitschen in meine Haare, verfingen sich.

Ihm schienen die Hiebe der zurückschnellenden Sprosse überhaupt nichts auszumachen. Er lief einfach hindurch.

Die gellenden Schreie der Pmor schallten vom Kampfplatz zu uns herüber.

Ich muss raus aus der Defensive – muss etwas tun. Irgendetwas.

Seitlich ausholend schlug ich das Schwert von unten nach oben. Etwas anderes blieb mir, die bedeutend kleiner war als er, gar nicht übrig.

Mit einem vor Energie strotzenden Stoß hielt er dagegen und vereitelte meinen Angriff, bevor er überhaupt angefangen hatte.

Gerade noch so gelang es mir überhaupt das Schwert zu halten, doch der unerbittliche Druck, der darauf lag, ließ mich darunter zu Boden gehen.

Ich fiel auf den Rücken. Die Wucht des Aufschlags auf meine Wirbelsäule ließ meinen Atem aussetzen.

Hustend rang ich nach Luft und stöhnende Laute drangen aus meinem Mund, die ich nicht kontrollieren konnte.

Er stand über mir, lachte düster, holte aus. Bereit, mir das Schwert in den Bauch zu rammen.

Er wollte es beenden. Sofort.

Ich sah aus dem Augenwinkel eine Lücke in der Hecke. Unten an den Wurzeln waren sie nicht so dicht gewachsen, aber auch hier übersät mit spitzen Dornen.

Blitzschnell rollte ich mich zur Seite.

Neben mir hieb sein Schwert so heftig in den Boden, dass es fest darin stecken blieb. Schnell robbte ich zum Loch im Geäst, während er fluchend das Schwert herauszog.

Gerade genug Zeit, um mit dem Kopf voran, durch die Hecke zu kriechen. Dornen bohrten sich in meine Stirn, der Schmerz nagte, doch die Angst trieb mich hindurch.

In der benachbarten Reihe angekommen, suchte ich, wie eine Soldatin auf dem Boden robbend, die nächste Lücke und schlüpfte hindurch.

Wieder verhakten sich Dornen in meiner Kopfhaut, blieben ein scharfes Brennen verursachend, darin stecken.

Ich durchquerte mehrere Heckenreihen, vor Schmerz kaum noch klar denken könnend.

Hinter mir hörte ich den Wächter wüten, die Öffnungen waren für ihn zu klein. Er schlug sich mit dem Schwert seinen Weg hindurch.

Getrieben von einer Mischung aus Angst und Adrenalin, rannte ich nun zwischen den Heckenreihen auf die entgegengesetzte Seite des Feldes.

Hier schloss sich, getrennt durch einen schmalen Pmor-Trampelpfad, bereits der nächste Acker mit halbhohen Büschen an.

Nur ein kurzer Moment, um meine Gedanken zu ordnen.

Ich brauche einen Plan.

Da tauchte mein Verfolger auch schon in meiner Reihe auf und schlug meinen Kurs zum Feldrand ein.

An den Büschen des angrenzenden Ackerlandes erkannte ich jene Früchte, mit denen die Pmor mir bei meiner Ankunft die grüne Farbe ins Gesicht schmierten.

Ich verbarg mich, zwei Buschreihen weiter, und spaltete eine Frucht in der Mitte.

Da ist mein Widersacher!

Er tauchte nur wenige Meter von mir entfernt zwischen den Hecken auf, sah sich nach mir um.

Die Zwille griffbereit, spannte ich den Gummi und trat hervor. Als er mich erblickte, schoss die Frucht bereits in sein Auge. Er jaulte auf.

Ich spannte sie ein weiteres Mal und traf auch das andere Auge.

Feuerrot brannten beide Augenhöhlen und die Augenlider schwollen an; er verlor den Sichtkontakt.

Eine Hand in den Augen reibend, fiel er auf die Knie.

Wie ein Raubtier sprang ich auf ihn zu und stieß ihn mit dem Fuß zu Boden. Entschlossen.

Keine Gnade, Yo! Keine Gnade. Er hätte auch keine mit dir...

Über der rechten Schulter weit ausholend, legte ich all meine Kraft in den nächsten Schlag.

Er wollte sich gerade erheben und sah mich durch einen Tränenschleier aus seinen Augen, die nur in schmalen Schlitzen geöffnet waren, auf sich zukommen.

Abwehrend hob er seine Arme.

„Das ist für die Pmor!"

All meine Wut herausschreiend, schlug ich zu und die Klinge glitt an seinem ausgestreckten Arm vorbei in seine Seite.

Er zuckte nur kurz auf, blieb dann reglos liegen.

Ich hatte mit einem Todeskampf gerechnet. Mehrere Sekunden verstrichen, die ich abwartend neben ihm stand, ihn beobachtete. Nichts.

Er war tot. Mein Schwert in seiner Taille hatte ihn zur Strecke gebracht.

Es ließ mich nicht kalt, es war die Wut, die mich kalt werden ließ.

Burburaks Dolch zitterte in meinen Händen, als ich das rote Band an seinem Handgelenk durchtrennte. Ich steckte es mir in die Manteltasche.

Augenblicklich sanken die übrigen Repliken auf dem Schlachtfeld nieder.

Freudig jubelten die Pmor auf.

Fedju eilte mit Stuna auf der Schulter herbei, umarmte mich freudig, während Stuna mit einem tollkühnen Sprung in meine Kapuze sprang.

„Wir haben es geschafft!“, jubelte er voller Erleichterung und fiel mir in die Arme.

„Gut gemacht“, wisperte sie mir anerkennend ins Ohr.

Ist das so? Ist das gut?

Lautes Grollen erschütterte auf einmal das gesamte Tal.

Eine dicke Steinwand fuhr hinter der Brücke hinab und verschloss unseren einzigen Ausweg. Wir versammelten uns eilig im Lager.

Atemlos erreichten wir den Sammelplatz.

Schlagartig erstrahlte die Festung, die jetzt durch zahlreiche Scheinwerfer theatralisch erleuchtet war.

Auf der Brüstung zwischen den Türmen standen nebeneinander die dreizehn Männer des Hohen Rates. Wie eine kleine Armee, steif und mit erschreckend entschlossenem Blick.

„Lasst uns frei!", schallten die wütenden Rufe der Pmor zu ihnen hinauf.

„Nein!", rief der Vorsitzende des Rates klar und so laut, als würde er durch ein Mikrofon verstärkt. Seine Stimme wurde von den Felswänden zurückgeworfen.

„Wir werden nicht mit euresgleichen verhandeln", sagte er mit klarer, lauter Stimme.

„Wir verhandeln auch nicht euch. Wir fordern unser Recht!", rief Fedju außer sich vor Wut.

Die Pmor schrien zur Bekräftigung aus vollem Halse und reckten ihre Hände in die Höhe.

Wo ist Derkaz, der Pmor-Führer? Warum spricht er nicht?

Während ich mich suchend umsah, bedeutete der Serayan uns zu schweigen. Der Trubel ebbte ein wenig ab und er trat ein Stück aus der Reihe des Hohen Rates hervor.

„Wenn ihr nicht nach unseren Regeln spielt, geht ihr unter!", rief er.

Wir schrien ihm aus allen Lungen unsere Wut entgegen.

Dann richtete er seinen Zeigefinger auf uns und rief: „Nun gut! Euer Untergang beginnt jetzt!"

Hinter ihm formierten sich die verbleibenden zwölf Mitglieder des Hohen Rates an einer langen Stange, die ich bisher für einen Fahnenmast gehalten hatte.

Sie stemmten sich mit aller Kraft dagegen. Langsam bewegte sie sich mit einem klar vernehmbaren Knirschen.

„Ihr habt es nicht anders gewollt", ertönte es bedrohlich. Seine Mimik war nicht zornig. Nur herablassend und kalt.

Ein blubberndes Gurgeln röhrte laut durch das Tal. Es klang wie das Geräusch, wenn man einen Stöpsel in den Abfluss steckt.

Ich kletterte auf eine Baracke und überblickte das Tal, das nun wie bei einem Erdbeben erzitterte.

Das Bild des Schlachtfelds war erschütternd. Abgetrennte Körperteile übersäten den Boden und tränkten ihn im blutigen Sud. Die Wachen, wie Kolosse in sich zusammengesunken, zwischen ihnen.

Sie alle wiesen die gleiche Verletzung auf. Jenen tödlichen Einstich, der ihren Anführer getötet hatte.

Das Dach unter mir schwankte und die Pmor rannten Schutz suchend auf die Felder.

Doch dies war kein Erdbeben.

Es stoppte ganz abrupt und im selben Moment tönte Rauschen von allen Seiten.

Wasser!

Die Lautstärke ließ vermuten, dass es sich um riesige Wassermassen handeln musste.

Was hatte er gesagt? Wir würden untergehen!

Wollen sie uns etwa ertränken?

Dazu müssten sie über eine Vorrichtung verfügen, mithilfe derer sie das Wasser regulieren konnten. Eine Art Abfluss, der nun mit dem Hebel, den sie betätigt hatten, geschlossen worden war.

Das Tal würde überflutet und sie waren sicher – innerhalb ihrer Mauer. Sie würden dem Spektakel aus der ersten Reihe beiwohnen und dazu applaudieren.

Der Ratsvorsitzende beobachtete mit einem belustigten Zug um seinen Mund, wie die Pmor angsterfüllt um ihr Leben rannten, weil sie das Wasserrauschen nicht lokalisieren konnten. Es schien von überall her zu kommen.

Auch seine Mitstreiter schien das Treiben zu amüsieren.

Zornig spannte ich einen Stein in meine Zwille, zielte und traf.

Sein herablassender Gesichtsausdruck war nun verschwunden. Blut rann aus seiner Lippe das Kinn hinunter.

Eilig gab man ihm ein weißes Tuch zum Abtupfen.

So entschieden sich die Herren des Hohen Rates, sich besser von innen an unserem Untergang zu ergötzen und zogen sich zurück.

Er bedachte mich noch mit einem letzten, leeren Blick. Verächtlich belanglos.

Wir alle haben keinerlei Wert für sie.

Als sich die Türen öffneten, drangen laute Musik und Gelächter nach draußen. *Wie bizarr.*

Ich rannte über das Schlachtfeld, über Leichen springend zum Graben. Der Wasserpegel stieg schnell an. Das Wasser von den Felswänden floss jetzt augenscheinlich nicht mehr ab, sondern füllte den Graben.

In wenigen Minuten würde er das Ufer erreichen und dann das Tal überschwemmen.

Die Pmor hielten sich in den Feldern versteckt.

Ich sah Derkaz verstümmelte Leiche. Sie starrte mich vorwurfsvoll unter einem der Wächter liegend, an.

„Oh mein Gott!", ich presste die Hand auf meinen Mund, um einen Aufschrei zu unterdrücken.

Werde ich mich je an diese grausamen Anblicke gewöhnen? Anscheinend muss ich das…

Fedju suchte erfolglos nach Überlebenden.

„Was nun?", wollte er von mir wissen.

Nachdenklich beobachtete ich die Festung.

„Wir müssen über die Mauer und das Tor öffnen. Wenn das Wasser auch zu den Serayan eindringt, werden sie das Tal wieder trockenlegen müssen."

Ich überlegte.

„Im Innenhof habe ich zwei Ketten an einer Seilwinde gesehen, an denen das Tor hochgezogen wurde. Da müssen wir hin." Jetzt, wo die Wächter tot waren, würde uns keiner aufhalten!

„Wir könnten einen Turm bauen, an dem wir hochklettern", schlug Fedju emsig nickend vor, „im Wald machen wir das, wenn wir hohe Bäume fällen."

Er summte und die Pmor kamen vorsichtig aus ihren Verstecken herbei und beäugten dabei kritisch das Wasser, welches langsam über die Ufer trat.

Fedju erklärte in knappen Worten das Vorhaben und trommelte eine Gruppe für den Turmbau zusammen.

„Ihr baut Boote aus den Blättern!", rief er den anderen zu. „Falls unser Plan nicht funktioniert, ist das unsere einzige Option."

„Gute Idee!", lobte ich ihn und klopfte ihm anerkennend auf die Schulter.

Wie schnell er die Rolle des Anführers übernommen hat.

Alle nickten und machten sich eilig daran, die größten Blätter an den Sträuchern und Bäumen zu finden, um sie aneinander zu leimen.

Ein Floß oder Boot würde mindestens mehrere Lagen benötigen, um stabil zu sein. Ein Rennen gegen die Zeit, aber wir mussten es zumindest versuchen.

Wie Artisten stellten sich die Pmor zusammen an die Mauer und bauten ähnlich einem Kartenhaus einen vierstöckigen Turm, indem sie sich übereinander auf ihre Schultern stellten.

Als ihr Konstrukt endlich stabil stand, reichte uns das Wasser bereits bis zu den Knöcheln.

Stuna saß zitternd in meiner Kapuze.

Wir mussten nur die Mauer überwinden und an die große Seilwinde gelangen, mit deren Hilfe wir die Ketten bewegen würden, die das Tor anzogen.

Fedju und ich nickten uns entschlossen zu und bestiegen beide den Pmorturm.

Alle schlotterten vor Angst und Kälte. Vorsichtig kletterte ich, mich an ihren Armen oder Beinen festhaltend, hinauf.

So schnell wie möglich stieß ich mich dabei von den Schultern der jeweiligen Pmor ab, um sie nicht lange zu belasten.

Wir erklommen endlich die Mauer.

Direkt neben uns stand das massive Eisentor, das mit zwei Ketten an jeder Seite zu jener imposanten Winde führte.

Sie stand im Innenhof auf einem gemauerten Podest. An ihrem Fuße lauerte ein schwarzes Tier.

Eine große Dogge, die sofort ihre Zähne fletschte, als sie uns sah. Sie jaulte kurz auf.

Auf einmal wetzten aus den verschiedensten Winkeln des Hofes Dutzende von ihnen auf uns zu. Laut bellend sprangen sie an der Mauer hoch, wild mit ihren imposanten Kiefern nach uns schnappend.

Herausfordernd rissen sie ihre hungrigen Mäuler auf. Als dürsteten sie danach, uns zu zerfleischen.

Nichts würde sie von uns abbringen.

Fedju behielt beeindruckenderweise die Nerven, obwohl er mindestens genauso erschrocken war wie ich.

„Was sollen wir machen?“, fragte ich.

Das Wasser reichte den schlotternden Pmor schon zu den Knien. Wir hatten nicht mehr viel Zeit.

„Da!“, rief Stuna und deutete mit ihrer Schnauze auf den angespülten Arm eines Wächters. „Gebt ihnen etwas zu fressen.“

„Du bist brillant“, raunte ich.

„Wirf den Arm über die Mauer!“, forderte Fedju einen unten stehenden Pmor auf. „Schnell. Beeil dich!“

Der Pmor zögerte nicht lange, griff beherzt nach dem triefenden, blutigen Arm und warf ihn mit Schwung über das Tor auf eine Stelle, die ich ihm deutete. Wie geplant, landete das Körperteil im Innenraum vor dem Tor.

Die hungrigen Bestien stürzten sich darauf. Mit beispielloser Rücksichtslosigkeit kämpften sie darum, rissen gegenseitig an ihrer Haut, bissen sich blutig.

Sie mussten sehr hungrig sein. Beständiger Hunger als Mittel zum Zweck. Offensichtlich die perfekte Verteidigung der Serayan.

Die Tiere waren klug und verstanden schnell. Hinter dem Tor gab es mehr Futter.

Sie rochen das Blut, waren verrückt danach. Wie von Sinnen begannen sie zu scharren.

„Kommt runter! Wir können nicht mehr!“, rief der Pmor in der obersten Reihe. Eilig stiegen wir hinab.

„Wir müssen von dem Tor weg. Sie werden es bald freigelegt haben.“

Das Wasser unten reichte mir bereits bis zum Oberschenkel, während die Pmor schon bis zur Taille im Nass standen und sich mühsam bis zum Lager durchkämpften. Dort kletterten wir zu den anderen Pmor, die an dem rettenden Floss bauten, auf die Barackendächer und hofften auf ein Wunder.

Dann endlich! Ein Sog.

Die hungrigen Tiere hatten es geschafft, ein Loch unter dem Tor durchzugraben.

Erst drang das Wasser langsam ein, dann spülte der enorme Druck die Erde darunter einfach fort. Ächzend knirschte das eiserne Tor unter den Wassermassen, die sich dagegen stemmten.

Wir jubelten vor Freude, ein Teilerfolg.

Die übrigen Pmor hatten ein großes Floß „gewebt“, auf dem vielleicht ein Viertel von uns Platz finden würde.

Durch das in die Festung einströmende Wasser sank der Pegel ein wenig.

Anklagend trieben die Leichen der Wächter und Pmor im glitzernden Licht des Wassers und der hell erleuchteten Festung geräuschlos an uns vorüber.

Keiner jubelte jetzt mehr.

Erschöpft warteten wir auf eine Reaktion der Serayan.

Ich schoss Steine in ihre Fenster, um das zu beschleunigen. *Endlich.*

Die Tür öffnete sich, eines der Ratsmitglieder trat an die Brüstung. Mit aufgerissenen Augen sah er, was geschehen war. Hastig rannte er hinein und rief die anderen Serayan.

Wild rufend stemmten sie sich gegen den Hebel, den sie vorab betätigt hatten.

Doch er bewegte sich nicht. Nicht mehr.

Sie holten nun ihre Diener mit dazu. Alle schoben und drückten unter höchster Anspannung. Sorge stand in ihren Gesichtern.

Fassungslos beobachten wir ihre Versuche, den Hebel umzulegen. Nichts.

Wir sitzen in der Falle!

Das Nass hatte die Baracken bereits unter Wasser gesetzt und nur auf den Dächern waren wir noch sicher.

Etwa fünfzig Pmor drängten sich auf das große Floß, das hoffnungslos überfüllt war. Der Rest von uns, etwa einhundert Pmor und ich, hockten auf den Baracken.

Die Serayan gaben auf. Trotz aller Anstrengungen konnten sie den Hebel nicht zurücksetzen. Ihre getroffene Entscheidung war irreversibel. Auch für sie. Damit hatten sie nicht nur unser Schicksal besiegelt, sondern auch das ihre.

Sie ließen die Steinwand hoch. Mit lautem Dröhnen öffnete sich jetzt das Tor und gab den Wasservorhang wieder frei, hinter dem der Tunnel in die Freiheit wartete.

Als die steinerne Wand nach oben glitt, entstand ein enormer Sog, der das Floß der Pmor einfach mitriss.

Erst langsam, dann immer rasanter. Unaufhaltsam.

Ängstlich schlug ich die Hände vors Gesicht. Das Floß war viel zu schnell.

Die Pmor konnten sich kaum darauf halten. Einige, die am Rand saßen, wurden ins Wasser geschleudert.

Es sauste zum rettenden Ausgang.

Jedoch war dieser Tunnel ein Nadelöhr im Vergleich zu den Wassermassen, die dort tosend hineinströmten. Wenn das Floss darin verschwand, gab es für die Pmor darauf keine Hoffnung mehr.

Es prallte gegen die Felswand.

Die Pmor stemmten sich gegen die Wand, fanden an den moosigen Steinen keinen Halt.

Unerbittlich zerrte der Sog an ihnen und riss sie mit. Ihre furchtbaren Schreie erstickten im Tunnel. Wir waren hilflos.

Mussten verzweifelt mit ansehen, wie sie ihr grausames Ende in dem rettenden Ausgang fanden.

Viele, fast alle, weinten.

Meine Kehle war trocken, trotz der feuchten Luft und meine Augen brannten, anstatt zu weinen.

Ich hatte sie retten, ihnen helfen wollen.

Die Hälfte von ihnen war niedergemetzelt und fünfzig weitere auf dem rettenden Floß in ihr Verderben getrieben.

Nur noch ein Drittel von dreihundert waren übrig.

Was hatte ich ihnen gebracht?

Die Wahrheit – aber reicht das?

Quietschend hing das Festungstor nur noch auf einer Seite in den Angeln. Das Wasser riss an ihm.

Die Serayan rannten verzweifelt zwischen der Brüstung und den Festungstürmen umher, doch sie konnten den Wassermassen keinen Einhalt gebieten, hatten dem nichts entgegenzusetzen. Sie waren eingeschlossen, wie wir.

Ein Bild des Untergangs.

Während sie schrien, hockten wir schweigend trauernd auf den Dächern der Baracken. Unsere Sachen sogen sich mit dem Wasser voll, das von unten an uns zog und versuchte seine nassen Finger nach seinen nächsten Opfern auszustrecken.

Gerade, als es keinen Ausweg mehr zu geben schien, begann über uns die Luft zu vibrieren. Regelmäßige Windstöße wehten erst leicht über unseren Häuptern, kamen dann näher, bauten sich zu einem Brausen auf.

Auf dem Wasser zeichneten sich Wellen ab.

Suchend wandten sich unsere Köpfe gen Himmel. Riesige Vögel kreisten, ihre Schwingen schlagend, über unseren Köpfen.

Die Pakmari!

Kapitel 18

Ein Dutzend Vögel stießen hinab zur Wasseroberfläche.

Gezielt zogen sie die schwächsten Pmor aus dem Wasser, die sich nicht mehr auf den Dächern halten konnten und entkräftet im Wasser trieben.

Nur langsam erhoben sie sich zur Spitze der Regenberge, der außerordentlichen Last geschuldet, die sie trugen.

Wir hatten keine Zeit zu warten, bis wir an der Reihe waren. Der Sog drohte auch uns mitzureißen.

„Wir müssen zur Mauer!", rief Fedju mir zu. Sie ragte noch etwa einen guten Meter aus dem Wasser.

Er gab den Pmor auf den anderen Dächern Zeichen, zur Mauer herüberzuschwimmen.

Sie war knapp fünfzig Meter von uns entfernt.

Eigentlich nicht weit, doch die Strömung und unsere schwere Kleidung würde es uns nicht leicht machen, dorthin zu gelangen.

Wehmütig dachte ich an meinen Melusin-Fischschwanz und wie gut ich ihn jetzt hätte brauchen können. Doch leider schien diese Magie nicht auf alle Gewässer übertragbar zu sein.

Fedju stürzte sich ins Wasser. Er schwamm voraus und die Pmor folgten ihm bedenkenlos. Sie stießen sich mit den Füßen vom Dach ab und begannen zu paddeln.

Ich bildete mit Stuna auf meinem Kopf das Schlusslicht. Sie hatte kein Wort mehr gesprochen.

Ihre Angst musste unermesslich sein, denn sie würde im Wasser nicht überleben.

Meine Zeit bei den Melusin hatte mich im Umgang mit Wasser souveräner werden lassen. Trotz Anspannung, glitt ich sicher, Zug um Zug, durch das Nass.

Ich konzentrierte mich dabei auf meine Bewegungen und versuchte mir nicht vorzustellen, was gerade meine Hände berührte, wenn sie unter der Wasseroberfläche etwas streiften.

Auf der Festung war es ruhig geworden. Die Serayan verschwunden.

Wir hielten mühevoll den Kurs und hatten zwei Drittel des Weges zum Gemäuer bereits hinter uns gebracht.

Fedju hatte die Mauer fast erreicht. Der Gedanke an Selga und die Kinder motivierte ihn.

Inmitten des Zuges versagten einem Pmor die Kräfte. Sofort waren zwei Kameraden an seiner Seite und halfen, die letzten Meter zu überwinden.

Unsere Retter waren greifbar. Wir mussten den Pakmari nur Zeit geben.

Fedju stieß sich kraftvoll ab und erklomm den Rand der Mauer. Er zog seine Kutte aus und hielt sie nach unten, sodass sich die nachfolgenden Schwimmer daran hochziehen konnten, deren Kräfte merklich nachließen.

Sobald sie auf die Mauer geklettert waren, pausierten sie nicht, sondern halfen.

Endlich erreichte auch ich das rettende Gemäuer.

Zwei Pmor hatten Mühe, aus dem Wasser die Jutekutten zu greifen – sie waren sogar zu geschwächt – ihre Arme zu heben.

Ich zog mich an Fedjus Kutte ein Stück hoch, ließ aber nur Stuna daran hochkrabbeln.

Dann ließ ich mich zurück in Wasser fallen.

Der Ältere der Pmor drohte zu kollabieren. Ich wies ihn an, sich von meinen Schultern nach oben abzustoßen. Mithilfe des Wasserauftriebs würde ich ihm Schwung geben.

Er nahm mit letzter Kraft Anlauf, stieß sich mit seinen Händen von meinen Schultern ab und schwang sich nach oben.

Seine Kameraden bekamen ihn zu fassen.

Ich geriet kurz unter Wasser, tauchte aber, schnell nach Luft schnappend, wieder auf.

Die ersten Pakmari kehrten zurück und schnappten sich mit ihren Krallen die auf der Mauer kauernden Pmor.

Dann flogen sie wieder zurück in die Nacht.

Nur ich und der junge Pmor, der mich das Summen gelehrt hatte, waren noch im Wasser. Er war sehr schwach.

Von weitem sah ich einen mir bekannten Vogel auf uns zusteuern. *Miran!*

Er ist da.

Ich rief Fedju zu, er solle Stuna mit nach oben nehmen. Er nickte und hielt sie fest.

„Komm, stoße dich mit aller Kraft von meinen Schultern ab!“, sagte ich zu dem verstörten Jungen, der sich kraftlos an mir festhielt. Er schien nicht bereit, doch wir hatten keine Zeit mehr zu verlieren.

Ich packte ihn und schob ihn mit aller Kraft nach oben aus dem Wasser. Seine Kameraden streckten ihre Hände entgegen.

Er geriet in Panik, rollte hektisch seine Augen, umfasste meine Schultern und meinen Kopf und stieß sich in die Höhe.

Er drückte mich unter das Wasser, ich sank. In seiner Panik strampelte er wild und traf mich mit seinem Knie am Kopf.

Schmerz erfüllte mein Gesicht und ich verlor die Orientierung. Benommen trieb ich in eine Richtung, von der ich nicht wusste, ob es oben oder unten war.

Ich öffnete die Augen, suchte nach der Oberfläche.

Im diffusen Licht der Festung trieb eine Pmorleiche an mir vorbei. Der Körper drehte sich und sein Gesicht starrte in meines. Ein Schwert steckte darin.

Hysterisch schrie ich auf, doch mein Schrei wurde vom Wasser geschluckt.

Hektisch ruderten meine Arme. Ich versuchte aufzusteigen und prallte mit den Händen gegen etwas Hartes.

Das Metalltor. Es hatte sich gelöst, trieb waagerecht über mir.

Die nackte Angst packte mich.

Ich konnte nicht auftauchen – verlor die Nerven.

Nur noch Angst. So viel Angst!

Eine Strömung riss mich fort.

In meinem Kopf hämmerte der Schmerz, ich bekam keine Luft mehr.

Während ich um mich schlug, sah ich verschwommen etwas Weißes vor mir.

Eine blasse, kleine Hand. Sie versuchte nach mir zu greifen.

Ich hielt sie fest. Ganz fest.

Sie zog mich zu sich.

Hastig die Luft einziehend, mehr würgend als hustend, erkannte ich das Gesicht eines kleinen Mädchens.

Die Kleine starrte mich staunend an, während ich mich, aus eigener Kraft, durch eine enge Fensteröffnung zog.

Es war das schwarzhaarige Mädchen, das ich am Nachmittag im Garten beobachtet hatte.

Ich erbrach auf dem steinernen Boden, der bereits einige Zentimeter unter Wasser stand.

Wir befanden uns in einem der zwei Türme. Unsicher hockte sie auf dem Fenstersims des Erkers.

Ich schleppte mich zu ihr und ließ mich niederplumpsen.

„Danke", schnaufte ich etwas atemlos. Mein Kopf schmerzte.

Sie nickte, presste schüchtern ihre Lippen zu einem schwachen Lächeln zusammen.

„Warum bist du allein?", fragte ich sie besorgt.

„Die anderen sterben jetzt. Sie sind alle in den Festsaal gegangen und haben die Türen verriegelt. Keiner darf den Raum verlassen."

Ihre Stimme klang so jung und gleichzeitig schwer.

„Sie sagen, es ist Zeit für uns zu gehen. Aber ich will das nicht."

Ich konnte kaum glauben, was ich da hörte.

„Sie sterben? Freiwillig?"

„Ja, aber für mich ist es noch nicht Zeit zu gehen."

Ihre Schneidezähne fehlten; sie war wahrscheinlich erst sechs Jahre alt. Sie trug ein helles Spitzenkleid und eine weiße Seidenschleife mit einer Perle darin, hing schlaff in ihrem nassen pechschwarzem Haar.

„Wie hast du es bis hierher geschafft?", wollte ich wissen, während ich an der Tür rüttelte.

„Ich habe mich eingeschlossen, damit sie mich nicht holen können. Ich will noch nicht sterben." Sie hielt den Schlüssel fest umklammert in ihrer Hand.

Wir würden ihn nicht mehr brauchen.

Das Wasser strömte bereits unter der Türritze hinein. Die Festung stand also bereits unter Wasser und somit auch der Festsaal.

„Wie heißt du?"

„Amandla." Sie begann zu weinen.

„Wir werden nicht sterben, Amandla", versicherte ich und streckte ihr meine Hand entgegen.

Ich überlegte.

Der Saal auf der untersten ersten Ebene war bereits überschwemmt. Den Serayan konnte nicht mehr geholfen werden.

Sie hatten sich selbst gerichtet.

Ich setzte Amandla auf meinen Rücken, bahnte mir den Weg zum Fenster.

Ich war erst vor wenigen Minuten hineingestiegen. Nun strömte mir das Wasser schon entgegen, ließ mich straucheln.

Am oberen Fensterrahmen hielt ich mich fest und glitt erst hinaus, als der kleine Erkerraum bis zur Fensterbank gefüllt war und der Sog nachließ.

Nun umrundete ich schwimmend den Erker.

Von der umliegenden Mauer war nichts mehr übrig. Die Pmor waren fort und mit ihnen das Tal.

Alles überschwemmt.

Nur noch die zwei hohen Türme der Festung ragten aus dem Wasser.

Und noch etwas. Ein Stock schaute senkrecht zwischen den Türmen aus der Wasseroberfläche.

Es war der oberste Teil des Hebels, den die Serayan nicht mehr hatten bewegen können.

Ich erreichte ihn prustend, Amandla krallte sich auf meinem Rücken fest.

Eine Elle des Hebels war noch zu sehen. Ich stützte mich darauf, musste verschnaufen.

Da geschah etwas.

Der Hebel bewegte sich!

Wieder erfüllte das laute Tosen die Tiefe unter uns. Das ganze Tal bewegte sich, erzitterte.

Amandla klammerte sich ängstlich an meinen Mantel.

„Keine Angst, jetzt wird alles gut", versicherte ich und umarmte sie.

Zusammen schoben wir weiter an dem Hebel, um ihn zum Einrasten zu bringen und die Überflutung des Tals zu stoppen.

Aus dem Nachthimmel näherte sich ein dunkelbrauner Greifvogel, der sich ins Wasser fallen ließ.

Augenblicklich erlangte Miran seine menschliche Gestalt. Er legte seine Hand auf unsere und zog.

Ein lautes Knacken. Der Hebel war am Anschlag eingerastet.

Wir sahen uns entschlossen an und stemmten uns noch einmal dagegen. Es knirschte und krachte. Die Stange war am Schaft gebrochen, trieb auf dem Wasser.

Wir hatten den Hebel aus seiner Fassung gedrückt. Niemand würde den tödlichen Mechanismus mehr betätigen können. Nie wieder.

Drei Pakmari peilten uns im Sturzflug an.

Amandla wurde als Erste aus dem Wasser gerettet. Als sie abhob, fiel ihre Schleife aus dem Haar.

Unweit von uns trieb sie im Wasser und ging dann langsam unter.

Ich hätte dem keine weitere Beachtung geschenkt, wenn ich nicht beim Versinken ein grünliches Schimmern unter der Wasseroberfläche gesehen hätte.

Ein grünes Leuchten, das stärker zu werden schien.

Miran wurde nach oben gezogen und der letzte Pakmari wollte gerade nach mir greifen, als ich hinab, dem kleinen Lichtfunken hinterher, tauchte.

Je näher ich kam, desto stärker wurde das Leuchten. Es war die Zierperle auf Amandlas Seidenschleife. Sie leuchtete und begann zu strahlen, als ich meine Finger nach ihr ausstreckte. Grünes Licht durchfuhr schlagartig meinen Körper.

Alles wurde erhellt.

Unter mir die überflutete Festung, die mächtig aus der Tiefe emporragte.

Ich kann alles klar und meilenweit sehen! Alles.

Die Leichen der Pmor, die Statuen der Serayan, Vorhänge, die geisterhaft aus den Burgfenstern zu wehen schienen.

Alles schwebte unwirklich lautlos unter mir, eingehüllt in das grüne Licht.

Als ich auftauchte, war das gesamte Tal grün erleuchtet.

Krallen verhakten sich in meinem Mantel und ich stieg in die Lüfte.

Schlagartig wurde es Tag.

Es war kalt am Gipfel der Regenberge. Strömend prasselte der Regen auf uns hinab.

Die entkräfteten Pmor waren damit beschäftigt, ein schützendes Lager zu errichten. Sie hatten Blätter zu einem riesigen Segel zusammengewebt und dieses, mithilfe der Fäden ihrer Jutekutten, an die Äste der Bäume geschnürt.

Der Regen trommelte fast schon hypnotisch entspannend darauf.

Die Pakmari waren ebenfalls abgekämpft und durchnässt. Wir alle mussten trocknen und brauchten dringend Erholung. Sie entzündeten ein wärmendes Feuer.

Wanitura nahm mich herzlich in Empfang. Ich konnte meine Tränen kaum zurückhalten.

Wie schön es ist, ihn zu sehen.

„Du hast ein weiteres Samenkorn. Wir sind stolz auf dich!"

Die meisten hatten sich hingelegt, weil sie vor Erschöpfung nicht mehr stehen konnten. Auch Wanitura entschuldigte sich nun, um erst einmal zu Kräften zu kommen.

Suchend schaute ich mich nach Miran um.

Bewegungslos stand er im strömenden Regen, ein Stück entfernt, auf dem oberen Teil des Berges und schaute hinab in das Tal von Gorensk.

Ich muss zu ihm!

Zu seinen Füßen rauschten die Wasserfälle hinab.

Auf einmal ließ er sich auf die Knie fallen, stützte sich auf allen Vieren ab.

Sein Kopf neigte sich zu Boden. Diese kräftezehrende Nacht saß auch ihm in den Knochen.

Er schien völlig erledigt zu sein.

Ich legte meine Hand auf seinen Rücken.

„Miran!"

Unmittelbar bäumte er sich auf, riss mich an meinen Armen zu sich herunter. Unsanft fiel ich auf die Knie.

Seine Augen sahen mich durchdringend an, sein Gesicht war voller Zorn und … Angst.

„Weißt du, welche Sorgen ich mir gemacht habe?", schrie er mich wütend an.

Ich öffnete meinen Mund, um etwas zu sagen, doch ich war überfordert mit allem, was ich empfand.

Wasser tropfte von meiner Nase, meinem Kinn, während ich in seine verzweifelten Augen sah.

Dann sagte ich leise, was ich fühlte: „Mein Körper schreit nach dir, wenn ich dich nur ansehe."

Ich richtete mich dabei weiterhin kniend auf und mein Kopf war nun über seinem.

„So sehr will ich dich", flüsterte ich heiser.

Ohne eine Reaktion abzuwarten, nahm ich sein Gesicht fest in meine Hände. Dann küsste ich ihn.

Wild und ungeduldig.

All diese Emotionen, die in mir waren, lagen in diesem einen Kuss. Ich konnte nicht mehr aufhören.

Er reagierte erst sanft, zurückhaltend, öffnete langsam seinen Mund, doch ich ließ ihn nicht gewähren.

Seine Lippen, seine Zunge.

Immer heftiger forderte ich ein, was ich so sehr wollte.

Es machte mich verrückt, süchtig. Ich würde die Beherrschung verlieren…

Mit Gewalt löste ich mich von seinen Lippen. Er war so anziehend mit jeder Faser seines Körpers.

Völlig außer Atem stand ich auf. Blieb unvermittelt stehen. Verwirrt.

Was habe ich da gerade getan?

Er atmete ebenfalls tief und hastig ein und aus. Seine aufgerissenen Augen sahen mich fragend an.

Kalt rann das Regenwasser in schmalen Rinnsalen unsere Gesichter herab.

Ich wusste nicht, was ich sagen oder tun sollte. War überfordert mit dem, was gerade zwischen uns geschehen war.

Abrupt drehte ich mich um und rannte eilig zurück ins Lager.

Er folgte mir nicht.

Nach diesem Überfall konnte ich ihm das auch nicht verübeln.

Ich war aus der Situation geflüchtet, die ich selbst verursacht hatte. Sie war zu gewaltig, zu brennend, um sie zu ertragen.

Auch wenn Stuna ein Tier mit keiner ausgeprägten Mimik war, so hätte ich doch schwören können, dass sie grinste, als ich zurückkam.

„Kein Wort", knurrte ich.

Ihre lange Nase reckte sich in die Höhe und ihre kleinen Augen blinzelten schelmisch.

Nur ein vielsagendes „Pfffh" konnte sie sich nicht verkneifen.

„Wir haben auf dich gewartet." Amandla kam mir, sich die Augen reibend, entgegen.

Wanitura winkte mich heran: „Sie will nicht ohne dich schlafen."

Er wies uns ein trockenes Lager zu. Dankbar nahm ich sein Angebot an und ließ mich zu Boden fallen.

„Danke, dass du mich gerettet hast", flüsterte Amandla.

„Nein, ich muss dir danken."

Durch sie hatte ich etwas verstanden. Nichts war nur schlecht und nichts war nur gut.

Die Serayan hatten Schlimmes getan. Aber auch Amandla war eine von ihnen.

Böse ist der, der Böses tut, sagt man. Aber ist es wirklich so einfach?

Als ich erwachte, fühlte ich mich matt und ausgebrannt.

Die Pmor reichten mir einen frisch gebrauten, stärkenden Kräutertrunk, der zwar ekelhaft bitter schmeckte, als ich daran nippte, aber tatsächlich meine Lebensgeister weckte.

Über den Rand meines Bechers irrten meine Augen umher, suchten Miran.

Wanitura ließ sich neben mir fallen und schlürfte seinen Kräutersud.

„Nicht übel", nickte er anerkennend zu den Pmor.

Ich grinste in mich hinein.

Entweder will er höflich sein oder es schmeckt ihm wirklich.

Dann trinkt man aber auch gern Lebertran, wenn man das hier mag.

Amandla schlief noch immer.

„Sie kann vorerst bei uns leben. Der Rest von uns bricht bald auf."

„Der Rest!?", fragte ich überrascht und sah von dem Bittertrunk auf.

„Miran ist schon fort."

Wanitura leerte in einem Zug den Becher und hielt ihn mit der Bitte um Nachschlag den Pmor hin, der damit loslief und den Sud aus einem Erdloch holte.

Na, jetzt wundert mich der Geschmack auch nicht mehr.

Ich stellte meinen Becher ab.

„Warum?“ Ich konnte meine Enttäuschung darüber kaum verbergen.

„Ich habe ihn und die anderen zu unserem Stamm zurückgeschickt. Der Rest von uns wird sich auch gleich auf den Weg machen. Ich kann seit dem Angriff nicht mehr verantworten, unsere Familien allein zu lassen.“

Ich nickte traurig, aber einsichtig.

„Woher wusstet ihr, dass wir hier sind?“, wollte ich wissen.

„Soik und ich sind alte Freunde. Er hat uns um Hilfe gerufen, nachdem du nicht mehr aus dem Tal zurückgekehrt bist. Er hat uns auch von der Wirkung des Wotokbluts erzählt. Das verschafft uns einen Vorteil.“

Dann fügte er hinzu: „Doch wahrscheinlich nur so lange, bis Omieda es bemerkt.“

„Vielleicht ist sie nicht das Böse“, sagte ich nachdenklich.

„Was ist sie dann?“

Ich schaute in die endlose Weite von Pardalis.

Er erwartete keine Antwort. Ich kannte sie ohnehin nicht.

Noch nicht.

Kurze Zeit später, nachdem die Pakmari sich bereits auf den Weg gemacht hatten, standen Fedju und ich an der Klippe. Ein letztes Mal überblickten wir das überschwemmte Tal.

Das Wasser war zum Großteil verschwunden.

Ein Schleier der Verwüstung hatte sich über die einst so fruchtbaren Felder gelegt. Vereinzelt ragten noch grüne Triebe aus dem schlammigen Boden.

Wie ein Zeichen des Neuanfangs.

„Es wird einige Zeit dauern, bis wir die Felder wieder bewirtschaften können. Das wird für alle, die von den Früchten leben, zum Problem werden."

Er schwenkte mit einer Kopfbewegung über die angrenzenden Gebiete.

Hinter den großflächigen Kulandanwäldern lagen jene Areale, die ebenfalls beliefert wurden und deren Bewohner zum Teil auf die Früchte angewiesen waren.

Ich folgte seinem Blick, der einen Punkt am Horizont zu fixieren schien.

„Was ist dort hinten?", wollte ich wissen und kniff die Augen zusammen.

Ein glitzernder Punkt, an dem sich das Licht brach. Seine Miene verfinsterte sich. Verächtlich zog er die Mundwinkel hinunter.

„Der Kristallpalast. Die Heimat des Glaskönigs."

Ich fühlte das Schnappen des Medaillons auf meiner Brust, als er diese Worte sprach.

Es hatte sich geöffnet und damit mein nächstes Ziel gesetzt.

Diesmal schloss ich es nicht.

Ich hatte mir vorgenommen, die Zeichen, die es beinhaltete, zu studieren.

Schweigend beobachtete ich das Glänzen in der Ferne.

Wie ein Stern, der am Tag die Erde berührt.

Im Kristallpalast wartete das dritte von fünf Samenkörnern auf mich. Und jemand, den ich nicht vergessen würde.

Kapitel 19

Rompa, das treue Bullenschwein, geleitete Stuna und mich in seiner alt bekannten, stürmischen Art zum Rand des Waldes.

Knackend gaben die Zweige unter seinen wuchtigen Sprüngen nach und wir hatten Mühe, uns auf dem schaukelnden Wagen zu halten.

Fedju und ich waren vor ein paar Tagen aus dem Tal von Gorensk zu seinem Stamm heimgekehrt. Selgas Freude war grenzenlos, als sie ihr Mann endlich in die Arme schloss.

Unter dem schützenden Dach der Kulandanwälder hatten wir alle endlich Ruhe und ich die Zeit gefunden, die Schriftzeichen des Amuletts zu studieren.

Die Pmor ahnten, wer ich war. Sie schlichen, verschwörerische Blicke austauschend, um mich herum, während ich gedankenversunken mit einem Stock im Waldboden die Symbole schreiben gelernt hatte und darüber brütete, was sie bedeuten mochten. Es waren dreizehn an der Zahl.

Aneinandergereiht ergeben sie höchstwahrscheinlich einen Spruch – möglicherweise auch ein Wort.

Soik, den ich bei der Entschlüsselung um Hilfe bat, war ebenfalls ahnungslos. Er, Fedju und Selga kannten meinen Plan, den Kristallpalast aufzusuchen.

Selga war davon wenig begeistert.

„Halt dich von dem Glaskönig fern“, hatte sie mich beschworen, kurz vor meiner Abfahrt.

„Selga, ich kann nicht."

Ich hatte ihre Hände genommen, Verständnis in ihren Augen gesucht.

„Er ist so grausam. Die Untertanen fürchten ihn."

Soik hatte, derweilen schweigend, Rompa sein Geschirr angelegt. Ich bestieg das Gespann, während ihr trauriger Blick und ihre hängenden Schultern schwer an mir zogen.

„Tu es nicht. Bitte!", flehte Selga.

„Ich muss!"

Soik nickte stumm und öffnete das Tor.

Wir rasten davon und einen Teil meiner Zuversicht ließ ich hinter mir.

Solange dieses Abenteuer schon andauerte, verspürte ich eigentlich fortwährend Angst.

Angst vor dem Unbekannten, Angst zu Versagen. Manchmal war sie auszuhalten und manchmal, so wie jetzt, schwer wie eine Bleischürze, lagerte in mir, hatte sich eingenistet.

Ein Teil von mir wünschte sich die ruckelnde wilde Fahrt würde ewig andauern. Denn ich war mir sicher, Selgas Einwände waren nicht unbegründet.

Ein Sternenflieger verfing sich in meinen Haaren. Ich entwirrte ihn vorsichtig, ließ ihn frei und sah ihm nach, wie er in seinem eigentümlichen Schleuderflug davonkreiselte.

Noch immer schmeckte ich Mirans Kuss auf meinen Lippen.

Seine Zunge.

Der Gedanke daran steigerte das Rumoren in meinem Bauch noch zusätzlich – aber auch in meiner Brust, was mich von meiner Beklommenheit ablenkte.

Mein Herz hatte einen aufgeregten Satz gemacht.

Rompa setzte uns am Waldrand ab. Ohne Abschied stob er davon.

Eine frische Brise lag in der Luft. Ich schauderte ein wenig. Es war mäßig kalt außerhalb der Kulandanwälder.

Eine neue Etappe begann.

Vielleicht ist es auch das, was mich schaudern lässt.

Die vorhergehenden Abenteuer hatten mir einiges abverlangt und ich war überzeugt, auch das nächste Samenkorn würde nicht ohne weiteres zu erlangen sein.

„Nichts, was sicher ist, ist eine Erfahrung wert," kam es mir in den Sinn und ich beschloss, mich endlich darauf einzulassen.

Nur das Funkeln in der Ferne verriet die Richtung, in die wir laufen mussten. Querfeldein schlug ich einen gedehnten Bogen über die grünen Wiesen ein.

Raschelnd bog sich das feuchte Gras unter meinen Stiefeln, die Abdrücke auf den gebogenen Halmen hinterließen.

Stuna saß wie ein Zirkusäffchen auf meiner Schulter, mit dem Schwanz die Balance haltend.

„Jetzt bitte einen Ort ohne Wasser!"

Wir lachten beide herzlich darüber.

Nach einiger Zeit wurde die Luft merklich wärmer und das Gras spärlicher.

Die feuchte, schwarze Erde darunter wich dunkelbraunem Zuckersand, der das Gehen erschwerte.

Durchlöchert von tiefen Kratern hatten die Wotokwürmer hier ihr Unwesen getrieben.

Die Hohlräume waren alt, teilweise verfallen, doch alle farblos.

Es ist also jemand getötet worden.

Ich sah vor meinem inneren Auge, wie sie ihre ahnungslosen Opfer von unten überfallen haben mussten, um sie mit sich in die Tiefe zu ziehen. Kleidungsreste und zurückgelassene Gegenstände neben den Klüften untermauerten meine These.

Vorsichtig balancierte ich zwischen den Kratern entlang, die durch den lockeren Boden jederzeit einzustürzen drohten.

Meine Füße wurden schwer. Das Schlurfen über dem Sand wirbelte Staub auf, der wolkig aufquoll.

Ich hielt, um zu verschnaufen. Als sich der Staub gelegt hatte, sahen wir eine flache Hügellandschaft vor uns.

Ich könnte schwören, dass sie vorher noch nicht da gewesen war.

Verwundert, aber motiviert, machten wir uns auf den Weg, in der Hoffnung, einen guten Ort zum Rasten gefunden zu haben.

Inmitten der lang gezogenen Hügel fanden wir einen Hain vor, übersät mit kleinen Bäumen, deren Zweige weidenartig zu Boden hingen. Wie große, plüschige Wattebäusche hafteten weiße Weidenkätzchen daran.

Um die dünnen Baumstämme wuchsen indigofarbene Strauchgewächse mit breiten Blättern daran, die sich zu einer Röhre zusammengerollt hatten.

Entfaltete ich sie, schnappten sie nach dem Loslassen sofort wieder in ihre Ursprungsform zusammen.

Der süßliche Geruch von Zimt erfüllte den gesamten Hain und war so intensiv, dass ich nicht zu sagen vermochte, ob die puscheligen Weidenkätzchen oder die Indigoblätterrollen die Quelle dafür waren.

Ich ließ mich an einer der Weiden nieder.

Stuna begab sich auf Nahrungssuche im Wurzelwerk der Sträucher.

Auf dem Rücken liegend, schloss ich die Augen.

Nur für ein paar Minuten...

Behutsam hauchte der Wind die feine Zimtnote um meine Nase, die ich genüsslich einatmete.

Ich hätte mich fast in weihnachtlichen Gedanken verlieren können, wenn die Brise nicht noch etwas anderes zu mir getragen hätte – Klänge!

Harmonische Töne – samtig, wie die einer Panflöte drangen an mein Ohr.

Ich hob meinen Kopf, die Ursache ergründend.

Die Blätter der Indigogewächse schaukelten verspielt im Wind. Wann immer ein Windstoß durch die Röhrenblätter fuhr, erklangen geheimnisvolle Melodien.

Stuna und ich lauschten versonnen lächelnd den Gesängen der Pflanzen.

Je länger wir zuhörten, desto klarer kristallisierte sich ein wiederkehrendes Thema aus den scheinbar beliebigen Tönen heraus.

Die gleiche Tonfolge. *Das Mantra des Indigohains.*

Wir begannen, es mitzusummen. Leise, eingängig – ermüdend.

Meine Augen wurden schwer. Immer weiter entfernte sich die Melodie. Die Töne trugen mich. Ich ließ es zu.

„Siehst du das?“ Aufgeregt sprang Stuna auf mir herum, nibbelte nervös an meinem Kinn.

Bin ich eingeschlafen?

Verschlafen streckte ich meine Arme und Beine, wälzte mich auf den Bauch und verlor das Gleichgewicht.

„Aaahh!“, entfuhr es mir. Ich rollte einen Berg hinab!

Wie bin ich hierhergekommen?

Um mich greifend versuchte ich Halt zu finden, schnitt meinen Zeigefinger an felsigem Geröll, das sich in meine Haut bohrte, während ich seitlich hinunterrollte.

Stuna folgte mir schlitternd, rutschte mit dem Kopf voran den Berg herunter.

Sie bemühte sich mit den Pfoten zu bremsen und ihr Gewicht nach hinten zu verlagern, hatte aber zu viel Schwung.

Ihre Ohren flatterten wie kleine Segel, sie drehte sich um ihre eigene Achse, landete dann wieder in ihrer Ausgangsposition.

Viele unzählige Rollen und spitze, schmerzhafte Steine später kam ich zum Halten.

Benommen sah ich zur Bergspitze, nicht begreifend, was eigentlich geschehen war.

„Was in aller Welt –?“

„Pass auf!“ Stuna überschlug sich, prallte ungebremst auf mich, eine Staub- und Geröllwolke vor sich herschiebend.

Hustend schüttelte ich mich, klopfte mir den Sand aus den Haaren und der Kleidung, während auch Stuna sich sammelte.

Ich setzte mich auf, stockte.

„Oh!“

Mit offenem Mund erstarrte ich. Direkt neben mir verlief eine Art Zaun. Schnurgerade zog sich eine Linie aus metallisch-blauen Leuchtstäben durch die Landschaft, die in kurzen Abständen nebeneinander etwa eine Handbreit über dem Boden schwebten.

Schier endlos schien diese futuristisch anmutende Absperrung zu verlaufen.

Dahinter befand sich ein sonderbares Feld.

Geometrische Skulpturen ragten dort stumm wie eine Armee zu Hunderten schweigend auf dem sandigen Boden.

Keineswegs zufällig verteilt, entsprach ihre Anordnung einem strukturierten, sogar ziemlich exakten Muster.

Auf eine Reihe Ikosaeder, zu einer runden Plastik zusammengesetzte Dreiecke, die aus geschliffenen, hellbraunen Steine bestand, folgten eine Reihe Dodekaeder. Die nahezu unbearbeitete Oberfläche der ebenfalls runden Gebilde aus Fünfecken bestehend, hoben sich klar zu den Ikosaedern ab.

Es waren schweigende, runde Steinsoldaten, im Durchmesser etwa zwei Meter, strategisch postiert.

„Ich schätze, das war es, was du mir oben zeigen wolltest." Stuna nickte.

„Wenn du mir vorher einen Hinweis gegeben hättest, mich nicht zu bewegen, wäre das sogar noch besser gewesen", witzelte ich, meinen unsanften Abgang ins Lächerliche ziehend.

Stuna beschnüffelte die Stäbe. „Sie vibrieren."

Ich konnte nichts daran erkennen.

Beherzt streckte ich meine Hand aus und versuchte durch den Zwischenraum der schwebenden Stäbe zu fassen.

„Lass das!", rief Stuna, doch ihre Warnung kam zu spät.

„Aua. Verdammt!" Meine Finger brannten und färbten sich rot.

„Wir sollten außen herumgehen", schlug Stuna vor.

„Das geht nicht. Hier ist nirgendwo ein Ende zu sehen." Ich rieb mir die schmerzende Stelle.

„Es muss irgendeinen Trick geben", meinte Stuna mit ratlosem Kopfschütteln.

„Kannst du nicht versuchen, darunter hindurchzuschlüpfen?"

„Und mir mein Fell verbrennen? Ich glaube eher nicht", schnarrte es mir entrüstet entgegen.

Hinter uns war eine steinige Hügellandschaft und vor uns der schwebende Zaun.

Keine Spur mehr vom Indigohain.

Warum ist er erst so plötzlich aufgetaucht, um dann kurz darauf zu verschwinden?

Stuna hatte sich bereits für eine Richtung entschieden und schlenderte an der Begrenzung entlang. Mit einem tiefen Seufzen folgte ich ihr.

„Na toll, das wird wahrscheinlich ewig dauern", murrte ich.

Sie war schon ein Stück voraus und pfiff die Melodie der Indigosträucher vor sich hin.

Etwas Kurioses geschah. Die Stäbe flackerten erst, verblassten.

„Stuna, du Genie! Das ist es!"

Sie verstummte und der Zaun erschien wieder.

„Du hast den Weg gefunden. Die Melodie ist es! Sie bringt uns hier durch."

„Ja – Aber", zögerlich deutete sie auf die Felsenkugeln, „dahinter wartet wahrscheinlich die größere Denksportaufgabe. Und weißt du –", sie legte den Kopf in den Nacken, „neben Wasser, mag ich auch keine Brettspiele."

Während ich meine noch immer schmerzenden Finger abwechselnd schüttelte und massierte, begann ich zu summen.

Die Stäbe verschwanden und ich sah sie fragend an.

„Wir sollten erst darüber nachdenken, wie –"

Ich passierte die Abgrenzung.

Theatralisch die Augen rollend, seufzte sie tief und folgte mir.

Sobald wir hindurchgegangen waren, schwebten die blauen Stecken abermals empor und wir befanden uns in der Arena.

Stunas Vorhersage bewahrheitete sich in diesem Augenblick.

„Treibsand!“, schrie Stuna. Der Sand zog sie nach unten.

Beherzt half ich ihr und merkte bereits, wie Sand in meine Stiefel rann.

Schleunigst stimmten wir das Lied an, doch die Stäbe blieben beständig. Nichts tat sich.

„Was machen wir jetzt?“, piepste sie panisch.

„Los!“, trieb sie mich gleichzeitig an. „Wir müssen hier weg!“

Keuchend zog ich meine Füße mit großer Anstrengung aus dem Boden, versuchte zu rennen.

In Zeitlupe, denn der Sand zog mich abwärts.

Behäbig setzten sich die Steine in Bewegung, rollten zur Seite. Sie versperrten mir den Weg!

Ich wich zurück.

Augenblicklich verharrten auch die runden Gebilde, als lauerten sie auf meinen nächsten Schritt.

Vorsichtig machte ich einen Schritt nach vorn.

Alle glänzenden Ikosaeder rückten ein Stück nach rechts. Die Dodekaeder dazu gegensätzlich nach links.

Uns blieb keine Zeit.

Jeder Schritt voran barg die Gefahr überrollt zu werden.

Bin ich schnell, kann ich zwischen den Steinen durchschlüpfen.

Ich rannte, passierte temporeich zwei Reihen. Jetzt musste ich pausieren. Es war zu anstrengend.

Die Felsen zu beachten, nicht mit ihnen zu kollidieren war kein leichtes Unterfangen. Gleichzeitig kämpfte ich gegen den Sog von unten.

Wieder passierte ich zwei Reihen auf einmal. Knapp wich ich einem Dodekaeder aus, der von rechts kam.

Ich hetzte keuchend weiter.

Schweißperlen liefen mir in die Augen, brannten. Ich hatte vielleicht zwanzig Reihen geschafft. Kein Ende in Sicht.

Wer weiß, wie viele noch auf mich warten?

Stuna navigierte mich, auf meinem Kopf sitzend. Denn jede Sekunde, die ich im Treibsand verharrte, um den nächsten Schritt zu bedenken, kostete mich zusätzliche Kraft.

Wie soll ich dieses große Feld nur bezwingen?

Ein kalter Hauch blies in meinen brennenden, heißen Nacken. Ich fror augenblicklich, obwohl ich schwitzte.

Irritiert verlangsamte ich das Tempo und verlor den Rhythmus der Steine. Einer verfehlte mich nur um Millimeter.

Ich hörte die Melodie des Indigohains in einer tiefen, sehr düsteren Variante.

Es war merklich dunkler geworden und schwarzer Nebel zog herauf.

Ich sah mich um. Mein Atem stockte.

Eine gewaltige, schwarze Wolke brauste bedrohlich heran.

„Omieda!“, schrie Stuna. „Lauf!“

Ich steckte schon bis zu den Knien in Treibsand. Meine Füße waren schwer wie Zement.

Gelähmt vor Angst krallte ich mich an der rauen Kante eines Dodekaeders fest, wollte mich herausziehen, jedoch genügte meine Kraft nicht.

Verzweifelt strampelte ich, aber der Sand zog mich unaufhaltsam in den Boden.

Die schwarze Wolke manifestierte sich zu einer Gestalt. Sie hatte bereits die ersten steinernen Reihen erreicht.

Das Dodekaeder setzte sich in Bewegung, rollte davon.

Stuna zerrte mit den Zähnen an meiner Kapuze. Ich war bis zur Brust im Sand begraben.

Omieda kam näher, die Steine rollten weiter! Das nächste Dodekaeder hielt auf mich zu.

Etwa da, wo ihr Kopf war, öffnete sie ein flammend rotes Loch. Rot, wie Zinnober. *Wie das Blut Unschuldiger.*

Ein gellender Schrei aus roten, kalten Flammen durchstieß die hereinbrechende Nacht.

Er klang grausam wie splitternde Knochen, zerstörerisch wie die Detonation eines Sprengsatzes und schrill wie das Zerspringen tausender Fenster.

Ihre Schemen wurden trotz Dunkelheit klarer. Das Blut in meinen Adern erstarrte.

Der schwarze Nebel begann mich einzuschließen.

Ich schlug um mich und schrie aus voller Kehle. Sand rann über meine Lippen.

Sie würde gleich bei mir sein und den Anblick ihrer vollendeten Gestalt würde ich nicht überstehen.

Als sie heranraste, befand sich der steinerne Koloss nur wenige Zentimeter neben meinem Kopf. Der Stein würde mich zerschmettern.

Eine entsetzlich verzerrte Fratze löste sich aus dem Wolkengebilde.

Am ganzen Körper zitternd, fühlte ich den Stein über meine Finger rollen.

Mit der anderen Hand griff ich Stuna, schloss meine Augen und tat das einzige, was mir noch einfiel.

Ich tauchte mit Stuna unter den Sand, bevor der Stein meinen Kopf erreichte.

War das klug? – Nein, sicher nicht.

Aber wenn man keine Wahl mehr hat, erscheint auch der abwegigste Weg sinnvoll.

Das Letzte, was ich spürte, war der kalte Hauch des Vergänglichen in meinem Nacken. Dann stieß ich uns mit aller Kraft hinab in den warmen Sand.

Tonnenschweres Gestein rollte knirschend über mir. Es kam zum Stillstand.

Wenn ich jetzt einatme, gelangt der Sand in meine Luftröhre und –

Ich hatte den Gedanken noch nicht zu Ende gebracht, da spürte ich zwei Hände, die aus der Tiefe meine Knöchel fest und sicher umschlossen.

Sand. Überall.

Körnig in meinen Augen, meiner Nase, auf meinen Lippen.

Ich hielt weiter die Luft an.

Jemand oder etwas zog mich hinunter. Ich konnte mich nicht wehren.

Alles, was mich da unten erwartet, kann nicht schlimmer sein, als jene schwarze Energie, der ich soeben entkommen bin.

Weich landete ich auf einem Sandhügel, unter dem ich harten Boden ertastete.

Ich ächzte, hustete, nieste, alles zugleich.

Sand quoll dabei unappetitlich schleimig aus meinen Nasenflügeln.

Von oben rieselte weiter eine kleine Menge Sand auf mich hinab. Über mir, in einer kleinen Deckenöffnung, steckte ein pelziger, rotierender Schwanz mit strampelnden Pfoten.

„Aaah!"

Stuna hatte sich befreit und landete auf mir.

„Hatschi! Ha-Ha-Hatschi!", ein feuchtes Sandpeeling aus ihrem Maul bedeckte mein Gesicht.

Ich rümpfte die Nase und erblickte Stunas verschmitzten Knopfaugen. Erleichtert schloss ich sie in die Arme.

„So ein Glück, wir leben!"

„Na, das war schon etwas mehr als Glück."

Eine große, behaarte Gestalt trat aus dem schattigen Winkel des engen Ganges.

„Es hat nicht mehr viel gefehlt, aber ich bin froh, dass es euch gut geht." Lächelnd musterten uns gütige Augen aus einem felligen Gesicht.

„Eine Stuna! Endlich lerne ich eine von euch kennen." Die pelzige Pranke des rätselhaften Wesens strich über Stunas Fell.

„Ekuptel? Bist du es? Hatschi!“, Stuna nieste erneut herzhaft.

Die wuchtige Gestalt, umhüllt von langem, beigefarbenem Flusenfell, nickte. Obwohl er mit seinen freundlichen hellen Augen lächelte, blieben seine Mundwinkel unvermindert nach unten hängend.

Er ging aufrecht auf zwei Beinen, war am ganzen Körper mit Fell bedeckt. Vielleicht war es sandfarben oder es war nur der Staub hier unten, der die Gestalt bedeckte.

Seine imposante Statur maß mindestens zweieinhalb Meter, was hier unten, in dem schmalen Gang, fast der Deckenhöhe gleichkam. Seine leicht gebückte Haltung ließ ihn jedoch kleiner erscheinen.

Wenn ich mir jemals einen Yeti hätte vorstellen müssen, so würde er wahrscheinlich Ekuptels Abbild gleichen.

„Danke“, rief ich euphorisch und lauter als beabsichtigt, realisierend, dass wir Omieda entkommen waren.

„Hattest du keine Angst davor uns zu helfen?“, wollte Stuna wissen. Sie schabte ihr Fell an einer Holzdiele.

Der Sand hing hartnäckig darin.

„Nein. Man sollte nie Angst haben, zu helfen“, entgegnete Ekuptel weise.

Die Decke über uns war wieder fest verschlossen.

Er folgte meinem fragenden Blick, der sich wunderte, wie dort eben noch Sand ausgetreten war.

„Es ist mein Reich. Allein ich bestimme, wer darin ein und ausgeht.“

„Bedeutet das, du kannst Omieda hier entkommen?“

„Nein, sie riecht, hört und sieht dich hier unten einfach nicht. Deshalb wird sie die Verfolgung aufgeben. Über andere Sinne verfügt sie nicht.“

Sie fühlt also nichts?

Ekuptel wies uns an, mit ihm zu kommen.

Das Licht in den Gängen, die wir nun durchquerten, ging von Hunderten unregelmäßig verteilten Punkten an den Wänden aus, die sich immer mit Ekuptel bewegten.

Sie folgten ihm, wohin er auch lief.

Beim näheren Betrachten erkannte ich Käfer mit schwarzen Flügeln, deren Körper in grünlichem Licht illuminiert waren.

Flogen sie, dabei ein brummendes Geräusch absondernd, waren sie schwarz, doch setzten sie sich nieder, erhellten sie grünlich-gelb den Raum um sich.

Sie hatten Ähnlichkeit mit Skarabäen, nur kleiner.

Wir durchquerten einige verwinkelte Gänge, von deren Decken und Wänden sich die obersten Schichten des Belags, den ich für Lehm hielt, abschälten.

Sie platzten ab und rollten sich dann dünn nach außen.

Streifte sie eine Bewegung oder ein Lufthauch, flatterten sie herunter.

Wo wir entlang gingen, brummten die Skarabäen und hinterließen rieselnde Lehmflocken.

Endlich erreichten wir einen größeren Raum. Hier schien Ekuptel zu wohnen.

Zahlreiche Figuren standen überall verteilt aus dem gleichen lehmigen Material, aus dem auch die Wände der unterirdischen Gänge bestanden.

„Hast du die gemacht?“ Ich war erstaunt über die filigrane Arbeit. Sogar kleinste Details waren eingearbeitet, mit dem bloßen Auge kaum zu erkennen.

„Ja“, bestätigte er nicht ohne Stolz und fuhr dabei aus seinen Tatzen ähnelnden Händen kleine Krallen – fein wie das Operationsbesteck eines Chirurgen – aus.

„Pffhh“, pfiff Stuna anerkennend.

„Es kommt mich selten jemand besuchen“, murmelte er beiläufig, während er uns einige seiner angefangenen Arbeiten zeigte.

„Ist das bei einer Behausung unter Treibsand denn verwunderlich?“, scherzte ich.

„Natürlich muss ich mich schützen“, meinte er abwinkend.

„Dennoch jeder, der im Sand versinkt, gelangt stets zu mir. Die Wenigen, die überhaupt das Feld betreten, rennen planlos hindurch und werden dabei von den Steinen zerquetscht – sie denken nur daran zu kämpfen.“

„Sie vermuten, es ist ein Spiel, in dem es darum geht, zu gewinnen. Wir dachten das auch!“

Er legte nachdenklich den Kopf zur Seite und sah mich an.

„Manchmal geht es aber nicht darum, der Erste oder Beste zu sein. Und wenn man ein Ziel erreichen will, dann nicht mit Hast, sondern nur mit Besonnenheit.“

„Besonnenheit? Im Treibsand?“, warf ich verständnislos ein.

„Jeder versinkt lediglich bis zur Hälfte seines Körpergewichts. Alles, was danach noch an dir zieht, sind deine eigenen Gedanken.“

Irritiert schüttelte ich den Kopf.

Das kann nicht stimmen.

„Ich war unfähig, mich aufzurichten. Ganz sicher.“

„Du hättest aufstehen können, doch deine Furcht hat dich Dinge spüren lassen, die nicht existieren.“

Er nahm meine Hand.

Ich spürte seine kleinen Krallen, die fein wie Draht in meine Haut piksten.

„Lass dich nie von Furcht leiten. Sie ist der schlechteste Ratgeber. Auf allen Wegen.“

Schweigend sah ich ihm dabei zu, wie er Essen für uns zubereitete.

Das beruhigende Knistern des Feuers zeigte seine Wirkung. Schläfrig beobachtete ich die hypnotisch tanzenden Flammen.

„Dort hinten ist Wasser, damit ihr den Sand loswerdet. Dann essen wir.“

Er lächelte mit den Augen. Der Rest seines flusigen Gesichtes, aus dem nur Augen und Mund zu sehen waren, blieb weiterhin starr.

Wie ulkig.

Eine wackelnde Geleemasse mit kleinen Kernen schaukelte vor mir auf einer Platte.

Tapfer kämpfte ich gegen meinen Instinkt, den Mund angeekelt zu verziehen und stach mit etwas, dass wohl ein Löffel sein sollte, hinein in den schaukelnden, braunen Klumpen.

Es schmeckte nicht furchtbar, aber auch nicht unbedingt gut. Die gallertartige Konsistenz war es, die mich gelegentlich würgen ließ.

„Wohin seid ihr unterwegs?"

„Zum Glaskönig", sprach ich zögerlich.

Ich warf Stuna einen unsicheren Blick zu, den er auffing.

„Ich weiß ohnehin längst, wer du bist", sagte er.

„Mein Reich grenzt an die Kulandanwälder der Pmor. Sie sind schrecklich aufgeregt, seitdem sie wissen, dass du nach Pardalis gekommen bist, um uns vor Omieda zu retten. Ihr Geschnatter dringt sogar bis zu mir hier runter."

Alle sprechen sie darüber?

So viele Erwartungen, denen ich gerecht werden sollte und auch wollte.

Vielleicht wissen schon zu viele von mir.

Jene, die mich nun kannten, waren in besonderer Gefahr. Doch auch sie stellten eine Gefahr für mich dar.

Woher soll ich wissen, wem ich trauen kann?

„Ein schlechter Ratgeber", brummelte Ekuptel, als kenne er meine Gedanken.

„Schlaft jetzt ein wenig. Ich werde euch nachher zum Land des Glaskönigs führen."

„Aber es ist Nacht", wandte Stuna ein.

„Momentan ist das die sicherste Zeit für euch. Damit rechnet Omieda nicht."

Sein Finger zeigte verschwörerisch zur Decke.

Noch müde schlurften wir, Ekuptel folgend, durch ein Gewirr von Gängen.

Das Herunterrieseln der trockenen Lehmblätter verstärkte die geheimnisvolle Aura dieses unterirdischen Ortes.

Wir passierten einen dunklen Saal. Unsere Schritte hallten darin.

„Was ist hier drin?“ Ein Echo meiner Stimme folgte.

Ekuptel stampfte mit dem Fuß und der Raum leuchtete auf. Tausende Skarabäen erhellten ihn.

„Meine Werke!“

Unzählige Figuren und Plastiken standen oder lagen kunstvoll drapiert, wie in einer Ausstellung.

Wir hatten vorher also nur Ekuptels Werkstatt gesehen. Hier fanden sich die fertigen Kunstwerke eines begnadeten Künstlers.

Ein Großteil der Bewohner von Pardalis war sogar in Originalgröße nachempfunden.

Ich bewunderte gerade eine Gruppe Pmor beim Blattweben, die ich besonders gelungen fand, als ich das Herzstück der Galerie im Zentrum der Halle erblickte.

Auf einer weit ausladenden Platte waren im Miniaturformat die Wahrzeichen und größten Städte sowie Siedlungen von Pardalis nachempfunden.

Die Darstellung war annähernd rund und offenbarte eine erstaunliche Komplexität in der Abbildung der Landschaften und Gebäude.

Detailverliebt ausgeschmückt hing die Brücke der Pakamari inmitten eines Gebirges und ich zweifelte nicht einen Augenblick, dass ihre Planken nicht sogar die exakte Anzahl hatte.

Ekuptel hatte es mit einer bestimmten Schnitztechnik seiner Krallen sogar vollbracht, das fließende Wasser im Tal von Gorensk zu simulieren.

„Eine Karte", raunte ich überwältigt von dem Anblick.

„Sie ist nicht aktuell. Sie stammt aus den Zeiten, als Königin Pardalis noch lebte."

„Hast du damals schon gelebt?", entfuhr es mir überrascht.

„Ja, wir Ekuptel werden sehr alt. Wie bei den Stuna gibt es nur jeweils Einen von uns. Wenn unsere Zeit gekommen ist, dann erscheint ein Nachfolger."

Stuna bedachte mich mit einem betont altklugen Nicken. Ekuptel lachte darüber, ohne eine Miene zu verziehen.

„Diese Stuna hier, ist noch sehr jung. Ihre Ära hat gerade erst begonnen."

Ich schlich um das dreidimensionale Modell herum. Aufgeregt erkannte ich deutliche Parallelen zu meinem Medaillon.

„Der Anhänger – es ist ein Plan. Eine Karte!"

Die Punkte waren die Siedlungen, an denen sich die Völker niedergelassen hatten. Im Zentrum, in dem sich beim Talisman der Kreis befand, stand der prachtvolle Palast der Königsfamilie.

„Den Palast gibt es nicht mehr", seufzte Ekuptel. „Er ist mit der Königsfamilie untergegangen."

„Wie schade", sagte ich mit aufrichtigem Bedauern.

Ein architektonisch gleichwertiges Meisterwerk war mir nicht bekannt und würde mir auch nie wieder begegnen.

Der Prachtbau musste unglaublich beeindruckend gewesen sein. Schon an dem Modell der großen Palastanlage hätte ich wohl Stunden stehen können und immer noch mehr beeindruckende Einzelheiten gefunden.

„Wir müssen weiter", unterbrach uns Stuna.

Der Ausweg nach oben war glücklicherweise nicht ganz so nervenaufreibend wie der Weg hinein in Ekuptels Reich.

Wir gelangten an einen engen Tunnel, an dessen Ende sich in einem etwa zwanzig Meter hohen Schlauch ein Loch auftat, durch das die kalte Nachtluft hereinströmte.

Ein Aufstampfen von Ekuptel ließ eine simple Strickleiter – scheinbar aus dem Nirgendwo – herunterfallen.

Oben angekommen empfing uns die tiefschwarze Nacht.

Ekuptel stieg als Erstes hoch und half mir hinaus. Verwundert rieb ich mir die Augen.

„Ich kann alles erkennen", flüsterte ich überrascht.

Trotz der Schwärze der Nacht konnte ich sehen.

Nicht nur schemenhaft. Sogar Farben, auf weite Entfernungen.

„Die Gabe des zweiten Samenkorns", sprach Ekuptel mit feierlicher Stimme.

„Jedes Samenkorn verleiht dir eine der Fähigkeiten des Prinzen."

Die blauen Tränen! Sie stammen vom ersten, Manjitas, Samenkorn...

Ekuptel nickte wortlos; dann verfinsterte sich sein Blick.

Ihm folgend wandte ich mich um. Das Feld mit dem Treibsand und den sandfarbenen Felsen war ergraut.

Einfach erloschen. Die Farben waren Omieda gewichen. Ein grauer Schleier hatte sich über Ekuptels Land gelegt.

Kapitel 20

Stuna döste friedlich in meiner Tasche, als wir die Grenze des Königreichs am Morgen erreichten. Mir kam es vor, als beträte ich eine neue Welt, in einer zwar unbekannten, mittlerweile jedoch vertrauter gewordenen Umgebung.

Auf meinem Weg hatte ich dicke Nebelbänke durchquert, ohne zu wissen, wohin genau ich lief.

Hier schien alles die Perfektion der Vollkommenheit zu imitieren.

Die Wiesen waren einheitlich grün. Ihr Farbton an keiner Stelle heller, dunkler oder gar bräunlich. Jeder Baum stand hochgewachsen mit starken Ästen und einem dicken, dichten Laubkleid bedeckt. Einige Libellen sirrten zwischen den saftigen Grashalmen.

Ein schnurgerader Pfad führte zwischen den Wiesen und Feldern hindurch.

Der erste richtige Weg, den ich in Pardalis überhaupt sah. Er war gepflastert mit gläsernen, quadratischen Kacheln. Obwohl schon eine Unzahl Füße ihn betreten haben mussten, erstrahlte er glänzend – ohne auch nur den geringsten Kratzer.

Ich verfolgte ihn mit den Augen, mein Ziel in Augenschein nehmend.

Wie gemalt, erhob er sich am Ende des Kachelweges aus dem Boden: der Kristallpalast des Glaskönigs!

Stalagmitisch ragte er empor. Unten sehr breit, nach oben schmaler werdend, erinnerte er an einen Eisberg. Weit oben wurde die Spitze sogar so dünn, dass man allenfalls allein hoch gelangen konnte.

Seine Oberfläche bildeten zahlreiche Rauten. Ihr grober Schliff sollte eine willkürliche Optik erzeugen, so, als ob er gerade geschürft worden wäre. Roh und ursprünglich.

Mit meiner neuen geschärften Sehkraft konnte ich die Fehlerlosigkeit der kunstvollen Rhombenanordnung erkennen, an der jedoch rein gar nichts natürlich war.

In seiner Summe war es die Nachahmung eines Urzustandes, der durch das verkrampfte Streben nach Perfektion zerstört wurde.

Der Glaskönig – Herrscher über diesen Eisklotz.

Angeblich verlieh ihm das Volk heimlich diesen Namen, da man ihm nachsagte, sein Palast wäre aus Glas. Nicht ein purer Kristall, wie er alle glauben lassen wollte. Wer das behauptete oder ihn gar als ‚Glaskönig' bezeichnete, wurde hingerichtet.

Meine Stiefelabsätze klapperten auf den Glaskacheln.

So makellos diese Kulisse auch war, es fehlte ihr an Authentizität.

Auch die Blumen entsprachen einem peniblen Farbmuster. Nie blühten zwei gleichfarbige Pflanzen nebeneinander.

Alle der Form eines Vergissmeinnichts nachempfunden, nur etwas größer. Innen gelb, umrandet von einem jeweils violetten, weißen oder rosa Blütenkranz.

Wie ein Park angelegt, mit einer Allee aus Glaskacheln, die hindurchführt. Unübersehbar stand dahinter der Wunsch nach einer herrlichen Blumenwiese.

Herrlich war sie, aber nicht wild und kraftvoll, wie man sich die Natur vorstellt, sondern gestutzt und kontrolliert.

Warum will jemand Echtes künstlich erschaffen?

Aus der Nähe ließ sich der Anblick des Kristallpalastes kaum ertragen. Licht brach sich in den geschliffenen Rauten und blendete jeden Betrachter.

Bildete ich mir das ein oder hatte ich oben an der Spitze eine kleine Plattform gesehen?

Wahrscheinlich steht der Glaskönig dort täglich und überblickt sein perfektes Reich. Und wehe dem, er entdeckt einen Fehler! Unwillkürlich brachte mich die Vorstellung zum Lachen.

Gläserne Verbindungsgänge aus dem Kristallpalast führten nach außen in einen durchsichtigen Tunnel, der wie ein Ring, in circa zehn Meter Höhe, das gesamte Schloss umspannte.

Unter dem Ring bildete eine hohe Rosenhecke den Abschluss, die ebenfalls das gesamte Schloss umgab.

Von beiden Seiten führte jeweils ein Zugang in den Ring.

Ob ich es ohne weiteres schaffe, hineinzugelangen?

Ich war erschöpft und beschloss eine Pause zu machen. Unter dem letzten Baum der Allee, der riesige Palast warf bereits seinen gläsernen Schatten, ließ ich mich nieder.

Mit angezogenen Beinen lehnte ich mich gegen den Stamm und beobachtete die Libellen auf der Wiese. Das hypnotische Flirren ihrer Flügel ließ meine Augen schwer werden.

Als ich sie nach wenigen Minuten wieder öffnete, stutzte ich beim Anblick meiner Stiefel. Sie waren nicht mehr abgewetzt oder gar schmutzig, sondern glänzten frisch poliert.

So haben sie nicht einmal ausgesehen, als sie neu waren.

Auch mein grauschwarz gestreiftes Kleid war nun golddurchwirkt, während mein ehemals beiger Mantel jetzt ein elegantes Taupe angenommen hatte.

Meine Haare fielen den Rücken hinab und schimmerten Goldblond.

Stuna streckte sich ausgiebig und lugte aus meiner Umhängetasche hervor.

Mit ihrer kleinen Nase voran krabbelte sie vorsichtig heraus. Ihr plüschiges Fell erstrahlte weiß.

„Ah, wir sind endlich da. Ich erkenne es wieder." Mit einem Kichern quittierte sie mein neues Aussehen.

„Was ist mit uns passiert?"

„Er will es so", piepste Stuna, „nichts hier sieht aus, wie es ist, sondern so, wie es ihm gefällt." Eitel beäugte sie prüfend ihre neue, alte Farbe.

„Wir sind hier in seinem Reich. Hier hat er die Macht. Er passt die Dinge an, wie er sie möchte."

„Die Dinge... Aber deine Farbe war doch verloren, also ist das eine Illusion.", schlussfolgerte ich. „Er formt alles nach seinem Ideal?"

Das sagte schon viel über ihn aus.

„Glaub nicht, dass es einfach wird, ihn einzuschätzen. Es wird eher andersherum sein. Deine Schwächen erkennt er sofort. So schlägt er seine Feinde stets schnell und vernichtend."

„Und was ist mit seinen Freunden?"

„Freunde?" Stuna sah mich spöttisch an, als hätte ich etwas Absurdes von mir gegeben.

„Der Glaskönig ist sehr mächtig – natürlich nicht annähernd so stark wie Omieda. Aber viele sagen, er sei genauso dunkel wie sie."

Hinter diesem perfekten Reich soll dasselbe verdorbene Wesen stecken, wie jenes, das überall Tod und Zerstörung verbreitet? Schwer zu glauben, aber eine Schraube locker hat er sicher.

„Ich habe Hunger", unterbrach Stuna meine Gedanken.

„Hast du noch Proviant?"

„Ja – aber ist die schöne Wiese nicht eher nach deinem Geschmack?"

„Alles vergiftet", entgegnete sie bereits kauend, „er mag nur Libellen, weil sie schön sind. Außerhalb des Schlosses sind sie die einzigen, die Nahrung finden und überleben können."

Bei Anbruch der Dunkelheit schlichen wir uns in die Festung.

Ärmliche Bretterbuden standen dicht an dicht. Verwundert bemerkte ich, dass kein Licht durch die Ritzen nach draußen drang. Alle Bewohner waren anscheinend in ihren Hütten. Niemand war zu sehen.

Zweifellos hörten sie meine klappernden Schritte auf dem Glas in der absoluten Stille, doch sahen nicht einmal durch ihre Fenster.

„Warum sind die Hütten derartig heruntergekommen?", flüsterte ich.

„Die Leute hier arbeiten nur für ihn. Sie interessieren ihn lediglich, sobald sie sein Schloss betreten. Wie sie leben, das kümmert ihn nicht."

Es war für ihn vielleicht belanglos, doch sehen wollte er das Elend dennoch nicht. Die dichte Rosenhecke schirmte die slumähnliche Umgebung blickdicht vom Kristallpalast ab.

Tellergroße, prächtige Rosenblüten hingen wie Blutstropfen darin.

Ein ehernes Tor erschien dazwischen. Kleine Lichter bewegten sich davor. Sie umrissen einen Vierbeiner.

Wir näherten uns und Stuna schlüpfte in meine Umhängetasche, die ich vorsorglich unter meinem Mantel verbarg.

Ein gazellenartiges Wesen mit zwei edlen, senkrecht nach oben geschwungenen Hörnern und weißen Flügeln auf dem Rücken bewachte den Eingang.

Es hatte mich schon längst erspäht und beäugte mich kritisch.

„Willkommen", sagte es mit sanfter, heller Stimme.

Die kleinen Lichter wuchsen wie winzige Blasen aus seiner Haut und bedeckten sie fast gänzlich. Die Hautöffnungen, aus denen die Leuchtpusteln hervorstießen, waren wund – an manchen Stellen auch entzündet.

„Bist du ein Mensch oder ein Tier?“, fragte ich es ergriffen.

„Weder noch, ich bin ein Laryd“, antwortete es.

„Hast du Schmerzen?“, ich zeigte auf die teils eiternden Lichterhebungen auf seiner Haut.

Das verblüffte Blinzeln seiner haselnussbraunen Augen mit den langen, schwarzen Wimpern zeigte mir, dass es höchst selten von jemandem danach gefragt wurde.

„Es ist sein Wille“, entgegnete es mechanisch, als würde es eine Schallplatte abspielen.

Dabei breitete er seine silbernen Flügel aus und fächerte sie einige Male.

Sein weißer Körper mit den Lichtblähungen hob sich minimal vom Boden ab. Eine eiserne Kette an seinem Hinterlauf hielt es zurück.

Es tat mir furchtbar leid.

Dennoch kann ich ihm jetzt weder helfen noch darf ich es.

„Lass mich bitte ein!“

„Jeder kann eintreten, passieren darf aber nur der, den der König lässt.“

Es wies mich mit einer Kopfbewegung an, mich vor das Tor zu stellen. Ich stutzte, ging langsam darauf zu.

Es war weder ein Spalt noch ein Riegel zu sehen, nur eine massive, metallisch glänzende Fläche.

Im Lichte des Laryden erkannte ich mein Spiegelbild darin.

Bin das wirklich ich?

Eine junge Frau, mit blutroten Lippen, wie die Rosen der hohen Hecke und stechend grünen Augen blickte mir daraus entgegen.

Das Gesicht mit makellosem Teint schimmerte hell und fein wie Porzellan, umrahmt von goldblonden Strähnen.

Mein Körper, definierter und schlanker als je zuvor.

Ich war schon immer dünn gewesen, jetzt sah ich sogar athletisch aus. Ohne Frage fand ich mich hübsch, aber ich ähnelte meinem alten Ich überhaupt nicht.

Stuna scharrte im Tascheninneren neugierig mit ihren Krallen. Sie wagte sich trotzdem nicht hinaus.

„Was soll ich tun?“, wandte ich mich an den Laryden.

„Erkennst du dich darin?“

„Ich sehe so anders aus.“

„Du bist das Abbild, das er sehen will. Erkennst du dich dennoch darin, nimmst du seine Sicht auf dich an und wirst zu dem, wie er dich haben möchte.“

Das Ganze klingt ja in sich schon falsch!

Alle Instinkte rieten mir alarmierend davon ab, weiterzugehen.

Unsicher blickte ich in meine unnatürlich glänzenden Augen.

Ja doch, da war etwas!

Ich konnte es hinter dem strahlenden Smaragdgrün erkennen.

Hier steht noch immer die unsichere, junge Frau, die Angst hatte, ihren Namen zu nennen, zu telefonieren, wenn jemand zu-

hört oder sich vor Schwimmbädern und den ganzen Keimen darin fürchtet.

Die sich immer noch dieselben Fragen stellt – die sich selbst infrage stellt.

Ich bin es, Yo, die an ihrem 23. Geburtstag beim Spaziergang mit Ollie von der Nacht verschluckt wurde. Hinter diesem unnatürlich schönen Vorhang.

„Das bin ich!", rief ich entschlossen aus und bekräftigte es mit einem Nicken.

„So sei es!", sprach der Laryd feierlich und senkte den Kopf.

Augenblicklich verwandelte sich die Tür vor meinen Augen in den Kopf eines riesigen dämonischen Tieres. Eine Mischung aus einem Löwen und einem Stier, mit riesigen Hörnern und zwei vorderen Eckzähnen, die aus einem geöffneten Maul ragten.

Ein furchterregender Gargoyle mit hasserfülltem Blick.

Es fiel mir schwer, meine Augen nicht abzuwenden, denn er war unsagbar schauerlich.

„Geh hindurch!", hörte ich es hinter mir rufen.

Ich musste mich überwinden, als ich auf die untere Zahnreihe stieg, um in sein Maul zu gelangen.

Er schnaufte und Speichel tropfte von seinem Gaumenzäpfchen.

Am ganzen Körper zitternd lief ich über seine pochende Zunge. Ich wich einem Spuckfaden aus, der sich seinen Weg nach unten bahnte.

Als ich im Begriff war, seinen Rachen zu durchqueren, breitete sich wie aus dem Nichts ein gläserner Gang vor mir aus.

Der Gargoyle war verschwunden und mit ihm der Eingang. Ich stand zehn Meter über dem Boden, in dem gläsernen Ring.

Vor mir führte einer der vielen Verbindungsgänge, die ich bereits von außen gesehen hatte, direkt hinauf in den Kristallpalast.

Draußen war alles schwarz, der Gang leuchtete in kaltem blauem Neonlicht.

Als ich ihn betrat, begann ich zu schweben. Ohne mich zu bewegen oder den Boden zu betreten, wurde ich auf einem unsichtbaren Laufband zum Ende des Ganges befördert.

„Mann, ist das sauber hier...“, murmelte ich vor mich hin.

Wahrscheinlich sank gerade mein Adrenalinpegel rapide.

Denn der Gedanke daran, wie es ihm gelang, diese Flächen hier alle penibel sauber zu halten, war geradezu absurd.

Am Ende des Ganges erkannte ich einen jungen Mann, der bereits auf mich wartete. Unspektakulär schlicht und sehr gepflegt, in gedeckten Farben gekleidet. Zurückhaltend freundlich lächelte er mich an.

Wohl einer der vielen Bediensteten.

Als unangekündigter Eindringling war ich erleichtert, freundlich aufgenommen zu werden.

„Willkommen im Kristallpalast“, sagte er mit einer einladenden Geste. „Du kommst spät – für einen ausführlichen

Rundgang hast du morgen Zeit. Ich bringe dich erst mal zu deinem Zimmer."

Ich starrte ihn erstaunt an.

„Hast du denn kein Gepäck?", fuhr er fort, ohne meiner überraschten Reaktion Beachtung zu schenken.

„Wie bitte?", entfuhr es mir, während mein Schwebegang wie das Ende einer Rolltreppenfahrt abschloss. Abrupt.

Tölpelhaft stolperte ich ihm entgegen.

Er lächelte wieder, ohne darauf einzugehen.

„Du bist sicher müde. Komm mit mir – du kannst dich ausruhen."

Mit einer wegweisenden Geste schritt er schnellen Schrittes voran. Sein Gang – betont salopp und doch geprägt von einer gewissen Erhabenheit.

Ich folgte ihm, hatte Mühe, seine Geschwindigkeit zu halten.

Der attraktive, dunkelhaarige, obendrein hilfsbereite Mann hatte mich so freundlich in Empfang genommen, dass ich es mich wagte, eine vorsichtige Frage zu stellen: „Wie heißt du?"

Obwohl ich leise sprach, hallte meine Stimme hohl durch den gläsernen Korridor, genau wie meine Schritte. Seine hastigen Tritte waren komischerweise nicht zu vernehmen.

„Ich habe keinen Namen." Seine Antwort klang immer noch freundlich, aber bestimmt.

Ich wagte keine weitere Nachfrage, obwohl mich die Frage umtrieb, wie man ihn denn ansprechen sollte.

Wir eilten durch gläserne Gänge, deren Wände milchig aufgearbeitet waren, sodass sie keinen Einblick gewährten.

Nun erreichten wir eine schmale Wendeltreppe.

Er ließ mich vorangehen. *Warum?*

Im etwas gemäßigten Tempo erklomm ich die Stufen. Das schien ihm nicht zu gefallen.

Ohne ein Wort zu sagen, wurde er schneller und ich spürte den Druck seiner Eile in meinem Rücken. Es fühlte sich unangenehm an und ich steigerte mein Tempo ein wenig.

Aber sobald ich wieder langsamer wurde, spürte ich ihn direkt hinter mir.

Er war mir sprichwörtlich auf den Fersen. Ich fühlte mich bedrängt. *Ja, sogar irgendwie gejagt.*

Es waren bestimmt zweihundert Stufen.

Jedes Mal, wenn meine Kraft nachließ, spürte ich ihn näherkommen. Ich atmete immer lauter.

Trotzdem ließ er nicht nach.

Als wir den obersten Treppenabsatz erreichten, überholte er mich geschwind, indem er zwei Stufen gleichzeitig nahm.

Mit einem unguten Gefühl und nach Luft japsend, folgte ich ihm, in einen langen, dunklen Gang blickend.

Zu meiner Rechten nur eine dicke Milchglaswand. Auf der anderen Seite des etwa drei Meter breiten Ganges befanden sich dreizehn Zimmer.

Darin war es dunkel, doch ich konnte im Vorbeigehen die Umrisse des Mobiliars ausmachen. Alle Räume waren exakt gleich eingerichtet.

Dank meiner neuen Fähigkeit erkannte ich deutlich die Silhouetten von Frauen in den Betten unter einem dünnen, weißen Laken liegen.

Voneinander getrennt durch eine Milchglaswand konnten sie sich gegenseitig nicht sehen.

Vom Flur aus jedoch sah man problemlos durch das Glas in die Zimmer.

So wie ich jetzt.

Die Außenwand aller Zimmer, die ich auf etwa dreißig Quadratmeter schätzte, bildete ein durchgehendes Panoramafenster mit Blick nach draußen.

Wir hielten vor dem letzten Raum.

Nummer dreizehn. Na wenn das kein gutes Zeichen ist.

„Du hast Glück. Gerade ist ein Zimmer frei geworden“, sagte er leise, während er die Tür langsam öffnete.

„Du wirst dich hier wohlfühlen.“

Ich fand diesen namenlosen, jungen Mann immer merkwürdiger.

Mit gemischten Gefühlen betrat ich mein Zimmer.

Ein großer, weißer Schrank aus glänzendem Material mit Flügeltüren lehnte klobig an der Wand. Daneben ein edler Tisch aus demselben Material mit einem runden Spiegel versehen. In einem bequemen Polsterstuhl konnte man daran sitzen.

Gegenüber an der Wand ein breites Bett, ganz in Weiß bezogen.

Alles sehr schlicht, doch überaus elegant.

Ich drehte mich zu ihm und zuckte zusammen. Er stand ganz nah bei mir.

„Wie findest du es?“ Er schaute mir direkt in die Augen.

Seine Augen, sie schimmerten gelb!

Ich war verlegen. Mir Raum verschaffend, trat ich einen Schritt zurück.

„Es ist – einzigartig“, sagte ich, nach dem richtigen Begriff suchend.

„Aber warum kann man vom Flur hineinschauen?“, wagte ich eine angedeutete Kritik.

„Nur ich habe hier Zugang“, entgegnete er schroff. Er schritt langsam zur Tür.

Versteht er nicht, dass man sich unwohl fühlt, wenn man jederzeit beobachtet werden kann?

„Hier gibt es keine Geheimnisse!“

Ich runzelte die Stirn. „Geheimnisse?“

„Jemand mit reinem Gewissen fürchtet nicht die Klarheit“, konterte er vielsagend über seine Schulter blickend.

Ich wollte eigentlich schweigen, denn mitten in der Nacht Diskussionen zu führen, wäre wohl unklug.

„Ich fürchte mich nicht vor der Wand. Ich verstehe sie nur nicht. Fürchtet sich nicht eher der, der diese Klarheit braucht?“

Die Frage war mir herausgerutscht und ich bereute sie schon in demselben Moment.

Seine Augen flackerten jetzt hellgelb auf, als er sich an der Tür noch einmal ganz zu mir umwandte.

„Entschuldige bitte“, sagte ich schnell, um ihn zu besänftigen.

„Merk dir eines: Ich fürchte mich vor gar nichts!“

Seine stechend gelben Augen drangen direkt in mich ein.

Der Glaskönig!

Er schloss die Tür und ging davon, ohne sich noch einmal umzusehen. Ich war starr vor Schreck.

Nie hatte ich für möglich gehalten, dass er mich selbst mitten in der Nacht in Empfang nähme.

Ich hätte vorsichtiger sein müssen. Er hatte meine Schwächen bereits in den ersten Sekunden erkannt und in mir gelesen wie in einem Buch!

Stuna und ich ließen uns auf dem Bett nieder. Sie war besorgt, weil ich den Glaskönig verärgert hatte.

Zwar bemühte ich mich, ihr Unbehagen im Keim zu ersticken, trotzdem war auch mir klar, ich hatte hier bereits zu Beginn einen großen Fehler begangen.

Ich hatte ihn gekränkt.

Kapitel 21

Noch vor Tagesanbruch stürmte ein Diener in mein Zimmer. Ohne Anzuklopfen.

Stuna brachte sich gerade rechtzeitig unter der Matratze in Sicherheit. Sie hatte sich als Versteck ein kleines Schlupfloch hineingenagt.

Ohne ein Wort half der Diener mir beim Entkleiden und der Morgentoilette.

Ich wünschte, es allein machen zu dürfen.

Der Junge, ein Bursche von vielleicht siebzehn Jahren wurde sichtlich nervös, seine Bewegungen fahrig. So hatte ich doch ein Einsehen und ließ mir ein Kleid überstreifen.

Das Kleid lag eng am Oberkörper an, war A-linienförmig von der Taille abwärts geschnitten und bestach mit seiner klaren Eleganz. Der Stoff, weich wie Jersey, legte sich angenehm auf meine Haut.

Da es über keinen nennenswerten Ausschnitt verfügte, konnte ich in einem unbeobachteten Moment meine Kette wieder umlegen und bequem darunter verbergen.

Der junge Diener war unauffällig in Schürzenstoff gekleidet. Sein eingefallenes, knochiges Gesicht machte ihn älter.

Zeitgleich öffneten die Diener die dreizehn Kammern und geleiteten ihre Bewohnerinnen hinaus auf den Gang.

Frauen aller Hauttönungen und Haarfarben, eine schöner als die andere, standen nebeneinander aufgereiht.

Sie trugen entweder schwarze, weiße oder graue Kleider. *Keine Farbe.*

Die Diener entfernten sich und wir marschierten in einer Reihe, angeführt durch einen Wachmann, wortlos durch die gläsernen Gänge.

Keine von ihnen beachtete mich.

Ich lief als Letzte und konnte an dem schlurfenden Gang des blond gelockten Mädchens vor mir erkennen, wie kraftlos und ausgezehrt sie war.

Sie stolperte.

„Alles in Ordnung?", fragte ich, als ich ihr meinen Arm zur Stütze anbot.

Sofort wandten sich elf Augenpaare zu uns um. Sie nickte, verängstigt nach unten schauend.

Als wir uns wieder in Bewegung setzten, drehte sie sich zu mir um und ein dankbares Lächeln huschte über ihr Gesicht.

Wir schienen in demselben Alter zu sein.

Vielleicht aber auch nicht. Noch konnte ich die Illusionen des Königs nicht von der Wirklichkeit unterscheiden.

Die Gänge glänzten ohne Makel. Kein Staubkorn war zu sehen.

Neonblaue Streifenlichter an den Seiten geleiteten uns durch die Dunkelheit. Gleichförmig ausgerichtet leuchteten sie auch die kleinste Ecke aus.

Wir gelangten in einen langen Saal mit einer festlich gedeckten Tafel. Jede Längsseite verfügte über sechs Gedecke. Die Frauen versammelten sich hinter ihren jeweiligen Plätzen.

An der Stirnseite war der Platz des Königs. Am anderen Ende der Tafel, gegenüber vom König, war noch ein Platz frei.

Na, das war ja klar. Ausgerechnet der Platz, wo er mich am besten im Blick hat.

Mit einem mürrischen Stirnrunzeln nahm ich meinen Platz hinter der Stuhllehne ein, nachdem die anderen mich mit eindringlichen Mienen bedachten.

Der Tag begann.

Zeitgleich schwang polternd ein zweiflügeliges Portal auf und der Glaskönig betrat den Raum. Wir durften nun, nach einen huldvollen Nicken seinerseits, unsere Plätze einnehmen.

Bedacht bedeutungsvoll setzte auch er sich. Keine Sekunde ließ er mich dabei aus seinen Augen.

Sie waren klein, grau und keine noch so kleine Bewegung entging ihnen.

Gestern Nacht waren sie doch gelb?

„Guten Morgen, Yosephinè!“ Ich zuckte zusammen.

Woher kennt er meinen Namen?

Er setzte ein schmales Lächeln auf. Es wirkte eingeübt.

Wahrscheinlich sollte es Freundlichkeit ausstrahlen. Man konnte ihm ansehen, wie es ihn regelrecht Mühe kostete, sein eingefrorenes Lächeln einige Augenblicke aufrechtzuerhalten.

Dann verschwand es.

„Schön, dass du bei uns bist. Wie ich dir bei deiner Ankunft gestern Nacht bereits mitteilte, hat uns bedauerlicherweise gerade erst jemand verlassen müssen.“

Die Ausdrücke der Frauen auf diesen Satz variierten deutlich. Einige wirkten betroffen, andere starr.

Das blonde Stolpermädchen wurde knallrot und verbarg schnell ihr Gesicht hinter den Händen.

„Womit ich auch beim eigentlichen Punkt bin. Die Farbe deines Kleides lässt dich wissen, wie zufrieden ich mit dir bin. Bekommst du ein weißes Kleid, hast du nichts zu befürchten. Grau bedeutet, dass du mich verärgert hast und an der Schwelle zu einem schwarzen Kleid stehst. Besserst du dich nicht, wirst du ein schwarzes Kleid tragen.

Diejenige, die an drei aufeinanderfolgenden Tagen ein schwarzes Kleid erhält, muss leider gehen."

Nun starrten alle bedrückt auf ihre Teller.

„Verärgert? Was soll das bedeuten?", fragte ich zögerlich.

Der offensichtliche Aufruhr in den Gesichtern der Frauen irritierte mich.

„Ich habe im Gefühl, du wirst die Antwort darauf bald kennen", entgegnete er ruhig und gelassen.

Er lächelte und dieses Mal war es echt. Und bedrohlich.

Ein dunkelhaariges Mädchen mit einem geflochtenen, französischem Zopf und markanten, schwarzen Augenbrauen schluchzte auf.

Sie trug ein schwarzes Kleid.

Er warf ihr einen verächtlichen Blick zu – voller Kälte. Augenblicklich verstummte sie.

„Lasst es euch nun schmecken", sprach er gönnerhaft.

Er erhob sein Glas und trank daraus. Wir taten es ihm gleich.

Die Speisen sahen sehr schmackhaft aus. Doch alle Frauen legten sich lediglich ein paar Kleinigkeiten auf ihre Teller und aßen sie, leise und betont unauffällig.

Sobald sein Blick eine von ihnen streifte, fror diejenige sofort ein.

Ich hatte mir ein belegtes Häppchen genommen. Es schmeckte fabelhaft. Jedoch genoss ich keinen Bissen, da er mich unverwandt anstarrte, solange ich aß.

Das Meiste wurde danach wieder abgeräumt.

Was für eine Verschwendung!

Im Anschluss folgte ein Spaziergang durch den Schlosspark. Prunkvolle Grünanlagen mit Blumen in den Farbkompositionen, die er mochte.

Einige Libellen schwirrten um die gläsernen Brunnen, aus denen perlendes Wasser sprudelte. Silber-blaue Fische tummelten sich darin.

Alle Damen bildeten eine Traube um ihn herum und versuchten gierig jedes seiner Worte zu erhaschen. Man sprach nur, wenn man von ihm angesprochen wurde. Jede Angesprochene versuchte ihre Vorgängerin in Witz und Charme zu übertrumpfen, um ihn möglichst nachhaltig zu beeindrucken.

Als er sich gerade eingehend mit einer Skulptur beschäftigte, wisperte ich zu dem Stolpermädchen: „Wie heißt du?“

„Cerise“, flüsterte sie kaum hörbar.

Eine der Frauen drehte sich kurz zu uns um.

Ich tat, als würde ich ganz vertieft lauschen und schaute sie vorwurfsvoll an, weil sie nicht dem König ihre Aufmerksamkeit schenkte. Hastig eilte sie ihm nach.

Er genoss die ungeteilte Aufmerksamkeit eines jeden. Niemand wagte in seiner Anwesenheit etwas zu tun, ohne dass der König ihn dazu aufforderte.

Mich nervte diese devote Haltung, wenngleich ich befürchtete, dass es dafür gute Gründe gab.

Ich folgte also den ‚Königsdamen'. Das war unsere Bezeichnung.

Mutmaßlich war es wohl unsere Aufgabe, seinen Tag zu begleiten und ihn zu bewundern. Wenn wir nicht mit ihm zusammen waren, gab es für uns Unterricht in Gesang, Kunst und Handarbeit.

Er umgab sich also gern mit schönen, gebildeten Frauen. Daran war an sich nichts Verwerfliches, wenngleich die Gesellschaft der Königsdamen nicht ganz freiwillig zu sein schien.

Sie waren verängstigt.

Ich fand keinen Zugang zu ihnen, denn sie sprachen weder miteinander noch beachteten sie mich.

Nur wenn eine von ihnen einen Fehler machte, wurde davon auffällig Notiz durch die anderen genommen.

Es würde mich nicht wundern, wenn sie ihm über die Fehltritte der jeweiligen Königsdamen berichteten und ihm diese damit zum Fraß vorwarfen.

Abends auf dem Zimmer durfte man sich mit Handarbeiten die Zeit vertreiben, bis die Nacht heranbrach. Es zu verlassen, war strengstens verboten.

Das hatte mir Cerise berichtet, während sie so tat, als würde sie mir ein Notenblatt bei der Gesangsstunde erläutern.

Sie war freundlich, aber sehr geschwächt.

Auch sie trug ein schwarzes Kleid wie Nila, das dunkelhaarige Mädchen mit dem Zopf, die bei Tisch geweint hatte. Nila hatte heute schon den zweiten Tag ein schwarzes Kleid bekommen.

Was ein schwarzes Kleid am dritten Tag bedeuten mochte, wollte sie mir nicht sagen. Schon bei dem Gedanken daran, begann sie zu zittern und fand keine Worte.

Das Abendessen verlief genauso wie das Frühstück.

Niemand getraute sich etwas zu sich zu nehmen, solange der König uns beobachtete. Er verabschiedete uns höflich und bat mich danach, ihm zu folgen.

Die anderen Königsdamen zeigten unverhohlen offen ihre Verwunderung darüber. Neid zeichnete sich in einigen Gesichtern ab, pure Abneigung in einigen anderen.

Beklommen folgte ich ihm in einen weiteren, direkt angrenzenden Saal.

Hier wurden Sitzungen mit Volksvertretern oder palastinterne Besprechungen abgehalten, erklärte er mir beim Eintreten.

Alle Wände waren verspiegelt.

Der Spiegelsaal. Die ‚Königsdamen' waren angeblich auch einige Male hier gewesen. Auch dieses Thema hatte Cerise fast zu einer Panikattacke geführt.

„Gefällt es dir bei mir?", seine grauen Augen musterten mich eingehend.

Gestern Abend hatte er attraktiver gewirkt – und jünger.

Ich hatte ihn ungefähr auf Mirans Alter geschätzt, heute jedoch sah er älter aus.

„Danke für deine Gastfreundschaft. Es gefällt mir, auch wenn es, naja –" ich suchte ein passendes Wort, „ungewohnt ist."

Er lächelte wieder schmallippig und unecht.

„Du gewöhnst dich besser schnell daran." So viel Kälte lag darin.

„Du warst heute abseits von den anderen. Da du neu bist, werde ich das noch nicht zu streng bewerten, aber ich möchte dich wissen lassen, es missfällt mir – es missfällt mir sogar außerordentlich."

Etwas Bedrohliches war an ihm, wie er vor mir stand.

Er war bedeutend größer als ich und trat sogar noch einen Schritt zurück, um mich genau von oben bis unten anzusehen.

Ich fühlte mich unwohl dabei, versuchte trotzdem ruhig zu bleiben. Er sollte mich nicht verunsichern.

Dann streckte er seine Hand aus und berührte meinen Hals. Ich zuckte.

Seine Finger strichen seitlich am Halsausschnitt meines Kleides entlang und ich begann zu schaudern.

Langsam und bedächtig zog er meine Kette unter dem Kleid hervor.

„Was ist das?“ Ich konnte deutlich die Wut in seiner Stimme hören.

„Ein altes Geschenk. Ich wollte sie heute gern tragen, weil es ein besonderer Tag ist.“

Etwas Besseres fiel mir nicht ein. *Hoffentlich glaubt er es!*

Ich verspürte große Angst und konnte mein eigenes Herz förmlich unter dem grauen Kleid schlagen sehen.

„Das ist es in der Tat“, lächelte er schauerlich, während er sprach.

„Doch es gibt Anweisungen, die befolgt werden müssen.“ Sein Lächeln verflog. Ein Unheil verkündendes Gefühl stieg in mir auf.

„Hast du ein Problem mit meinen Regeln?“ Ich wagte nicht zu antworten. Was ich wirklich davon hielt, wollte er sicher nicht wissen.

„Antworte!“, herrschte er mich laut an. Der unheilvolle Klang in seiner Stimme ließ mich vermuten, dass sowohl schweigen als auch sprechen jetzt falsch sein konnten.

Die Tür öffnete sich und zwei Wachen begleiteten den Jungen, der mich am Morgen angekleidet hatte, in den Saal hinein.

Sorgenvoll erkannte ich ihn.

„Du weißt, weswegen du hier bist?“, fragte ihn der König mit sanfter Stimme.

„Ja. Man hat es mir gesagt. Aber ich wusste nichts von einer –“, wimmerte er mit Blick auf mich.

„Knie dich auf den Boden. Kopf nach unten", schrie er.

Der Junge schlotterte am ganzen Körper, weinte laut und tat, wie ihm geheißen. Der König schritt zu einer blanken Truhe. Äußerlich leicht mit einer Bank zu verwechseln, öffnete er sie. Stichwaffen und Schwerter verschiedenster Arten waren darin aufgereiht.

Ausführlich betrachtete er sie, bevor er sich für ein langes Schwert entschied.

„Er hat das wirklich nicht gewusst. Er kann gar nichts dafür", rief ich und eilte zu dem wimmernden Jungen.

Der brach vor lauter Angst auf dem Boden zusammen und wurde von den Wachen wieder aufgerichtet.

Mich unverwandt dabei ansehend, schritt der König zurück und stellte sich vor mich und den Diener.

Zwei Wachen packten mich, zogen mich zur Seite.

„Hör auf!", rief ich.

„Ich habe noch gar nicht angefangen", erwiderte der Glaskönig kalt und fuhr mit der Klinge langsam über den Nacken des Jungen, der jetzt heftig schluchzte.

„So lass ihn doch gehen. Bitte!" Ich wehrte mich gegen den Griff der Wachen.

„Wirst du dich von nun an meine Regeln halten?", fragte er mich warnend. Er holte aus und das Schwert zischte in der Luft.

„Ja", schrie ich, „das werde ich! Ich verspreche es!"

Das Schwert sauste nach unten.

Der Saum meines Kleides saugte sich voll mit Blut. Gluckernd floss es aus einem tiefen Schnitt im Unterarm des Jungen, der ohnmächtig am Boden lag.

Die Wachen mussten mich mit Gewalt in mein Zimmer bringen. Schreiend und um mich tretend wurde ich dort eingeschlossen.

Die anderen Damen reagierten nicht, trotzdem wusste ich, dass sie jeden meiner aufgebrachten Rufe hörten.

„Ist euch das alles egal?“, schrie ich. „Wie könnt ihr dabei zusehen?“, klagte ich sie immer wieder an.

Keine Antwort. Nur Stille auf unserem einsamen Flur.

Stuna versuchte verzweifelt, mich zu beruhigen.

Dann – ein leises, kaum hörbares Klopfen drang durch meine Wand. Cerise!

Ihre Anteilnahme, wenn auch nur in Form eines Klopfens, war ein kleiner Trost in der Stille aus Ignoranz und Traurigkeit.

Wie gern hätte ich jetzt mit ihr gesprochen.

Noch lange klopften wir abwechselnd durch die Wand und signalisierten uns Beistand.

Es änderte zwar nichts, doch half mir sehr.

Ein Klopfen an meiner Tür signalisierte mir, dass es Zeit war aufzustehen. Ausgebreitet auf dem Boden wartete ein schwarzes Kleid auf mich. Kein Diener heute.

Im Schein des blauen Neonflurlichtes kleidete ich mich an.

Ich legte die Kette um meine Taille. Dort würde sie ihm nicht auffallen.

Hoffentlich. Niemand sollte noch mal für meine Entscheidungen büßen müssen.

Insgeheim wusste ich, dass es genau das war, was er wollte. Ich sollte mich schuldig fühlen und müsste mich fügen, damit niemandem etwas geschehen würde.

Muss ich mich ihm unterordnen?

Dort, wo Böses erst mal wuchert, da entsteht noch mehr davon. Es will genährt werden. Es würde nie satt werden.

Ich wartete, bis unsere Türen durch die Wachen geöffnet wurden und stellte mich in die Reihe.

Ein leises Schluchzen war zu hören.

Ich suchte nach der Ursache. Es war Nali. Sie trug ein schwarzes Kleid.

Aber warum?

Sie war am Vortag aufopferungsvoll und überfreundlich in seiner Gegenwart gewesen. Die Vergabe schien reine Willkür zu sein.

Ich befürchtete, er könnte heute ein weiteres Exempel statuieren.

Wir stiegen nicht hinab zum Speisesaal wie gestern, sondern wurden die Treppen aufwärts durch einen gläsernen Tunnel geführt.

Alle liefen sehr langsam, doch die Wachen trieben uns unwirsch an.

Es war ein schwerer Gang. Nali musste gestützt werden, nicht fähig, allein zu gehen.

Wir gelangten hinaus, auf eine kleine Aussichtsplattform.

Die Abgrenzung bildete eine kniehohe, gläserne Mauer. In der Mitte der Mauer war ein kleiner Vorsprung, der etwa einen halben Meter nach außen ragte.

Unter ihm die Tiefe.

Ängstlich fragte ich mich, warum wir hier waren.

Der Tag begann. In demselben Moment betrat der Glaskönig die Plattform.

„Guten Morgen", rief er uns mit betont guter Laune zu.

Alle Königsdamen setzten sofort ein gespielt heiteres Lächeln auf. Nur Nali nicht.

Ihre braunen Augen waren voller Tränen.

Er streckte ihr seine Hand entgegen und lachte sie an: „Komm!"

Zaghaft nahm sie seine dargebotene Hand und folgte ihm zum Vorsprung. Er half ihr, auf die Mauer zu steigen.

Mein Herz schlug vor Angst so schnell, dass ich glaubte, zusammenzubrechen. Das Bild schnürte mir die Luft ab.

Sie stand nun auf dem Mauervorsprung und drehte sich um, mit dem Gesicht zu uns.

Ihre langen glatten, schwarzen Haare, heute offen, wehten unruhig im Wind.

„Lächle!", forderte er sie auf und ließ ihre Hand los.

Sie stand unter Adrenalin und war nicht mehr Herr ihrer Sinne. In ihren Tränen verschleierten Augen stand die pure Angst geschrieben. *Todesangst!*

Was hat er vor? Will er ihr Angst machen? Sie quälen?

„Lächle!", befahl er ihr nun nochmal mit Nachdruck.

Dabei behielt er den sanften Klang seiner Stimme bei und sein hartes, kaltes Lächeln im Gesicht.

Sie versuchte unter Tränen zu lachen.

Dann gab der Stein unter ihren Füßen nach. Lautlos stürzte sie in den Abgrund.

Kapitel 22

Wie in einem Traum fiel ich in Zeitlupe, spürte auch nicht den Aufprall auf dem dicken Glasboden.

Heiser von meinem eigenen Schrei kroch ich auf die Mauer zu, wo Sekunden zuvor noch Nilas seidigen Haare wehten. Ich wollte nicht wahrhaben, was soeben geschehen war.

Einen kurzen Blick über die Mauer erhaschte ich noch, bevor die Wachen mich zurückzerrten. Da unten, auf dem gläsernen Vorplatz des Schlosses, lag ein weißer Körper in einem schwarzen Kleid. Rot umrandet.

„Warum tust du so etwas?“, schrie ich ihn an.

Verächtlich musterte er mich; seine Mundwinkel zuckten verärgert nach unten.

Ich rappelte mich auf, wollte wütend auf ihn zustürmen, ihn packen, doch die Wachen hielten mich fest und warfen mich grob zu Boden.

Der Glaskönig würdigte mich jetzt keines Blickes mehr und schritt in seiner betonten Lässigkeit von der Plattform.

In diesem Moment verabscheute ich ihn zutiefst.

Der Hass steckte in meinem Hals, in meinem Herzen, ließ mich nach Luft schnappen, weil ich ihn so schwer ertrug.

Die Königsdamen folgten ihm. Cerise zögerte. Sie bückte sich und strich mir tröstend über den Kopf.

Er sah sich um, sah, was sie tat.

Ein gefährlich funkelnder Augenaufschlag, der eindeutig Cerise galt, blitzte aus den grauen Pupillen.

Besiegelt er womöglich auch ihr Schicksal in diesem Augenblick mit einem Wimpernschlag?

Auch sie trug heute, wie am Tag zuvor ein schwarzes Kleid.

Sie folgte meinem beklommenen Blick und zog hastig ihre Hand zurück. Schnell raffte sie ihr Kleid auf und eilte zur Gruppe.

Ich verbrachte den Rest des Tages auf Wunsch des Königs in meinem Zimmer. Zwar war es nicht verschlossen, aber Wachen am Ende des Flures, sendeten ein deutliches Signal.

Kein Entkommen oder wenigstens eine Möglichkeit mich nach dem dritten der fünf Samenkörner umzusehen.

Bestürzt lauschte Stuna meinem Bericht.

„Mörder" oder „Barbar", warf sie immer wieder betont leise ein, damit man nicht auf sie aufmerksam wurde.

„Nachts ist er wach und schleicht durch die Gänge", berichtete sie. Sie hatte ihn bei ihrer nächtlichen Futtersuche durch den Palast streifen sehen.

„Wo hast du ihn gesehen?", wollte ich Genaueres wissen.

„Am Tage, wenn ihr nicht dabei seid, hat er Anhörungen. Dabei geht es meistens um Regelverstöße der verschiedensten Art. Die Angeklagten sind entweder Bedienstete des Schlosses oder stammen aus dem Volk. In jeder Ecke der Stadt gibt es Späher", wusste sie weiter zu berichten, „die kontrollieren, ob seine Regeln beachtet werden. Wer dagegen verstößt, über den hält der König Gericht."

Sie sah aus dem Panoramafenster: „Seine Urteile sind nur hart, nicht gerecht. Oder besser, gerechtfertigt – Gefängnis, Folter, Tod.“

Wie kann er all das tragen? Die Schuld auf seinen Schultern ist immens.

Er hatte uns aus gutem Grund bei Nilas Hinrichtung zusehen lassen. Durch die Angst – unsere Angst – hielt er die Königsdamen unter Kontrolle.

Es funktionierte.

Auch ich fürchtete mich davor, dort stehen und sterben zu müssen. Nilas Hinrichtung hatte mich zugleich eingeschüchtert und wachgerüttelt.

Wenn ich eine Chance auf das Samenkorn haben und überleben wollte, würde ich mein Verhalten hier ändern müssen. *Sonst stehe ich als nächstes an Nilas Stelle...*

„Pass auf dich auf, wenn du nachts unterwegs bist“, bat ich Stuna, besorgt über ihr plüschiges Fell streichelnd.

„Wir müssen das Samenkorn finden – für dich ist es zu gefährlich.“

Sie verstummte, denn die anderen kehrten zurück. Stille zog ein, nachdem sie in ihren Kammern verschwunden waren.

Ich lag ausgestreckt auf dem Boden vor der Panoramafront und schaute auf die wunderschönen Lichter des Kristallpalastes.

Wie ein eisiger, durchsichtigerer Koloss inmitten der Schwärze der Nacht. *Ein kaltes Licht in einer noch kälteren Dunkelheit.*

Da hörte ich an der Tür ein Geräusch – Cerise schlüpfte herein.

„Tu das nicht!", wisperte ich. „Ich will nicht, dass dir etwas passiert." Lächelnd legte sie sich neben mich auf den Boden.

„Und ich will das hier!" Ihr blonder Kopf lehnte an meiner Schulter, sie schloss ihre Augen. Sich an mich schmiegend, breitete sich ein Ausdruck der Zufriedenheit in ihrem Gesicht aus.

Jetzt sah ich, dass sie überall kleine Sommersprossen hatte. Hellbraune Sprenkeln, die sich bis zu ihrem Haaransatz und Dekolleté ausbreiteten.

Wieso habe ich das vorher nie bemerkt?

Kleine Lachfältchen hatten winzige Furchen unter ihren Augen hinterlassen. Sie hatte schon lange keinen Grund mehr, sie zu zeigen. Jetzt, da sie mich selig anlächelte, kamen sie zum Vorschein.

Ich legte meinen Arm über ihre Schulter.

„Danke, dass du gekommen bist", flüsterte sie. Dann schloss sie wieder ihre Augen. „Ich hatte schon vergessen, wie das ist. Zu fühlen."

Glücklich schliefen wir ein.

Glück – für diesen kurzen Augenblick, da ich sie halten konnte.

Mitten in der Nacht wurde ich wach. Allein, auf dem Boden, mit einem weißen Laken zugedeckt.

Cerise war nicht mehr da.

Es beunruhigte mich. Nervös beschloss ich, nach ihr zu sehen.

Ihr dritter Tag würde bald anbrechen und nach dem Fauxpas gegenüber dem König wäre ein schwarzes Kleid vorstellbar. Bestimmt hatte sie Angst.

Leise öffnete ich meine Tür und huschte auf Zehenspitzen über den Gang.

Als ich durch ihre Glasfront blickte, erschauderte ich.

Eigenartig verrenkt lag ihr Körper vor dem Bett. Ihre blonden Locken strahlenförmig ausgebreitet um den Kopf. Nur eine einzelne Strähne lag quer über ihrer Nase.

Sie bewegte sich nicht.

Ich stürmte in ihr Zimmer und wusste, als ich sie berührte, dass sie nicht mehr am Leben war. Ihre vorhin noch so lebendigen Sommersprossen waren eiskalt.

Das schwarze Kleid zerrissen. Sie hatte daraus einen breiten Streifen geknotet. Dieser war mehrmals um ihren Hals geschlungen.

Eine Hand lag ausgestreckt neben ihr und die andere war mit dem Ende des Bandes umwickelt, das tief in ihre Haut schnitt.

Mit jammernden Lauten kniete ich neben ihr nieder.

Jetzt sah ich die echte Cerise.

Ihre blasse Haut war eingefallen und kleine Altersfältchen zeichneten sich darauf ab. Sie war nun etwa Anfang vierzig.

Wie lange mochte sie hier schon gelebt haben?

Ich schluchzte hemmungslos, während ich ihr Gesicht fest hielt. Keine blaue Träne könnte jetzt noch helfen.

Trauer kann so viel sein. Ich fühlte nur Machtlosigkeit.

Ach, wäre ich doch wach geblieben…

Helles Licht drang plötzlich vom Flur in das Zimmer. Ehe ich mich versah, sprangen drei Wachen herein, griffen meine Arme, zogen mich von ihr fort.

Direkt neben ihrem toten Körper drückten sie mich zu Boden. Cerises tote Augen starrten mich an.

„Was sollen wir mit ihr machen?“, fragte einer aufgebracht.

„Er wird uns umbringen!“, warf ein anderer ein.

„Was ist, wenn wir die Tote einfach verschwinden lassen?“

„Ja und die hier gleich mit. Mit ihr hat der Ärger hier erst angefangen!“

Stöhnend bäumte ich mich auf, die Last ihrer Körper war erdrückend.

Einer schnappte wütend meine Haare, schlug meinen Kopf auf den Boden. Dumpf traf mein Schädel auf den harten Untergrund. Ich fühlte mich benommen, als wäre das alles nicht real.

„Was willst du? Willst du so enden, wie die? Willst du das?“, schrie er mich an.

Ein anderer stellte sich auf meine Beine. Seine Absätze bohrten sich in meine Haut. Ich wimmerte vor Schmerzen.

„Halt endlich deinen Mund!“, brüllte der, der auf mir saß, während er erneut meinen Kopf an den Haaren packte. Er stieg von meinem Rücken und schliff mich an den Haaren über den Boden.

Dann richteten sie mich auf und der Nächste hielt meine Arme auf dem Rücken fest.

Der Dritte, augenscheinlich der Aufgebrachteste, schrie mich an: „Du wirst uns noch alle unser Leben kosten."

Als ich mich aus dem Klammergriff des zweiten Mannes befreien wollte, erhob er seine Hand, ballte sie zur Faust und holte aus.

Ich sah sie auf meinen Kopf zuschnellen.

Die Wucht des Faustschlags schleuderte mich auf das Bett. Ungebremst prallte mein Kopf gegen die Wand.

Ein feines Rinnsal Blut lief über meine Stirn.

Ich spürte es kitzelnd über meine Haut fließen. Mehr nahm ich nicht wahr. Mein Kopf war taub, mein Körper auch.

Es war still. Kein Laut mehr zu hören.

Der Glaskönig hatte, von den Wächtern unbemerkt, den Raum betreten. Ich sah ihn durch einen Schleier, wie eine Illusion.

„Wer sie anfasst, stirbt!"

Seine Worte waren leise gesprochen, aber klar und scharf wie Splitter.

Danach verschwamm meine Umgebung.

Als ich die Augen wieder aufschlug, lag ich auf einem weichen Bett.

Keinen Meter entfernt von mir saß der Glaskönig – an einem großen Tisch, den Kopf über Schriftrollen gesenkt.

Ich bewegte mich langsam. Sorgenvoll richteten sich seine Augen auf mich. Er erhob sich, setzte sich neben mich auf das Bett.

Es war das erste Mal, dass ich seine Nähe ertrug.

„Cerise", seufzte ich leise.

„Sie ist tot." Erstaunt bemerkte ich Bedauern in seinen Worten mitschwingen.

Argwöhnisch betrachtete ich ihn.

Etwas schien ihm zuzusetzen, denn er wirkte nicht mehr erhaben wie sonst.

Er saß nah bei mir und ich konnte die ausstrahlende Wärme seines Körpers fühlen, obwohl er mich nicht berührte.

„So etwas wie heute wird nie wieder passieren. Ich möchte, dass es dir gut geht."

„Bitte", seine Stimme klang fast flehend, „versuch dich, hieran zu gewöhnen. An – an mich." Er presste den letzten Satz heraus, als kämen die Worte nur schwer über seine Lippen.

„Ich möchte dich nicht bestrafen müssen."

Diese Aussage ist auf so vielen Ebenen paradox. Ein Psychiater hätte sicher Freude daran.

Was für eine Wahl hatte ich? Ich war ihm ausgeliefert.

Nicht nur, weil ich eine Aufgabe zu erfüllen hatte, sondern auch, weil es für mich keinen Weg aus diesem Schloss gab, der nicht den Tod bedeutete.

Ich blickte zu ihm auf. Sein Gesicht sah verändert aus.

Ist er wirklich unglücklich oder sieht er so verhärmt aus, weil er gealtert ist?

In der Tat sah er älter aus.

Er hatte noch Ähnlichkeit mit dem jungen Mann, der mich am Tag meiner Ankunft begrüßte. Sein Kinn aber war spitzer und die grauen, kleinen Augen lagen tiefer in den Höhlen. Das Dunkel seines Haares war einem helleren Braun gewichen.

Ich schätzte ihn jetzt auf Mitte bis Ende Dreißig.

„Ich weiß, es ist nicht leicht hier für dich, doch –"

Er streckte seine Hand aus und es sah fast aus, als ob sie mich berühren wollte.

Kurz bevor er meine Fingerspitzen erreichte, ich fühlte schon fast seinen Pulsschlag, stoppte er. Abrupt stand er auf.

„Ich habe dich gern", sagte er, als würde er die Worte ausspucken, weil er sie so wenig mochte. Fluchtartig verließ er den Raum.

Ist das aufrichtig?

Oder setzte es ihm eher zu, dass Cerise selbst die Entscheidung getroffen hatte, ihrem Leben ein Ende zu setzen? Hatte sie ihm damit doch etwas genommen, was ihm anscheinend heilig war, da er es mit einer Fülle von Regeln schützte. Die Kontrolle.

Meine Ankunft und die Folgeereignisse hatten sein Verlangen, seinen Durst danach noch verstärkt, aber Cerises Tod hatte möglicherweise etwas Bedeutendes in ihm in Gang gesetzt.

Am Abend, nachdem ich tagsüber allein in seinen Gemächern geruht hatte, saßen wir uns im Speisesaal mit all den anderen beim Abendessen gegenüber.

In mich gekehrt, aß ich ein paar Bissen.

Er sah mich vom anderen Kopfende an und ich erwiderte seinen Blick. Diesmal ohne Furcht oder Unbehagen.

Was hat sich zwischen uns verändert? Uns?

Stuna war bereits verrückt vor Sorge, als ich zu ihr zurückkehrte.

Ich berichtete ihr von den Geschehnissen, bevor sie sich auf ihren allabendlichen Rundgang machte. Keine von uns war in Bezug auf das Samenkorn weiter gekommen.

Mich tröstete allein der Gedanke, dass die bisherigen Samenkörner ihren Weg eher zu mir gefunden hatten als umgekehrt…

Die Zeit im Kristallpalast forderte mich emotional stärker als angenommen. Ich fühlte mich leer und kraftlos. Alle Energie schien von diesem Schloss aufgesaugt zu werden.

Oder vom Glaskönig. Was wohl aus den Wachen geworden ist?

Ich wagte nicht, länger daran zu denken.

Erschöpft schloss ich, den Anblick des glitzernden Palast durch meine Panoramascheibe vor Augen, endlich die Lider.

Was für ein Tag!

Hinter mir schaukelte die lange Brücke, die in Nebel gehüllt war.

Tief inhalierte ich die morgendliche Frische. Alles war so einfach hier.

Mirans weicher Federmantel legte sich um mich und er senkte seinen Kopf in meine Arme, die seinen Hals umschlangen.

Still standen wir da, ließen uns dann ganz langsam blind zu Boden sinken.

Ich genoss, das Heben und Senken seiner Brust auf mir zu spüren. Der gleichmäßige Druck seines Körpers auf mir gab mir Wärme und Geborgenheit.

Ich wollte nicht einen Tag länger ohne seine Nähe sein.

Diese Sehnsucht, die nur gestillt wurde, wenn wir uns so trafen, brannte sich immer tiefer in meine Seele ein.

Begehrend, verlangend nach jeder seiner Berührungen.

Er küsste sanft meinen Hals. Sein weicher Mund auf meiner Haut machte mich wahnsinnig.

Ich atmete schneller, vergrub meine Hände in seinem braunen Haar. Seine Lust steigerte sich. Er bäumte sich auf und stöhnte leise.

Als er zur Seite rollend entwich, folgte ich ihm unnachgiebig. Meine Hände glitten unter sein Hemd, wohl wissend – hoffend – er würde seine Beherrschung verlieren.

Etwas raschelte neben meinem Ohr und scharrte an meinem Kopf.

Stuna! Warum weckt sie mich?

Gerade wollte ich eine unwirsche Bemerkung machen, da schreckte ich hoch.

Die leuchtend gelben Augen des Glaskönigs schienen vom Flur durch die Glaswand in mein Zimmer.

Angewurzelt stand er dort und keine Regung seines Körpers ließ andeuten, dass es ihm auch nur im Geringsten etwas ausmachte, von mir ertappt worden zu sein.

Er tat nichts. Fixierte mich nur mit seinen Augen.

Aufrecht saß ich im Bett, unsicher, was ich tun sollte. Kalter Schweiß bildete sich auf meinem Rücken.

Vorsichtig und nur flach atmend sank ich zurück auf mein Kissen sinken. Keine Sekunde ließ ich ihn dabei aus den Augen.

Die Tür öffnete sich und er trat ein.

Er blieb vor dem großen Panoramafenster stehen. In der Scheibe spiegelte sich das durchdringende Gelb seiner Augen.

Jetzt wagte ich kaum noch Luft zu holen.

Dann drehte er sich zu mir, schritt herüber. Er setzte sich neben mich auf das Bett, wie er es auch am Morgen getan hatte.

Ich fürchtete mich, lag angespannt steif auf dem Rücken.

Er streckte wieder seine Hand nach mir aus. Dann berührte er mich. Ich erstarrte.

Es war furchtbar – und schön zugleich.

Er legte seine Hand auf meine. Warm und sacht lag sie darauf, doch es fühlte sich so übermächtig an, als übernähme er die Kontrolle.

Verhalten atmete ich weiter.

Er hielt meine Hand und ein Hauch von Zufriedenheit huschte über sein Gesicht.

Die Anspannung, die mit seiner Anwesenheit einherging, war kaum zu ertragen.

Es strengte mich zu sehr an. Irgendwann schlief ich vor Erschöpfung ein.

Stuna berichtete mir, er habe noch mehrere Stunden bei mir verbracht und meine Hand festgehalten.

Wie unheimlich.

Doch das eigentlich Unheimliche daran war, wie gut ich geschlafen hatte, während er bei mir gewesen war.

Nilas und Cerises Kammern blieben frei. Er ersetzte sie nicht.

Die Königsdamen beunruhigte diese Änderung der Gewohnheiten. Zwar sprachen sie nur selten miteinander und schon gar nicht mit mir, allerdings zeigte ihr Verhalten deutliche Verunsicherung. Seine neuen Regeln kannten sie nicht.

Ich erhielt von nun an täglich ein weißes Kleid. Meine Mitbewohnerinnen registrierten es argwöhnisch.

Sie signalisierten mir nun ihr Wohlwollen durch freundliche Gesten. Hauptsächlich gingen sie mir aber weiterhin lieber aus dem Weg.

Bald darauf war ich die Einzige in Weiß. Sie hingegen trugen Grau. Schwarze Kleider verteilte er gar nicht mehr.

Er schenkte mir seine gesamte Aufmerksamkeit, was die Tage mit ihm sehr anstrengend machte. Sein Wesen – empfindlich und aufbrausend.

Jede noch so beiläufige Bemerkung war eine Gratwanderung, die schlimmstenfalls darin gipfelte, ihn zu verärgern.

Er mochte mich, jedoch mit seiner Zuneigung nahm ich auch große Verantwortung an.

Missfiel ihm etwas, gefror sein Gesicht.

Dauerhafte Missstimmung könnte Menschen ihr Leben oder ihre Freiheit kosten. So bemühte ich mich, ihn gnädig zu stimmen.

Wenn er wieder lächelte, war ich erleichtert.

Egal, wie offensichtlich fröhlich er war, sein Lachen blieb immer maskenhaft. Richtige Freude kannte er wohl nicht.

Dennoch ahnte er, dass Glück sich gut anfühlen musste und versuchte es zu imitieren.

Genau wie sein Glasschloss, einen rohen Kristall imitierte.

Er wollte wunderbare, natürliche Dinge künstlich erschaffen. Sie besitzen. All seine zwanghaften Züge waren Ausdruck einer unkontrollierten Sehnsucht danach.

Aber die Grausamkeit seines Wesens erfüllte weitere Sehnsüchte, die miteinander einhergingen, sich gar bedingten. Kontrolle und Macht.

Wann immer die Stimmung zu ausgelassen wurde, wenn er sah, wie sich zwei Damen unterhielten, ohne seinen Worten zu folgen, setzte er ein Zeichen. Entweder durch Essensentzug oder Stubenarrest.

Niemand sollte ihn und seine Macht unterschätzen.

Eines hatte ich allerdings nie gesehen: Körperkontakt.

Im Gegenteil. Es schien ihm sogar unangenehm zu sein, wenn ihn jemand berührte.

Umso mehr bedeutete die Nacht, in der er an meinem Bett gesessen hatte. Sie war ein Durchbruch zu ihm gewesen.

Mein Gefühl riet mir, das Samenkorn bei ihm zu suchen. Allerdings verlangte diese Suche mehr, als ich zu leisten imstande war. Zumindest empfand ich es so.

Seiner zwanghaften, launischen Persönlichkeit war ich nicht gewachsen. *Viel eher ausgeliefert.*

Ich war ausgedörrt von der ständigen Wachsamkeit, die mir seine Anwesenheit abverlangte.

Nachts erholte ich mich von den strapaziösen Tagen.

Bisher hatte immer die ganze Gruppe ihn begleitet, nun geschah es auch häufiger, dass wir allein Ausflüge machten.

Erst hatte ich Bedenken.

Aber bei diesen paar Malen, die wir allein waren, stellte er sich als feinfühliger, sogar lustiger Gesprächspartner dar.

Ich erzählte nie zu viel, meistens sprach er.

Doch ich ertappte mich ein ums andere Mal, wie ich an seinen Lippen hing. Seine Intelligenz, sein großes Wissen, die Strukturiertheit, mit der er sich ausdrückte, sie imponierte mir.

So sehr sich auch mein Verstand dagegen wehrte, löste diese Zeit mit ihm etwas in mir aus. Etwas, das ich nie zulassen wollte.

Nach einem harmonischen Nachmittag, wir waren ausgeritten, kehrten wir erst nach Einbruch der Dunkelheit, zurück.

Er begleitete mich zu meinem Zimmer. Heute scheuchte er mich nicht die Treppen hinauf, war galant und betont rücksichtsvoll.

„Wie an unserem ersten Tag“, sagte er versonnen und grinste fast jungenhaft schelmisch.

Wieder gab er damit ein Stück seiner Kontrolle auf.

Es war beklemmend, denn es erzeugte eine Intimität zwischen uns, die ich durch meine stete Anspannung hindurch nur unterschwellig fühlen konnte. *Oder wollte.*

Trotzdem existierte sie.

Vor meiner Tür blieben wir stehen.

Sein einstmals dunkles Haar, durchzogen von graumelierten Strähnen und sein markantes Gesicht merklich gealtert. Er war jetzt schätzungsweise Mitte vierzig.

Vor mir stand nun der echte Glaskönig.

Für die anderen war er noch immer der dunkelhaarige, vitale Jüngling, mit dem er jetzt kaum noch Ähnlichkeit hatte.

„Deine Augen – warum sind sie nachts gelb?“, hörte ich mich leise fragen. Sie flackerten, loderten auf und er sah mich an. Ganz fest drang das gelbe Licht in meine Augen, die zu ihm aufblickten.

Dieser stille Augenblick, in dem er mich nur ansah, wurde zu nah, zu intensiv. Er entwickelte eine Stärke, eine Atmosphäre, die ich nicht ertrug.

Seine Augen, sie drückten etwas aus, das ich nicht zu hören bereit war.

„Gute Nacht“, stammelte ich hastig und beeilte mich die Tür zu öffnen, um zu entkommen.

„Gute Nacht“, antwortete er mit einem eigenartigen Unterton und ging.

Ich war furchtbar müde und ließ mich ins Bett sinken.

Es war verrückt, dumm und abwegig zugleich. Eine Nähe zu einem so erbarmungslosen Menschen zu spüren, den ich vor kurzer Zeit noch gehasst hatte und nichts dagegen tun zu können.

Gern hätte ich es verdrängt, aber es war da. Irgendetwas war zwischen uns entstanden.

Ich erschrak. Er stand neben meinem Bett und seine gelben Augen leuchteten viel heller als sonst. Ja, sie strahlten fast.

„Was –“, er ließ mich nicht sprechen.

Legte mir warnend seine Hand auf den Mund. Heute war sie nicht warm, sondern kalt und knöchern.

Er drückte meinen Kopf auf diese Weise sanft wieder in das Kissen. Dann legte er sich neben mich.

Ich konnte nicht atmen vor Angst.

Wir lagen nebeneinander. Niemand bewegte sich.

„Hab keine Angst vor mir“, flüsterte er.

Er nahm meine Hand und legte sie auf seine Brust. Mein Herz schlug mir bis zum Hals und ich fühlte in seiner Brust, dass seines ebenfalls galoppierte.

Er ließ zu, dass ich ihn berührte.

Dann schloss er seine Augen, sein Herzschlag unter meiner Hand wurde ruhiger, gleichmäßiger. Sein Körper fühlte sich warm und fremd an.

Alles hieran ist falsch.

Seine kontrollierten Züge entspannten sich merklich.

Er, der nachts durch die Gänge geisterte und nie zur Ruhe kam, schlief ein. Neben mir.

Seine Kontrolle hatte er hier und heute Nacht aufgegeben. Für diesen Moment.

Er sah friedlich aus, aber all das Böse in ihm würde nie ruhen. *Oder doch?*

Ich war mir sicher, das Samenkorn wäre die Antwort dazu. Ich kannte sie nicht.

Noch nicht.

Kapitel 23

Eilige Wellen suchten das Ufer und ich erkannte in weiter Ferne die Konturen einer mir wohl vertrauten Insel.

Wärme durchflutete mich. Wärme, so wohltuend, die ich nach den angespannten letzten Tagen dringend brauchte.

„Miran?" Erwartungsvoll schloss ich die Augen.

Er stand ganz nah hinter mir, ich konnte ihn spüren. Sein Oberkörper berührte meinen Rücken.

Seine Nähe ließ mich fast den Verstand verlieren. Die Anziehung, die er auf mich hatte, war unnatürlich stark.

Nach der langen Zeit im Kristallpalast war diese ehrliche pure Verbindung eine emotionale Regeneration.

Ich spürte, meine Anwesenheit beim Glaskönig gefiel ihm nicht, denn er sagte kein Wort. Deutlich zurückhaltender als bei unserem letzten Treffen wich er mir aus, als ich blind, mit geschlossenen Augen seine Nähe suchte.

„Sorge dich nicht. Meine Zeit im Schloss ist bald vorbei."

Ich lehnte mich an ihn, schmiegte mich in seinen Arm. Doch er erwiderte es nicht.

„Was ist?"

Ich drehte mich um, öffnete die Augen und sah ihn an. Zumindest schaute ich in die Höhe, in der ich seine Augen vermutete.

„Liebst du ihn?", fragte er.

Ich erschrak.

Wieso denkt er das?

„ Ich – Nein!“, sagte ich, entschieden den Kopf schüttelnd.

Doch ich hatte einen kurzen Moment gezögert. Er entzog seinen Arm.

Noch ehe ich reagieren konnte, verschwand er.

„Miran?“

Er war fort.

„Miran!“

Selbst wenn er noch da wäre, ich könnte ihn ohnehin nicht sehen.

Eine alles mit sich reißende Angst überwältigte mich in meinem Inneren. Das Gefühl, nicht mehr atmen zu können, schnürte meine Brust ab.

Ich darf ihn nicht verlieren!

„Miran!“, schrie ich laut. Meine Stimme überschlug sich vor Angst.

„Du bist es. Weißt du das denn nicht? Du bist es! – Verdammt.“

Er war alles für mich.

Ich war verzweifelt. Wütend. Auf ihn.

Auf mich.

Ich erwachte allein. *Gut.*

Stuna war noch immer nicht zurück, sie kam oft spät. Gedankenverloren drehe ich das Medaillon zwischen meinen Fingern, als sie schließlich hereinhuschte.

„Heute Nacht gab es keine Hinrichtungen“, piepste sie aufgeregt.

„Außerdem habe ich mehr Futter als sonst gefunden, denn morgen findet ein Fest statt, sagen sie."

„Was für ein Fest?", fragte ich verwundert. Der König hatte nichts davon erwähnt.

„Ich weiß nichts Genaues, nur dass es etwas Großes werden soll."

Nachdenklich erzählte ich von den nächtlichen Geschehnissen, während ich mein weißes Kleid überzog.

Von Miran sagte ich nichts.

„Wir müssen hier weg, Stuna. Mir entgleitet das alles."

Sie nickte sorgenvoll.

„Yo?" Ich sah auf.

„Was ist da zwischen dir und ihm?"

„Ich weiß es wirklich nicht." Ich seufzte diesen Satz aus tiefsten Herzen heraus.

„Ich weiß nur, dass es mir nicht guttut und – es ist stärker als ich."

Das war kein körperlicher Kampf wie ich ihn im Tal von Gorensk oder gegen die Wotoks geführt hatte, sondern ein Gefecht auf emotionaler Ebene.

Die letzten Tage, Wochen hatten mich zermürbt, sodass ich meinen Gefühlen selbst nicht mehr ganz über den Weg traute.

Ironischerweise hatte ich mich vor den physischen Kämpfen weitaus mehr gefürchtet...

Die Stimmung beim Essen war gelöst und der König gab den charmanten, unterhaltsamen Gentleman.

Natürlich registrierte er aus dem Augenwinkel jede meiner Regungen, während er vorgab, sich angeregt zu unterhalten.

Danach gingen wir nicht in den Park wie gewöhnlich, sondern wurden in den Spiegelsaal geführt.

Durch eine gläserne Kuppel schaute der Himmel auf uns herunter. Der gesamte Hofstaat war versammelt und wartete auf die Ansprache seiner Majestät.

„Danke, dass ihr alle gekommen seid", sagte er, sich volksnah gebend, in dem er auf ein Pult oder dergleichen verzichtete, sondern einfach inmitten der Menschen anfing zu sprechen.

Müsste man seinen feierlichen Tonfall und die Art, wie er sprach, deuten, sollte man meinen, der Raum wäre voller guter Freunde und nicht gefüllt mit Menschen, die ihn fürchteten.

„Ich möchte euch eine Mitteilung machen." Er strich sich nervös eine Strähne aus dem Gesicht.

Inszeniert er das nur? Ich hatte ihn noch nie aufgeregt gesehen und zweifelte an der Echtheit.

„Morgen früh werden wir eine feierliche Hochzeitszeremonie abhalten. Yosephinè wird meine Gemahlin und zukünftig gemeinsam mit mir regieren."

Gnadenlos eisig durchzog mich ein Kältegefühl, das mit nichts zu vergleichen war.

Es ließ jeden Muskel erstarren. Ich war nicht fähig zu sprechen oder konnte sonst irgendetwas tun.

Alle Blicke ruhten auf mir.

Er streckte auffordernd seine Hand nach mir aus. Meine Hände zitterten, ohne dass ich es kontrollieren konnte.

Ihn jetzt zu blamieren wäre keine gute Idee.

Ich hob meine Hand, die bleiern schwer an meinem Handgelenk hing und gab sie in seine.

In Zeitlupe betrachtete ich, wie er sie unter dem Klatschen der Zuhörer umschloss.

Es gab für mich kein Entkommen mehr.

Diese Angst lähmte mich. Sie lähmte mich mehr, als jede Höhe, jeder Abgrund, über dem ich hätte schweben können.

Denn, wenn ich in seine grauen Augen in den tiefen Augenhöhlen blickte und das berechnende Lächeln seines Mundes sah, war es, als blickte ich mitten hinein. Hinein in etwas Unumkehrbares.

Jetzt hätten mir nicht mal mehr meine Placebos geholfen, um dieses Schwanken in den Griff zu bekommen, als ob, der Körper von innen heraus zusammenbricht.

Das Gute an Panikattacken? Sie gehen vorüber … irgendwann.

Später nahm er mich mit zu seinem alltäglichen Schlossrundgang. Er war bester Laune.

„Freust du dich?", fragte er mich, während er versuchte, ein strahlendes Lächeln aufzusetzen.

„Warum hast du mir nichts gesagt?", entgegnete ich vorsichtig.

Seine Stimmung durfte nicht ins Schwanken geraten. Er befand sich in einem Hochgefühl. Ein jetziger Umschwung könnte fatal sein.

„Was meinst du damit?“, fragte er verwundert.

„Ich meine, du kennst mich doch kaum“, sagte ich etwas eindringlicher. Seine Miene verdüsterte sich.

„Ich weiß alles über dich. Glaub mir!“, entgegnete er mir schroff.

Wir hatten gerade den Küchenbereich passiert, in dem bereits eilig die Speisen für die Festlichkeit vorbereitet wurden und wo Töpfe und Pfannen klapperten.

Er stoppte abrupt, als überlegte er und schlug dann überraschend eine Richtung treppenabwärts ein.

Hier war ich noch nie gewesen.

„Ich weiß, warum du hier bist! Doch Pardalis kann niemand helfen“, rief er, hastig voran marschierend. Ich eilte ihm nach und ahnte nichts Gutes.

Seine Stimmung war nicht nur gekippt, sie war irreversibel.

„Vor allem nicht du!“, schob er bissig, fast schreiend fort und stieß eine Tür auf, die in den Keller führte.

Er war wütend. Sogar mehr als das.

Seine Stirn gerunzelt und die Lippen fest aufeinander gepresst, rannte er voraus.

Der untere Bereich wurde von dem Bediensteten bewohnt, das wusste ich, aber hier unten, tief im Kellergewölbe, kannte ich mich nicht aus.

Nichts, was ich jetzt sagte oder tat, würde ihn beruhigen.

Wir gelangten an einen unterirdischen Gang. Mehrere Wachen standen davor und traten sofort beiseite, als sie den König erkannten.

Die massive, dreifach verriegelte Tür sprang auf und ein langer, dunkler Flur breitete sich vor uns aus. Ich schauderte, als ich hineinblickte.

An den Wänden, Dutzende Menschen in Ketten, die ich nur im Lichtschein der offenen Tür erkennen konnte.

Sie sahen furchtbar abgemagert und schmutzig aus, konnten sich maximal wenige Zentimeter rühren.

„Grundgütiger!“, entfuhr es mir. Mit vor Schrecken offen stehendem Mund betrat ich den Flur.

Ein zitternder, alter Mann, der am Boden kauerte, schrie laut und wehklagend. Er war nur mit einem Tuch bekleidet, das in Fetzen von ihm herabhing, darunter traten seine Rippen hervor.

Ich eilte zu ihm, wischte ihm seine Tränen aus dem Gesicht. Durch die langen Haare und den wuchernden Bart war es kaum zu erkennen. Die Zähne fehlten, waren nur noch abgefaulte Stümpfe.

Dieses Bild der Hoffnungslosigkeit, des Schmerzes, erschütterte mich zutiefst.

„Er hat meine Familie umgebracht. Meine Kinder, meine Frau. Alle!“, wimmerte er weinend in meinen Armen.

„Du hattest mich bestohlen“, raunte der Glaskönig provokativ.

„Wir hatten nichts zu essen. Ich –“

„Unerheblich“, entgegnete der König nur knapp. Auf sein Geheiß befreiten ihn die Wachen von den Fesseln.

„Was hast du vor?“, fragte ich panisch.

Noch ehe ich die Frage zu Ende gestellt hatte, holte er aus und rammte ihm, ohne zu zögern, einen Dolch in die Brust.

Der alte Mann sank röchelnd in sich zusammen, spuckte Blut zu meinen Füßen.

Ich kniete nieder. Er starb sofort in meinen Armen, während der Dolch noch fest in ihm steckte.

Ich konnte gar nicht begreifen, was hier so eben geschehen war.

„Bist du denn wahnsinnig?“, entfuhr es mir.

„Morgen werde ich heiraten“, rief der Glaskönig nun laut im ganzen Kerker hörbar. „Aus diesem Anlass werdet ihr alle begnadigt und erhaltet die Freiheit.“

Die anderen Gefangenen wagten nicht, aufzusehen.

„Freut ihr euch denn nicht? Undankbares Gesinde!“ Er war außer sich.

„Doch“, presste ich voller Bitterkeit heraus, „sie freuen sich sehr.“

„Und ich – auch.“ Ich bemühte mich aufrichtig zu klingen, um ihn nicht noch weiter zu reizen.

Meine Stimme klang heiser und rau, denn ich konnte kaum an mich halten. Noch viel weniger konnte ich ihn dabei ansehen.

Etwas in mir war gerade mit diesem Mann getötet worden.

Vielleicht meine kindliche Naivität, vielleicht mein Glauben, an etwas Gutes in ihm. Vielleicht hatte ich diesen Schock gebraucht, um das zu erkennen.

Zu gern hätte ich mich weinend auf den Boden geworfen.

So sehr betrauerte ich das Schicksal des alten Mannes und all der armen Seelen, die hier menschenunwürdig kauerten.

„Steh auf", herrschte er mich an.

„Dein Kleid ist ganz schmutzig", fügte er missbilligend hinzu. Es war voller Blut.

Vorsichtig bettete ich das Haupt des alten Mannes auf dem Boden.

Wie viele Jahre mochte er hier gelebt haben? Gefangen wegen einer Kleinigkeit. Einsam und verloren.

Ich hatte den Glaskönig erzürnt und er hatte mir dafür eine Lektion erteilt. Ein Leben ausgelöscht, aus reiner Willkür.

Auf dem Weg zurück nach oben drehte er sich unvermittelt zu mir um.

„Ich hoffe, du hast mich nun verstanden. Ich möchte nur ungern deutlicher werden."

Ich schluckte, nickte beklommen.

Er griff mit seiner harten Hand an mein Kinn und drückte es nach oben in seine Richtung.

„Du wirst morgen meine Frau. Ansonsten ist dein gefiederter Freund der Nächste."

Miran!

Mir wurde bitter bewusst, wie viel bereits über mich in Pardalis bekannt sein musste.

Mein Name, meine Vertrauten, mein Ziel.

Es war eine Frage der Zeit bis Omieda sich das alles zunutze machen würde.

Ich presste meine Lippen aufeinander und nickte noch einmal. Sein Gesicht hellte sich augenblicklich auf.

„Sehr schön."

Er strich mir über mein Haar und drückte mich zufrieden an seine Brust. Ich konnte seinen fließenden Atem auf meinem Haupt spüren. Er hatte sich wieder beruhigt.

In dieser Nacht kam er nicht zu mir.

Benommen bereitete ich mich vor. Ich hatte nachts kein Auge zugemacht.

Mechanisch zog ich das festliche weiße Spitzenkleid an, welches für mich bereitlag.

Es war sehr schwer durch die vielen eingenähten, tropfenförmigen Glasapplikationen. Alles an mir fühlte sich taub an.

Bei Anbruch des Tages führten mich die Wachen in den Spiegelsaal. Sein falsches Lächeln empfing mich.

Ich ließ die kurze, freudlose Zeremonie über mich ergehen, die nur aus der Lobpreisung des Königs bestand.

Ohne eine Regung nahm ich die Eheschließung hin.

Es gab nicht mal eine Stelle, an der ich mein Einverständnis hätte geben müssen. Es wurde einfach beschlossen.

Wir standen uns gegenüber und sahen uns an, während das finale Ritual abgehalten wurde. Ich fühlte nichts dabei.

Der Redner schlang ein scharlachrotes Band um meine und seine Hand. Unser Bund – besiegelt.

Nachdem wir das Band nun gemeinsam in unseren Händen hielten, sollte die Feier stattfinden.

Zuvor wollte er unbedingt mit mir allein zur Spitze des Schlosses.

Beim Treppenaufstieg nahm er fast schüchtern meine Hand, führte mich hinauf.

Wir erreichten eine kleine, runde Plattform, die durch ein gläsernes Geländer umrandet war. Ganz dicht stand er an mich gedrängt.

Er drehte mich zu sich, drückte mich sanft mit dem Rücken gegen das Geländer. Es war windig und er schloss behutsam seine Arme um mich.

Gleich würde es passieren.

Ich fühlte seine Anspannung an dem Zittern seiner Hände. Er war sehr nervös und sah mir tief in die Augen. Seine Lippen bebten, als er mich festhielt.

Dieser grausame Mensch war aufgeregt.

Weil er mich in den Armen hielt. Weil er etwas dabei empfand, was neu für ihn war.

Er, der ohne mit der Wimper zu zucken, eine Unzahl seiner Untertanen hingerichtet, bestialisch gequält hatte.

Vor mir stand ein Mann, der etwas für mich empfand.

Ein winzig kleiner Teil von mir vergötterte dieses kleine Quäntchen Glück, das ihn befähigte zu fühlen.

Es hatte mich tatsächlich glauben lassen, es gäbe Hoffnung.

Dieser klitzekleine Schimmer des Guten, Reinen, den ich durch seine Gefühle zu mir aufflackern gesehen hatte. *Er war da.*

„Ich liebe dich“, seine Stimme klang belegt und er zog seine Arme noch fester um mich. So fest, dass es wehtat.

Ich glaubte es ihm sogar.

Entscheidend war aber, meine Gefühle hatten keine Relevanz für ihn.

Er wartete keine Reaktion ab, sondern beugte sich zu mir hinunter.

Seine Hand berührte mein Kinn und dirigierte mich sanft, aber entschlossen in seine Richtung.

Eine glitzernde blaue Träne lief meine Wange hinab, während er seine Augen schloss.

Gegen das Böse in ihm war ich machtlos.

Es würde immer stärker sein, im Verhältnis zu diesem kleinen Hoffnungsschimmer, dem kleinen Flackern in seinem sonst so kalten Herz aus Glas.

Sein Gesicht kam unaufhaltsam näher, ich konnte ihn und seine ungeduldige Erwartung spüren.

Alles in ihm wollte zu mir, doch wehrte sich zugleich, weil er es nicht kannte. Ich fürchtete den nächsten Moment.

Als unsere Lippen sich berührten, war es wie eine unvergleichliche Erfüllung meiner aufregendsten, aber auch gleichzeitig furchtbarsten Vorstellungen. *Bittersüß.*

Er küsste mich, hart und fordernd, doch sein unstillbares Verlangen verebbte schon in der nächsten Sekunde.

Es ist soweit.

Kraftlos sank er vor mir zusammen, fiel in Zeitlupe zu Boden. Er krallte sich an meinem Kleid fest, konnte sich aber nicht halten. Sein Kopf lag zu meinen Füßen.

Wie der des alten Mannes, einen Tag zuvor.

Ich atmete tief durch. Sein Anblick war, trotz allem, schwer zu ertragen.

Er streckte seine Hand nach meinem Gesicht aus, als ich mich neben ihn kniete. Seinen Kopf legte ich auf meinen Schoß.

Er rang verzweifelt nach Luft, konnte nichts sagen, auch wenn er es versuchte. Er wusste, seine Zeit war gekommen.

Sein Keuchen wurde schwächer, da sein Körper den Kampf gegen die starke Wirkung des Krasollagiftes aufgab.

Ich hatte meine Lippen zu Beginn des Turmaufstiegs mit einem Tropfen davon benetzt. In seinen Augen lag Wissen.

Er wusste, was ich getan hatte.

Ich küsste seine Stirn. Ganz sacht.

Sein letzter Atemzug verstummte dabei auf meiner Haut. Sein Leben entwich in meinen Armen.

Ich hatte ihn umgebracht.

Das Wissen darum würde an mir nagen, doch viel schwerer wog das Eingeständnis, dass ein kleiner Teil von mir, etwas von ihm vermissen würde. Der Teil in mir, der erkannt hatte, dass er fähig gewesen war zu lieben.

Noch während ich versuchte, mir sein Gesicht genau einzuprägen, entwich langsam das Leben aus ihm.

Er wurde immer blasser, dann durchsichtig. Sein Körper versteifte sich.

In meinen Armen lag jetzt eine gläserne Hülle. Sie bekam knackende Risse und zerbrach – Stück für Stück.

Zuletzt lag ein gläsernes Herz auf meinem Schoß. Ehrfürchtig nahm ich es in meine Hände.

In ihm strahlte ein kleiner, gelber Stein, kaum größer als der Kopf einer Nadel. Ich zerbrach sein Herz behutsam am Geländer des Kristallturms.

Mit dem Knacken des Herzens durchfuhr den Palast auch ein krachendes Donnern. Risse bildeten sich auf der ganzen Oberfläche.

Der gelbe, leuchtende Stein schwebte auf meine Knie, wo zuletzt sein Kopf gelegen hatte. Er löste sich auf und umgab mich mit seinem glänzenden, gelben Schein.

Der einzige Funken Güte in ihm war nun ein Teil von mir. Für immer.

Die ersten Bruchstücke des Palastes zerschellten bereits auf dem Boden, am Fuße des Schlosses.

Nicht mehr lange und der ganze Palast läge in Scherben.

Die Schlossbewohner stürmten in Panik heraus, rannten um ihr Leben. Ein lautes Knacken, dann ein Riss auf dem Boden der Kuppel, auf der ich stand.

Zu Fuß werde ich es niemals rechtzeitig hinunterschaffen!

Von jeder Seite des Schlosses, rechts und links, löste sich ein weißer Laryd, jenes Fabelwesen, das ich am Eingang getroffen hatte. Sie schwangen sich auf, erhoben sich über den Turm.

Einer von ihnen erkannte mich.

Erleichtert atmete ich auf, als er neben mir in der Luft einhielt.

„Wir haben das gelbe Licht gesehen!“, rief er.

„Schnell", ich zeigte auf den Palastbereich mit meiner Kammer, „wir müssen dorthin!"

Ich schwang mich auf den schmalen Rücken eines Laryden und wir steuerten im Sturzflug die Zimmer an. Die Wand mit den Panoramafenstern war bereits zerschellt und mein Zimmer offen.

Im Vorbeifliegen schnappte ich meine Tasche, die Stuna vorsorglich unter dem Bett hervorgezerrt hatte. Sie saß darin, ihre zitternde, ausgerollte Schwanzspitze hing heraus.

Der Komplex fiel krachend in sich zusammen.

Ein ohrenbetäubendes Klirren hallte weit, bis in die Kulandanwälder. Im Schlosspark rannten Bedienstete, Wachen und Königsdamen in Richtung der Rosenhecke, um sich vor den herabfallenden Splittern in Sicherheit zu bringen.

„Danke!", piepste es aus meiner Tasche.

Erleichtert lächelte ich Stuna an. Ich hätte sie nie im Stich gelassen.

Die Laryden kreisten triumphierend über dem Scherbenhaufen. Die Lichtblasen auf ihrer Haut verschwanden und die Wiesen, die das Schloss umgaben, wucherten.

Der gläserne Weg zerbarst und es wuchsen wilde Sträucher. Die Rosenhecke mit den blutroten Rosen breitete sich über dem Scherbenhaufen aus, der einst der Kristallpalast gewesen war.

Meine Haare waren wieder aschblond, fielen lang über meinen Rücken. Ich hatte mein altes Aussehen wieder.

Ich war wieder ich.

„Wir müssen uns beeilen. Die Wotoks, sie kommen!“, rief der andere Laryd uns zu, während er sich mit kraftvollen Flügelschlägen aufschwang.

Tatsächlich waren weit entfernt auf dem Boden schwarze Schatten zu sehen und der Rauch, der sie umgab. Dunkle Wolken quollen über ihnen wie eine Wand.

„Sie ist es! Schnell!“ In einem Wahnsinnstempo entschwanden wir hinter den Wolken und nahmen einen neuen Kurs auf.

„Warum kommt sie gerade jetzt hierher?“, fragte ich mich laut.

„Es gibt nun wieder Hoffnung“, antwortete der Laryd, auf dem ich saß.

Ein Übel geht und ein weit Schlimmeres folgt.

Kapitel 24

Steil flogen wir nach oben, hoch über die pudrigen Wolken, bestrebt, ihrem Sichtfeld zu entschwinden. Wo Omieda uns nicht mehr wittern könnte.

Die Laryden beschleunigten ihr Tempo, froh darüber, endlich frei zu sein.

Obwohl ich sicher war, das Richtige getan zu haben, fühlte es sich nicht gut an.

Ich habe das dritte Samenkorn, müsste euphorisch sein.

Neben der Erleichterung, den nächsten Abschnitt – das gelbe Samenkorn – abgeschlossen zu haben, schlich sich Melancholie in mein Gemüt.

Zu gern hätte ich diese Regung ignoriert. Sie war unlogisch, dumm.

Und doch hatte ich etwas Altbekanntes in diesen gelben Augen gesehen, was uns verband, ob ich nun wollte oder nicht. Einsamkeit.

Mit dem Dolch säbelte ich meine langen, nun wieder aschblonden Haare, auf Schulterlänge.

Sie rieselten durch meine Finger in die Tiefe.

Ich hoffte, meine dumme Traurigkeit fiele mit ihnen zu Boden.

Kalter Wind blies in unsere Gesichter, verwischte unsere Spuren. Vorübergehend.

Wir flogen einen Tag und eine Nacht hindurch.

Die Laryden waren kuriose Wesen. Sie schliefen während des Fluges und ihre Körper funktionierten trotzdem. Automatisch wussten sie, wohin sie fliegen mussten.

Wie ein Peilsender darauf geeicht, den Weg nach Hause zu finden, navigierten sie sich sogar im Schlaf.

Ihre weiße Haut war geheilt, keine Lichtblasen wuchsen mehr darauf.

Da sie kein Fell hatten, fühlte sich die nackte Haut anfangs eigentümlich an. Sie strahlten Wärme aus, sodass der kühle Wind kaum störte.

In ihren langen, silbernen Korkenzieherhörnern brach sich majestätisch das Licht, als würden sie die Strahlen lenken. Die weißen Flügel schlugen nur selten, meistens lagen sie ausgebreitet auf der Luft. Wie bei einem Segelflugzeug glitten wir mehr, als dass wir flogen.

Ab und zu nickte auch ich ein, indessen schien Stuna einen schier unendlichen Redebedarf zu besitzen. Ohne Pause schnatterte sie vor sich hin und schien gar nicht zu bemerken, dass mich Teile ihrer Monologe nicht einmal erreichten.

Kaum fühlbar sanken wir hinab. Ich spürte es am Kribbeln in meinem Bauch.

Sicher auf dem Rücken eines Fabelwesens fliegend, lässt sich sogar die Höhe ertragen.

Aus dem Wolkendickicht hinabsinkend, tat sich eine Ödnis mit vereinzelten Gräsern auf.

Unter uns, schlängelte sich, inmitten der Savanne, ein grünes Gewässer entlang.

Der Boden bestand aus grobem, rotbraunen Kies.

Das Flussbett allerdings, ruhte auf glatten, runden Wackersteinen.

Ob seiner makellosen Erscheinung hätte man es für einen künstlich geschaffenen Kanal halten können, doch sein kurviger Verlauf und die variierende Breite widersprachen dieser Annahme.

Mal war das Gewässer nur einen knappen Meter breit wie ein Bach, durch den man bequem hindurchwaten konnte.

Dann, einige Hundert Meter weiter, hatte er sich um das Zehnfache verbreitert und zu einem Fluss ausgedehnt, um sich kurz darauf wieder zu verengen.

Das eigentlich Groteske war das Wasser des Flusses, denn es floss in beide Richtungen!

Entgegen unserer Flugbahn schimmerte es geheimnisvoll in dunklem Flaschengrün und unserer Route folgend, heller, wie ein Smaragd. Immer wieder vermischten sich die beiden grünen Strömungen und herrliche Strudel bildeten sich.

Märchenhaft. Wie alles hier.

Endlich steuerten wir auf das Flussende zu. Hier traten die ebenfalls grünen Steine seitlich über das Ufer hinaus.

Gewächse, deren Wurzeln sich fest um die Steine schlangen, erhoben sich erst anfangs spärlich aus dem Boden, verdichteten sich dann zusehends. Sie streckten sich auf zu großen Bäumen, die seitlich den Fluss säumten.

Wir landeten im Wasser.

Den Laryden, reichte das Wasser knapp bis über den Rücken. Anmutig schritten sie hindurch, ließen dabei seitlich ihre Flügel durch das Wasser schleifen. Wie ein Paddel trennten sie dabei die Wasseroberfläche.

Ihre Anmut war bemerkenswert.

Stuna krabbelte protestierend in meine Kapuze, als ich mich in das Wasser gleiten ließ. Es war kalt, doch seit meinem Aufenthalt bei den Melusin beeindruckten mich weder Wassertemperaturen noch -tiefen.

Meine Stiefel in den Händen haltend, watete ich durch das Wasser, das mir bis knapp zur Brust reichte. Die Steine waren – im Gegensatz zum Wasser – warm.

Wir erreichten einen winzigen See, in den der Fluss mündete. Um ihn herum bauten sich die grünen Steine zu einer kleinen Felslandschaften auf.

Die Wurzeln der Bäume umschlangen sie, hielten die Felsformationen fest zusammen. Von den Ästen der Bäume rankten schimmernde zarte Fäden, die sich entweder im Wind wiegten oder mit den Fäden der umgebenden Bäume verbanden.

Von den Blättern fielen grüne Tautropfen herab, landeten pochend auf den Steinen und flossen von dort aus in den See.

Die Bäume sind also der Quellursprung des Flusses.

Ein durchgehendes Plätschern und Tröpfeln erfüllte den sonst stillen Ort.

Vereinzelte graue Stellen in dem Dickicht und am Ufer des Gewässers waren stille Zeugen von vorangegangenen Wotokangriffen.

Wir standen still im Wasser, lauschten dem Geräusch der Tropfen, die auf die Steine plumpsten. Die Laryden schienen auf etwas zu warten.

„Wo seid ihr?", unterbrach einer von ihnen schließlich die Stille. Die Frage verhallte in den Felsformationen, verschluckt von den Tropfen der Bäume.

Dann – ein Rascheln zwischen den Bäumen.

Schwerfällig trat ein großer, grauer Laryd mit einem gebrochenen Flügel hinter einem Fels hervor an das Ufer.

Zittrig setzte der Paarhufer einen Fuß vor den anderen.

„Tot oder fortgeflogen. Es ist schon lange kein sicherer Ort mehr."

Er war bedeutend größer als meine beiden Begleiter. Sein Fell stumpf und der gebrochene Flügel schleifte, offensichtlich abgestorben, über dem Boden.

Seine einst weiße Haut war, wie Stunas Pelz, einem trostlosen Grau zum Opfer gefallen.

Die ehemals glänzenden Hörner waren jetzt stumpf und porös. Seine schwarzen Augen mit den langen Wimpern – tieftraurig.

Die Laryden eilten ihm entgegen, verneigten sich demütig.

„Danke, das ist nicht mehr nötig. Es gibt niemanden, den ich noch anführen könnte. Ich habe die anderen zur Flucht gedrängt, als wir vermehrt angegriffen wurden." Seine Nüstern blähten sich.

„Etliche Male musste ich mitansehen, wie unsere Brüder und Schwestern manchmal tagelang litten. Nur, um dann doch zu verenden." Er näherte sich den beiden und beschnupperte sie liebevoll.

„Nachdem ihr nicht zurückgekehrt seid und wir euch nirgendwo finden konnten, dachten wir, dass auch ihr von ihnen heimgesucht wurdet. Doch ich rieche den Geruch des Glaskönigs an euch – hat er euch gefangen gehalten?" Sie nickten und hoben ihre Häupter.

„Ja, aber Yo hat ihn getötet. Und uns befreit. Sie wird uns allen helfen."

Hohe Erwartungen – der Druck ihrer Worte umkrallte förmlich meine Lunge.

Er folgte ihren Blicken zu mir und ich trat schüchtern näher.

„Sieh an, Yo und eine Stuna", sagte er nachdenklich.

Stuna machte ein wichtiges Gesicht und ich konnte den aufgebauten Druck nun weglachen.

„Dafür, dass du so selten bist, scheinst du ja sehr bekannt zu sein", neckte ich sie, kaum hörbar.

„Und dafür, dass niemand deinen Namen kennen sollte, scheint er sich schon weit herumgesprochen zu haben", frotzelte sie zurück.

Der Laryd legte den Kopf zur Seite.

„Der König, du riechst sehr stark nach ihm." Etwas schuldbewusst senkte ich meinen Kopf. Der graue Laryd fuhr – ohne weiter darauf einzugehen – fort: „Du hast schon viel von Pardalis gesehen, aber deine Reise führt dich noch weiter, nicht wahr?"

Ich nickte: „Aber ich weiß noch nicht, wohin."

Bedeutsam schloss er seine großen Augen.

„Nun, das brauchst du auch nicht. Ich denke, ich kann dir helfen." Er trottete in das Dickicht zurück und brummte dabei: „Aber ruht euch erst einmal aus."

Wir suchten Sichtschutz zwischen den Felsen und Bäumen an einer Stelle, die von den schimmernden Fäden umgeben war.

Ich strich sie beiseite. Fest und gleichzeitig leicht, wie Lametta, glitten sie durch meine Finger. Die kleinen, grünen Tautropfen reihten sich an den dünnen Fäden auf, wie eine Perlenkette.

Sie gaben nun den Blick auf das einstige Lager der Laryden frei: Ein Feld mit großen, flachen Steinen, auf denen man aufgrund der in der Oberfläche gespeicherten Wärme komfortabel ruhen konnte.

Der graue Anführer war gezeichnet von der schweren Zeit. Seine Zehen schlurften über die Steine, hatten Mühe Balance zu halten. Sein Kopf mit den wunderschönen, korkenzieherartigen Hörnern nicht wie einst stolz erhoben, sondern geneigt, als sei die Last seines Hauptes zu viel zu tragen.

Nachdem er seinen Gefährten freigestellt hatte, ihre Heimat zu verlassen, hatte er selbst beschlossen hier zu verbleiben und zu warten für den Fall, dass sie zurückkehrten.

„Das Warten hat sich gelohnt."

Die Haselnussaugen meiner zwei Begleiter blinzelten gerührt.

Ihre Heimat fast unbewohnt anzutreffen hatte sie schockiert. Hatten sie doch erwartet, zurückzukehren und nun in Frieden leben zu können.

Frieden allerdings gab es anscheinend nirgends mehr.

Ein kräftiger Windzug kam von der Seite und rüttelte an den Bäumen. Die Fäden wehten wirr in alle Richtungen und verhedderten sich.

Zeitgleich verdunkelte sich der Himmel und ein lautes Grummeln fuhr durch die Luft.

„Yooo", donnerte es lang gezogen und düster.

Die Kralle um meine Lunge war wieder da, drückte zu. Ich schauderte.

Schwarze Quellwolken über uns wirbelten den Himmel auf. Schutz suchend klammerte ich mich an einen Baumstamm.

Dann lösten sich die Wolken urplötzlich wieder auf.

„Das Getöse ist der Widerhall ihrer Stimme und nicht Omieda selbst. Sie ruft deinen Namen in den Himmel, weil sie nach dir sucht", sagte der Graue.

Stuna saß aufgeregt mit ihren Zähnen schnatternd auf meiner Schulter.

Omieda wusste, ich würde diesen Ruf hören, wo immer ich auch war.

Da war sie wieder. Tief in meinem Bauch rumorte sie. Die Angst. Sie nagte und wurde immer stärker.

Ein Bad in dem kleinen See wusch meine Gedanken für kurze Zeit fort. Mein Fokus musste sich auf das nächste Samenkorn richten.

Meine Aufgabe war wie eine Verpflichtung, die ich mit meiner Ankunft in Pardalis eingegangen war.

Seither hatten die Ereignisse mich überrollt.

Mein 23. Geburtstag lag in ferner Erinnerung.

Damals habe ich mir mehr gewünscht – und mehr bekommen. Zweifellos.

Omieda kam mir immer näher und würde nicht lange brauchen, bis sie mich fand.

Dieses Zusammentreffen darf es nicht geben. Zumindest nicht, bevor alle Bestandteile vereint sind.

Im Falle einer Konfrontation mit Omieda sah ich mich nicht als glorreiche Siegerin hervorgehen. Omieda, eine Übermacht, von der ich nicht wusste, wie ich sie bezwingen sollte.

Meine einzige Chance sind die fünf Samen und der ominöse Tautropfen.

Wie ich zu den Samen gelangte, wusste ich mittlerweile, denn die Kette führte mich zuverlässig. Den Tautropfen vermutete ich an der Stelle, an der in dem Medaillon der Kreis abgebildet war. In der Mitte.

An der Stelle, wo einst der Königspalast von Pardalis stand.

Der graue Laryd wartete schon ungeduldig, als ich in das Lager zurückkehrte.

„Ihr müsst bald aufbrechen."

Ich fragte mich, woher die Bestimmtheit seiner Aussage kam, vertraute ihm jedoch.

Wir begaben uns zum Rand der Oase, an den sich die rote Kiessavanne anschloss. Zwischen den Bäumen, hinter einem kleinen Felsen, stoppten wir.

„Dort ist es“, sagte der Anführer.

In einiger Entfernung sah man schwarze, dampfende Gestalten.

„Wotoks“, flüsterten die Laryden ängstlich.

„Sie kommen jeden Tag dorthin und schleichen um etwas herum“, erklärte der Anführer.

Klack. Das Medaillon sprang auf.

Als ob die Wotoks es gehört hätten, zuckten sie zusammen und stieben eilig davon.

„Aber dort ist nichts“, sagte Stuna.

„Doch“, erwiderte ich leise.

Eine durchsichtige Wand konnte ich erkennen, versehen mit einer hohen abgerundeten Kuppel. Wie ein riesiger Tropfen.

Die Laryden und Stuna konnten nur die Steppe sehen. Nicht die Wand, die einer Seifenblase ähnelte. War das die Gabe des dritten Samenkorns, die es mir ermöglichte, diese Kuppel zu erkennen?

Nachdenklich kniff ich die Augen zusammen, während ich berichtete, was ich sah.

„Irgendjemand schirmt sich darin ab“, vermutete ich.

Denn hinter der durchsichtigen Wand sah auch ich lediglich den Wüstenkies.

„Wer oder was es auch ist, die Wotoks sind darauf aufmerksam geworden. Allem Anschein nach wollen sie hinein. Aber es gelingt ihnen nicht“, berichtete der Graue von seinen Beobachtungen.

Kein Laut drang aus dem autark abgeschlossenen Areal unter der unsichtbaren Kuppel.

„Wenn sie wie Omieda nur sehen, hören und riechen können, wie kommen sie dann darauf dort zu suchen?“, überlegte Stuna laut.

Niemand wusste eine Antwort.

„Wie viel Zeit haben wir, bis sie zurückkommen?“, fragte ich den Grauen.

„Schwer zu sagen; die Abstände werden immer kürzer.“

„Ich sehe zwar die durchsichtige Kuppel. Sie hat die Form einer Blase, aber keinen Zugang.“

„Wie groß ist sie?“, fragte Stuna.

„Riesig!“, antwortete ich. „Sie erstreckt sich über die gesamte Fläche dort.“ Mit dem Finger zeichnete ich eine imaginäre Strecke in der Ferne.

„Wenn wir jetzt aufbrechen, sollten wir es schaffen“, sagte der Laryd. „Ihr müsst vor Ort nach dem Eingang suchen. Von hier aus werden wir ihn auch nicht finden.“

Ich zögerte. „Ist das nicht zu riskant?“

Stuna sah schelmisch zu mir hinüber: „Ja Yo, das ist es. In etwa genauso wie alles andere, was wir bisher gemacht haben.“

Ich knuffte liebevoll ihren Bauch.

„Ihr bleibt hier", sagte der Anführer zu seinen Gefährten. „Ich will nicht, dass ihr euch in unnötige Gefahr begebt."

Ihnen gefiel die Anweisung zwar nicht, aber gegen den Grauen lehnten sie sich dennoch nicht auf.

Er wies mich an, auf seinem Rücken Platz zu nehmen und nach einem herzlichen Abschied von meinen beiden neuen Freunden brachen wir auf.

Der Graue lief schnell, doch je näher wir kamen, desto mehr sah ich seine Kräfte schwinden.

„Kehr um", bat ich ihn, „den Rest schaffen wir allein. Du musst noch den ganzen Weg zurück."

„Du hilfst Pardalis. Und wir helfen dir."

Er rannte weiter.

Wenige Meter vor der durchsichtigen Kuppel gab ich ihm das Signal zu Halten.

„Ist es hier?" Stuna blickte suchend um sich.

„Direkt vor uns", entgegnete ich, während ich vom Rücken des Laryden rutschte. Ich strich ihm über seine ergraute Haut.

„Ich danke dir, bitte geh schnell zurück. Ich könnte es nicht ertragen, wenn dir etwas passiert."

Er stupste mich mit der Nase an.

„Omieda sucht dich. Das heißt, du bist eine Gefahr für sie. Etwas Vergleichbares gab es bisher nicht. Niemand stellt sich ihr entgegen. Denn wir sind machtlos. Wenn du nicht bist, dann wird es keine Rettung geben. Für uns alle nicht."

Schmerzlich erkannte ich sein Wissen darum, dass er nicht mehr zurückkehren würde. Bewusst hatte er das Risiko in Kauf genommen und mich hierher gebracht.

Innig umschlang ich seinen Hals und schmiegte mich an ihn.

„Ich danke dir! Sehr!"

Er nickte, wendete und galoppierte dann zurück zu seiner Oase.

Das Material der Blase war fest, doch gab unter Druck nach. Zwar elastisch, dennoch zu stabil, um hineinzugelangen.

Stuna schnupperte vorsichtig an der Außenhülle. Sie konnte sie zwar nicht sehen, aber fühlen.

Hinter der Masse, die sicherlich eine Fläche von zehn Hektar umspannte, sah ich lediglich die Kieswüste. Nichts darin, was auf Leben hindeuten würde.

Ein Schrei durchschnitt die Luft. Ich kehrte der Blase den Rücken und sah mich um.

Der graue Laryd hatte schon die Hälfte der Strecke hinter sich gebracht. Drei Wotoks hatten sich ihm in den Weg gestellt.

„Nein", entfuhr es mir. Stuna sprang auf mich.

„Sei leise! Wir müssen schnell dort rein", fuhr sie mich an. Sie selbst zwang sich, nicht hinzusehen. Aber ich sah, was sie taten.

Bestialisch rissen ihn die Raubtiere, die fast doppelt so groß waren wie er, in Stücke. Einer schmiss ihn mit seinen bärenähnlichen Klauen an seinen Hörnern zu Boden, während ein weiterer ihm mit den Zähnen die Flügel aus dem Körper riss.

Ich sank auf den Kiesboden.

Meine blauen Tränen, die im Sand versiegten, halfen ihm nicht.

Stuna sprang auf mich.

„Steh jetzt auf!“, schrie sie. Ich konnte nicht.

Weinend bedeckte ich meine Augen mit den Händen, als sie dem Laryd die Hörner mühelos, wie Kirschstiele, aus dem Kopf zogen. Er war tot.

Ich ertrage das nicht.

Ein eigentümliches Knirschen ertönte aus der Wand.

Bevor ich mich darüber wundern konnte, dass Stuna sich in meiner Tasche versteckte, griff von hinten ein karamellfarbener Arm aus der Wand. Fasste meine Kapuze und zog fest daran.

Es war mir egal.

Taub und stumm sah ich das Blut des Laryden aus den Lefzen der Wotoks tropfen.

Die Wand saugte mich ein und ich befand mich auf der anderen Seite.

Von innen konnte man verfolgen, was draußen geschah.

Jetzt näherten sich die Bestien der Wand, während ich wie versteinert von innen davor saß und in die Ferne starrte, wo der Laryd sein Leben gelassen hatte.

Sie sahen mich nicht, witterten dafür aber noch meinen Geruch.

Ihre schaurigen Fratzen starrten gierig ins Innere. Das leibhaftige Böse saß in diesen zotteligen Raubtieren. Reste vom Layryden, graue Hautfetzen, hingen in den Reißzähnen, die imposant aus den länglichen Schnauzen ragten.

Der Nebel, der sie umzog, verhüllte ihre Körper zwar, die massiven Konturen der kampfbereiten Raubtiere waren trotzdem deutlich.

Schwarze Augen sondierten die Außenfläche und ihre nach außen geblähten Nasenlöcher verrieten mir ihre Gier nach mehr.

Angeekelt und voller Hass fixierte ich sie von innen.

Gespitzte Ohren an der Oberseite des Kopfes suchten abwechselnd, in allen Richtungen, nach einem Zeichen von mir.

Benommen starrte ich in ihre grässlichen Gesichter, fest entschlossen, diese grundlose Grausamkeit zu beenden.

Kapitel 25

„Schau nicht so böse, sie können es ohnehin nicht sehen."

Ich wandte mich zu der Stimme und da stand sie!

Betörend schön.

Mein Mund blieb offen stehen, als ich ihre Erscheinung wahrnahm.

Was für ein Kontrast! Vom absoluten Grauen zum wohl hübschesten Mädchen, das ich je gesehen hatte.

„Hallo, ich bin Ianara."

Grazil streckte sie mir ihre schlanke Hand entgegen, um mir aufzuhelfen.

„Stuna", murmelte ich zögerlich.

Nachdem nun sogar der Himmel meinen Namen gerufen hatte, schien mir diese Flunkerei notwendig zu sein. Hier wusste man nie, was einen erwartete.

Sie zog mich ein Stück zu sich heran und ich blickte in zwei perfekte, mandelförmige Augen. Hellbraun mit goldenen Punkten.

Ihre Haut – makellos braun und weich, wie die Weidenkätzchen zwischen den Indigosträuchern.

Hellbraunes Haar, das in langen Wellen über den Rücken fiel und verführerisch nach Jasmin duftete. Jede ihrer geschmeidigen Bewegungen war Anmut in Reinform.

Alles an ihr schien begehrenswert.

Ihre energisch geschwungenen, dunklen Augenbrauen, die weichen, violetten Lippen, stark und verletzlich zugleich.

Von dem Moment an, in dem sie meine Hand berührte, berauschte sie mich. Sie erschien mir wie die Erfüllung eines Traums, dessen man sich erst bewusst wird, wenn er wahr wird.

Unruhig pirschten die Wotoks hinter mir an der Wand entlang. Aber ich beachtete sie nicht mehr.

„Wo kommst du her?", fragte sie.

Ich zeigte auf die Larydenoase und erklärte, dass ich auf der Flucht vor den Wotoks hier Unterschlupf gesucht hatte.

Wie viel sie wohl gesehen hat?

Sie schien meine Lüge zu glauben.

Ihr Blick fiel auf meine Kette, die ich, während ich sprach, beiläufig unter meinen Sachen versteckte. Unter keinen Umständen wollte ich ihre Aufmerksamkeit darauf lenken.

Sie musterte mich mit einem eigentümlichen Blick.

Was sind das für geheimnisvolle Schwingungen, die sie umgeben?

Feine, tanzende Lichter wirbelten um sie herum, die ich nicht verstand. Ich spürte sie sogar mehr, als dass ich sie sah.

Ein elektrisierendes Kribbeln. Es wurde stärker, je mehr ich mich ihr näherte.

Sie hielt noch immer meine Hand und zog mich davon.

Winzige Noppen übersäten ihre Handfläche. Ich konnte sie auf meiner Handinnenseite deutlich fühlen.

Wir betraten nun eine Wüstenstadt.

Die Behausungen aus gelben Sandstein erbaut, waren alle rund, allerdings ohne Türen oder Fenster. Ihre Dächer bestanden aus durchsichtigen Kuppeln.

„Wie aufgesetzte Tropfen", sinnierte ich fasziniert.

Zwischen den Häusern verliefen kleine Straßen und Kreuzungen, zusammengesetzt aus Splittern, die wie Tonscherben aussahen.

Ihr Verlauf war nicht schnurgerade, sondern verspielt mit Schnörkeln. In vielen, kleinen Kurven schlängelten sich die Splitterwege.

Eine wunderschöne, kleine Stadt.

„Wo bin ich hier?", wollte ich neugierig wissen.

„Nangil."

Ihre warme Hand hielt mich weiter fest. Die kleinen Erhebungen auf ihrer Haut fühlten sich ungewohnt rau an.

Sie trug ein weißes, knielanges Kleid, das bei jedem ihrer Schritte mitwippte. Ihre Füße waren unbekleidet. Nur ein schwarzes Lederband war mehrfach darum geschwungen.

„Ich nehme dich mit zu meiner Familie", erklärte sie fröhlich und ihre weißen Zähne blitzen zwischen den violetten Lippen hervor.

Ich wäre ihr wohl überall hin gefolgt.

Es gibt diese Menschen, mit denen fühlt man sich besonders. Nur, weil sie mit einem zusammen sind.

Ianara war so jemand. Ich wollte gerade nichts mehr als in ihrer Nähe sein.

Sie soll mich mögen, über meine Witze lachen, sich für mich interessieren.

Sie war so wunderschön, wenn sie lachte.

Ihr Blick streifte den meinen. Ich blickte verlegen auf den roten Wüstensand.

Als ich aufsah, war er noch immer auf mich gerichtet. Verwirrt lächelte ich.

Meine Tränen sind doch gerade erst getrocknet und dennoch zieht ihre wilde Schönheit mich an.

Ich hatte das Bedürfnis Ianara besitzen zu wollen, wie ein wertvolles Gut, einen Schatz. Sie sollte um mich herum sein und ich wollte sie nie wieder missen.

Tiefe Verbindungen entwickeln sich sonst, wenn überhaupt, erst nach langer Zeit. Diese begann bereits so intensiv, war von der ersten Sekunde stark und lebendig.

Sie hatte mich vollkommen eingenommen, ohne etwas zu tun. Ich glaubte verrückt zu werden, wenn sie jemals meine Hand loslassen würde.

Zwei Männer mit schulterlangen, braunen Haaren kreuzten unseren Weg. Verwundert blieben sie stehen und starrten mich an. Sie hatten ebenfalls braune Augen mit Goldsprenkeln darin, trugen weite beige Hosen und Hemden.

Im Kontrast zu den Einwohnern war ich es, die exotisch wirkte – mit meiner blassen Haut, den hellen Haaren und der für sie eigenartigen Kleidung.

Ianara kümmerte sich nicht um ihre Blicke und ging mit mir an ihnen vorbei, als würde sie sie nicht bemerken. Mir fiel auf, dass sie diese Schwingungen, wie Ianara sie besaß, nicht umgaben.

Wir passierten einen kleinen Brunnen.

Augenscheinlich ein öffentlicher Treffpunkt für die Frauen des Ortes. Sie waren, wie Ianara, in Weiß gekleidet und hatten lange, braune Haare.

Aber sie waren bei Weitem nicht so schön.

Ihr ausgelassenes Geschnatter verstummte sofort, als sie uns erblickten. Staunend erhoben sie sich von ihren Sitzplätzen.

Feindselige Blicke folgten mir – auch hier keine schwingenden Funken, wie die, die Ianara umtanzten.

Stuna spähte vorsichtig aus meiner Tasche. Sie war unsicher, wie sie die Lage einschätzen sollte.

Mir ging es ähnlich, doch mit Ianara an meiner Seite fühlte ich mich unschlagbar, stärker, als je zuvor.

Ein ungeahnter Auftrieb war in mich gefahren, seitdem sie mir ihre Hand gereicht hatte. Das eigenartige, elektrische Kribbeln auf meiner Haut verstärkte diese Energie noch.

Wir erreichten endlich ihr Haus, dessen Äußeres den anderen Gebäuden glich.

Sie legte ihre Hand auf die Wand, deren sandige Oberfläche nachgab. Die Noppen auf ihren Innenflächen sahen aus wie winzige Saugnäpfe und schienen als Schlüssel für den Zugang dieser Häuser zu dienen.

Kleine Löcher waren nun in der Oberfläche zu erkennen, die kurz darauf wieder zur glatten Wand verschmolzen.

Ruckartig löste sich eine Tür, aus der zuvor glatten Fläche.

Ihre Finger bewegten sich elegant und anmutig.

Diese spezielle Grazie, in allem, was sie tat.

Dass ich die Schwingungen bei den anderen Bewohnern weder gefühlt noch gesehen hatte, ließ mich vermuten, was ich schon wusste.

Sie muss etwas Besonderes sein.

Wie sonst ließ sich diese Anziehung erklären?

Wir befanden uns nun in einem behaglichen Wohnbereich. Gewebte Decken lagen auf dem Boden und in einer Nische lagerten verschiedene Speisen, bereit zum Verzehr. Alle Einrichtungsgegenstände waren aus demselben gelben Sandstein wie die Häuser.

Ein Mann und eine Frau, wahrscheinlich ihre Eltern, sahen verwundert auf, als wir eintraten. Hastig rollten sie eine Papierrolle zusammen, über der sie mutmaßlich gerade gesessen hatten.

„Ianara, wer ist das?“ Die Stimme der Frau klang angespannt. „Und warum hast du sie hergebracht?“

„Du weißt, dass Fremde hier nichts zu suchen haben!“, rief der Mann, der sich jetzt eilig erhob.

Beschwichtigend hob sie die Hände.

„Ich habe sie an der Grenze gefunden. Sie brauchte Hilfe und ich habe sie eingelassen.“

„Du hast was?“ Bestürzt schlug die Frau ihre Hände über dem Kopf zusammen, der mit einem weißen Tuch bedeckt war.

„Ich musste ihr helfen. Wisst ihr – sie ist jemand Besonderes.“

Sie lächelte mich dabei an mit ihren weißen, herrlichen Zähnen.

Ich wurde feuerrot, freute mich.

Sie hält mich für etwas Besonderes!

Ich konnte mir selbst nicht erklären, warum mir das so viel bedeutete.

„Das ist verboten, das weißt du!“

Unwirsch schüttelte der Mann sein Haupt, das von ersten grauen Haaren durchzogen war. Seine braunen Augen musterten mich eingehend.

Um ihn herum pulsierte die Luft und verband sich mit den schwingenden Luftbewegungen um Ianara, wenn sie nah genug beieinanderstanden. Das Kribbeln auf meiner Haut verstärkte sich zunehmend. Auch um ihre Mutter, die uns scheu vom Boden beobachtete, wirbelten die tanzenden Funken.

Was hat es damit nur auf sich?

Hinter uns öffnete sich die Tür erneut. Zwei Teenager und ein Junge, vielleicht zwölf Jahre, stürmten aufgeregt herein.

„Habt ihr schon gehört –“, sie verstummten, als sie uns entdeckten.

„Also ist es wahr –!“, rief der Jüngste aufgeregt.

„Ianara, bist du verrückt geworden? Was macht die hier?“, fragte der Ältere der beiden jungen Männer und zeigte mit einem Finger auf mich.

„Ja, alle hier reden schon über die Fremde“, erklärte sein jüngerer Bruder mit weit aufgerissenen Augen.

Er und seine beiden Brüder hatten braune, dicke Locken. Die beiden Teenager waren bereits kräftige hochgewachsene Burschen. Der Kleinste befand sich genau vor diesem Wachstumsschub und würde seinen Brüdern in nichts nachstehen.

„Das ist Stuna“, stellte sie mich vor.

Alle starrten mich entgeistert an. Dann begannen sie, wild durcheinander zu diskutieren.

Nur der Kleinste sagte nichts. Er musterte mich mit unverhohlener Neugier.

Der Einzige im Raum, um den herum ich die wundersamen Schwingungen nicht sehen konnte.

Als würde die Luft vibrieren.

Das kumulierte Kribbeln in ihrer Nähe schmerzte nun wie Nadelstiche.

Vielleicht ist das ein Hinweis auf das vierte Samenkorn.

Trotz der hitzigen Diskussionen ließ Ianara nicht eine Sekunde meine Hand los. *Warum macht mich das so glücklich?*

Eine Sirene ertönte draußen.

„Da hast du es! Wir müssen zum Sammelplatz!", schnauzte einer der jungen Männer.

„Was machst du?", herrschte Ianaras Vater sie an, die sich anschickte, mit mir das Haus zu verlassen. „Du kannst sie nicht mitnehmen!"

„Aber hier lassen können wir sie auch nicht", mischte sich ihre Mutter ein. Ihr nervöser Blick wanderte zu den Schriftrollen. Ihr Mann sah ihn ebenfalls und machte uns zögerlich den Weg frei.

„Welche Geheimnisse hier wohl lagern?", dachte ich skeptisch.

Aus allen Häusern strömten Bewohner die kleinen Straßen entlang. Die Gassen waren voll und es ging nur schwer voran.

Ianara hielt mich am Arm.

„Mach dir keine Sorgen. Dir wird nichts passieren. Das lasse ich nicht zu."

Ein Hochgefühl in meinen Herzen.

Wir wurden mit der Menschenmenge mehr geschoben als dass wir liefen und erreichten einen großen Platz, auf dem mittig ein Podest auf einer trapezförmigen Anhöhe aufgebaut war.

Ein älterer Mann mit grauen, langen Haaren und ernster Miene erklomm bedächtig die sandigen Stufen des Trapezes. Seine lange beige Kutte schliff hinter ihm.

Angespannt blickte er in die Menge und begann seine Ansprache, in dem er bedeutungsschwanger Luft holte. Er sprach nicht laut, aber durch den Schall der Kuppel verstand man ihn auf dem gesamten Platz, auf den noch immer unablässig Menschen strömten.

Alle mit brauner Haut und goldenen Sprenkeln in den Augen. *Aber keine schwingenden Punkte.*

„Teure Nangila, wir müssen uns wehren! Lange genug haben wir nun ausgeharrt und beobachtet, was dort draußen vor sich geht. Wir, die Venato, haben eine Entscheidung getroffen."

Hinter ihm betraten vier grauhaarige Männer in ebenfalls beigen Kutten das Podest.

Sie alle standen mit dem Rücken zu einem großen Gebäude, einer Art Palazzo mit fünf hohen Sandsäulen im Eingangsbereich.

Wahrscheinlich eine Art Regierungssitz.

„Nangil wird, wie ihr wisst und mir auch sorgenvoll zugetragen habt, immer wieder von den schwarzen Kreaturen belagert. Nicht mehr lange und sie werden uns angreifen."

Er deutete nach oben.

Ein Schatten flog über unsere Köpfe.

Erschrocken hielt ich die Luft an. Bei meiner ersten nächtlichen Begegnung mit einem fliegenden Wotok hatte ich nicht gesehen, wie scheußlich groß er gewesen war.

„Dutzende Nangila gelten mittlerweile als vermisst. Verräter, die uns anscheinend den Rücken gekehrt, uns im Stich gelassen haben, ob der drohenden Gefahr."

Die Menge begann zu murmeln. Beschwichtigend hob er die Hände.

„Ich verstehe, ihr fürchtet euch."

Feierlich traten die anderen vier Männer zu ihm nach vorn.

„Wir werden nicht hinnehmen, dass diese Kreaturen Schrecken und Angst verbreiten." Kämpferisch erhoben sie alle zugleich ihre Fäuste.

Wie eine Choreografie. Das hat etwas Sektenähnliches. Die fünf Alten, mit den langen, weißen Haaren, in den Kutten.

„Wir greifen an und sorgen wieder für Sicherheit, für immer!" Aufschreie ertönten.

„Habt keine Angst! Wir haben die Kontrolle!", rief er schon lauter.

„Seid ihr euch da sicher?", tönte es aus der Menge.

„Heute erst ist eine andere fürchterliche Kreatur hier eingedrungen. Wie kann das passieren?"

Kreatur? Er meint doch nicht etwa mich?

Mit einer Mischung aus Überraschung und Betroffenheit überflog der langhaarige Redner die Menge, auf der Suche nach dem Zwischenrufer.

Doch sein Blick blieb an mir und Ianara hängen.

Meine helle Haut und die grünen Augen fielen hier auf.

Alle, die uns umgaben, waren nun einen Schritt zur Seite getreten.

Trotzig schaute Ianara zur Bühne. Entsetzte Blicke ruhten auf uns.

„Wer bist du?“, schrie der Mann von der Bühne, wobei sich seine Stimme überschlug vor Eifer.

„Ich heiße Stuna. Ich war auf der Flucht vor den Wotoks und habe mich hier nur in Sicherheit gebracht.“

Einige Soldaten, unschwer an ihren dunkelbraunen, ledernen Brustpanzern zu erkennen, marschierten eilig auf uns zu.

„Unmöglich! Niemand außer uns Nangila kann das Tor zu Nangil passieren. Du bist nicht von unserem Blut!“

Die Soldaten waren zu uns vorgerückt. Einer von ihnen kam auf mich zu, berührte angewidert meine Haare.

Scheu zog ich meinen Kopf zur Seite.

Der Mann auf der Bühne machte eine schnelle Handbewegung.

„Keine von uns!“, schrie er mit Nachdruck. „Das ist keine von uns!“

Zwei Männer kamen auf Geheiß des Soldaten, packten mich und zerrten mich brutal auf das Podest.

Ängstlich spähte ich nach einer Fluchtmöglichkeit.

Meine Chancen hier in der Menge – denkbar schlecht.

„Hier ist er." Der Alte zeigte auf mich.

„Der Grund, warum wir die schwarzen Monster angreifen müssen. Damit so etwas nicht passieren kann!"

Er griff mit der Hand in meinen Nacken, drückte mich hinunter, sodass ich auf die Knie ging.

„Dort, wo es herkommt, gibt es noch mehr von ihnen. Es hat die schwarzen Krieger hierher zu uns gelockt."

Ianara hatte sich zur Bühne vorgekämpft und stellte sich schützend vor mich.

„Glaubt ihm nicht! Diese Monster da draußen sind bereits seit Tagen auf der Lauer. Sie war doch selbst auf der Flucht vor ihnen. Ich habe es gesehen!"

Sie stieß einen der Venato beiseite, der ihr zu nah kam.

„Ich war es! Ich habe die Grenze für sie geöffnet – mit meinem Blut!"

Die Venato erhoben ihre Stimmen, denn die Menge wurde immer lauter.

„Dann wirst du mit ihr eingesperrt. Du hast alle Nangila, dein eigenes Volk, in Gefahr gebracht, als du dieser Kreatur Einlass gewährt hast."

Die Soldaten ergriffen uns und trugen uns fort.

„Morgen bei Tagesanbruch werden wir dem ein Ende bereiten und die Monster da draußen töten."

„Nein!", rief ich, während ich versuchte, mich aus der Umklammerung zu befreien.

„Ihr wisst nicht, was ihr da tut. Die Wotoks, sie werden euch umbringen!“

Niemand beachtete meine Warnungen.

Die Männer brachten uns zu einem kleinen, bewachten Haus.

Sie stießen uns ins Innere, entrissen mir meine Tasche und schleuderten sie achtlos in die Ecke zu einem Haufen alter Schriften. Eine dicke Staubschicht wirbelte auf.

„Stuna!“, rief ich.

Auf einer Anhäufung von rotem Kieses thronte ein zwei Meter großer, durchsichtiger Ball. Er bestand aus derselben Masse wie die Blase, die Nangil umgab.

Einer der Männer biss sich in den Daumen und helles Blut tropfte zu Boden. Er beschmierte den Ball damit und ein schmales Loch öffnete sich knirschend.

Ein Geräusch, wie ein Luftballon, an dessen Hülle man reibt.

Ianara wurde unsanft hineingeworfen.

Das Loch schloss sich nach wenigen Sekunden von selbst. Sie war in der Kugel gefangen.

So hat sie mich also nach Nangil geholt.

Dann packten sie meine Arme. Wild trat ich um mich.

Einen von ihnen traf ich im Gesicht. Er fluchte und krümmte sich vor Schmerz.

Einer erwischte mein Bein und riss mich, fest daran ziehend, zu Boden. Wütend schlugen und traten sie abwechselnd auf mich ein.

Auch wenn sie keine Schuhe trugen, schmerzte es unglaublich. Mein Bauch, mein Rücken, mein Kopf. Sie traten gegen alles, was sich bewegte. Unablässig beschimpften sie mich dabei.

„Abschaum", „Kreatur" hörte ich sie zwischen den Tritten wüten.

Als ich bewegungslos vor Schmerz liegen blieb, sah ich Stuna aus der Tasche schauen.

Ihre Augen waren noch schwärzer als sonst – vor Angst.

Ich hob den Kopf, um ihr zu signalisieren, dass es mir gut ging. Blut lief mir das Kinn herunter. Meine Lippe war aufgeplatzt.

„Du bist hier nichts wert!", zischte einer von ihnen.

Er richtete mich auf und derjenige, den ich getreten hatte, spuckte mir ins Gesicht. Dickflüssig bahnte sich sein Speichel langsam den Weg meine Wange hinab.

Dann öffneten sie die Kugel und warfen mich hinein.

„Ihr seid so einfältig", keuchte ich mit gepresster Stimme. Meine Wut verzerrte sie noch zusätzlich und ließ sie unnatürlich schrill klingen.

Das Loch schloss sich.

Einer von ihnen rief mir noch etwas zu, seine Augen waren hasserfüllt. Kein Laut drang zu uns hinein. Er biss sich in den Finger.

Der dritte Soldat aber, der sich zwar beteiligt, doch am meisten zurückgehalten hatte, hielt ihn davon ab.

Ianara untersuchte besorgt einen Riss über meiner Augenbraue.

Meine Lippe war angeschwollen und Blutergüsse zogen sich über mein Gesicht und den Rest meines Körpers.

Ich schloss die Augen. Alles tat weh.

Nicht nur die Schläge. Schmerzhafter war der Grund, aus dem sie handelten.

Ich war ihnen unbekannt, eine Fremde, sah obendrein noch anders aus. Das hatte ihnen das Recht gegeben, auf mich einzuprügeln und die abscheulichsten Dinge zu sagen. Vollkommen entmenschlicht war ich für die Nangila sogar nur ein ‚es'.

Es war der blanke Hass, der sich in ihren Gesichtern widerspiegelte.

„Hier kommen wir nicht raus", sagte Ianara. „Nur das Blut der Wachen oder der Venato kann uns hier helfen."

Ich tastete die dünne, aber stabile Membran um mich ab. Sie beobachtete, was ich tat.

„Warum hast du deinen Namen gerufen? Stuna."

Ich drehte mich mit dem Kopf zu meiner Tasche. Stuna kam vorsichtig heraus.

„Das da – ist Stuna."

Sie krabbelte den Kieshaufen hinauf und scharrte mit ihren Pfoten an der Membranaußenseite der Kugel.

Sie war panisch. Ich hielt von innen meine Hand gegen ihre kleine Tatze. Ich konnte sie zwar nicht spüren oder hören, dennoch wusste ich, wie sehr sie sich gerade sorgte.

„Sie ist meine Freundin."

Ianara beobachtete Stuna konzentriert.

„Ja, aber wer bist du dann?"

Als ich nicht antwortete, begann sie zu erzählen:

„Mein Volk lebt schon immer hier in Nangil. Sie kennen und akzeptieren hier innerhalb der Grenze keine anderen Wesen. Früher soll das anders gewesen sein. Dazu gibt es Geschichten und Berichte."

Sie deutete in die Richtung meiner Sachen, die auf einem Stapel Bücher und Schriften ruhten.

„Die Venato verstecken sie. Selbst wenn jemand sie fände, hier kann kaum einer lesen."

„Deine Familie schon", entgegnete ich.

„Ja, mein Vater hat uns verschiedene Schriften gelehrt. Ich verstehe sie nicht alle, kann aber vieles deuten. Aber eines Tages", fügte sie versonnen hinzu, „dann werde ich dort draußen leben."

Sie sagte es mit Bestimmtheit und die Punkte in ihren Augen glitzerten dabei. Ich lächelte, auch wenn mein Gesicht dabei wehtat.

„Danke für deine Hilfe."

Sie hatte mir beigestanden, seit wir uns begegnet waren.

„Ich mag dich."

Ihre direkte Zuneigungsbekundung ließ mich erröten.

Ihr zu gefallen, sie für mich zu gewinnen, war verheißungsvoll.

Vielleicht hätte ich diesen extremen Drang, der mich zu ihr hinzog, hinterfragen sollen.

Doch in diesem Moment genoss ich dankbar, dass meine Zuneigung erwidert wurde.

Ich sah mich in unserem Gefängnis um.

„Sie werden kommen und uns befreien."

„Wer? Deine Familie?"

Erst wiegte sie ihren Kopf und bejahte es dann zögerlich.

Ihre Schwingungen gaben ihr etwas Mysteriöses, Geheimnisvolles.

Sie erzählte mir von ihren Brüdern, Aren, dem Kleinsten und den beiden Älteren, Ranik und Dimos. Unbeschwerte Kindheitstage hatten sie hier verlebt und waren friedlich, aber abgeschieden aufgewachsen.

Jeweils fünf Venato – die Volksvertretung – wurden über einen Volksentscheid gewählt und entschieden bis zu ihrem Tod über alle strukturellen Abläufe oder Streitfragen. Hauptsächlich ging es dabei um Belanglosigkeiten.

Die Nangila lebten schon immer zurückgezogen und verließen ihre Blase nur selten. Als Omieda dann in Erscheinung trat, wurde beschlossen, den Austritt gänzlich zu untersagen.

Die Blase blieb geschlossen. Auch für jeden, der hineinwollte.

„Omieda gibt es schon so lange, wie ich denken kann." Ihre Hände sprachen immer mit. Sie gestikulierte viel beim Sprechen, aber nie zu viel.

„Ihre Macht ist langsam gewachsen. So langsam, es wurde nicht ernst genommen. Wir alle haben sie unterschätzt. Jetzt sind wir Gefangene in unserer eigenen Stadt – nur dass die meisten hier das gar nicht erkennen", meinte sie, die Mundwinkel nachdenklich herunterziehend.

„Gibt es denn gar keinen anderen Ausweg nach draußen?"

„Doch, die Katakomben unserer Urahnen", überlegte sie.

„Dort unten war aber seit ewigen Zeiten niemand. Sie sind ein riesiger Irrgarten. Niemand findet dort hinaus; es ist viel zu gefährlich." Sie machte eine abwinkende Geste.

Stuna kletterte an den Schriftrollen hinauf.

Dabei warf sie einen Stoß um, die sich ausrollten und nun über den ganzen Raum erstreckten.

Eine davon war interessant.

Äußerst interessant sogar.

Einige der Zeichen darauf waren identisch mit denen in meinem Medaillon!

Es waren dieselben, wie jene, die den äußeren Rahmen der goldenen Innenfläche bildeten. Ihre starken Linien mit den dominanten Ausläufern erinnerten mich an eine altägyptische Keilschrift.

Stuna hatte sie ebenfalls erspäht. Sie zog mit ihren Zähnen daran, als ich ihr bedeutete, sie näher heranzuschieben.

„Was hast du?", Ianara beobachtete mit fragendem Gesichtsausdruck das Treiben.

„Was steht dort in dieser Schrift? Kannst du es lesen?", wollte ich aufgeregt wissen.

Sie kroch an den Rand der Blase und drückte ihr Gesicht dagegen, um die Schriftzeichen genau erkennen zu können.

„Ich kann dir sagen, wie sie gesprochen werden, doch ihre genaue Bedeutung kenne ich nicht." Sie kniff die Augen zusammen.

„Es ist eine sehr alte Sprache. Das Volk der Usrake hat sie gesprochen. Nachdem sie vor langer Zeit ausgelöscht wurden, ist mit ihnen auch ihre Sprache verschwunden.“

Es muss das Volk sein, dem Prinz Yo das Medaillon gestohlen hatte.

Meine Nase blutete. Ich lehnte den Kopf zurück. Da kam mir eine Idee.

Mit dem Zeigefinger schrieb ich in blutigen Zeichen die Inschrift des Medaillons an die Wand unseres Gefängnisses.

„Bitte lies mir das vor“, bat ich sie inständig.

„Gut, aber ich will wissen, warum!“

Ich konnte und wollte sie nicht mehr anlügen. Nicht noch einmal denselben Fehler machen wie bei Manjita. Ich mochte Ianara und sie hatte bisher nichts anderes getan, als mir zu helfen.

Ihr kann ich vertrauen. Also offenbarte ich mich.

Ihre Mandelaugen weiteten sich bei dem, was ich berichtete.

Es tat gut zu reden, die Sorgen zu teilen, die auf mir lasteten. Ich fühlte mich ihr nah wie kaum jemandem.

Von Miran und meinen Fähigkeiten erzählte ich ihr nichts. Denn das gehörte nur mir.

Als ich fertig war, begann sie damit, mir die Laute der Symbole zu erklären. Dank meines Studiums begriff ich schnell. Die Symbole waren Silben. Diese aneinandergereiht ergaben einen Satz.

„WARHIL NEDROG BESUTRACHE OD SUSBRAZ TZA KE.“

Nach langem Knobeln hatten wir die Silben stimmig zusammengefügt. Ianara konnte nur die Worte „NEDROG - Pforte“ und „SUSBRAZ - Verstand“ sicher benennen. Der Rest war ihr unbekannt.

Bezüglich der Funktion dieser Formel tappte ich weiter im Dunkeln. Auch diesen Teil des Rätsels würde ich noch entwirren. Ich war, dank Ianara, ein großes Stück vorangekommen.

Als die Nacht heranbrach und kein Licht mehr durch die Tropfenkuppel hereinfiel, legten wir uns auf den Boden der Kugel.

Mir fielen vor Erschöpfung die Augen zu. Vor meinen geschlossenen Lidern tanzten die einzelnen Laute und Silben des geheimen Spruches chaotisch hin und her.

Ich war dankbar, Ianara in dieser heiklen Lage an meiner Seite zu haben. Durch sie fühlte sich die Situation weniger ausweglos und beängstigend an.

Ich hatte immer eine Tendenz, eine Obsession für bestimmte Menschen zu entwickeln. Wenn es eine Facette an einem Menschen gab, die mich unterbewusst anzog, war ich von einer Minute auf die andere von ihm eingenommen. In den Momenten, in denen sie mich in ihren Bann zogen, konnte ich selbst nicht erklären, warum.

Keine Liebe.

Obsession ist weit entfernt davon. Liebe lässt einen atmen, Besessenheit raubt dir den Atem.

Bisher war mir das mit einer Klassenkameradin und einer Dozentin im Studium so ergangen. Wenn es passierte, dann waren es Frauen.

Ab diesem Zeitpunkt war ich darauf fokussiert in ihrem Dunst zu sein, zu wissen, was sie taten. Diese Fixierung konnte Tage, Wochen, manchmal Jahre andauern, bis sie meistens schlagartig verschwand.

Der jeweilige Mittelpunkt meiner Obsession erfuhr nie davon.

Ich hatte mich zu sehr an diese Eigentümlichkeit von mir gewöhnt, um sie infrage zu stellen.

Ianara löste meine bisher stärkste Besessenheit aus.

So schlimm – schön – war es noch nie.

Sie streichelte mein Haar, bis ich einschlief.

Der betörende Jasminduft ihrer weichen Haare erfüllte die Blase. Erfüllte mich.

Kapitel 26

Der Sand auf Ekuptels Feld umspielte warm meine nackten Füße. Dieses Mal zog er mich nicht hinab.

Melodisches Klingen der purpurnen Bäume und der Geruch von Zimt erfüllten die Luft. Still ruhten heute die kubischen Felsen, als hätten sie sich noch nie bewegt.

Ich schmeckte Blut, das aus dem Schnitt an meiner Lippe in meinen Mund lief.

Ich fühlte ihn kommen.

„Wer hat das getan?“, seine Stimme klang zornig und besorgt, während seine Hände behutsam die Blutergüsse in meinem Gesicht untersuchten.

„Miran! Endlich.“

Er war zurückgekehrt.

Ich warf mich in seine Arme. Unendlich erleichtert, ihn wiederzuhaben drückte ich ihn an mich.

Hätte mich am liebsten in ihm verwachsen.

Er hielt mich, küsste mein Haar.

„Ich hasse es, dich so zu sehen“, sagte er, als er mir mit dem Finger das Blut von den Lippen wischte.

„Die Zeit wird knapp. Omieda kommt immer näher.“ Ich lehnte sorgenvoll meinen Kopf an seine Brust, lauschte seinem rhythmischen Herzschlag.

„Ich komme zurück.“

„Ja. Wir sollten zusammen kämpfen, zusammen sein." Ich hörte das Vibrieren seiner Stimme in seinem Brustkorb. „Das hier ist einfach nicht genug."

Mein Herz sprang bei diesen Worten und setzte kurz aus.

Hat er das gerade wirklich gesagt?

Er küsste mich vorsichtig und mit so viel Wärme, dass sie durch meinen Mund hinab in meinen ganzen Körper strahlte.

Seine Zunge schmeckte salzig, metallisch von meinem Blut.

Ich vergrub meine Hände unter den weichen Federn seines Mantels, seufzte beruhigt, als ich mich an seine Schulter lehnte.

Es tat unendlich gut, ihn wieder bei mir zu wissen.

Nun, da es ein ‚uns' gab, verblasste alles Böse, Hässliche.

Der besiegelnde Augenblick, er sollte ewig währen, doch ich spürte, wie er verrann.

„Miran, ich liebe dich."

„Schnell! Wach auf!" Ianara rüttelte an mir.

Ihr Vater, Ranik und Dimos standen vor unserem runden Gefängnis.

Aber was...

Sie hielten den blutverschmierten Kopf eines Soldaten von außen an die dünne Membran. Er war abgetrennt.

Unwillkürlich wurde mir übel beim Anblick des faserigen Fleisches, das aus seinem abgesäbelten Hals hing.

Was haben sie nur getan?

Ein mittelgroßes Loch öffnete sich. Das Stöhnen eines Verletzten drang ins Innere. Ein weiterer Soldat lag am Boden.

Eilig kletterten wir hinaus, während er versuchte, über den Boden zu kriechen.

Hastig packte ich Stuna und meine Sachen.

Ianara, ihr Vater und Ranik entschwanden bereits nach draußen.

Dimos, der jüngere von den beiden Brüdern, der vielleicht fünfzehn Jahre sein mochte, kniete neben dem Verwundeten. Ohne eine Gefühlsregung setzte er das Messer an dessen Hals.

„Hör auf! Das ist doch unnötig!“, flüsterte ich halblaut und packte seine Schulter.

Er schüttelte mich nur ab, wie eine lästige Fliege.

Mit einem Ruck stach er die Klinge in den Hals knapp über dem Brustpanzer.

Der Soldat riss die Augen weit auf, öffnete den Mund, als wolle er noch etwas sagen.

Blut lief auf das braune Leder, versiegte darin. Mit einem Schnitt, leicht ausgeführt als würde er einen Fisch filetieren, schnitt Dimos ihm die Kehle durch.

Die Goldsprenkel in den Augen erloschen. Wurden braun, wie der Rest seiner Pupillen.

„Grundgütiger! Was ist denn los mit dir?“ entfuhr es mir. Von Entsetzen erfüllt, packte ich Dimos` Schultern, schüttelte ihn, doch es kümmerte ihn nicht.

Wortlos mit kalten Augen schob er mich hinaus in die Dunkelheit.

Was er getan hatte, schien ihm gleichgültig.

Auch wenn die Soldaten mich vor kurzer Zeit noch übel zugerichtet hatten, bestürzte mich ihr Tod zutiefst.

Vor dem Gefängnis stand niemand. Zwei blutige Schleifspuren verrieten mir, dass es zwei weitere Verletzte gab. *Oder Tote.*

Dimos und ich folgten ihnen.

Als wir Ianaras Haus erreichten, öffnete Dimos es und stieß mich hinein.

„Warte hier!“, befahl er zischend und ging.

Noch bevor sie hinter ihm zufiel, ließ Stuna geistesgegenwärtig die Zwille aus der Tasche in den Sand fallen. Die Tür fiel zu.

Ich atmete auf, als ich sah, dass ihre Idee funktionierte. Die Zwille lag im Türspalt und blockierte den Eingang.

Einige Sekunden lauschte ich in die Stille; dann schlüpfte ich hinaus.

Ich muss herausfinden, was hier vor sich geht.

Die blutigen Schlieren führten mich verlässlich durch die nächtliche, schlafende Stadt. Niemand war unterwegs.

Ich gelangte zum Stadtrand, der durchsichtigen Blase. Die Stelle, an der ich Ianara zum ersten Mal begegnet war.

Eine Gruppe von Männern und Frauen hatte sich dort versammelt und diskutierte mit gedämpften Stimmen. Sie alle waren umgeben von den eigenartigen Schwingungen, die ich bisher nur bei Ianara und ihrer Familie wahrgenommen hatte.

Ich konnte sie nicht nur deutlich sehen. Das elektrische Kribbeln, das sie auf meiner Haut verursachten, piekte wie kleine Pfeilspitzen.

Je näher ich kam, desto schmerzhafter bohrten sie sich in meine Haut.

Ich verbarg mich, unweit von ihnen, hinter einer kleinen Mauer.

Was bedeutet diese Zusammenkunft?

Ianara stand leicht erhöht und überblickte die Köpfe der Gruppe, während sie das Wort an sich riss. Ihr Gesichtsausdruck entschlossen, fast angriffslustig.

Ich muss näher heran.

Vorsichtig tastete ich mich an der Mauer entlang, die mich von ihnen trennte. Ich befand mich nun schräg links von ihr und konnte sie von der Seite sehen, wenn ich darüber schaute.

Ungläubig stutzte ich.

Das kann nicht sein!

Ianara stand auf den übereinandergestapelten Körpern der zwei Verletzten, deren Spur mich geführt hatte. Einer von ihnen zuckte noch mit den Armen; er würde nicht mehr lange leben.

Niemand der Umstehenden schien sich daran zu stören.

„Wir haben Yo!", rief sie kämpferisch.

Ihr Vater unterbrach sie. „Sie hier einzulassen war gefährlich, aber der letzte Stimulus, den es brauchte. Unser Ziel ist erreicht! Bei Tagesanbruch befinden wir uns im Krieg."

„Ja“, stimmte jemand unter den Zuhörern ihm zu. „Dann werden die Wotoks, die Venato und alle, die ihnen folgen, restlos ausgelöscht.“

„Dann regieren wir und unterwerfen alle, die nicht mit uns sind!“, frohlockte der Nächste, schon lauter.

Ianaras Vater legte mahnend den Finger auf seinen Mund.

„Was ist, wenn die Wotoks auch uns angreifen?“, fragte eine weibliche Stimme.

„Wieso? Sie wollen doch Yo! Wir geben sie ihnen einfach“, lachte Ianara.

Dabei erhob sie entschlossen die Hand. Darin hielt sie etwas Glänzendes.

Mein Puls raste.

Mein Dolch! Sie trug ihn in der Hand!

Mein Dolch befand sich in den Händen des Menschen, dem ich von Beginn an blind vertraut hatte. Ohne es auch nur ein einziges Mal zu hinterfragen.

Stuna beobachtete die Szene von meiner Schulter aus.

„Die Kette“, zischelte es in meinem Ohr.

Wie ein Stromschlag durchfuhren mich ihre Worte. Mit zittrigen Fingern fühlte ich meinen Hals.

Sie war nicht mehr da.

Ianara drehte sich in meine Richtung und ich sah sie. Um ihren geschmeidigen Nacken geschlungen, auf der Brust ihrer karamellfarbenen Haut ruhen.

Um Fassung ringend, ließ ich mich hinter der Mauer auf den Boden sinken; schlug die Hände aufgewühlt vor dem Gesicht zusammen.

Ich musste mich von ihr abwenden, denn die Wahrheit wollte ich nicht sehen.

Als ich mich entschieden hatte, sie nicht zu belügen, hatte ich den größten Fehler überhaupt begangen.

Er könnte mich mein Leben kosten.

Nur meine Zwille und ein paar Steine waren geblieben.

„Yo", flüsterte eine Stimme neben mir. Eine kleine Hand legte sich auf meine Schulter.

Ich konnte mich gerade so beherrschen, vor Schreck nicht laut aufzuschreien.

Aren, der jüngste von Ianaras Brüdern, hatte sich unbemerkt angeschlichen und hockte neben mir.

Er gab mir ein Zeichen, ihm zu folgen. Ich zögerte.

„Soll ich ihm trauen?", überlegte ich. Andererseits, was hatte ich jetzt noch für eine Wahl?

Wir erreichten ein abgelegenes Haus, hinter dem wir uns verbargen.

Er sprach schnell und abgehackt, sodass ich Mühe hatte, ihm zu folgen.

„Das sind die Delater – Verschwörer. Sie planen den Krieg schon seit langem. Sie locken die Wotoks da draußen an, damit die Venato angreifen und den Krieg beginnen –"

„Wie? Wie locken sie die Wotoks an?", unterbrach ich ihn.

„Sie opfern Nangila", sagte er atemlos.

Er sah hinüber zu der Gruppe an der Blasenwand, die dieses verräterische Flimmern umgab.

Wegen der Dunkelheit konnte er es nicht sehen, doch ich erkannte jedes ekelhafte Detail. Sie, allen voran Ianara und ihr

Vater, öffneten die Blase mit dem Blut ihrer Opfer und schoben die Soldaten hinaus.

Kein Wunder, dass die Wotoks regelmäßig kamen und immer gieriger wurden. *Außerdem sind sie auf der Suche nach mir und haben meine Fährte gewittert.*

„Die Venato glauben, dass die Vermissten uns freiwillig verlassen. Aus Angst. Du musst sie unbedingt warnen", bat er mich flehend.

„Ich muss zurück", er sah zu seiner Schwester, „sie werden mein Verschwinden sonst bemerken."

„Aren! Ich brauche meine Kette und den Dolch. Ianara hat sie mir gestohlen."

Wieder legte er seine Hand auf meine Schulter. Diesmal voller Zuversicht.

Er wirkte jetzt viel älter als zwölf.

„Ich hole sie dir zurück."

„Danke!", sagte ich voller Inbrunst.

„Die Venato leben in dem riesigen Gebäude mit den Säulen, direkt am Sammelplatz. Geh jetzt!" Ich nickte.

Der Einzige in der Familie, bei dem ich nicht das Kribbeln der tanzenden Schwingungen auf meiner Haut spürte.

Ich hatte sie falsch gedeutet. Mich irreführen lassen.

Sie waren eine Warnung gewesen. Die dritte Gabe des gelben Samenkorns.

Ianara und die Delater haben alle getäuscht. Mich eingeschlossen.

Die Enttäuschung darüber wurde nur von der Sorge überflügelt, wie ich die Venato dazu brächte, mir zuzuhören.

Der Sammelplatz war leer. Still thronte das illuminierte Regierungsgebäude hinter dem Podest. Die fünf Säulen warfen lange Schatten über die Fläche, als wollten sie jeden warnen, nicht zu nah zu kommen.

Stuna und ich kauerten hinter einem Brunnen, beratschlagten, wie wir am besten vorgehen sollten.

Ein Geräusch – es kam vom Platz.

Wir verstummten.

Fahrig schnell ein- und ausatmend presste ich mich an die Wand des Brunnens.

Verhalten spähte ich auf den Platz.

Ich entdeckte eine kleine, dunkle Gestalt. Mit trägem, schlurfendem Gang betrat sie den menschenleeren Ort.

Bei genauerem Hinsehen erkannte ich einen Jungen, nach vorn gebückt. Sein blasses Gesicht verzerrt vor Schmerz. Abgehackt schnaufte er.

„Aren!", ich sprang auf ohne Nachzudenken. Er bekam keine Luft

„Yo, das ist bestimmt eine Falle!", warnte mich Stuna.

Aren konnte sich kaum mehr auf den Beinen halten und sank auf die Knie.

Ohne Stunas Worten Beachtung zu schenken, rannte ich zu ihm, fing ihn mit den Armen gerade noch rechtzeitig, als er drohte, auf dem Boden zusammenzubrechen.

Meine Hände voller Blut.

Aus seinem Rücken ragte mein Dolch. In seinen Fingern hielt er mir zitternd mein Medaillon entgegen.

Sein Blick war verschleiert – entrückt. Er nahm mich nicht mehr wahr.

Unter Schock stehend nahm ich die Kette an mich. Ohne ihn dabei loszulassen.

Ich umklammerte den Griff des Dolches, atmete tief ein.

Mit einem Ruck zog ich den Dolch aus seinem Rücken. Er ächzte qualvoll, doch seine Kräfte waren fast am Ende.

Nichts auf der Welt kann richtig oder wichtig sein, wenn ein Kind dafür sterben muss.

Schluchzend drückte ich ihn an mein Gesicht.

Der Tag brach an und blendete uns. Er verschluckte die Nacht und das blaue Licht meiner Tränen.

„Ich sehe, du hast meine Nachricht bekommen", Ianara trat hinter dem Podest hervor, auf dem die Venato gesprochen hatten.

Ob der Helligkeit blinzelnd, legte ich den bewegungslosen Aren auf den Boden.

„Du Irre, er ist dein Bruder."

„Du meinst, war. Er war ein Verräter", sprach sie gelassen, während sie sich mit der bedrohlichen Geschmeidigkeit einer Raubkatze langsam auf mich zu bewegte.

Der Rest der Delaterbande musste ganz in der Nähe sein. Ihre Schwingungen stachen auf meiner Haut.

„Ich mag dich", äffte sie sich selbst nach und lachte mir dabei aufgesetzt ins Gesicht.

Sie wusste genau, wie sehr sie mir damit wehtat.

Doch schwerer als ihre hässlichen Worte lastete auf mir der Anblick ihres leidenden Bruders, dem sie hinterrücks meinen Dolch in den Rücken gerammt hatte.

Sie zog ein Schwert hinter ihrem Rücken hervor, kam immer näher. Ranik und Dimos erschienen.

„Das schaffe ich allein! Ich hole mir meine Kette zurück", lachte sie siegessicher und sprang, elegant wie eine Katze, auf mich zu.

Du willst kämpfen? Nun gut...

Ich spannte meine Zwille und schoss. Sie strauchelte und stürzte auf den roten Kies.

Zweimal lud ich nach und schmetterte Ranik und Dimos zwei Steine, direkt auf den Kehlkopf.

Sie gingen an Ort und Stelle nieder, japsten, rangen nach Luft.

Ianara hatte ich in die Brust geschossen.

Nicht mit einem Stein, sondern mit einer Scherbe des Kristallpalastes. Eine Erinnerung, die ich in meiner Tasche behalten hatte.

Sie lag am Boden mit einem Loch in ihrem Oberkörper, oberhalb ihres Brustbeins.

Ich drehte sie mit dem Gesicht zu mir, beugte mich über sie und erhob den Dolch.

„Du kannst es nicht." Verachtung lag in ihren Worten.

„Das ist der Grund, warum du es nicht schaffen wirst. Nie!"

Sie blutete, musste sicherlich höllische Schmerzen ertragen, nutzte aber dennoch ihre verbleibende Energie, um mich zu demütigen.

Wohl wissend, wie sie mich treffen konnte. Sie kannte meine Selbstzweifel. Ich hatte ihr alles über mich erzählt.

Fast alles.

„Nie!", kreischte sie hysterisch lachend.

Der Dolch sauste nieder.

„Yo!", hörte ich Stunas Aufschrei hinter mir, indessen traf er schon auf Ianaras Gesicht.

Aus der Wunde auf ihrer Wange floss kein Blut. Nur ein einziger, winziger Tropfen. Er war lila.

Das vierte Samenkorn!

Sie konnte nichts sehen, aber sie fühlte die blendenden Strahlen, die den Sammelplatz in lila Licht tauchten.

Ich hatte ein ‚Y' auf ihre Wange geritzt, strich mit den Fingern darüber. Der vierte Samen in Form eines Tropfens badete mich in seinem violetten Schein.

„Ich werde dich nie vergessen", wisperte ich, mich zu ihrem Ohr hinabbeugend, „aber du mich auch nicht. Versprochen!"

Die Venato waren zwischenzeitlich aus ihrem Gebäude geeilt und zahlreiche Nangila hatten sich auf dem Platz eingefunden.

Entsetzt und aufgebracht beobachteten sie die Szene.

„Was geht hier vor?", schrie ein Venato.

Jabul, Ianaras Vater, kam, gespielt außer Atem, herbei gehetzt und ergriff keuchend das Wort: „Seht, was sie mir und meiner Familie angetan hat. Meinen Aren hat sie getötet." Er schluchzte gekünstelt auf.

„Fast hätte sie meine anderen Kinder auch umgebracht. Wir müssen sie den Wotoks zum Fraß vorwerfen."

„So, wie du und deine Delaterbande es mit euren eigenen Leuten getan habt?", rief ich, mich erbost aufrichtend.

„Ihr habt die Wotoks hergelockt, um Chaos und Unruhe zu schüren. Ich habe niemanden getötet! Ihr hingegen schon."

Er fiel jammernd auf die Knie und kroch zu Arens Körper.

„Mein kleiner, unschuldiger Junge. Ihr Dolch steckte in seinem Rücken."

Der mit Blut besudelte Dolch in meiner Hand schien seine Aussage zu belegen.

Unter Tränen rief er Arens Namen.

Die Meute begann zu toben, forderte lautstark meine Opferung an die Wotoks.

In diesem Moment, als die Stimmung zu meinen Ungunsten zu kippen drohte, öffnete Aren seine Augen und erhob sich.

Schwach, aber sicher. Alle Rufe verstummten.

Mit fester Stimme rief er: „Meine eigene Familie hat versucht, mich hinterrücks zu ermorden. Ihre blauen Tränen haben mich gerettet." Sein Finger richtete sich auf mich.

Ein Aufschrei ging durch die Menschenmenge. Man merkte, wie verwirrt sie waren.

Fahrig schwenkte Jabuls Kopf zwischen Aren, mir und den Delater umher. Das hatte er nicht kommen sehen.

„Ihr dürft die Wotoks nicht angreifen. Wenn ihr sie einlasst, seid ihr nicht mehr sicher“, warnte ich.

Abwartend kreisten sie bereits hoch über unseren Köpfen. Ängstliche Rufe ertönten. Die Unsicherheit der Nangila war greifbar. Sie wussten weder, was sie tun noch was sie denken sollten.

Einer der Venato fand endlich seine Stimme wieder und wandte sich an Ianaras Vater:

„Jabul, du hast uns belogen. Wie konntest du unser Volk solch einer Gefahr aussetzen?“

Jabul sah nun, dass seine Täuschung aufgeflogen war und stieg auf die Tribüne. Er rief: „Delater, es ist Zeit! Wir nehmen, was uns gehört.“

Aus allen Ecken strömten bewaffnete Delater auf den Platz.

Ich konnte sie an den Schwingungen unterscheiden, doch für die restlichen Nangila sahen sie gleich aus.

Panik brach in der Menge aus.

Alle Nangila rannten, schrien, versuchten sich in Sicherheit zu bringen.

Zielsicher stürmten die Delater den Sitz der Venato.

Als diese versuchten, sich zu verteidigen, wurden sie mit Schwertern, ohne Erbarmen, niedergestreckt. Sie waren tot – hatten unbewaffnet nicht die geringste Chance gehabt.

Die Menschenmenge löste sich auf.

In dem Tumult riss ich Aren mit und wir verschwanden in der rennenden Meute der Nangila.

Jabul und seine Frau schleppten Ianara hinein in den Regierungssitz der Venato. Ranik und Dimos folgten ihnen.

Die Verschwörer verschanzten sich dort.

Dann öffnete sich die Tropfenkuppel des Gebäudes.

Bang beobachteten wir aus einem Versteck das Geschehen. Der Sammelplatz war jetzt leer gefegt.

„Was passiert jetzt?"

„Sie greifen die Wotoks an", sagte Aren. „Unter der Kuppel haben sie Giftpfeile und schwere Kanonen."

„Damit durchdringen sie aber nicht die Blase, oder doch?", wollte Stuna wissen.

„Sie tränken die Pfeile in ihrem Blut."

Dann sah er mich unvermittelt an.

„Die Blase ist längst offen. Sie haben bei Tagesanbruch eine Leiche in die Wand gelegt."

Wie zur Bestätigung drangen erste verzweifelte Hilferufe zu uns herüber. Es mussten bereits Wotoks eingedrungen sein.

„Aren! Wo ist der Eingang zu den Katakomben?"

„Hinter der Bühne. Ungefähr dort auf Höhe der dritten Säule", er zeigte auf das Podest, „müsste der Eingang liegen."

„Komm mit mir", bat ich ihn.

„Nein, hier ist mein zu Hause, mein Volk."

„Aber –"

„Nein, Yo", unterbrach er mich „ich kann und will nicht fort. Ich laufe nicht weg, nur weil es vielleicht schwer wird."

„Er benimmt sich nicht wie ein Kind", dachte ich.

„Aber hast du denn gar keine Angst?"

„Natürlich", seine braunen Augen verdunkelten sich, „aber Angst kommt und geht. Sie ist nicht immer da."

Ich hätte gern etwas dazu gesagt, doch uns rannte die Zeit davon.

„Ein Ausweg aus den Katakomben ist schlichtweg unmöglich. Hineinzugehen ist Wahnsinn", warnte er.

„Wahnsinn ist Wahn, aber auch Sinn", zwinkerte Stuna auf meiner Schulter.

Ihr kleines Schnäuzchen kräuselte sich. Sie lächelte.

Wie absurd wir sind. Scherzen inmitten einer Kampfarena.

Aber ungewöhnliche Situationen bedingen manchmal ungewöhnliche Reaktionen.

Hunderte von Pfeilen zischten in die Blasenkuppel von Nangil. Viele kleine Löcher klafften jetzt in der Kuppel.

Ein geflügelter Wotok nahm Anlauf und donnerte gegen die elastische Wand. Zwei weitere taten es ihm gleich.

Ihre Körper ähnelten Vögeln mit langen Schwänzen und Fledermausflügeln. Schwarze Schuppen lagen wie ein Panzer auf ihrer Haut.

Jede ihrer gezielten Bewegungen zeichnete eine Spur des schwarzen Nebels in den Himmel.

An die scharfen Krallen ihrer Vogelfüße, die sich nun in den Öffnungen der Blase verhakten, konnte ich mich noch gut zurückerinnern.

Sie dehnten die Löcher bis aufs Weiteste, bis die dünnen Verbindungen zwischen ihnen unter der Last schließlich rissen.

Der erste Wotok zwängte sich durch eine Öffnung. Die beiden anderen folgten.

Als die Kuppel sich wieder verschloss, kreisten drei Wotoks über dem Sammelplatz der Nangila.

Einer nahm Kurs auf und griff im Sturzflug die vereinzelten Nangila an, die noch in den Straßen umherliefen. Der nächste peilte den Sitz der Venato an, in dem sie die Delater verbarrikadiert hatten.

Ein lautes Klirren erklang und eine massive Stahlkugel mit einem Durchmesser von etwa zwei Metern und dicken aufgesetzten spitzen Metallstiften sauste ihm aus dem geöffneten Dach entgegen.

Sie traf ihn frontal. Er stürzte und fauchte laut und rasselnd, als er auf den Platz aufprallte. Die anderen Wotoks vernahmen seinen Ruf und innerhalb von wenigen Sekunden flatterten sie zu ihm.

Fünf weitere Wotoks in bärenähnlicher Gestalt kamen herbeigestürmt.

Es waren jene, die den Laryd getötet hatten. Sie stürzten sich nun, ohne weiter auf andere Nangila zu achten, auf das gleiche Ziel: Das Versteck der Delater.

Pfeile und Kugeln jagten durch die Luft. Eine der schweren Kugeln zertrümmerte das Podest.

Mir kam ein Gedanke.

„Aren, warte hier, ich bin gleich wieder da."

Ich gab ihm Stuna und rannte, immer in Deckung bleibend, zu dem verwundeten Wotok.

An seinem Rücken, im Schuppenpanzer, hatte er eine offene Verletzung. Seine Haut war bei dem massiven Aufprall der Kugel großflächig aufgeplatzt.

Ich schnitt ein großes Stück Fleisch heraus. Er reagierte nicht einmal mehr darauf.

Dann sprintete ich, so schnell ich konnte zurück, wobei ich immer wieder haltmachen musste. Die Pfeile trafen nun fast überall auf.

In ihrer Panik schossen die Delater nicht mehr zielgerichtet, sondern blind. Getroffene Nangila waren sofort tot.

Ich hatte Aren erreicht, der noch in unserem Versteck kauerte.

„Iss davon", wies ich ihn an. Er zögerte.

„Mach schon. Sonst bringen die Wotoks dich um." Wie zum Beweis biss ich mutig ein Stück ab und würgte es hinunter.

Er überwand sich und schluckte sein Stück im Ganzen.

Ich rieb ihm Wotokblut auf seine Haut und mir ebenso. Auch Stuna goss ich etwas über ihr Fell.

„Du riechst jetzt wie sie. Versteck dich in dem Brunnen dort, bis das hier vorüber ist."

Ich brachte ihn zum Brunnen und setzte ihn in einen Bottich, den ich nur ein Stück hinunterließ. Schnell fixierte ich das Seil, damit er oben bleiben musste.

„Komm erst wieder raus, wenn sie fort sind. Sie können nur sehen, hören und riechen", beruhigte ich den Jungen, der trotz seiner braunen, blutbeschmierten Haut, ganz blass geworden war.

Ich hockte auf einem Balken, auf dem sonst die Frauen ihre Eimer und Wäsche ablegten.

Als die Kampfgeräusche aus der Delater-Festung langsam verstummten, umarmte ich ihn noch mal zum Abschied.

„Ich danke dir. Du bist mehr als tapfer. Tapferer als ich. Und – du bist mehr als das hier."

„Ich weiß." Er strich mir wortlos über die Wange und duckte sich dann in dem Bottich nieder.

Was für ein Junge! Hoffentlich werde ich ihn einmal wiedersehen.

Vereinzelt peitschten noch Giftpfeile über den Sammelplatz. Die Wotoks befanden sich in der Festung.

Nur zwei Ungetüme schlichen zwischen den Häusern umher. Auf der Suche.

Ich verbarg mich unter den Trümmern der Bühne. Dunkler Nebel strich an mir vorüber, wurde immer schwärzer.

Die Wotoks waren nah. Ich hörte ihr gieriges Schnaufen.

Das Vibrieren von Stunas zitterndem Körper auf meiner Haut steigerte meine Angst ins Unermessliche.

Ich hielt meinen Dolch, bereit zuzuschlagen, wenn es erforderlich wäre.

Ihr keuchender Atem wurde lauter. Wenn ich meinen Kopf hob, würde ich direkt in ihre kalten schwarzen Augen sehen.

Dann verzog sich der Nebel.

Aufatmend tätschelte ich Stuna mit schweißnassen Händen.

Der Beschuss hatte aufgehört. Unweit von uns zog eine Gruppe Nangila bewaffnet zwischen den Häusern entlang.

Kleine Schwingungen tanzten kaum sichtbar schwach um sie herum. Sie waren nicht deutlich auszumachen.

Es waren keine Delater.

Ihre Schwingungen schienen gerade neu zu entstehen. Sie befanden sich im instabilen Ausnahmezustand. Jetzt waren sie weder gut, noch böse.

Es war ratsam, ihnen nicht zu begegnen.

Sie hatten die beiden Wotoks erspäht und folgten ihnen. Eine weitere bewaffnete Gruppe erschien von der anderen Seite.

Auf ein stummes Signal hin attackierten sie die Wotoks von beiden Seiten. Sie hieben, wie von Sinnen, mit ihren Schwertern auf ihn ein.

Ich lukte vorsichtig unter den zerborstenen Podeststücken hervor, dahin, wo Aren mir den Eingang der Katakomben gewiesen hatte.

Immer mehr Nangila wagten sich nun bewaffnet aus ihren Häusern. Sie waren bereit ihre Stadt zu verteidigen.

Eilig begann ich im Sand zu graben.

Dieser anarchische Zustand, gepaart mit Angst vor dem Unbekannten, könnte mir zum Verhängnis werden.

In Windeseile schaufelte ich mit meinen Händen und dem Dolch hastig den Kies fort.

Endlich tasteten meine Finger einen steinernen Untergrund mit einem Messingring.

Mit aller Kraft zog ich daran. Die Platte bewegte sich minimal.

Fünf Jugendliche, mit Steinen und Schwertern bewaffnet, entdeckten mich. Schwache, flackernde Blitze umgaben sie.

Sie kamen auf mich zu. Ihre Schwingungen piekten minimal auf meiner Haut.

Ich beeilte mich, mühte mich. Zwecklos.

„Bist du dir sicher?“, fragte mich einer von ihnen. „Da unten findet niemand heraus.“

Ein Blick nach oben genügte. Schwarze Quellwolken sammelten sich über der Kuppel. Omieda war fast hier!

Ich nickte kurz und entschlossen.

Drei von ihnen zogen an dem Messingring, die anderen beiden und ich stemmten die schwere Platte nach oben. Ein enger Spalt stand nun offen.

„Los, wir können das nicht lange halten.“ Mit den Füßen voran, zwängte ich mich hindurch.

„Danke“, sagte ich noch.

Da fiel die Platte wieder herunter und begrub mich und Stuna unter der Erde.

Sie hatten mir geholfen.

Weder gut noch böse.

Es gab also noch mehr – dazwischen.

Kapitel 27

Hinunter.

Ich fiel nur zwei Meter tief, landete unsanft auf hartem, dreckigem Boden.

Keine Lichtquelle erhellte den muffigen Korridor, der sich etwa zehn Meter vor mir erstreckte, bevor sich der Weg in mehrere Gänge zweigte.

Hätte ich durch den grünen Samen nicht die Fähigkeit erlangt in der Dunkelheit zu sehen, wäre ich jetzt verloren gewesen.

Die modrigen Katakomben waren ein riesiger Irrgarten, von dessen Gängen sich wiederum neue Flure abzweigten, die scheinbar ins Nichts führten. Ich rappelte mich auf, lief, vorsichtig um mich sehend, zur Weggabelung.

Ratlos blickte ich in vier dunkle, lange Korridore.

Was nun?

Eine Regel besagte, stets mit der rechten Hand an der Wand zu bleiben.

Mit dieser Faustregel habe ich zumindest das Maislabyrinth des Bauern beim Schulausflug in der vierten Klasse bezwungen.

Da Stuna auch keine bessere Idee hatte, entschieden wir uns also für den rechten Weg. Bedächtig setzte ich einen Fuß vor den anderen.

Alt und erdig hing schwer die Luft zwischen den feuchten Wänden, die übersät mit Dellen oder Einstülpungen war.

Ungleichmäßig in ihrem Verlauf wurde der Korridor zeitweise enger, dann wieder weiter. Zu allem Überfluss variierte auch die Deckenhöhe. An der nächsten Kreuzung musste ich den Kopf einziehen und mich in den rechten Gang zwängen.

Nichts für Klaustrophobiker.

Gott sei Dank stehen enge Räume nicht ganz so weit oben auf meiner umfangreichen Angstliste...

Irgendwann kroch ich sogar auf allen Vieren und musste zusätzlich noch die Steigung bezwingen.

Streckenweise fiel der Boden dann flach ab, um im Anschluss abermals wieder hinaufzuführen.

Diese Widrigkeiten machten den Weg durch die Katakomben sehr mühselig. Durch den kalten Untergrund war die Kriecherei noch zusätzlich unangenehm. Die feuchte, muffige Luft anfänglich nur unangenehm, wanderte nun immer mehr unter meine Sachen, kühlte mich langsam aus.

Die Oberfläche meiner Haut fühlte sich an, als hätte ich ein Kühlgel aufgetragen. Überall.

Anfangs fühlt es sich nur frisch an, irgendwann aber tat es weh.

Ich tastete mich – mit der rechten Hand an der Wand haltend – weiter. Beharrlich darauf achtend, dass sie die Wand an keiner Weggabelung verließ, um die Rechtsregel einzuhalten und nicht durcheinander zu kommen.

Hier unten konnte man leicht die Orientierung verlieren.

Der Klang des Echos meiner Bewegungen war scheinbar endlos und ließ mich nur erahnen, wie unfassbar groß die Katakomben sein mussten.

Wir waren hier gefangen, niemand kannte den Ausgang. Noch viel weniger war bekannt, wohin sie eigentlich führten.

Nein, ich darf diese Gedanken nicht zulassen.

Doch meine Gedanken wanderten mit mir durch die finsteren Flure. Hier konnte ich ihnen nicht entkommen.

Ich grübelte, während ich das Labyrinth zu bezwingen versuchte. Ob ich wollte oder nicht.

Warum waren hier alle Begegnungen so intensiv?

Ich hatte nicht das Gefühl, Ianara lediglich einen Tag gekannt zu haben. Viel länger kam mir unsere gemeinsame Zeit vor, was sie für mich umso tiefgreifender machte.

Ich war mir so sicher mit ihr gewesen, war ihr vollkommen erlegen.

Hätte ich all die hässlichen Dinge aus ihrem Mund nicht mit eigenen Ohren gehört, es wäre undenkbar für mich gewesen.

Fortwährend hallten ihre Worte in mir wider. Ihr siegessicherer Gesichtsausdruck, das finstere Lachen.

Ich blieb stehen, lehnte meinen Kopf gegen die Wand und atmete tief ein.

Stuna schaute verschlafen aus der Tasche, die jetzt nicht mehr schaukelte.

„Was ist?“, wollte sie wissen.

„Ich komme mir so dumm vor; wie konnte sie mich nur verraten!“, presste ich wütend hervor, die Stirn nachdenklich kräuselnd.

Stuna legte die Ohren an und zögerte, kurz bevor sie sprach: „Du hast dich ihr vollkommen offenbart… Burburak und Miran haben dich davor gewarnt jemandem die Wahrheit zu sagen."

„Ach, sei doch still!", brauste ich auf.

„Warum? Weil dir nicht gefällt, was ich sage?"

„Nein! Es gefällt mir nicht!" Unbeherrscht schlug ich gegen die Wand. Der Schmerz in meiner Faust brannte, doch er war nichts gegen die unbändige Wut, die ich verspürte.

Auf Ianara, weil sie mich verraten hatte.

Auf Stuna, weil sie recht hatte.

Als ich noch ein weiteres Mal auf die Wand einschlug, spürte ich den Schmerz immer deutlicher.

Nicht nur den in meiner Hand, sondern auch den in meinem Herzen.

Den, der mir erst leise und dann immer lauter zu sagen versuchte, dass ich im Unrecht war.

Ich hielt ein.

„Geht es dir jetzt besser?", fragte Stuna herausfordernd.

Ich schnaubte wütend, ignorierte ihren Kommentar und stampfte missmutig weiter.

Nachdem ich Manjitas Freundschaft durch mein Schweigen verloren hatte, war ich so darauf fixiert gewesen, es dieses Mal richtig zu machen.

Doch meine Versessenheit hatte sich ins Gegenteil verkehrt.

Stuna hatte einen wunden Punkt getroffen – einen von vielen.

Wer mich kritisierte, musste mit Gegenwind rechnen.

Meine Wutanfälle im Kinderheim und der Schule waren legendär gewesen. Mit Kritik adäquat umzugehen, hatte ich nie gelernt.

Ich empfand sie als persönliche Beleidigung und fühlte mich auf allen Ebenen infrage gestellt.

Wenn ich dann irgendwann einsah, dass sie möglicherweise, *aber wirklich nur möglicherweise*, durchaus ihre Berechtigung hatte, verkehrte sich meine Sturheit oft ins Gegenteil und ich machte mir schwere Vorwürfe.

Wie jetzt.

Der Übergang zum nagenden Selbstzweifel war fließend.

„Es tut mir leid", presste ich verhalten nuschelnd hervor.

Es auszusprechen kam einem Kraftakt gleich. Alles in mir sträubte sich dagegen und ich musste mich überwinden.

Stuna saß in meiner Kapuze und antwortete diesmal ihrerseits nicht.

Was war ich froh, ihr dabei nicht in die Augen sehen zu müssen.

Ich fühlte mich schlechter, nicht besser.

Entschuldigungen waren eine bittere Pille für mich, die es zu schlucken galt, wenn es unbedingt notwendig war.

Sie kamen einer Erniedrigung gleich, einem Eingeständnis von Schwäche.

Doch wie stark ist ein Mensch, der sich keinen Fehler eingestehen kann?

„Wir müssen einen anderen Weg hieraus finden", lenkte sie gekonnt vom Thema ab. Dankbar stimmte ich ihr zu.

Wir waren jetzt schon sehr lange unterwegs.

Immer wieder endeten wir in Sackgassen, die uns zum Umkehren zwangen. Mit jedem Mal sank meine Zuversicht.

Meine Taktik hatte uns nach endlosen Stunden noch immer nicht zum Ausgang geführt.

Wir waren hungrig, durstig und zeitgleich wahnsinnig erschöpft.

Da kam Stuna eine Idee: Wir begannen, von nun an, die Wege zu markieren. Mit dem Dolch ritzte ich Zeichen in den Boden.

An jeder Weggabelung setzte ich ein X, damit wir später wussten, ob wir schon einmal hier gewesen waren. Bei den Kreuzungen entschieden wir uns, einen Strich I, in den Gang zu setzen, den ich gerade verlassen hatte. Auf diesem Weg würde ich wissen, wenn ich zurückkäme, in welchem der Gänge ich schon gewesen war und könnte einen neuen versuchen.

Zusätzlich zählte ich Winkel, um zu vermeiden, dass ich im Kreis lief. Damit ich eine Richtung beibehielt, bemühte ich mich, nach einer Rechtsdrehung eine Linksdrehung folgen zu lassen. Nie wählte ich viermal hintereinander die gleiche Richtung, weil ich mich sonst gefangen in einer Endlosschleife sah.

Doch die Katakomben folgten keinen herkömmlichen Normen.

Meine Konzentration ließ immer mehr nach und ich konnte mich nur noch mit Mühe auf den Beinen halten.

„Lass uns eine Pause machen“, mahnte Stuna besorgt.

„Wir sind schon weit gekommen“, wehrte ich kraftlos ab. Ich erkannte es an den Markierungen.

Diejenigen, die wir wieder gefunden hatten, waren krakelig und unscharf. Ich hatte sie erst vor kurzem gemacht.

Matt fügte ich hinzu: „Ich will hier nicht schlafen. Ich fühle mich hier nicht sicher.“

Gebückt setzte ich den Weg fort.

Eisern kämpfte ich nicht nur gegen die nagende Kälte, sondern gegen den noch nagenderen Konflikt in mir. Ich wünschte, ich hätte die Katakomben und meinen Kopf verlassen können.

Immer, wenn Beziehungen nicht so enden, wie man es sich gewünscht hätte, verfolgt es einen.

Ianaras Vertrauensbruch ging mir tief unter die Haut. Selten hatte ich jemanden derartig tief in mein Inneres sehen lassen. Sie, der ich meine Ängste und Fehler anvertraut hatte.

Eine leidenschaftliche kurze Verbindung, die einschneidender nicht hätte sein können. Nun, da sie zu Ende war, fühlte ich mich leer und irgendwie wertlos.

Unsere Wünsche und Gedanken, die wir zusammen geteilt hatten. In denen wir so viele Gemeinsamkeiten gefunden hatten. *Scheinbar.*

Nur die Verheißung nach Macht schien sie getrieben zu haben. Obwohl der Verrat eindeutig war, konnte und wollte ein großer Teil von mir nicht akzeptieren, dass ich mich in ihr dermaßen geirrt hatte.

Ihre Nähe fehlte mir.

Mein Verstand wusste, ich musste sie hinter mir lassen. Nicht in der Vergangenheit mit ihr leben und auch nicht im Jetzt, in dem meine Wut auf sie, alles, was ich tat, bestimmen könnte.

Einfach vergessen.

In den Tiefen meines Inneren war mir klar, dass die Erinnerung an sie mich von nun an begleiten würde. Als ich ihr sagte, sie werde mich niemals vergessen, galt dasselbe auch für mich.

Ich seufzte leise bei dieser Erkenntnis.

Es vergingen weitere qualvolle Stunden, in denen die Wände gefühlt immer näher kamen. Durst plagte mich und ich zitterte.

Die Kälte war nun nicht mehr nur draußen, sie zog sich auch zwischen meinen Organen entlang, schlängelte sich um meine Muskelstränge, ließ mich immer mehr erlahmen. Ich war einfach nur kalt und ausgebrannt. Ohne Kraft.

Vor mir tat sich erneut ein langer Gang auf.

Er hatte einen steilen Anstieg, dem ich mich nicht mehr gewachsen sah.

Ich knickte mit dem Fuß um, fiel zu Boden. Den Aufprall bemerkte ich nicht einmal mehr.

Nur, dass der Boden, auf dem ich lag, sich nicht mehr kalt anfühlte, da er die gleiche Temperatur wie ich hatte. Dort lag ich und fühlte mich zu schwach, um noch einmal aufzustehen.

„Yo, sieh doch!", piepste Stuna.

Ein Windhauch strich tröstend über meinen Kopf. Mein Herz machte einen hoffnungsvollen Satz.

Ich raffte mich auf und kroch auf allen Vieren den Tunnel hinauf, dem Luftzug und Stunas Trippelschritten folgend. Als ich es schon nicht mehr zu hoffen wagte, sah ich ihn: den erhofften Ausgang.

Mit letzter Kraft hievte ich mich durch den kleinen Höhlenausgang hinaus in die Nacht.

Bäuchlings lag ich auf einer kleinen Plattform, die gerade so die Länge meines Körpers hatte. Der Wind pfiff, als ich vorsichtig über den schmalen Rand schaute. Ich erschrak.

Der Ausgang der Katakomben befand sich weit über dem Boden, inmitten einer felsigen Gebirgswand.

Erschöpft lehnte ich mich an den schwarzen Höhleneingang, den Ausblick auf das schlafende Land, die Freiheit in mir aufnehmend. Die Wand des Berges war mit klaren, perlengroßen Tautropfen bedeckt, den Stuna von den Steinen leckte.

Ich war ausgelaugt wie noch nie, atmete tief durch. Hoffte, die kalte Nachtluft würde beim Ausströmen aus meiner Lunge alles Negative in mir mit sich nehmen.

Emotional hatten mich die Erlebnisse in Pardalis an meine Grenzen geführt. Kaum eine Nacht, in der ich nicht auch Manjitas enttäuschte Augen vor mir sah.

Keine verdammte Sekunde, in der ich Miran nicht vermisste!

Stuna trippelte an die Felsenkante und witterte in die Ferne. Sie schaute prüfend in mein Gesicht, während ich mit diesen düsteren Gedanken fast einnickte.

„Bist du nicht erleichtert? Du siehst traurig aus."

Meine Augen öffneten sich einen kleinen Spalt und ich seufzte.

„Stuna, wegen vorhin, es tut mir wirklich leid."

Augenblicklich fühlte ich mich leichter.

„Danke, dass du das alles mit mir durchgestanden hast. Du warst immer da."

„Wir schaffen auch den Rest", gähnte sie zufrieden und kratzte sich hinterm Ohr, wie sie es oft abends tat, bevor sie sich schlafen legte.

Ich nahm sie auf meine Hand, gab ihr einen Kuss auf den plüschigen, grauen Mäusekopf und setzte sie in meine Haare. Ein Tautropfen vom Felsen versiegte darin, als die Müdigkeit mich überfiel. Ich gab ihr willenlos nach.

Flaschengrünes Wasser bedeckte meinen Körper. Ich watete in dem erquickenden Nass und genoss die Ruhe der Oase. Nur das hypnotische Tröpfeln auf den Steinen war zu hören.

Keine Spur von den Laryden.

Sie würden auch nicht kommen. Nur Miran und ich gelangten zu diesen Orten, an denen wir uns trafen.

Ich konnte es nicht erwarten, endlich wieder seine Haut zu spüren.

Mit ihm zu reden, ihn zu küssen. Meine Sehnsucht nach ihm wuchs jeden Tag ein bisschen mehr über die Unendlichkeit hinaus.

Platsch! – Platsch! – Platsch!

Ein dumpfes Plätschern zog durch die Mulde. In unregelmäßigen Abständen näherte es sich mir.

Es klang jedes Mal, als würde ein schwerer Stein ins flache Wasser fallen.

„Miran?“

Etwas stimmte nicht. Ich fühlte es.

Das war nicht Miran. Etwas anderes kam auf mich zu. *Aber von wo?*

Die platschenden Geräusche, die auf der Wasseroberfläche auftrafen, kamen immer wieder aus einer neuen Richtung. Mal hinter mir, dann seitlich, von vorn. Egal, wohin ich mich wendete, ich konnte nicht die Ursache ausmachen.

Unaufhaltsam näherte es sich, bahnte sich seinen Weg zu mir. Aus jeder Richtung, als würde sich ein unsichtbarer Kreis um mich gelegt haben, dessen Radius sich unaufhaltsam verkürzte, bis er mich im Zentrum erwischte.

Ich rannte durch das Wasser, in Richtung der Bäume. Das rettende Ufer erreichte ich nicht mehr.

Etwas streifte meinen Rücken.

Erschrocken wollte ich mich nach vorn ins flachere Wasser werfen, aber eine gewaltige Kraft hinderte mich daran.

Schwere Schlingen legten sich um meinen Hals, ohne dass ich jemanden sehen konnte. Meine Hände schlugen ins Leere, als sie sich zuzogen.

Meine Atmung – mit einem Mal abgeschnitten. Nicht einmal nach Luft schnappen konnte ich, da die Schlingen überirdisch stark an mir rissen, mich hinab ins hüfthohe Wasser zogen.

Meine Beine gaben nach, mein Kopf geriet unter Wasser.

Verzweifelt wollte ich mich befreien, ich kämpfte jedoch gegen eine Übermacht. Die Schlingen waren nicht tastbar, ich spürte sie nur.

Ich hechelte, keuchte.

Einen kurzen Moment tauchte ich auf, aber mein Hals war wie zugeschnürt. Ich wollte Luft einsaugen, doch sie konnte nicht durch meine zugepresste Kehle dringen.

Dann sah ich sie!

Ihr Gesicht – ganz nah. Omieda!

Schwarze, dicke Flüssigkeit rann aus ihren dunklen Augenhöhlen, die tief waren, wie das Weltall.

Ihre unförmige, schemenhafte Mundöffnung, die wie ein Geist vor mir aufquoll, weitete sich zu einem gellenden, grausamen Schrei.

Nur eine Sekunde hatte ich sie angesehen; das Böse hatte nun ein Gesicht.

Eine zerstörerische, garstige Fratze.

Ihr Schrei schmetterte ohrenbetäubend laut, durchdrang meine Knochen bis tief ins Mark, vibrierte in meinen Adern und hallte tief in mein Herz.

Ich war es, die schrie.

Stuna hatte mir ins Ohrläppchen gebissen, um mich zu wecken.

Ich hörte das Echo meines eigenen Schreis zwischen den Bergen und in den Tiefen des Labyrinths widerhallen.

Mein ganzer Körper schlotterte, ohne, dass ich eine Kontrolle darüber hatte.

Omieda hatte mich beinahe erwürgt. Noch immer konnte ich die Schlinge fühlen.

Sie hat mich gefunden.

„Alles in Ordnung?", wollte Stuna besorgt wissen.

Ich schüttelte müde den Kopf, meine Hand an meinem Hals.

„Ich fühle mich schwach. Mein Körper. Alles."

Pardalis hatte mich physisch und psychisch gefordert. Momentan stand ich an der Schwelle zur Überforderung.

Oder habe ich sie schon längst überschritten?

Die Gedanken an alles Gewesene und das Bevorstehende nahmen überhand und überrollten mich wie eine Lawine.

Meine Begegnung mit Omieda hatte eine Tür geöffnet, die besser verschlossen geblieben wäre. Die pure ANGST stand hinter dieser Tür.

Ich sackte in mich zusammen. Stuna sah hilflos zu, wie meine Empfindungen die Kontrolle übernahmen.

Unsicher, ob sie abwarten oder eingreifen sollte. Ich schluchzte verzweifelt, hatte einen Weinkrampf.

Wir sitzen hier fest! In einem Felsen.

Momentan wusste ich nicht, wie es weitergehen sollte. Meine Energie schien weggeblasen, ausgesaugt. Ich vergrub meinen Kopf in meinen angewinkelten Knien, schlug meine Arme darüber.

Wie gern wollte ich mich vor der Welt verstecken.

„Weißt du, Ekuptel, Burburak und ich, wir sind besondere Wesen."

Als ich nicht reagierte und nur weiter vor mich hin heulte, fuhr sie fort: „Laut der alten Geschichten stehen wir für Eigenschaften. Ekuptel, so heißt es, ist der Mut und Burburak, die Weisheit."

„Und du?", flüsterte ich tonlos in meine Kniescheiben hinein.

„Dasselbe wie du, Yo – wir sind Hoffnung!"

Sie schmiegte sich um meine Unterschenkel, ihren Rollschwanz hinter sich herziehend.

Mein Körper war vollkommen funktionslos vor Schwäche. Ich sank in eine dumpfe Ohnmacht.

Tief in die Nacht war mein Schrei hinausgedrungen.

Auch wenn man nachts nicht viele Wesen in Pardalis sah, es gab sie. Jedoch gaben sie sich selten zu erkennen.

Sie hatten meinen Schrei vernommen und sich gleichförmig schwebend auf den Weg gemacht.

Ich habe sie in blasser Erinnerung, denn ich hielt unsere Begegnung für einen Traum. Eine Halluzination.

Es waren graue, fadenförmige Gestalten. Wenn sie es wollten, machten sie sich sichtbar und sendeten kaltweißes Licht aus.

Ihre Eleganz und die bedächtige Art, wie sie sich fortbewegten, erinnerten an schwebende Quallen im Wasser. Ihre Körper bestanden aus einer flachen, runden Mitte, von der aus lange, schwebende Fäden ausgingen.

Diese bestimmten die Bewegungsrichtung. Sie schwangen nach oben und unten, um die Höhe zu gewinnen. Die Richtungen tarierten sie mit synchronen, rudernden Bewegungen, nach rechts oder links aus.

Leuchtend gaben sie sich vor dem Höhleneingang zu erkennen.

Eines von ihnen umschlang mich mit seinen Fühlern, wickelte mich fest darin ein, wie in einen Kokon. Die anderen verbanden ihre Fäden mit den seinen, die mich umschlangen.

Wir schwangen uns auf und wurden unsichtbar in der Schwärze der Nacht.

Alles war weich und geschmeidig. Ihre Bewegungen, ihre Körper, ich. Ich war vollkommen sicher und geborgen. Ein Gefühl, das ich nicht kannte.

Wir wurden verschluckt vom Diesseits, wo wir für einen kurzen Moment aufhörten zu existieren. Ich hörte nur meinen regelmäßigen ruhigen Atem. Der einzige Beweis, dass ich noch lebte.

Es war ein kleines Stückchen Frieden. Zufriedenheit.

Kapitel 28

Meine Wange schmiegte sich an den gemütlichen Bezug meiner abgewetzten, braunen Cord-Couch.

Ich spürte die bekannte Rille an meiner Stirn, die Ollie hineingewetzt hatte, als er wütend auf mich war. Zigmal hatte ich schon versucht, sie zu flicken.

Entspannt rekelte ich mich und fühlte mich erholt, wie schon lange nicht mehr.

Ich muss ewig geschlafen haben.

Meine Finger strichen über den griffigen Bezug.

Ausschlafen... Halt! Welcher Wochentag ist heute?

Vogelzwitschern und das Rauschen der Bäume drangen in mein Ohr. Langsam kam ich wieder zu Bewusstsein.

Pardalis!

Erschrocken fuhr ich hoch.

Die Couch aus meinem Wohnzimmer stand mitten auf einer grünen Wiese. Obstbäume, bespickt mit den köstlichsten Früchten, säumten das Grün, soweit das Auge reichte.

Bunte Blumen in jeder nur denkbaren Form und Farbe wiegten sich idyllisch in der leichten Brise und verströmten einen frischen, süßen Duft.

Während ich zu mir kam, begannen Hecken aus dem Boden zu ranken. Ich konnte zusehen, wie sie wuchsen.

Sie unterteilten die Blumenwiese mit den Obstbäumen in Areale.

In den Hecken tummelten sich bunte Insekten: Bienen, Käfer, Schnecken. Doch sie rührten die schwarzen Beeren nicht an, die darin glänzten.

Stuna saß vor der Couch, genüsslich an einer appetitlichen, roten Frucht mümmelnd.

„Wir sind nicht allein", schmatzte sie zwischen zwei Bissen.

Und richtig, jetzt sah ich sie auch.

Durchsichtige Gestalten schwebten über der Wiese. Nur ihre Umrisse waren erkennbar.

Lebewesen jeder Art. Ich erkannte menschliche Umrisse und auch die von Tieren.

Hinter einer der Hecken manifestierte sich vor meinen Augen ein altes, verlassenes Gebäude.

Erst waren nur Fragmente einer vergilbten Wand zu sehen, dann erhoben sich – unter meinen erstaunten Augen – zwei ehrwürdige Säulen nach oben, die eine mir gut bekannte Flügeltür säumten. Eine in die Jahre gekommene, einst eierschalenweiße Villa, stand keine zwanzig Meter von mir entfernt.

Haus Sommerland – mein Heim.

Efeu überwucherte die gesamte Fassade und reichte bis an die anthrazitfarbenen Dachgiebel.

Quietschend bewegte sich ein Fenster im Obergeschoss, dessen Scheibe zerbrochen war, im Takt des Windes. Eine zerfetzte Tüllgardine wehte hinaus.

Dort war früher mein Zimmer.

Während ich nach oben in mein altes Fenster sah, näherte sich uns eine Silhouette.

Die Gestalt ließ sich geräuschlos neben mir nieder.

„Interessant“, sagte eine tiefe, kehlige Stimme, „so sieht also der Ort aus, an dem du dich sicher fühlst.“

Ich wandte mich ihm zu, versuchte seine Augen in den verschwommenen Gesichtskonturen zu finden.

„Bilde ich mir das alles nur ein?“, fragte ich unsicher. Stuna schüttelte sogleich vehement den Kopf.

„Nein“, sprach die Stimme, „du bist hier in einer Zwischenwelt. Pardalis Seelen verweilen hier, solange, bis sie frei sind.“

„Wer hält sie denn gefangen?“, wollte ich wissen.

„Diejenigen, die uns vermissen“, sagte er.

„Weil sie an euch denken?“

Er blickte in die Ferne.

„Würden sie an uns denken, wären wir keine Hüllen, sondern in unserer Gestalt, in der sie uns in Erinnerung behalten haben.“ Er zeigte auf all die Umrisse, die sich hier bewegten.

„Nein, wir sind der Teil, den sie nicht loslassen können. An dem sie verkrampft festhalten. Nur leere Hüllen. Eine Idealvorstellung, wenn man so möchte.“

Stuna hangelte sich an meinen Beinen hoch und brachte mir eine rote Frucht. Mein Magen knurrte und ich biss dankbar hinein.

Süß, wie Honig mit einer leichten Ingwerschärfe.

„Wohin geht ihr, wenn sie euch loslassen?“

„Überall hin! Wir sind dann frei." Ich nickte, obwohl ich immer noch mehr Fragen als Antworten hatte.

„Aber, was mache ich dann hier?"

Auf dem Boden hielt ich schon nach der nächsten Frucht Ausschau, denn diese roten, kernlosen Pflaumen schmeckten unglaublich gut.

„Wir haben deinen Schrei bis hierher vernommen und dich geholt. Das machen wir sonst nicht. Aber du bist Pardalis' einzige Rettung und es schien, als bräuchtest du einen Moment der Sicherheit, an dem du festhalten kannst."

Einige der Gestalten näherten sich neugierig, belauschten unser Gespräch.

„Es ist einfach wunderbar hier", murmelte ich kauend.

„Natürlich ist es das, es ist dein Ort. Du hast kreiert, wie er aussieht. Er spiegelt dich wider."

Die bunten, kleinen Insekten flirrten ziellos über die Wiese, schienen miteinander zu tanzen.

Mein Blick fiel auf den Kirschbaum, in dem ich früher oft gesessen hatte. Auf meinem Platz saß vollkommen regungslos ein schwarzes Rotkehlchen, dessen Federn dunkelblau in der Sonne schimmerten. Seine Brust in der Signalfarbe rot war nicht zu übersehen. Es bewegte sich nicht. Starr beobachtete es mich aus seinen Kohleaugen.

Unbehagen erfasste mich.

„Was macht dieses schwarze Rotkehlchen hier?", flüsterte ich, aus Angst es könne mich hören.

Der unheimliche Vogel passte nicht zu mir.

„Das weißt nur du“, bemerkte eine weibliche Gestalt, die sich genähert hatte. Ihre Umrisse waren viel klarer.

„Ich kann dich deutlicher sehen“, rief ich erstaunt aus und ging auf sie zu.

Ich konnte eine kleine Stupsnase, sogar Augen erkennen und ein jugendliches Lächeln. Eines, das jeden Raum erhellt haben musste, als sie noch lebte.

„Ja“, rief sie fröhlich, „diejenigen, die mich festhielten, erinnern sich wieder an mich, anstatt starr an dem Verlust zu denken. Bald werde ich frei sein.“

Ihre Fröhlichkeit steckte mich an.

Immer wieder wuchsen neue Hecken, während andere zurück in den Boden entschwanden oder schrumpften.

„Was haben diese Hecken wohl zu bedeuten?“

„Das sind deine eigenen Abgrenzungen, die du erschaffst oder vernichtest. Du scheinst Grenzen für alles zu setzen.“

Ihre verschwommenen Umrisse färbten sich ein wenig. Ich erkannte einen zarten, porzellanartigen Teint und die dunkle Farbe ihres Haares wurde deutlicher. Ein silbernes Schimmern deutete sich an ihrer unteren Körperhälfte an, die nicht aus Beinen, sondern einem Fischschwanz bestand.

„Du bist –“, rief ich atemlos, „deine Lieben –“

„Pssst“, flüsterte sie und nickte, „sag mir nichts. Ich verdanke dir, dass sie sich wieder an mich erinnern. Doch alles, was du mir von ihnen erzählst, tut mir weh.“

Die andere Gestalt mit der rauen Stimme erhob sich von der Couch.

„Komm nun wieder zu Kräften, Yo. Du musst uns leider bald wieder verlassen. Es ist nicht gut für dich, hier zu viel Zeit zu verbringen – mit uns.“

Dann entfernten sie sich von mir.

Stuna und ich strichen durch die Blumenfelder, die verschiedensten Seelen in den unterschiedlichsten Stadien beobachtend. Verschwommene Linien und die ganz scharfen, deren Aussehen schon fast ihren Ursprung erreicht hatten, nur dass sie durchscheinend waren. Sie wirkten flüchtig, wie eine Projektion.

Ich besuchte die vertrauten Plätze, die Abbildungen von Orten waren, an denen ich in meinem Leben vor Pardalis gewesen war.

Das Heim und der Kirschbaum, in dem schwer der Duft von weißem Oleander hing. Auch die Wiese hinter meinem Haus, von der aus ich verschwand, war dabei.

Schade, dass Ollie nicht hier ist.

Ich dachte an früher.

Wenn ich mein Leben vor Pardalis betrachtete, kam es mir, im Vergleich zu den Ereignissen und den Gefahren, denen ich mich hier gestellt hatte, surreal vor.

Es war trist und eintönig. Linear, ohne nennenswerte Höhepunkte. Geprägt von Enttäuschungen.

Von denen ich mich selbst als die größte betrachtet habe.

Ich saugte jeden Eindruck, jedes neue Gefühl in Pardalis sehnsuchtsvoll auf, und war tief in mir sogar dankbar, der Situation, der Aufgabe hier, dienen zu dürfen.

Ein Teil von mir wollte meine Grenzen erfahren. Sie waren erreicht und ich spürte, wie ich an diesem Ort wieder erstarkte.

Stuna stoppte ganz plötzlich.

„Was ist?", fragte ich sie verwundert.

„Mir wird schwindlig. Ich –"

Ich beugte mich besorgt zu ihr, um nachzusehen, was nicht stimmte. Da merkte auch ich einen starken Druck nach unten, der mich zu Boden zog. Ein Sog, der unerbittlich an meinem Bewusstsein zerrte, es einfach ausschaltete.

Unser Aufenthalt hier war vorüber.

Ich wäre gern geblieben. Hätte gern mehr über mich erfahren.

Aber vielleicht war die Zeit dafür noch nicht reif.

Auf aschgrauem Staub kam ich wieder zu mir.

Das Wasser des Flusses, der nicht weit entfernt plätscherte, war einmal azurblau gewesen. Nun rann es fahl dahin.

Einige schwarze Fische trieben darin. Starr.

Es war der Ort, an dem Miran und ich auf dem Weg zu seinem Stamm gerastet hatten.

Ich erinnerte mich, wie ich nervös jedem seiner Worte gelauscht hatte und dabei hoffte, dass er mir nicht anmerken würde, wie hoffnungslos hingerissen ich von ihm war.

Ich hatte ganz am Anfang einer Reise gestanden.

Abschätzend blickte ich in die Berge.

Der Marsch zum Volk der Pakmari würde uns locker einen Tag kosten. Den Blick über meine graue Umgebung schwenkend, wusste ich, dass wir diese Zeit nicht mehr übrig hatten.

Heute, da verstand ich, warum das Medaillon sich damals an der Brücke öffnete. Es hatte mir den Weg zu einem Samenkorn gewiesen.

Damals das erste, heute das letzte, das mir noch fehlt.

„Hast du keine neue Fähigkeit, die uns helfen kann?"

Stuna hatte recht. Das lila Samenkorn musste mir eine neue Gabe geschenkt haben.

„Fliegen wäre ganz praktisch, oder?"

Ich machte ein paar unsäglich lächerliche Bewegungen und Sprünge in der Hoffnung, ich würde abheben.

Stuna wälzte sich auf dem Rücken vor Lachen, während sie mir dabei zusah.

„Hör auf, ich kann nicht mehr", prustete sie.

Atemlos brach ich meine Versuche ab.

„Wir müssen schneller zu den Pakmari. Für eine Tagesreise fehlt die Zeit", stellte ich schnaufend fest.

„Dabei kann ich behilflich sein."

Hinter mir erschien ein anmutiger Gontar.

Hat er mit mir gesprochen?

Langsam müsste ich mich daran gewöhnt haben, solche befremdlichen Situationen zu erleben. Doch ich glotzte ihn nur mit großen Augen an.

Er nahm es gelassen zur Kenntnis.

„Du kannst doch nicht in die Berge. Die Wege sind zu schmal." Stuna hatte schneller ihre Sprache wieder gefunden. Ich verstand jedes Wort, das sie jetzt mit ihm besprach.

„Äh – ja, genau", bemerkte ich räuspernd, um auch etwas Kluges beizutragen.

„Die Brücke der Pakmari ist zerstört. Dort kommt ihr nicht mehr hinüber. Aber ich kenne den Weg zum Fuße des Berges. Hinaufsteigen müsst ihr allerdings allein."

„Gut. Dann los." Ohne auch nur zu wissen, wie ich das bewerkstelligen sollte, stimmte ich zu.

Ich grub meine Hände in sein dichtes Nackenfell und schwang mich hinauf. Sogar Stuna war etwas beeindruckt.

Gerade als sie in meiner Kapuze wie in einer Sänfte Platz genommen hatte, da jagte der Gontar durch die Wiesen und angrenzenden dichten Wälder, die zwischen den Bergen lagen.

Wir haben keine Zeit zu verlieren.

Meine Umgebung zischte nur an mir vorbei und der Wind flatterte in meinen Haaren.

Bald darauf drosselte der Gontar sein Tempo.

Wir hatten einen Ort tief in den Wäldern erreicht, an dem die Bäume eine majestätische Höhe von sicherlich zweihundert Metern – oder höher – hatten.

Ihre Spitzen konnten wir nur erahnen.

Darüber erlaubten mir kleine Lücken zwischen den ausladenden Baumkronen den Blick in den Himmel.

Wir machten Halt vor einer steilen Felswand, die mit Sträuchern bewachsen war. Meine Augen glitten senkrecht an der schier endlosen Schieferfläche entlang.

„Wenn du hier startest, wirst du oben genau die Stelle erreichen, an der die Brücke angeknüpft war."

„Ist das dein Ernst?“ Ich schüttelte den Kopf.

Jetzt, da ich den Berg vor mir sah, schien mir nichts so abwegig, wie der Gedanke, dort ohne Sicherung hochzuklettern.

Unter der Brücke waren damals Nebelschwaden, die die Sicht nach unten verhinderten.

Ich konnte also nicht mal mit Sicherheit bestimmen, wie weit ich nach Erreichen der Höhe der Baumkronen noch steigen musste.

An meine Höhenangst wagte ich erst gar nicht zu denken.

Der Gontar sah ebenfalls nach oben.

„Du hast bereits viel Schlimmeres hier bewältigt. Lass dich hiervon nicht aufhalten.“

Ja ja…

„Wie soll das gehen?“ Ich hob mutlos die Schultern.

„Sieh nie zurück!“, er sprach es, senkte dann zum Gruß sein Haupt und galoppierte davon.

„Sieh nicht zurück“, schnaubte ich.

„Du hast keine Wahl“, piepste Stuna.

„Wirklich?“, zickte ich, Augen rollend, in ihre Richtung. Sie öffnete ihre kleine Schnauze, verkniff sich jedoch ihre Antwort und rümpfte anstelle dessen nur ihre spitze Nase.

In diesem Stadium war es unmöglich, einen Konsens mit mir zu finden. Sie hatte die Erfahrung nun schon einige Male gemacht und ich wusste genau, sie verdrehte ihre Augen innerlich gerade ebenfalls in jede erdenkliche Richtung.

Es brachte nichts, mich auf etwas hinzuweisen, das ich bereits wusste, mit dem ich mich aber noch nicht abgefunden hatte.

Ich überlegte, während ich die Sträucher, die am Felsen hochrankten und sich teils ineinander wanden, eingehend betrachtete. *Sie sind stabil und dicht. Bis zum Ende des für mich sichtbaren Bereiches wird es möglich sein zu klettern. Vielleicht kann ich mich sogar ab und zu daran auszuruhen, falls meine Kondition nachlässt. Aber was dann?*

Die Sträucher wuchsen nicht bis ganz nach oben.

In meiner Erinnerung war der Berg am oberen Ende des Felsens nur vereinzelt begrünt. Dabei handelte es sich eher um zarte Blumengewächse.

Ich haderte mehr mit der Herausforderung, die ich nicht einschätzen konnte, als mit der Höhe.

Der Kontrollverlust, den es mit sich brachte, nicht zu wissen, was dort oben käme und den Weg nicht bis zum Ende planen zu können, fühlte sich an, als würde ich in der Pizzeria auf meinen richtigen Namen bestellen.

Ausgeliefert.

Stuna kratzte sich gerade ausgiebig mit ihrem Hinterlauf hinter ihren Wackelohren, als ich hörbar tief Luft holte und nach dem ersten stabilen Ast eines Strauches griff und mich daran hochzog.

Eine Kurzschlussentscheidung. *Ansonsten werde ich mich nie durchringen und hier ewig stehen, während ich mir alle denkbaren Szenarien ausmale.*

Ich würde das nur durchstehen, wenn ich aufhörte, darüber nachzudenken und mich auf den Schritt konzentrierte, den ich gerade machte.

Stuna sprang schnell auf und hüpfte in meine Tasche.

„Wir schaffen das", piepste sie optimistisch.

Ihre Angst war mit Sicherheit genauso groß wie meine.

Die ersten einhundert Meter kam ich zügig voran. Ich sah nie nach unten und hatte mir auch fest versprochen, es nicht zu tun.

Doch so sehr ich sie auch unterdrückte, die Furcht stieg immer wieder auf.

„Kein guter Ratgeber, kein guter Ratgeber", wiederholte ich mantraartig Ekuptels Worte, während ich den nächsten Ast auf seine Stabilität prüfte.

Mit einer Hand einen Ast haltend und den Füßen im sicheren Stand, hatte ich sogar stabilen Halt und konnte mit der freien zweiten Hand kräftig den kommenden Ast packen, um zu testen, ob er sicher war.

Aus den Augenwinkeln sah ich die Baumwipfel immer näherkommen und die wuchernden Sträucher dünner werden.

Aufkeimende Panik suchte sich immer wieder schleichend ihren Weg aus der Magengrube, hinauf in meinen Kopf.

Ich musste oft tief durchatmen und mich neu fokussieren, damit ich nicht die Konzentration auf das Wesentliche und mich in meiner Angst verlor.

Ich stieg empor über die Grenze der Wipfel und sah nach oben.

Das Ende des Berges war immer noch nicht in Sichtweite. Feine Nebelschwaden zogen herauf.

„Der Nebel kommt nach Tagesbeginn und vor Einbruch der Dunkelheit", bemerkte Stuna, betont sachlich. Sie wollte mich nicht nervös machen.

„Du hast noch etwas Zeit", piepste sie, um mir Mut zu machen. Doch ich spürte das Zittern ihres Körper, der sich dicht an mich drängte.

Auch wenn ich im Dunkeln gut sehen konnte, bereitete mir der Gedanke, in der Felswand mitten in der Nacht festzuhängen furchtbare Angst.

Omieda war ein dunkles Wesen. Die Nacht war ihr Element.

Hier wäre ich ihr ausgeliefert.

Ich schluckte schwer und zwang mich weiterzuklettern. Meine Kräfte ließen nach.

Die aufkommenden Zweifel verleiteten mich immer öfter dazu, einen morscheren Ast zu wählen. Zweimal, kurz hintereinander waren sie gebrochen und ich hatte mich im letzten Moment auf einem sicheren Felsvorsprung abstützen können.

Der Aufstieg zerrte an meinen Nerven und ich vernahm tief unter mir das Rauschen der Baumkronen.

Irgendwann verlor ich mich daran und es klang, als würden sie mir zuflüstern.

Ich verdrängte es, doch die vermeintlichen Stimmen wurden immer lauter. Es flüsterte aus der Tiefe.

„Du kannst es nicht, Yo!"

Was?

Ich hielt inne.

„Du wirst es nie schaffen."

Nach Atem und Fassung ringend, hing ich in schwindelerregender Höhe inmitten eines Felsens, dessen Ende ich durch den dichter werdenden Nebel nicht einmal erahnen konnte.

Ein Sturz würde den sicheren Tod bedeuten.

„Du bist eine Versagerin."

Ich schloss die Augen. Alles begann zu schwanken.

„Gib auf."

Ein Laut des Kummers drang aus meiner Kehle.

Ich hörte Stuna, wie durch einen Schleier besorgt fragen, ob alles in Ordnung sei.

„Sie sollen aufhören zu reden", presste ich gequält hervor. „Ich ertrage nicht, was sie sagen."

Stuna krabbelte flink an mir hoch, obwohl der Wind hier oben gefährlich stark für ihren kleinen Körper war. Ganz nah kam sie an mein Ohr, während von unten unablässig das bösartige Flüstern der Bäume zu mir drang.

Sie biss sanft in mein Ohr.

„Yo, hör mir zu", sagte sie beruhigend, „ich kann nichts hören. Niemand spricht mit dir!"

Ich öffnete die Augen, spürte ihr kitzelndes Fell meine Wange streicheln.

Nur das Pfeifen des Windes war zu hören.

Die verletzenden Worte waren tief gedrungen, doch ich musste sie abschütteln. Verbissen kletterte ich weiter.

Sie sind nicht real.

Immer öfter wich ich nun auf kleine Felsvorsprünge aus, da kaum noch Sträucher wuchsen.

Es funktionierte und meine Zuversicht wuchs wieder.

Wir mussten bereits beträchtlich an Höhe gewonnen haben, als plötzlich aus den dicken Nebelschwaden einige Meter neben mir etwas dumpf gegen die Wand prallte.

Ich erschrak, fing mich aber schnell genug, suchte einen stabilen Halt.

Eine heftige Windböe folgte und erneut schlug etwas mit Wucht gegen die Felsenwand.

„Stuna, was ist das?“, rief ich alarmiert.

„Ich weiß es nicht! Der Nebel ist so dicht.“

Ich verharrte.

Erneut kam ein Windstoß. Fast einen halben Meter neben meiner Schulter schepperte eine Holzlatte gegen die Wand.

Die Brücke!

Oder zumindest der Teil, der von ihr noch übrig geblieben war.

Ich überlegte nicht lange, nachdem ich sah, dass sich noch weitere Latten darüber anschlossen. Das Ende des Taus war durchtrennt worden. Aber nicht mit einem Messer. Es sah nach Bissspuren aus.

Ich streckte meinen Arm aus und griff das unterste Brett. Der Wind spielte mit der Brücke und riss sie mit sich, als ich mich gerade daran hochzog.

Stuna fiepte schrill auf, als wir einen kurzen Moment mit den Beinen in der Luft hingen. Aber es gelang mir meine Füße auf die unterste Latte zu stellen.

Eilig zog ich mich weiter hoch. Meine Erleichterung über diesen Weg überwog meine grenzenlose Anspannung.

Euphorisch schwang ich mich hinauf, wohl im Hinterkopf behaltend, dass der nächste Windstoß nicht lang auf sich warten ließe.

Ich wusste zwar nicht, an welcher Stelle die Brücke durchtrennt worden war, aber der Weg zum Ziel war nun endlich, ein Stück Kontrolle kehrte damit wieder zu mir zurück.

Der Wind riss an der Brücke. Es wirbelte mich ein gutes Stück vom Felsen weg und stieß mich mit Wucht zurück. Ich krallte mich an den Seilen fest, so gut ich es vermochte.

Dann kam der Aufprall.

Meine Fingerknochen brannten unendlich beim Aufschlag auf der Wand.

Ein Reflex gebot sofort loszulassen, aber ich hielt unter starken Schmerzen dagegen. Als ich zähneknirschend, weiterkletterte, lichtete sich der Nebel und siehe da, ich konnte die Spitze des Berges erkennen.

Gerade wollte ich Stuna erleichtert zujubeln, als ich völlig unerwartet einen Schlag gegen den Kopf bekam.

Der nächste traf mich am Rücken. Ich strauchelte.

Hektisch erklomm ich zwei weitere Stufen. Nun traf es mein Bein. Etwas spitzes Scharfes stach hinein.

Ich schrie auf, da hackte auch schon ein schwarzes Tier auf mein Gesicht ein. Instinktiv schützte ich mich mit einem Arm und schloss die Augen.

Ich musste immer weiter voran, doch was mich auch immer angriff, es stach und hieb auf mich ein.

Ein weiterer Windstoß rüttelte an der Leiter.

Ich musste meine Deckung aufgeben, um mich festzuhalten, doch meine Angreifer hatten sich bereits an mir festgekrallt und hackten auf meinen Kopf, meine Arme und Beine.

Ich jaulte vor Schmerzen.

Das Ende des Berges war nah. Ich musste es schaffen!

Stuna rief irgendetwas Unverständliches. Nun hatte sich einer der Angreifer in mein Gesicht gesetzt. Ich spürte harte, kantige Federn und Krallen eines Vogelfußes.

Ich löste meinen Arm aus dem sicheren Halt und ergriff ihn. Für einen Moment öffnete ich die Augen.

Ein schwarzblauber Kolkrabe mit weit geöffnetem Schnabel und einer zinnoberroten Zunge fauchte mir ins Gesicht.

Mein Entsetzen war fast noch größer als beim Anblick eines Wotoks, den ich eigentlich erwartet hatte.

Stuna schrie jetzt aus voller Kehle.

„ … nichts, Yo! Hier ist nichts!“, hörte ich sie rufen.

Irritiert gab ich meine Gegenwehr kurz auf.

Die Raben mit der roten Zunge, sie waren fort. Als wären sie nie da gewesen…

Vor mir sah ich den Gipfel leuchten. Keuchend erklomm ich die letzten Meter und brach an der Spitze zusammen.

„Wozu doch der Kopf imstande ist“, dachte ich, als ich staunend bemerkte, dass die hackenden Rabenschnäbel und Krallen mir keine einzige Wunde zugefügt hatten.

Dann genoss ich mit unendlicher Erleichterung den Triumph.

Ich hatte nun meine finale Station auf der Suche nach dem fünften Samenkorn erreicht. Das letzte rote Korn aus der Prophezeiung würde ich hier beim Pakmari-Volk finden.

Und ich glaubte auch genau zu wissen, bei wem ich danach suchen musste...

Kapitel 29

Herzlich wurde ich im Kreis der Pakmari in die Arme geschlossen, nachdem ich überglücklich den bekannten kleinen Pfad in das Dorf förmlich übersprang. Mir war, als kehrte ich nach einer langen Reise nach Hause zurück.

Besonders freute ich mich Vika, Wanitura, Malika und Amandla wiederzusehen und auch der Rest des Stammes empfing mich fröhlich.

Meine insgeheimen Befürchtungen wegen meiner überstürzten Flucht nach dem Wotokangriff waren schnell verflogen.

In all dem überschwänglichen Trubel bemühte ich mich, den Überblick zu gewinnen, um irgendwo Mirans Gesicht in der Menge zu erhaschen.

„Er ist auf der Suche nach dir“, bemerkte Vika. „Jeden Tag war er unterwegs. Zur Nacht kehrt er aber wieder zurück.“

Ich sah in den Himmel.

Wie aufs Stichwort fand dieser Tag sein Ende.

Meine Rückkehr wurde von den Pakmari besonders gewürdigt und niemand dachte daran, jetzt zu schlafen.

Die Männer zündeten ein Lagerfeuer an.

Bald schon war die Luft vom Duft würziger Grillfleischspieße und gebratener Gemüseknödel erfüllt. Es wurde Musik gespielt und ausgelassen dazu getanzt.

„So gelöst habe ich uns schon lange nicht mehr gesehen“, bemerkte Wanitura mehr zu sich selbst sagend und ein feuchter Glanz überzog seine Augen.

Auch wenn ich die Feierlichkeiten genoss, lachend im Takt der Musik mitwippte; Wehmut und Verlangen wuchsen.

Wo bleibt er?

Während alle schon leicht beschwipst mitsangen und ihre Federmäntel schwingend um das Feuer tanzten, erschien er.

Ganz plötzlich war er einfach da.

Ein Moment, in dem alle Geräusche verblassten, alles nebensächlich wurde und nur noch das eine Zentrum wie ein Lichtstrahl erschien. Das Wichtigste. *Er.*

Sein Anblick war kaum zu ertragen, so sehr sehnte sich alles in mir nach ihm.

Ob ich jemals einen Mann so sehr wollen würde wie ihn? Unmöglich.

Heiter schwatzten alle wild durcheinander und bemerkten kaum seinen knappen, kurz angebundenen Gruß in die Runde.

Keine Sekunde ließ ich ihn aus den Augen, die sich an ihn hefteten.

Seine braunen, leicht gelockten Haare waren noch ganz wirr vom Fliegen. Durch die gebräunte Haut stachen seine dunkelblauen Augen noch deutlicher hervor. Seine Körperhaltung – stolz und unnachgiebig – die eines Kämpfers.

Er warf mir über das Feuer hinweg einen kurzen, aber intensiven Blick zu, der einen Stromschlag direkt in mein Herz versetzte und sich die Härchen auf meiner Haut schlagartig nach ihm aufrichteten. Ruckartig wandte er sich ab und verschwand in der Dunkelheit.

Verdammt! Er ist so verdammt…

Unauffällig stand ich auf und folgte ihm in die vermutete Richtung.

Etwas abseits stand eine der Hütten in der Nähe des Übungsplatzes. Dort bewahrten sie die Geräte für das Training auf.

Ein laues Lüftchen wehte über meine heiße Stirn. Es war milder als sonst, doch ich fühlte mich wie im Fieber.

Vorsichtig öffnete ich die angelehnte Tür des Schuppens, die sich mit einem leisen Quietschen öffnete. Er war leer.

Da! Ein Knacken im Unterholz direkt hinter dem Haus.

Zielsicher steuerte ich darauf zu.

Ich war nervös. Nervöser als je zuvor. Nicht vor Angst, sondern weil ich wusste, dass ich, nein wir, bereit waren.

Diese spezielle Anspannung – Erregung auf etwas, das nicht mehr aufzuhalten ist, war kaum auszuhalten.

Fluoreszierende Blütenketten um die Baumstämme gewunden, erhellten den nächtlichen Dschungel, den ich angespannt bis in die Haarspitzen betrat.

Innerlich aufgewühlt mit all diesen Erwartungen, die wunderbar, beängstigend, aber vor allem neu waren, erreichte ich den ersten Baum.

Eine Hand schoss dahinter hervor, griff ungeduldig nach mir. Er zog mich, mit einem stürmischen Ruck, unter den Schutz der Bäume.

Überrascht landete ich in seinen unnachgiebigen Armen, deren Hände meine Oberarme fest umschlossen und mich an sich zogen.

Sein markantes Gesicht wirkte noch kantiger, entschlossener. Kobaltblaue Augen, die glühend auf mich hinunter sahen.

So hatte ich ihn noch nie gesehen.

Er drückte mich gegen den Stamm und küsste mich. Ungestüm, ganz ohne seine gewohnte Zurückhaltung. So ungezügelt, dass meine Lippen heiß brannten.

Wie ein Vulkan, der bereits brodelt und jederzeit auszubrechen droht, spürte ich den fordernden Druck seines Körpers, dem ich blind nachgab.

Ich will ihn so sehr, dass es wehtut.

Für mich gab es keine Grenzen mehr.

Ratsch!

Ich zerriss sein Leinenhemd. Darunter war sein nackter, dynamischer Körper, angespannt und erregt.

Zeit, sich zu vergessen…

Er zerrte heftig an meinen Sachen, warf sie entschlossen zur Seite.

Ich zog ihn zu Boden, ließ keinen Zentimeter Abstand zwischen uns mehr zu. Er stöhnte auf, als unsere Körper sich berührten. Seine warme Haut auf meinem Bauch, meinen Brüsten.

Ihn so zu spüren, ließ mich alles vergessen und alles wollen. Ihn. *Jetzt!*

Eilig streifte ich seine Hose herunter. Seine Augen fixierten meinen Körper und ich sah, wie er mit seinen Sinnen kämpfte.

Ohne eine weitere Sekunde an Zärtlichkeiten zu verlieren, dirigierte ich ihn. In mich.

Oh mein…

Ihn in mir zu spüren war zu intensiv, kaum auszuhalten. Ich schloss die Augen, mein Körper bäumte sich auf, verlor sich. An ihn.

Er war nicht mehr zu halten, bewegte sich schnell und heftig. Es ließ mein Verlangen nur stärker werden und gleichzeitig war die Intensität seiner starken Bewegungen kaum zu ertragen.

Getrieben durch die pure Begierde bewegte er sich immer impulsiver.

Ich krallte meine Finger in seinen Rücken.

Immer, wenn ich dachte, meine Erregung ließe sich nicht mehr steigern, stieß er wieder zu. Stärker als zuvor.

Und tiefer.

Sein Kopf an meinem Hals. Sein Stöhnen in meinem Ohr. Ich hielt es nicht mehr aus.

„Miran“, raunte ich.

Sein Körper spannte sich dabei an und er erhöhte das ohnehin schon hastige Tempo.

Ich hielt den Atem an.

Ließ los.

Dann zuckte mein gesamter Körper unter dem Schwall unsteigerbarer Lust, die sich ergießt und... ich biss in seine Schulter, weil ich sonst laut aufgeschrien hätte.

Der Moment des Aufatmens.

Erfüllung.

Wir waren beide an diesem Punkt. Absolut erschöpft, absolut befriedigt. *Für den Moment.*

Genossen uns atemlos, küssten uns, lachten. Erleichtert und irgendwie ungläubig.

Sein Körper erstrahlte in einem roten Licht, das von ihm auf mich überging.

Nicht nur der Augenblick war vollkommen. Ich war vollständig.

Ich war nun die Trägerin eines blauen, grünen, gelben, lila und des letzten, roten Samenkorns.

Als wenige Stunden später der Tag begann und ich die Augen aufschlug, war alles neu. Miran mir noch vertrauter.

Ein Teil von mir.

Unsäglich stark waren meine Gefühle für ihn angewachsen.

Das verspielte Zwitschern der Vögel, die sich über irgendwelchen Tratsch einer anderen Vogelkolonie austauschten hing in der klaren, kühlen Luft des Morgens. Ich nahm Gerüche wahr, die ich vorher nie bemerkt hatte, spürte neue Emotionen.

Es waren nicht meine, sondern Mirans.

Ich fühlte, was er empfand. Sicherheit. *Liebe.*

Die Gewissheit um seine Gefühle für mich ließ mich lächeln. Eine winzige blaue Freudenträne konnte ich mir nicht verkneifen.

Die Anmut eines Augenblickes, unwirklich, weil er so schön ist.

Die morgendlichen Klänge des Dorfes drangen in mein Ohr. Selbst Nebensächliches, wie das Klappern des Geschirrs, konnte ich deutlich vernehmen.

Plötzlich kam eine Vielzahl neuer Geräusche dazu, die ich nicht einordnen konnte. In weiter Ferne hörte ich viele Schritte. Das Trippeln kleiner Mäusefüße, Traben von Hufen und das Aufstampfen gigantischer Wesen.

Eine einzige besondere Bewegung war dabei, die herausstach. Der Gang eines älteren Mannes. Seine mit Leinen umwickelten Füße waren klar herauszuhören.

Warum höre ich das? Meine letzte Gabe?

Ich hatte kurz geglaubt, Mirans Gefühle zu spüren, wäre das letzte Geschenk des roten Steines gewesen.

Auf dem Waldboden liegend, versuchte ich bewusst, die neuen Eindrücke wahrzunehmen.

Unmöglich, ohne dass sie mich erdrückten.

Überfordert, denn es mussten Hunderte, wenn nicht Tausende von Füßen sein, die in Bewegung waren.

Irgendwann gelang es mir, die Akustik auszublenden.

Wie bei einem dieser 3D-Bilder, bei denen man selbst entschied, ob man diese psychedelischen Formen sehen wollte oder nicht.

Miran half bei der Tierfütterung, während ich leise wie eine Diebin aus dem Wäldchen herausschlich, als hätte ich etwas Verbotenes getan.

Ich atmete die neue kühle Luft, den betörenden Duft der Blumen und ließ an Geräuschen nur das entspannte Ein- und Ausatmen der Gontar auf der fernen Weide zu.

Herrlich! Diese Idylle – sie ist schon fast trügerisch.

Ein ziehender Schmerz durchfuhr meinen Oberkörper. Doch bevor ich es orten konnte, war er vorüber.

Miran kam von der Weide und sah mich mit einem verschmitzten, schon fast spitzbübischen Lächeln an. Derartig ungezwungen hatte ich ihn noch nie gesehen.

Wir liefen Hand in Hand zu seinem Elternhaus, wo wir bereits mit einem leckeren Frühstück in Empfang genommen wurden. Stuna begrüßte uns überschwänglich freundlich.

„Na, habt ihr gut geschlafen? Oder eher nicht so viel?“

Ich stürzte mich – ihre freche Bemerkung mit einem Laut der Empörung quittierend – auf das Essen, schaufelte förmlich den Gemüsebrei unter Vikas staunenden Augen in mich hinein.

Jäh ließ ich den Löffel sinken.

Der Schmerz – er wieder da. Es war ein Ziehen in meiner Brust, meinem Bauch, dem Rücken. Wie ein Gummiband, das gnadenlos überdehnt wird.

Ich riss für einen Moment den Mund auf und krümmte mich.

„Was ist mit dir?“ Besorgt sprang Miran auf und legte seine Hände auf meine Schultern.

Zeitgleich öffnete sich die Haustür.

„Burburak!“, rief Wanitura überrascht aus. Vika erhob sich erfreut.

Bedächtig lächelnd trat er zu uns: „Es ist so weit – die Säulen haben es mir verraten. Die Samen und der Tautropfen sind nun eins.“

Er trat feierlich auf mich zu und kniete zu meiner Verwunderung nieder.

„Aus der Vereinigung der Samen mit dem Tropfen wird heute Nacht das erblühen, was Pardalis Rettung verheißt.“ Dann nahm er meine Hände.

„Oder in deinem Falle ist wohl das Wort ‚geboren‘ angemessener.“

„Was?“ Scheppernd fiel die Schüssel mit dem Brei zu Boden.

„Heute Nacht?“, wiederholte Miran, die Panik in seiner Stimme kaum unterdrücken könnend.

„Ja“, entgegnete Burburak mit einer stoischen Ruhe.

„Miran, Junge, was hast du getan?“ Wanitura sprang auf.

„Ja, Miran, was nur?“ zwitscherte Stuna frech vom Fensterbrett aus.

Ich wurde rot wie eine Kirschtomate, während Miran räuspernd nach Worten suchte.

„Ein Kind!“ Vika hatte ihre Sprache nach dem ersten Schock wiedergefunden und endlich zog ein freudiges Strahlen über ihr Gesicht.

Malika und Amandla hüpften aufgeregt umher und stritten darum, ob sie ein Mädchen oder einen Jungen bekommen würden.

Das ist absurd.

Ich begriff zwar den Inhalt seiner Worte, doch die Bedeutung erreichte nur langsam meinen Verstand.

Heute Nacht! Ein Kind.

Mutter. Ich? Nein.

„Hast du das gewusst?", wollte ich von Burburak wissen.

„Nein", schüttelte er ehrlich sein glattes, dunkelbraunes Haupt, „ich habe zwar geahnt, dass du der Tautropfen bist, aber was die Erfüllung der Prophezeiung bedeutet, weiß ich erst seit der vergangenen Nacht, als die Säulen es mir offenbarten. Pardalis Geschichte wurde endlich fortgeschrieben und wird weitergehen – nach der heutigen Nacht."

Miran und ich tauschten unsichere Blicke.

Heute Morgen schien alles klar, doch nun herrschte Chaos in meinem Kopf.

Jetzt wusste ich, warum ich Mirans Gefühle gespürt hatte. Die direkte Verbindung zu ihm wuchs gerade in mir.

„Burburak, ich höre Schritte! Unzählige viele."

„Wir werden jede Unterstützung benötigen, um dich und das Kind beschützen zu können."

Mein Gesicht wechselte von roter Erregung zu blassgrauer Sorge.

Natürlich.

Omieda wusste mit Sicherheit von der Erfüllung der Prophezeiung. Dieses Mal würde sie nicht unverrichteter Dinge gehen.

„Du bleibst hier in unserer Hütte. Hier kannst du dich ausruhen", ordnete Vika an, dabei hektisch umher rennend.

Mal mit den Armen voll Bettwäsche, mal mit Töpfen hantierend. Dann rannte sie mit Schüsseln an mir vorbei, als würde es sofort losgehen. Sie wusste anscheinend nicht, was sie tun sollte.

Mein Magen machte einen kleinen Satz.

Oder war es das Baby?

Ungelenk betastete ich meinen Bauch. Er fühlte sich gebläht an, doch ich fühlte deutlich die menschliche Wärme aus meinem Inneren.

Ich bin schwanger!

„Ich muss allein sein", murmelte ich und stolperte aus der Hütte.

Verstört flüchtete ich mich zu Ollies Grab. Mein nervöses Schnauben verhinderte ein Durchatmen. Am liebsten hätte ich geweint.

Mein Kleid spannte sich bereits unter einer kleinen Wölbung, die sich abzeichnete. Ein unruhiges Flattern, unterhalb meines Bauchnabels, ließ meine innere Unruhe nur noch steigen.

Weder fühle ich mich fähig ein Kind auszutragen noch dazu berufen Mutter zu sein.

Ich war überwältigt worden von einem Ereignis, für das ich mich nicht bewusst entschieden hatte. Es war mir einfach passiert!

„Nun ja, ganz unschuldig bist du daran aber auch nicht!", sprach der innerlich erhobene Zeigefinger in mir. Schuldbewusst senkte ich, wie zum Eingeständnis vor mir selbst, den Kopf.

Als ich ihn wieder hob, erspähte ich bereits eine Schar Blaulinge, die sich ihren Weg hinauf zu uns bahnte.

Pardalis' Bewohner kamen, weil sie Hoffnung hatten. Sie glaubten nun wieder an eine Rettung. Ich trug das Kind in mir, das – gemäß der Weissagung – der Schlüssel dazu war.

Jetzt holte ich Luft, denn all diese Gedanken schlugen über mir zusammen und drohten mich zu ersticken.

Hier hatte meine Reise begonnen und hier würde sie enden.

Ich schloss die Augen.

Nie habe ich geglaubt, etwas zu können und stets gefürchtet, nicht gut oder wenigstens gut genug zu sein.

Dann war ich in diese wundersame Welt gelangt und hatte gesehen, wie viel mehr es gab. Erkannt, dass auch ich mehr war als das, was ich glaubte zu sein.

Auch wenn ich mich für ein Kind nicht bereit fühlte, ein seliges, kleines Lächeln huschte wie eine Sternschnuppe über mein Gesicht.

Die Felder – sie sind nie zu weit.

In den darauf folgenden Stunden traf ich viele bekannte, doch noch mehr neue Gesichter.

Die Völker von Pardalis hatten ihre besten Krieger entsandt und hinauf in die Berge der Pakmari geschickt. Sie alle konnten es nicht erwarten mich zu begrüßen und in Augenschein zu nehmen.

„Was waren das nur für unterschiedliche Gestalten?“, staunte ich, wann immer sich die Tür zu Wanituras Hütte öffnete und die nächste Delegation eintrat.

Winzige Männchen, deren Gliedmaßen streichholzdünn waren und deren Körper sowie Köpfe aus zwei braunen Kugeln bestanden. Sie erinnerten mich an die Kastanienmännchen, die ich früher zur Herbstzeit gebastelt hatte. Sie redeten unheimlich schnell in einer schwer verständlichen, hohen Frequenz.

Wurzelartige Wesen, deren Gesicht ich nur erkannte, wenn sie die Augen öffneten, da es sonst verblüffend echt der Oberfläche einer Knolle glich. Holprig bewegten sie sich auf ihren Wurzelsträngen fort. Über ihren Augen wuchsen kleine Zweige, an denen dunkelrote Beeren baumelten. Bewegten sie sich, machten die Beeren ein Geräusch, das an kleine Schellen erinnerte.

Die Pakmari-Siedlung konnte dem Ansturm kaum Stand halten.

Kleine Trolle mit weiß gesprenkelter Haut trieben in der Siedlung ihr Unwesen und fliegende Insekten, die wie überdimensionale Gottesanbeterinnen aussahen, sirrten zwischen den Dächern.

Ich hatte schon so viel von Pardalis gesehen, doch mein Blick aus dem Fenster der kleinen Hütte bewies mir, dass ich nur einen Bruchteil kannte.

Dick gepanzerte Echsen, groß wie Kaimane, zogen an meinem Fenster vorüber, als mir zwei riesige, weiße Schlangen mit jeweils acht kleinen, durchsichtigen Libellenflügeln auf jeder Rückenseite ihre Aufwartung machten. Sie schwebten herein und amüsierten sich zischelnd über meinen Gesichtsausdruck, der irgendwo zwischen staunend und dämlich lag. Es erschien alles so surreal.

Miran wachte mit Argusaugen über mich und ließ niemanden zu lange bleiben.

Nur mit Laros, dem Blauling-Anführer, führte ich ein ausführliches, sogar freundschaftliches Gespräch.

„Weißt du, ich war mir bis zum Schluss nicht sicher, ob du es wirklich bist. Doch ich habe mich geirrt und ich bin sehr froh darüber."

Doch am meisten freute ich mich über mein Wiedersehen mit den Pmor. Sie versicherten mir, mich und das Kind notfalls mit ihrem Leben zu beschützen.

Neben aller Zuneigung und Dankbarkeit, die sie mir offenbarten, taten diese Beteuerungen weh.

Was, wenn sie wahr würden?

Ich fühlte unsägliche Angst.

Angst, dass eine Vielzahl derer, die mir jetzt die Hand reichten, morgen nicht mehr ihre Augen öffnen würden.

Mich eingeschlossen.

Zum Ende des Tages nickte ich immer öfter ein, denn das kleine Wesen in mir entzog mir alle Reserven, die es für sein schnelles Wachstum beanspruchte.

Mein Bauch thronte riesig unter dem grau-schwarzen Stretchstoff. Burburaks Zauberei und Kräutertrunks halfen mir bei Kräften zu bleiben.

Für die gute Laune war Stuna zuständig, die mich zuverlässig neckte und mich mit meinem wachsendem Körperumfang aufzog.

Ich war schon im Normalzustand nicht einfach, aber unter meinen jetzigen Stimmungsschwankungen, ertrug ich mich selbst sogar nur noch schwer.

Stuna parierte geduldig jede meiner albernen oder teils auch garstigen Reaktionen.

Sie blieb bei mir.

Denn ohne Hoffnung kann man keinen Krieg gewinnen.

Gegen frühen Nachmittag winkte ich Miran schnell heran. Deutlich sichtbar traten kleine Dellen aus meinem Bauch hervor.

„Das ist so wunderbar“, schluckte er sichtlich ergriffen.

„Ja, es ist ein Wunder. Heute Nacht lernen wir es kennen.“ Er drehte den Kopf zur Seite und tat, als würde er sich am Auge kratzen.

„Es ist okay“, ich strich ihm gedankenverloren über seine chaotischen, braunen Haare, während er den Kopf in meinem Arm und sein Gesicht an meinem Bauch bettete.

Wie gern hätte ich die Zeit angehalten. Ein kurzer, friedlicher Augenblick der Ruhe.

Das Baby trat gegen seine Wange. Wir lachten und fühlten zum ersten Mal das tiefe Glück darin.

Zum Einbruch der Nacht waren mehrere Tierherden angekommen, die sich strategisch weitläufig, um das Dorf versammelten.

Eine angespannte Stimmung lag über uns.

Die Völker hatten sich bereits am Tag über ihre Erfahrungen und Kampftechniken ausgetauscht und wertvolle Tipps gegeben. Jeder hatte ein wenig Wotokblut getrunken und von ihrem Fleisch gegessen. Die Pmor hatten einen erneuten Wotok-Angriff auf ihr Dorf erfolgreich abgewehrt und versorgten nun unsere Krieger mit den Überresten ihrer Peiniger.

Ich beobachtete im Bett liegend, durch mein Fenster, das Treiben. Dabei immer bemüht, ruhig zu bleiben.

In dieser Zeit fanden Strategiegespräche und Planungen, geleitet von Burburak und Miran, mit den Heerführern statt.

Erregt erwartete ich das Unvermeidliche.

Wir alle wussten, es würde bald passieren.

Omieda würde kommen.

Burburak hatte meine Unterkunft mit einem Schutzzauber abgeschirmt. Nur Miran, seine Familie, Stuna und er konnten jetzt noch zu mir.

„Glück und Glas, wie leicht bricht das", ging mir eine alte Redensart durch den Kopf, als die Nacht hereinbrach.

Kapitel 30

Ich hörte sie kommen.

Das Schlagen breiter Schwingen im Nachtwind, das Knirschen der Äste, in denen schwere Gestalten von Baum zu Baum schwangen, das Rascheln des Laubs unter den schleimigen Körpern, die sich über den Boden schlängelten.

Die Luft erschauerte unter einer Druckwelle. Ein Ruck durchfuhr den Berg, die Erde zitterte und erfasste das Dorf.

Der letzte Kampf beginnt.

Alle verharrten in ihrer Position.

Wir mussten standhalten, bis das Kind geboren und in Sicherheit war.

Wenn ich dachte, ich hätte bereits alle Wotokarten kennengelernt, so irrte ich. Ihre Armee dunkler Krieger erschien in einer unglaublichen Anzahl.

Das Fenster schien mir ein Segen und Fluch zu sein. Staunend ehrfürchtig konnte ich beobachten, was ich nicht sehen wollte.

Burburak erleuchtete den Himmel mit schwebenden Fackeln, um die schwarzen Monster am Boden, im Himmel und auf den Bäumen sichtbar zu machen. Sobald Wotoks in deren Schein ausgemacht wurden, prasselten brennende Pfeile und ebenjene Fackeln feurig auf sie hernieder.

Erste Schreie drangen aus den umliegenden Wäldern. Dort saßen die Blaulinge in den Bäumen und zielten mit

Schleudern brennende Geschosse auf die Wotoks, die sich auf dem Boden anschlichen.

Sie fingen zwar sofort Feuer, sprangen aber den Geschossen auch entgegen, die sie in den Bäumen sahen. Sie griffen alles an, was sich bewegte, verfolgten aber keine Taktik dabei. Ihre Strategie war Angriff, anschließend Vernichtung.

Einige taumelten brennend umher und steckten dabei sogar andere Wotoks in Brand. Wild fauchend und geblendet sprangen Kreaturen, größer als Raubkatzen, heraus auf die Lichtung.

Dort wurden sie von den Gontar empfangen, die sie mit ihren glühend heißen Geweihschaufeln versengten. Sie leuchteten hellorange wie ein Eisen, das im Feuer geschmiedet wird. Zerteilten damit zischend alles, was sie berührten. Der Geruch von verbranntem Fleisch legte sich über das Dorf.

Von oben griffen nun die Laryden und die geflügelten Schlangen, die Bisma, ein. Sie erwürgten die Wotoks schnell und effektiv, sobald sie von den Laryden zu Boden gestoßen wurden.

Eine weitere Schlacht entbrannte am Himmel zwischen den fliegenden Wotoks und den Pakmari. Sie lockten die Wotoks zu den Stellen, an denen sie mit brennenden Pfeilen oder den Äxten der Wurzeltrolle attackiert und zum Großteil auch erfolgreich getroffen wurden.

Auf der Lichtung kämpfte nun jeder, der ein Schwert halten konnte und hieb auf die schwarzen Kolosse ein, deren Bärentatzen ich bereits aus Nangil kannte.

Ich vernahm ihre Schreie und war mir sicher, noch nie so viel Verzweiflung gefühlt zu haben.

Hier hinter der Scheibe alles zu verfolgen, nur zuschauen zu können, fühlte sich falsch an. Ich war Zuschauerin eines Kampfes, der meinetwegen stattfand. Wegen eines Babys, das ich schützen musste.

Es trat heftig gegen die Innenwand meines Bauches, der aufgrund des schnellen Wachstums schmerzte.

Können wir diesen Kampf gewinnen?

Unser Geruch führte die Wotoks in die Irre, was uns einen großen Vorteil verschaffte. Es gab mir Zuversicht, denn ihr Zögern gab uns die Möglichkeit schneller zu sein.

Sobald sie lagen, hackten die Kämpfer von Pardalis auf ihre Körper ein und zerteilten sie. Der blutgetünchte Boden brach auf und nicht nur die wurmartigen Wotoks krochen hervor.

Auch riesenhafte, flache, schabenartige Wotoks, deren Körper gesäumt waren von zahllosen Beinen, krabbelten wie Tausendfüßler aus den Löchern.

Ihre Größe war mit den Hütten des Dorfes vergleichbar. Mehr als dreißig Kämpfer waren notwendig, um nur einen von ihnen zur Strecke zu bringen. Die Panzer waren zu stabil und schwer zu durchbrechen. Immer mehr von ihnen entstiegen dem Erdreich.

Der poröse Boden gab nach und unsere Kämpfer stürzten hinab in die Krater. Ich befürchtete das Dorf würde einstürzen, wenn sie ihnen nicht beikämen.

Doch da entdeckte ich ein bekanntes Gesicht.

Ekuptel entstieg einem der Öffnungen. Er stampfte mit seinem Fuß und aus seinen Händen rannen Tonnen von Wasser und unterspülten das Erdreich. Damit schwemmte er die Wurmwotoks wieder hinab; sie ertranken in den Wassermassen.

„Grüße von König Medorag!“, rief Ekuptel tosend und begann sogleich mit seinem Element, dem Sand, den Boden fest zu verschließen.

Die Pmor hatten rund um das Dorf Gruben ausgehoben, die mit ihren gewebten Blättern abgedeckt waren. Sobald ein Wotok hineintappte und fiel, zertrümmerten sie mit Baumstämmen dessen Körper.

Ein grausames Schlachtfeld bot sich mir dar – in und um das ganze Pakmaridorf.

Irgendwo darin kämpft Miran. Um sein Volk, sein Land, um mich, um uns.

Stuna saß als Einzige bei mir. Wir beide zitterten, atemlos das Geschehen verfolgend.

Das Dröhnen der Geschütze, das Grölen der sterbenden Wotoks und die verzweifelten Schreie sterbender Kämpfer brachten mich fast um den Verstand.

Dann, mit einem Mal, verstummten alle Geräusche. Stille.

Ich trennte mich vom Anblick der Schlacht, wandte mich ab.

Sie kam wie ein schwarzer Hauch, der alles vernichtet, was ihn berührt.

Dunkler Nebel strömte erst langsam und dann immer schneller werdend, durch die Tür- und Fensterritzen herein.

Erschrocken sprang ich auf, rief laut um Hilfe und versuchte die Tür zu erreichen. Doch sie war nicht nur verschlossen, sondern hatte auch keinerlei Funktion mehr.

Wie auf gemalt, war sie nur noch ein starrer Teil der Wand. Die Klinke ließ sich nicht bewegen und zerlief kalt schmelzend in meiner Hand, als ich daran rüttelte. Feiner kalter Rauch strömte aus meiner Hand.

Sie hatte die Macht übernommen. Burburaks Zauber würde mir nicht helfen.

Der schwarze Nebel erfüllte schnell den ganzen Raum und wirbelte herum wie ein Tornado. Er manifestierte sich in der Mitte zu einer schwarzen, schwebenden Gestalt.

Sie war hier. Mit mir. Omieda!

Sie pendelte in der Mitte des Raumes etwa einen halben Meter über dem Boden und ich blickte in ihr furchtbares Antlitz.

Die bekannte Fratze aus meinem Traum mit tiefschwarzen Augenhöhlen, deren Tiefe nirgendwo endete. Zischende Geräusche drangen aus ihrer geöffneten Mundhöhle, in der Leere war. Als würde man in den tiefschwarzen Nachthimmel sehen – ohne Sterne. Ohne überhaupt etwas.

Ich durfte nicht zu lange in ihre Augen sehen, ich hatte Angst mich darin zu verlieren.

Die echsenartige, schwarze Lederhaut im Gesicht, von tiefen, dunklen Zerklüftungen gezeichnet. Wie ein Netz legten sich die Risse darüber.

Ihr Anblick – so verstörend, dass er mir die Sinne raubte.

Wo soll ich hin?

Mein ganzer Körper schlotterte, geschüttelt von furchtbarer Angst. Ich hatte das Gefühl mich nicht bewegen zu können.

Von ihrem Kopf flatterten dicke wulstige Haarstränge wie Gedärme in alle Richtungen. Ihre schwarzen Arme hoben sich und die klauenartigen, rabenschwarzen Hände zeigten auf mich.

Sie hatte lange, spitze Krallen anstelle von Fingern, die wie Messer auf ihren dürren faltigen Handgelenken saßen. Ihre Haut runzelig, wie die einer Schildkröte.

Beine oder Füße erkannte ich nicht.

Ihr Oberkörper, der von einer Art flammenden, schwarzen Kutte bedeckt war, lief ohne Übergang in eine lodernde Masse über.

Sie schwebte auf mich zu.

Ich versuchte ihr auszuweichen, ihre schwarzen Krallen wollten mich fassen.

Sie drängte mich in die Ecke und es gelang mir, durch eine schnelle Drehung noch im letzten Moment entwischen.

Die Fenster waren ebenfalls mit der Wand verschmolzen. Meine verzweifelten Schläge dagegen verhallten dumpf.

Hinter der Scheibe – kein Dorf mehr.

Uns umgab eine einsame Morastlandschaft. Der feuchte, kalte Geruch des Moores zog durch die Wände, schwarze, feuchte Linien wie Teer zeichneten sich daran ab.

Stuna piepste laut, woraufhin Omieda eine schwarze Wolke auf sie hauchte. Sie fiel vom Nebel getroffen vom Fensterbrett, landete bewusstlos auf dem Boden.

Es gibt kein Entkommen.

Sie war direkt hinter mir. Ihre Kralle holte aus und zielte auf meinen Kopf.

Als ich sie abwehren und nach ihrem runzligen Handgelenk greifen wollte, fasste ich ins Nichts.

Oh nein! Ihr Körper war durchlässig, nicht fassbar für mich.

Wie soll ich gegen sie kämpfen, wenn ich sie nicht treffen kann?

Sie hingegen traf mich mit voller Wucht.

Der Schlag prallte hart auf mein Gesicht und zwei ihrer messerscharfen Krallen hinterließen tiefe Risse auf meiner Stirn.

Ich taumelte, stieß mit meinem Kopf dumpf gegen die feuchte Wand und sank zu Boden.

Blut rann über meine Stirn. Mein Bauch verhinderte ein schnelles Aufrappeln. Schon sah ich den nächsten Hieb kommen.

Mit den Händen meinen Bauch schützend, stieß ich mich mit den Füßen von der Wand ab und kroch weiter. Es war ausweglos.

Auf dem Boden kauernd schrie ich verzweifelt: „Was willst du von mir?"

Meine Stimme war hysterisch, verzerrt von Angst.

Sie hielt inne, schwebte unheilvoll und unaufhaltsam über mich und ihre Krallen, deren Spitzen ich bereits gespürt hatte, streckten sich meinem Bauch entgegen.

Mein Baby!

Die Angst um mein Kind verlieh mir neue Kräfte. Ich richtete mich schreiend auf, wollte sie erneut packen.

Wieder griffen meine Hände ins Leere.

Sie stieß ihrerseits einen Schrei aus – schrill wie ein Vogel im Angriff – und stieß mich zu Boden.

Was nun geschah, war auf so vielen Ebenen schmerzhaft, dass es mein Verstand kaum zu erfassen vermochte.

Ich stürzte und lag vor ihr auf dem Rücken. Eine ihrer Klauen umschloss meinen Hals und drückte ihn fest auf den Boden.

Ich bekam keine Luft, konnte nicht einmal mehr schreien.

Mit der anderen Klaue durchschnitt sie, sauber wie ein Skalpell, mit einem Krallenhieb mein Kleid.

Ich war vollkommen wehrlos.

Auf den Boden gepresst, um Luft ringend, sah ich wie sie zum finalen Schnitt ansetzte.

Brennender Schmerz durchstach mich, als sie mir den Bauch von links nach rechts mit ihren Fingerkrallen aufschnitt.

Es kostete sie nicht die geringste Mühe.

Mit Leichtigkeit hatte sie den langen Schnitt ausgeführt und ich krampfte unter dem Schmerz, als meine Bauchdecke sich öffnete und alle Muskeln darunter durchtrennt wurde.

Ich fühlte das Blut aus meinem Bauch schießen und hörte die Massen auf den Boden klatschen. Aus meinem Mund kam nur noch schwaches Keuchen, denn ich erstickte langsam und qualvoll.

Sie fuhr in mich hinein und riss es aus mir heraus. Ich spürte es ruckeln und ziehen, hörte ein schmatzendes Geräusch, als würden meine Gedärme herausgezogen.

Ich machte gerade meinen letzten Atemzug, als sie das Baby mit einem Ruck von mir trennte.

Ein grauenvoller Schrei folgte und der Griff um meinen Hals lockerte sich.

Gurgelnd wie eine Ertrinkende sog ich die Luft ein. Mein Hals schmerzte und ließ kaum zu, dass neue Luft eindrang.

Sie schrie erneut und musste nun meinen Hals ganz loslassen. Kaum noch über meine Sinne verfügend, sah ich sie rechts neben mir hocken.

Ihre Arme, die schwarze Kutte waren mit meinem Blut befleckt.

Sie versuchte sich aufzurichten, aber mein Blut, das sie bedeckte, bereitete ihr anscheinend enormen Schmerz. Sie versuchte vergeblich, es von sich abzureiben.

Ist das etwa die Lösung? Mein Blut?

Sie verlor an Kraft, je mehr sie damit in Berührung kam. Der Boden unter uns schwamm in einer scharlachroten Pfütze.

Ein kehliger, fast krächzender Ton unterstrich ihre Qual.

Es kratzte nur noch in meinen Ohren, denn ich hörte hauptsächlich mein eigenes Blut in meinem Kopf rauschen.

Mein Blut war eine Chance, doch gleichzeitig mein Untergang.

Nein, nicht so! So darf es nicht enden.

Hochgepeitscht vom Adrenalin hob ich meine rechte Hand, streckte sie zu ihrem Kopf aus und packte mit aller Kraft, die noch in mir war, so viele ihrer wulstigen, langen Haare, wie ich greifen konnte.

Weich und nass, wie Eingeweide fühlten sie sich an. Ich drückte sie zerquetschend mit meinen Fingern zusammen.

Ich kann sie berühren! Ihr Schutzschild war durchbrochen.

Ich riss an ihrem Skalp und sie kreischte nur noch heiser, während ihr Kopf nach hinten krachte.

Wo ist mein Baby?

Ich versuchte mich aufzurichten, um etwas zu sehen.

Doch was ich erblickte, ließ das unkontrollierbare Zittern so stark werden, dass es meinen Körper schüttelte.

Mein Bauch, den ich nicht einmal mehr fühlte, klaffte offen und das Blut plätscherte daraus unaufhaltsam auf den Boden.

Unter einem schwarzen Tuch, direkt hinter meinen angewinkelten Beinen, zeichnete sich unförmig eine Kontur ab. Ein winziger, blauer Fuß ragte darunter hervor.

Kein Schreien, keine Bewegung. Nichts.

Ich versuchte mich mit den Ellenbogen hochzustemmen.

Ich muss es doch sehen, es berühren!

Ein dumpfer Schlag auf den Hinterkopf ließ mich taub zurücksinken. Mein Kopf prallte auf den Boden und ich blieb benommen liegen.

Unter lautem Schreien griff Omieda ein weiteres Mal in mich hinein. Ich hörte es nur ganz weit entfernt und fühlte nun überhaupt nichts mehr.

Erst jetzt bemerkte ich, wie kalt es doch geworden war. Mit dem warmen Blut floss das Leben aus mir.

Es durchtränkte meine Haare, meine Kleidung, meine Hoffnung. Alles war in diesem kreischenden, roten Blut gefangen. Ich konnte ihm nicht entkommen.

Schwarz und Rot, die einzigen Farben, die ich noch vor meinen Augen sah, als ich sie schloss.

Der Kampf und ich – verloren.

Mein unweigerliches Ende stand bevor und ich gab auf. Der unendliche Schmerz, den sie mir zugefügt hatte, überstieg meine Kraft, meinen Willen, meine Liebe.

Ich muss gehen.

Weit weg von meinen verzweifelten Schreien, die nur noch in meinem Kopf unendlich nachhallten, denn mein Körper war still und kalt.

Ich verschwand langsam und unwiederbringlich.

Vor meinen Augen bildete sich ein weißer Schleier. Der Nebel, der mich umgab war jetzt weiß und alles um mich herum löste sich darin auf.

Sie war fort. Und ich auch.

Es war vorbei.

Endlich.

Kapitel 31

Miran rief meinen Namen. Irgendwo in weiter Ferne.

Ich konnte ihn kaum hören. Es war nur ein verheißungsvolles Flüstern irgendwo im Nichts.

Ich entfernte mich immer weiter davon, trieb fort auf einer Welle des Schmerzes, der Angst und meiner eigenen Schwäche.

Ich hatte aufgegeben.

In dem weißen Nebel um mich erschien ein junger Mann. Es war Prinz Yo. Leuchtend und frisch stand er vor mir.

„Du hast es geschafft!"

Er war noch strahlender, als ich ihn aus meinem Traum in Erinnerung hatte. Umrandet von warmen Licht und einer Aura aus Güte.

„Es ist vorbei", sagte ich tonlos, „Omieda hat mein Schicksal besiegelt."

Er schüttelte den Kopf.

„Nein, du hast alle Teile zusammengefügt. Nur darum geht es. Durch dich sind die Samen vereint und werden Omiedas Untergang sein. Du musst zurück!"

„Ich kann nicht!", erwiderte ich.

„Für den Moment", sagte er entschieden. „Mein Vater hat damals aufgegeben, denn auch er dachte, dass es nichts mehr gäbe, für das es sich zu kämpfen lohnt."

Er kam näher, das weiße Licht um ihn blendete mich und ich blinzelte.

„Yo, er lag falsch – einen gibt es immer, für den es sich zu kämpfen lohnt!“

Er tippte mit dem Finger sanft gegen meine Brust. „Das bist du!“

Ich weiß nicht mehr, wann ich wieder erwachte; die Leere erschlug mich vom ersten Augenblick.

Mein Körper war taub, ich fühlte nichts.

Ich hatte mein Kind nie gesehen, jedoch fehlte es mir unendlich.

Wie soll es weiter gehen, ohne dieses kleine Wesen? Es war doch ein Teil von mir.

Nun war dieser Teil herausgerissen und in meinem Kopf lag ich noch immer verwundet am Boden. Allein und hilflos.

Es war nicht mein Körper, der blutete, sondern meine Seele. Nichts würde das jemals heilen können.

Der Gedanke an meinen Verlust ließ mich weinen und nie wieder aufhören. Selbst wenn keine blauen Tränen mehr flossen, so weinte ich innerlich noch immer.

Alles in mir sehnte sich nach meinem Kind. Ich wollte es nur im Arm halten. Die Vorstellung, es sei tot, ließ mich wünschen, keine Gefühle mehr zu haben.

Die Trauer, meine Wut – waren viel stärker als ich und hielten mich gefangen. Übermannten mich und ergriffen nicht langsam, sondern sehr schnell Besitz von mir.

Burburak und meine Tränen ließen die Wunde heilen, jedoch die lange Narbe auf meinem Bauch blieb und würde ein Leben lang meine erinnernde Begleitung sein, an das, was Omieda mir angetan hatte.

Der körperliche Schmerz war irgendwann fort, trotzdem hörte es nicht auf, wehzutun. Wann immer ich daran zurückdachte, spürte ich ihre Kralle erneut meinen Bauch aufschlitzen.

Mirans Trauer war so stark, dass ich seine Nähe nicht lange aushielt. Ich fühlte mich schwach, leer.

Das Erlebte schien mich langsam von innen heraus zu vernichten.

Mich blendete das Tageslicht, als ich das erste Mal wieder vor die Tür trat.

Das Dorf sah verheerend aus. Der Kampf gegen die Wotoks hatte Chaos hinterlassen. Die Häuser waren stark beschädigt oder sogar komplett zerfallen. Die Weidekoppeln und der Kampfplatz – kaum noch erkennbar umgepflügt.

Weit dahinter zahlreiche kleine Hügel, mit Blumen bedeckt.

Die Gräber der Gefallenen.

Alle Überreste der Wotoks waren noch in derselben Nacht verbrannt worden. Genauso wie die Hütte von Mirans Familie, in der ich aufgefunden worden war.

Miran hatte es getan.

Ich verstand ihn. Es war der Geburtsort unseres Kindes. „Und Sterbeort“, fügte ich gedanklich hinzu.

Stuna schlich vorsichtig um mich herum.

Burburak hatte mir berichtet, dass sie bisher ferngeblieben war, weil sie sich schuldig fühlte.

Ihr weißes Fell glänzte wieder hell und frisch wie kalter Schnee.

„Hey, Schneeflocke." Mit einem schwachen Lächeln beugte ich mich etwas steif zu ihr. Bedächtig strich ich drüber, während sie wohlig schnarrte.

„Alles hier hat seine Farbe zurück", hörte ich Wanitura sagen, der mich liebevoll in die Arme nahm.

Mit vorsichtiger Zurückhaltung umringten mich die Dorfbewohner und jene Krieger, die noch verweilt hatten. Sie halfen beim Wiederaufbau, währenddessen sich ihre transportfähigen Verletzten wieder auf ihrem Weg in die Heimat befanden.

Einer fügte leise hinzu: „Kein Wotok ist mehr in Pardalis gesehen worden." Eine weibliche Stimme rief aufgeregt. „Auch keine Spur von Omieda."

Ich spürte, sie wollten sich freuen, doch trauten sie sich nicht, es offen zu zeigen. Ihnen zum Gefallen lächelte ich gezwungen und sah in die Runde erwartungsvoller und zugleich mitleidiger Augenpaare.

Nun wagten sich einige, ihrer Freude gemäßigt Ausdruck zu verleihen und lachten erleichtert.

Sie führten mich zu einem Aussichtspunkt, unweit von Ollies Grab, von dem man einen guten Blick über Pardalis hatte.

Kein grauer Fleck, keine Spur von dunklem Nebel mehr. Alles farbenfroher als je zuvor.

„Schön“, dachte ich bitter.

Schönheit, die ich zwar sehen konnte, die aber nichts in mir bewirkte.

Mein Kloß im Hals wurde immer dicker und ich lehnte mich weinend an Mirans Schulter. Auch er kämpfte mit seinen Gefühlen.

Sein Gesicht war härter geworden und hatte noch ernstere Züge angenommen. Eine sorgenvolle Furche auf seiner Stirn – seine neue ständige Begleiterin.

Seine Augen schienen dunkler. Kobalt war zu Admiralsblau geworden.

Immer noch wunderschön, aber tiefer – trauriger.

Ich sah ihm an, dass er versuchte, das Geschehene – *unseren Verlust* – zu verdrängen.

Er musste, denn unvergessliche Trauer frisst langsam das Leben aus den Trauernden.

Auch ich müsste einen Weg finden.

Mich verfolgten Panikattacken und Bilder der Nacht, die es mir nicht erlaubten, auch nur eine Sekunde Abstand davon zu nehmen.

Wir hielten uns eine Weile in den Armen und es gab nur uns. *Nichts anderes.*

Burburak und Ekuptel, die auch beim Wiederaufbau halfen, gesellten sich zu uns.

„Wo ist Omieda?“, wollte ich von ihnen wissen.

„Wir wissen es nicht“, antwortete Ekuptel mit ernster Stimme.

„Wir wissen nicht, ob sie überhaupt noch hier ist", fügte Burburak hinzu, „es gab kein Zeichen mehr von ihr und die Spuren ihrer Existenz sind verschwunden."

Sie war zwar geschwächt, als ich sie zuletzt sah, doch sollte es möglich sein, dass sie ganz und gar verschwunden ist?

Daran glaubte ich nicht.

„Ich will zum Grab unseres Kindes", forderte ich unvermittelt.

„Sie hat es mitgenommen", antwortete Miran mit stockender Stimme. Sein Gesicht wurde bleich, als die Worte über seine Lippen kamen.

„Was? Warum sollte sie das tun?" Meine Stimme klang ungewollt schrill. Ich schrie auf die Drei ein und wusste selbst nicht, warum.

Nichts war mir von meinem Baby geblieben...

„Burburak, was sagen die Säulen? Was passiert, jetzt wo Samen und Tautropfen eins sind." Ich wollte – brauchte Antworten.

Ekuptel hob beruhigend seine felligen Pranken. Er spürte, dass jetzt jedes Wort der Tropfen sein könnte, der mein inneres Fass zum Überlaufen brachte.

„Es ist nur eine Sage, ein Orakel. Man kann es unterschiedlich deuten... Pardalis sollte bei Vereinigung der Elemente gerettet werden und wieder erstrahlen."

Burburak wusste genau, er würde nichts sagen, was mich zufriedenstellen könnte und versuchte es dennoch.

„Du bist der Tautropfen, der alle Elemente vereint hat und besitzt Prinz Yo`s Fähigkeiten. Treffen Samen und Wasser aufeinander, dann erblüht etwas – und das ist geschehen. Du hast es hervorgebracht, etwas, das die Stärke hatte, Omieda zu trotzen."

Stuna war hinzugekommen und piepste ergänzend: „Das anscheinend stark genug war, sie zu besiegen."

Sie alle – wussten gar nichts.

Es war mein Blut, nicht das unschuldige Kind in mir. Zorn glimmte gelb in meinen Augen auf.

„Wollt ihr damit sagen, dass unser Kind eine Opfergabe war?"

Wut, die durchweg in mir nagte, erwachte und sie war stärker als alles, was ich bisher gefühlt hatte. Sie überwog meine Trauer. Erhob sich weit darüber und verlieh mir Kraft.

Endlich – ich war nicht mehr schwach!

Sie wollten richtig reagieren. Aber nichts konnte den Zorn mehr ersticken, der schon weit über mich hinausgewachsen war.

Sie würden mich nicht aufhalten. Keiner von ihnen.

Laut schrie ich meine Wut, meinen unbändigen Hass, heraus. Der Schrei verwandelte sich in Wind, der nur um mich herum wehte.

Sie hielten sich schützend ihre Arme vor die Augen, ein dunkler Sturm braute sich zusammen.

Ich stand in einem finsteren Tornado, der niemanden sonst außer mir erfasste. Ekuptels Fell und Burburaks Kutte flatterten; ich spürte nichts von den heftigen Böen.

Je stärker meine Wut sich steigerte, desto heftiger wurden die Ströme.

Miran rief, schrie, versuchte zu mir durchzudringen.

Nein, ich höre auf niemanden mehr!

Ich war eingeschlossen im Inneren des wütenden Tornados, der niemanden einließ.

Langsam hoben sich meine Füße vom Boden ab.

Das Medaillon um meinen Hals sprang auf. Der Punkt in der Mitte leuchtete hell weiß.

Ich hatte nun die Fähigkeiten des Prinzen. Er hatte gesagt: Kämpfe!

Ich war bereit dazu.

„Omieda ist nicht fort", brüllte ich, mit einer Hand das Medaillon ergreifend.

Um mich toste der Sturm, wirbelte mich durch die Luft.

Mein Hass war grenzenlos. Ich würde Omieda finden und das Medaillon wusste, wo es mich hinbringen musste.

Ich entschwand mit nur einem Ziel. Omieda zu vernichten.

Sie würde büßen.

Oh, ja!

Unsanft entließ mich die Windhose vor einem Geröllfelsen. Dunkel ragte er vor mir wie ein großes Grabmal in die Höhe.

Hier hatte einst Pardalis, die Königin mit ihrer Familie gelebt. Vom Palast war nichts übrig außer diesem Felsen.

Noch etwas ungelenk – jedoch ohne zu zögern – bestieg ich den etwa zwanzig Meter hohen Berg, der lediglich aus losen Felsbrocken bestand. Ab und zu löste sich einer von ihnen und rollte krachend hinunter.

Eine schmale Öffnung, gerade groß genug, um hindurchzuschlüpfen, fand sich dort.

Der Weg hinab verlangte mir Kraft und Koordination ab. Da der senkrechte Tunnel ziemlich schmal blieb, konnte ich mich mit dem Rücken gegen eine Wand und mit den Knien gegen die gegenüberliegende stützen.

Auf diese Art hangelte ich mich hinab.

Meine Ellenbogen hielten mich an den anliegenden Seiten des engen Schachtes in Balance .

Die Narbe am Bauch schmerzte, aber ich würde nicht aufgeben. Ich hatte fast das Ende erreicht.

Meinen Dolch versteckte ich im Ärmel meines Mantels. Gerade noch rechtzeitig, denn ich fiel schon in der nächsten Sekunde. Als ich mich aufrappelte, erstarrte ich.

Inmitten eines großen dunklen Raumes stand Omieda. Sie hatte mich erwartet.

Zwar noch immer unförmig wabernd, in ihrem Unterkörper, doch deutlich kleiner und – ja schwächer.

Sie war verletzbar geworden – ihr Körper greifbar.

Ein großer Teil ihrer wulstigen Haare fehlte. Der Rest hing nur noch matt herunter.

Unter ihrer schwarzen Kutte wirkte sie verloren.

Die Risse ihres Gesichts schienen noch weiter auseinanderzuklaffen, als könnte es jeden Moment zerfallen.

Ihre Augenhöhlen – nur noch glänzend schwarz und groß. Keine Tiefe mehr darin.

Mein Blut hatte sie geschwächt.

Nun versteckte sie sich hier, an dem Ort, wo einst Pardalis prunkvoller Palast gestanden hatte.

Das schwache Tageslicht und der Schein meines Medaillons erhellten den düsteren Raum ein wenig.

Still stand sie vor mir.

„Wo ist mein Kind?", fragte ich sie heiser, die Panik unterdrückend. „Du hattest kein Recht, es dir zu nehmen!"

Sie machte eine kleine Handbewegung mit ihren Klauen, die nur noch halb so lang waren wie zuvor.

„Hier." Ihre Stimme klang wie das schauerliche Jaulen des Windes, während eines furchtbaren Sturms und erfüllte den kleinen Raum komplett.

Der Boden zwischen uns öffnete sich und eine kleine ovale Kapsel schwebte in ihre Klauen.

Sie war durchsichtig, sodass ich die Konturen des kleinen Körpers darin sehen konnte.

Ich wollte auf sie zustürzen, doch sie wehrte mich mit einem einfachen Schwung ihres Handrückens ab. Ich rannte gegen eine unsichtbare Mauer.

„Warte", knarzte sie und ließ die Kapsel zu mir schweben.

Ich sah helles, flaumiges Haar und lange, dünne, durchsichtige Beinchen.

Ein kleiner Junges, dessen winziges Gesicht einen bekümmerten, sorgenvollen Gesichtsausdruck hatte.

Sein Brustkorb hob und senkte sich hektisch.

„Oh, mein Gott! Er lebt!", stieß ich schluchzend hervor.

Kein Gramm Fett befand sich an dem viel zu kleinen Körper mit der durchscheinenden Haut.

Hinter mir landete Miran. Er war mir gefolgt. Burburak hatte meine Gedanken gelesen und ihm mein Ziel verraten.

„Miran! Sieh doch. Unser Sohn! Er ist am Leben."

Omieda hinderte Miran daran, sich uns zu nähern. Für ihn war es unmöglich, auch nur einen Schritt zu machen.

Er sah mit aufgerissenen Augen die Silhouette, den hektischen Atem des kleinen Wunders, an das wir nicht mehr geglaubt hatten. Tränen schimmerten in seinen Augen, während er sehnsüchtig zur Kapsel blickte.

Omieda bedeutete mir näher zu kommen.

Miran hingegen zwang sie weiter zu verharren.

„Was willst du?", fragte ich, während ich zögernd auf sie zuschritt.

Ihre scheußliche, schwarze Fratze war zu schaurig, um hinzusehen. Ich konzentrierte mich auf die Kapsel.

Sie war direkt vor mir – ich berührte sie.

Das Material, aus dem sie bestand, war stabil und würde für mich nicht zu öffnen sein.

„Mach sie auf! Bitte!", flehte ich voller Hoffnung.

Sie legte ihre Klauen darauf. Die Kapsel glühte und verschwand.

In ihren schwarzen Krallen lag unser zerbrechlicher kleiner Sohn, der deutlich erkennbar zu früh geboren war.

Die blauen Äderchen unter seiner dünnen Haut pulsierten und die hellen Haare klebten feucht an seinem Kopf. Die kleinen Rippen zeichneten sich ab und er schnappte nach Luft.

„Gib ihn mir!“, weinte ich.

„Dafür will ich dich“, knarzte ihre Stimmer unheilvoll.

„Ja!“, versprach ich hastig, ohne überhaupt darüber nachzudenken.

Sie legte ihn in meinen Arm. Sein kleiner, warmer Körper kämpfte, er öffnete seine Augen und sah mich an.

Mit diesen großen dunkelblauen Augen, die einem alles versprachen und alles beinhalteten.

Die Tränen schossen in meine Augen.

Glänzend blau liefen sie über meine Wangen. Solches Glück hatte ich noch nie gefühlt.

Sie benetzten ihn und wurden sofort von seiner Haut absorbiert. Sein magerer, kleiner Körper begann, sich zu proportionieren. Vor meinen Augen wuchs er zu einem sehr kleinen, doch gesunden Neugeborenen heran.

Ein bildhübscher dunkelblonder Junge mit einer kleinen Stupsnase, dessen Gesicht mich aufmerksam musterte.

Es ist Zeit.

Ich wandte mich zu Miran, der mit zitternden Lippen im düsteren Schein des Lichtstrahls stand.

Omiedas Kralle riss mir das Medaillon vom Hals. Klappernd fiel es zu Boden und blieb geöffnet liegen.

Es war eine Warnung an mich, die ich verstand.

Ich drückte meinen kleinen, perfekten Sohn an mich. Glück, Freude, Liebe durchströmten mein Herz.

Jeden Schritt, den ich auf Miran zuging, genoss ich in vollen Zügen, schluchzte laut. Vielleicht war es das letzte Mal, dass ich seine weiche Haut fühlen, seinen feinen Atem spüren und seine unvergleichliche Nähe erleben durfte.

Ich legte ihn in Mirans Arme.

Miran sah den Dolch aus meinem Ärmel blitzen. Ich umfasste dessen Spitze mit meiner Hand und drückte zu. Warm rann mein Blut in meine Hand.

„Ich liebe euch beide so sehr", sagte ich.

Miran erwiderte etwas, doch seine Antwort blieb ungehört. Omieda hatte ihm jede Möglichkeit genommen, mich zu erreichen.

„Miran, ich müsste dir so viel sagen…"

„Komm zu mir", heulte ihre schauerliche Stimme hinter mir auf.

Ich musste meinen Teil der Abmachung erfüllen. Mich zu ihr umdrehend, hieb dabei nochmals den Dolch tief in meine Handinnenfläche. Blut füllte nass meine Faust.

Ich öffnete sie und hielt ihr meine blutige Hand entgegen. Dabei schrie ich die Inschrift des Medaillons heraus, deren Letter beim Klang der Worte glühend vom Boden aufprangten: „WARHIL NEDROG BESUTRACHE OD SUSBRAZ TZA KE."

Weißes Licht drang gleißend aus dem geöffneten Medaillon. Eine Schneeflocke aus dem Nirgendwo rieselte herab und landete auf meiner Unterlippe.

Sie war so furchtbar kalt, dass sie brannte.

In diesem Moment verwandelte sich der Lichtstrahl des Medaillons in eine helle leuchtende Säule. Sie zeichnete einen Kreis auf den Boden und in ihr tanzten kleine Partikel. Wie Schneeflocken.

Der Weg zurück.

Ein Teil des Lichtes hatte Omieda bereits erfasst. Sie konnte nicht mehr daraus entkommen.

So wie ich – damals.

Ich stieß ihr meine blutige Faust in ihre Fratze. Taumelnd landete sie in dem Lichtkegel.

Miran rief, aber ich konnte nichts von dem hören, was er sagte. Er musste weiterhin auf seiner Stelle ausharren, so sehr er sich auch gegen die unsichtbare Wand stemmte, die ihn zu umgeben schien.

„Ihre Macht wird nicht mehr andauern", rief ich ihm freudig gelöst zu. „Sie geht an den Ort, von dem ich kam." Erleichtert lächelte ich, in dem Glauben die Lösung gefunden zu haben.

„Wir werden zusammen sein! Eine Familie!"

Omieda begann bereits sich im Lichtkegel aufzulösen. Alles würde nun endlich gut.

Aus der Säule drang ein abscheuliches Lachen. Markerschütternd und grausam.

„Es waren zwei! Zwei Kinder!", kreischte sie hysterisch gackernd.

Mit einer Handbewegung von ihr öffnete sich erneut der Boden und eine zweite Hülse schwebte heraus.

Entsetzt starrte ich hinein.

Ein kleiner Junge mit hellbraunen Haaren lag darin. Genauso dünn wie der erste, mit tief eingefallenem Brustkorb. Sein Atem panisch.

Ich sah sein Herz durch die transparente Haut schlagen. Er hatte Angst!

Miran schrie tonlos.

Ich konnte die Kapsel nicht öffnen. Nur sie konnte es.

Er darf nicht sterben!

Omieda war kaum noch zu sehen. Wenn sie sich aufgelöst hatte, würde sie mit dem Licht verschwunden sein.

„Bitte hilf mir, öffne sie! Bitte!", flehte ich sie an. Ich war außer mir vor Schmerz und Angst.

Sie nickte. Ihr Zeigefinger bedeutete mir, ihr in den Lichtkegel zu folgen.

Ich hatte keine Wahl, ging mit der Kapsel auf das Licht zu. Ihre Klauen legten sich auf meine Hände und zogen mich hinein.

Ein Glühen durchfuhr den Lichtkegel und das kleine Wesen, unser zweiter Sohn, war frei.

Schwach lag er in meinen Armen. Ein leises Wimmern drang aus seinem Mund. Kaum hörbar.

Ich zeigte ihn Miran und lächelte, aufgelöst unter blauen Tränen.

Miran umschlang das Baby in seinem Arm mit dem Mantel, weinte bitterlich.

Da standen wir nun, jeder den galoppierenden Herzschlag eines Kindes an sich gepresst. So nah – so fern.

Dann umarmten mich Omiedas Klauen und wir beide lösten uns auf.

In ihrer Umarmung spürte ich sie. Omieda war keine Person oder ein Wesen. Sie ist ein Gefühl. Ein Gefühl, das immer stärker wird, je mehr man es zulässt.

Das einen in den Wahnsinn oder sogar in den Tod treiben kann, wenn es einmal vollkommen Besitz von dir ergriffen hat.

Etwas, was dich einfach nicht loslässt. So sehr du es auch versuchst.

Sie ist das Geräusch, das du nachts in einer dunklen Gasse hinter dir hörst. Wenn du dich umblickst, glaubst du einen Schatten weghuschen zu sehen. Deine Schritte werden schneller. In diesem Moment fühlst auch du sie.

Sie ist der Grund, aus dem ein kleines Kind, auch zum tausendsten Mal unter seinem Bett nachschaut. Denn es fühlt sie kommen, nach ihm greifen, sobald das Licht erlischt.

Egal, wie oft seine Eltern ihm sagen, sie sei nicht da. Sie ist es.

Sie sitzt bei dir, wenn du bei nicht enden wollenden Turbulenzen im Flugzeug, beginnst nervös zu werden, dich angespannt in deinen Sitz drückst und deine Hände schweißig aneinanderpresst. Betest, dass es aufhört.

Sie ist der dunkle Schatten, der dein Herz dabei klamm werden lässt.

Sie streicht über deinen Kopf, wenn du am Boden liegst, dich einsam und ungeliebt fühlst. Dein Körper nur noch taub ist und du dich fragst, ob es für dich noch einen Sinn gibt.

Oder, ob du einfach aufgeben solltest. Weil es keinen Ausweg mehr für dich zu geben scheint, du keinen Weg siehst, es weiter auszuhalten.

Du es nicht mehr ertragen kannst – ertragen willst.

Sie ist da – die Angst, die betäubende, alles um sich zerstörende Angst.

Nur, wenn du im richtigen Moment vermagst aufzublicken, sie demaskierst, den Mut findest in ihr furchterregendes Gesicht zu sehen, dann hast du die Chance, eins mit ihr zu werden.

Es ist dann noch immer nicht vorbei, aber der größte – der erste – Schritt ist getan.

Omieda hatte ihren Platz vor langer Zeit in Pardalis eingenommen, sich dort manifestiert. Denn ihre Bedeutung war mit der Verunsicherung des Volkes gewachsen und zu einer gräulichen Übermacht geworden.

In ihren Klauen war ich gefangen, doch gleichzeitig zu Hause. War sie doch etwas, was ich stets gekannt hatte. Vertrauter noch als Glück, Lachen oder Liebe.

Wir gehören zusammen.

Es war an der Zeit zu gehen.

Epilog

Nur einmal träumte ich von ihm.

Ein kleiner, blonder Junge mit einer niedlichen Stupsnase und dem unbeschwerten, glucksenden Lachen, einer klaren Seele.

Dunkelblaue große Augen, so wie die Stelle am Horizont, an der Himmel und Meer nach dem Sonnenuntergang verschmelzen. Mit einer Tiefe darin, als ob sie alles wüssten und alles verstanden, was sie neugierig erblickten.

Jeder hier stellte mir Fragen. Polizei, Ärzte, Anwälte… auf die ich keine Antworten gab.

Manchmal, in den Tagen im Krankenhaus, bohrten sich Erinnerungsfetzen durch den Dunst der Schmerzmittel.

Aber von den Bildern, die ich dann sah, von drolligen grünen Wesen und leuchtend, gelben Augen, die mich zu verfolgen schienen, konnte ich hier niemanden erzählen.

Man hätte mir sofort den Verstand abgesprochen.

Nur einem Menschen berichtete ich davon, wenn ich stundenlang an seinem kleinen Bettchen auf der Intensivstation saß.

Ilai hatte ich ihn genannt. Den Jungen mit hellbraunem Haar und fragenden, maigrünen Augen, der seinem Bruder so gar nicht ähnlich sah.

In seinem kleinen Zimmer mit der erdbeerroten Vliestapete und der tickenden Teddybäruhr an der Wand, wo wir begleitet von den monotonen Piepsgeräuschen der Überwachungsapparaturen, allein auf der Welt schienen.

Allein, aber zu zweit.

Wenn seine kleinen Hände nach meinem Fingern griffen, spürte ich, wie mein Herzschlag sich seinem anglich. Synkopisch, im Einklang.

Dann blinzelte er mit seinen langen, dunklen Wimpern und seine hellgrünen Augen funkelten wasserklar.

Mein Ilai, der mich an einen Verlust erinnerte, der mehr Schmerzen verursachte als alle Narkotika je übertünchen könnten.

Miran, wie wirst du mir fehlen!

Alles hätte ich mir mit dir vorstellen können. Alles hattest du mir gegeben.

Mein hübscher Sohn, mein perfektes Kind, das ich zurückließ.

Wie gern hätte ich dich kennengelernt.

Über die Autorin

Alex J. Nitrak hat zwei wilde Kinder und lebt mit ihrem verständnisvollen, leidensfähigen Mann im Norden Deutschlands. Feminismus und Gerechtigkeit sind ihr wichtig, ohne sich dabei als Weltverbesserin zu sehen. Trotz BWL-Diplom scheut sie jede Form der Bürokratie. Sport ist ein notwendiges Übel, um nicht ganz aus der Form zu geraten und Versicherungen sind für sie das wohl langweiligste Thema auf der Welt.

Nach der Diagnose einer tückischen Autoimmunerkrankung beschloss sie, das vorher nur als Hobby betriebene Schreiben, ernster zu nehmen und ihr Buchbaby, den Fantasy-Roman "Yo", zu veröffentlichen

Immer noch nicht genug von fremden Welten, großen Abenteuern und der wahren Liebe?

Dann könnten diese Bücher etwas für dich sein …

Könntest du jemanden töten, damit du und deine Freunde überleben?
Was würde es ändern, wenn derjenige krank ist und euch als Beute betrachtet?

Als sich ein bisher unbekannter Erreger rund um die Welt verbreitet, findet sich Emilia mitten in der Apokalypse wieder. Denn gegen die mutierte Tollwut gibt es weder Impfung noch Heilung. Sie und ihre Freundin scheinen in der ganzen Region die einzigen Überlebenden zu sein, doch die Infizierten machen sich schon bald auf die Jagd. Schnell geraten die beiden an ihre Grenzen. Da empfangen sie einen Hilferuf von zwei Männern, die von den Kannibalen in eine Falle gelockt wurden. Noch ahnen Emilia und Anna nicht, dass mit der Rettung von Mark und Sven der Kampf ums Überleben erst wirklich beginnt.

Was wäre die Menschen ohne ihre Gefühle?

2050: Die Menschen leben friedlich zusammen. Es gibt keinen Krieg, keine Verbrechen, nicht einmal einen harmlosen Streit. Alles ist sicher. Alles ist perfekt. Doch ALLES hat seinen Preis. Um eine ideale Welt zu erschaffen, nahm man den Menschen alles, was sie einst ausmachte: ihre Freiheit, ihre Rechte, ihre Identität, ihre Gefühle. Sie lebten nicht länger, sie existierten nur noch.

Samia dachte, ihr exzentrischer Bruder Ramon und sie wären die Einzigen, die noch zu fühlen in der Lage wären, doch dann begegnet sie Darren und dessen Familie, die es sich zum Ziel gemacht haben, die skrupellose Regierung zu stürzen und Menschen zu befreien. Ein heroisches Ziel, doch alles hat seinen Preis …

"Ich hatte sie nicht retten können! Es war meine Schuld, dass meine Schwester nun in der Gewalt der Piraten war! Ich hätte besser auf sie aufpassen müssen! Was sollte ich nun tun?"

Nachdem ihre kleine Schwester Litonya von Piraten entführt wurde, bricht die Amazone Enola auf, um sie zu suchen. Auf ihrer Reise begegnet sie dem Gaukler Kit, der sich ihrer Mission anschließt. Noch nie zuvor ist die junge Frau einem Mann begegnet. Aber ihr anfängliches Misstrauen legt sich mit der Zeit und sie beginnt ihm zu vertrauen. Enola entwickelt Gefühle, die ihr bislang unbekannt waren.

Werden Enola und Kit es schaffen, Litonya zu finden?